Holly Martin
Winterträume in White Cliff Bay

Montlake Romance

Das Buch

Romantische Küsse im Schnee: Es weihnachtet in White Cliff Bay.

Libby ist berühmt für ihre romantischen Weihnachtsgeschichten: Jedes Jahr im Dezember freuen sich ihre Leserinnen auf die Liebespaare, die bei adventlichem Kerzenschein zueinanderfinden. Dass Libby selbst nicht recht an den Zauber der Liebe glaubt, weiß ja keiner ...

Statt sich um eigene Herzensangelegenheiten zu kümmern, hilft sie lieber ihrem Nachbarn und guten Freund George. Der hat es seit seiner Scheidung nicht leicht mit den Frauen – deswegen beschließt die einfallsreiche Libby, mit ihm für seine bevorstehenden Dates zu proben. Gemeinsam erkunden sie das malerische Städtchen White Cliff Bay, verabreden sich zu weihnachtlichen Unternehmungen und haben zusammen so viel Spaß wie schon lange nicht mehr. Doch man kann nicht alles planen – die Liebe nicht und wer wen unter dem Mistelzweig küssen darf schon gar nicht …

Die Autorin

Holly Martin hat Medienwissenschaften studiert, in einer Bank, im Hotelwesen und im pädagogischen Bereich gearbeitet. Aber damit war Schluss, als sie vor einigen Jahren ihren größten Traum zum Beruf machte: das Schreiben. Ihre gefühlvollen, amüsanten Romane und Kurzgeschichten begeistern Leser und Kritiker gleichermaßen. Die Autorin lebt in der englischen Grafschaft Bedfordshire.

Holly Martin

Winterträume in White Cliff Bay

ROMAN

Aus dem Englischen von Juliane Lochner

Montlake Romance

Die englische Ausgabe erschien 2015 unter dem Titel
»Snowflakes on Silver Cove« bei Bookouture, London.

Deutsche Erstveröffentlichung bei
Montlake Romance, Amazon Media EU S.à r.l.
5 Rue Plaetis, L-2338, Luxembourg
Oktober 2018

Die Übersetzung dieses Buches wurde durch AmazonCrossing ermöglicht.

Umschlaggestaltung: semper smile, München, www.sempersmile.de
Umschlagmotiv: © Picture Press/Oana Szekely / Getty; © Dan Kosmayer / Shutterstock; © mdanek / Shutterstock; © Mara008 / Shutterstock; © mexrix / Shutterstock; © Andrew Roland / Shutterstock; © Maryna Stamatova / Shutterstock
Lektorat und Korrektorat: Verlag Lutz Garnies, Haar bei München, www.vlg.de
Gedruckt durch:
Amazon Distribution GmbH, Amazonstraße 1, 04347 Leipzig /
Canon Deutschland Business Services GmbH, Ferdinand-Jühlke-Str. 7, 99095 Erfurt /
CPI books GmbH, Birkstraße 10, 25917 Leck

ISBN 978-2-919-80332-3

www.montlake-romance.de

Kapitel 1

Quietsch. Quietsch. Quietsch. Quietsch. Quietsch. Quietschquietsch. Quietschquietsch. Quietschquietsch. Quietschquietsch. Quietschquietsch. Quietschquietsch. Quietschquietschbumm. Quietschquietschbummm. Quietschquietschbummm. Quietschquietschbumm. Quietschquietschbumm …

»Oh Gott!«

Quietschquietschbumm.

»Oh Gott!«

Quietschquietschbumm.

»Oh Gott!«

Quietschquietschbumm.

»Oh Gott!«

Quietschquietschbumm.

»Oh Gott!«

Bummbumm.

»Oh Gooott!«

Bummbummbummbumm.

»Oh Gooott!«

Bummbummbummbumm.

»Oh Gottogottogott!«

Jeden Morgen, ausnahmslos, wurde Libby auf dieselbe Weise aus dem Schlaf gerissen, jeden Morgen seit dem Tag vor drei Wochen, als das frischvermählte junge Paar, Rosie und Alex, in die Wohnung über ihr eingezogen war. Danach stürmte Alex immer aus der Tür und hetzte zur Arbeit, natürlich mit Verspätung, aber mit einem breiten Grinsen im Gesicht. Um sechs kam er nach Hause, und zwei Minuten später waren dieselben Geräusche wieder zu hören, mitunter angeheizt von einem: »Gib's mir, Alex, noch fester!« oder: »Wahnsinn, Rosie, ich liebe dich!«

An den Wochenenden war es noch schlimmer. Da trieben sie es den lieben langen Tag. Und heute war Sonntag, deshalb war Libby jederzeit auf eine Zugabe gefasst.

Puh, wie lästig ... Sie musste feststellen, dass ihr Liebespaare in ihrem ersten Gefühlsüberschwang mächtig auf die Nerven gingen. Aber nur noch ein paar Wochen, dann wäre sie nicht mehr da und müsste sich nicht mehr von diesem notgeilen Weckalarm da oben wachrütteln lassen.

Sie tapste in die Küche und schaltete den tanzenden Weihnachtsmann ein, der zu einem Oldie aus den Siebzigern swingte und twistete. Das stimmte sie wieder versöhnlich. Sie hatte ihn von ihrem Freund George geschenkt bekommen, denn er meinte, ihr kümmerliches Weihnachtsbäumchen, das in der Zimmerecke ein Schattendasein führte und schummrig vor sich hin flimmerte, sei zu mickrig als Weihnachtsdekoration. So hatten in den vergangenen Wochen ein singendes Rentier, ein tanzender Baum und ein Ständchen darbietender Weihnachtsmann den Weg in Libbys vier Wände gefunden. Eigentlich wollte George ihr obendrein einen musikalischen Schneeball von mehr als einem Meter Durchmesser zum Aufpumpen aufschwatzen, aber bei Aufblasartikeln hörte für Libby der Spaß auf, wohingegen George in dieser Beziehung schmerzfrei zu sein schien.

Als der Weihnachtsmann zum nächsten Tänzchen ansetzte, machte sie zwei Schinkensandwiches und zwei Becher Tee, lud alles auf ein Tablett, trug es zum Tisch, der am Fenster des Wohnzimmers stand, und nahm den prächtigen Ausblick in sich auf.

Hauptsächlich wegen dieser Aussicht war sie nach White Cliff Bay gezogen. Jahrelang war sie durch die Welt getingelt, und obwohl sie sich geschworen hatte, nie wieder in Großbritannien zu leben, hatte White Cliff Bay sie in so vielfältiger Weise angezogen wie kein anderer Ort. Heute bot das Meer denselben Anblick wie beim ersten Mal, als sie es vor sich hatte, die matte Wintersonne glitzerte auf dem Wasser, als wären Edelsteine in die Wogen eingebettet. Über Nacht war ein wenig Schnee gefallen und wie Talkumpulver auf den Strand von Silver Cove gerieselt. Libby stützte sich mit der Hand am Fenster ab und schloss die Augen, um sich das Bild ins Gedächtnis zu prägen. Sie würde diesen Ort vermissen, wenn sie ihn verließ.

Schweren Herzens wandte sie sich ab und ging zum Kühlschrank, um Ketchup zu holen. Ohne eine stattliche Schicht Ketchup, die den Schinken umhüllte, ging es nicht. Da fiel ihr ein, dass sie die Flasche den Abend zuvor aufgebraucht hatte.

Sie stieg über die Zeitungen hinweg, die auf der Schwelle der Wohnungstür lagen, und durchquerte den Hausflur. Ohne anzuklopfen schlüpfte sie in die gegenüberliegende Wohnung. Im Wohnzimmer blieb sie stehen. Kaum zu glauben, aber es war anscheinend noch mehr mit Weihnachtsdekoration vollgestopft als bei ihrem letzten Besuch hier. Das lag nicht nur an dem großen Christbaum, der fast das ganze Fenster versperrte; der Raum war auch vollgepfercht mit einer ganzen Herde lebensgroßer Rentiere, einem zwei Meter hohen aufblasbaren Schneemann, Lametta, Girlanden, einer Armee tanzender, singender Weihnachtsfiguren und jenem Schneeball, den sie verschmäht hatte. Durch die Wohnung schallte Weihnachtsmusik. Sie setzte ihren Gang in die mit weihnachtlicher Deko übersäte Küche fort, wo sie schnurstracks den Kühlschrank ansteuerte, um sich den Ketchup daraus zu angeln. Dann folgte sie der Musik ins Schlafzimmer.

Da war er, George Donaldson, mit freiem Oberkörper schwang er das Tanzbein, zusammen mit einer zwei Meter großen Aufblas-Zuckerpuppe als Partnerin. Libby schaute ihm gerührt zu. Ganze Welten trennten ihn von den Alphamännchen, über die sie in ihren Büchern schrieb, wahrscheinlich mochte sie gerade das an ihm. An George Donaldson war nichts Gemeines und Übellauniges, und oft brachte er sie zum Lachen. Die schwarzen Locken zottelten im Rhythmus seiner Bewegungen an seinem Wuschelkopf. Ein V-förmiger Adonis war er nicht, er hatte keine eindrucksvoll modellierten Sixpack-Muskeln, mit denen sich Libbys Romanhelden brüsten konnten. Aber er konnte sich durchaus sehen lassen mit seinen starken Armen, die sie so lieb wie die keines anderen Menschen umfingen, was ihr immer das Gefühl einflößte, behütet zu sein und geschätzt zu werden. Sie würde ihn mehr als alles andere vermissen, wenn sie fortging. Als George seine Tanzpartnerin an sich zog und ihr einen Kuss gab, musste sie kichern.

Ihr Kichern war anscheinend geräuschvoller, als sie gedacht hätte, denn George, in flagranti ertappt, ließ augenblicklich seine Zuckerpuppe los und sah betreten drein.

»Libby Joseph, hat man denn keine Privatsphäre mehr? Kannst du nicht anklopfen?«

»Von wegen. Willst du denn nun frühstücken oder nicht?«

»Ach Libby, an dir hat mal einer eine treu sorgende Gattin.« Er verpasste ihr im Vorbeigehen einen dicken Schmatz auf die Stirn, sammelte neben seiner Wohnungstür eine Papiertüte ein und nahm sie mit. Vor Libbys Türschwelle bückte er sich, um dort die Zeitung aufzuheben, setzte sich dann bei Libby an den Tisch und nahm einen Teebecher in die Hand.

Libby setzte sich ihm gegenüber und ertränkte ihr Schinkensandwich in Ketchup. Dann langte sie kräftig zu. George blätterte eine Weile in der Zeitung, ehe er sich seinem Frühstück widmete.

»Also hat dich das junge Glück wieder mal geweckt?«

Sie nickte missmutig. Er warf ihr einen mitleidigen Blick zu und richtete seine Aufmerksamkeit wieder auf die Zeitung. Sie frühstückten schweigend. Es herrschte kein Bedarf an höflicher Konversation, schließlich war George der beste Freund von Libby. Stundenlang konnten sie so dahocken, ohne das Gefühl zu haben, auf Teufel komm raus ein Gespräch anfangen zu müssen. Ein andermal redeten sie ohne Punkt und Komma und holten bloß Atem, um die Köstlichkeiten zu genießen, die George für sie beide zubereitete. Wenn auch Libbys Schinkensandwiches nicht von schlechten Eltern waren, wie sie mit Fug und Recht behaupten durfte, waren sie doch so ziemlich das Einzige, was sie an Genießbarem hinbekam. In den ersten Wochen ihrer Freundschaft hatte sie George mehrfach zu furztrockenen Nudelgerichten eingeladen, ihm etliche Male einen verkohlten Braten aus undefinierbarem Fleisch aufgetischt und einmal eine selbst zusammengerührte Suppe, die wie Erbrochenes aussah und auch so schmeckte. Danach hatten sie sich in beiderseitigem Einvernehmen darauf verständigt, dass fortan im Wesentlichen George die Essenszubereitung übernehmen sollte.

Sie sah zu George und konnte es kaum glauben, dass sie ihn gerade erst vor sechs Monaten kennengelernt hatte, an dem Tag, an dem sie in den Wohnblock einzog. Sie war auf Anhieb davon überzeugt, dass er schwul war. Als er im quietschrosa T-Shirt aus seiner Wohnung gesprintet kam, um ihr mit ihren Kisten behilflich zu sein, stellte sie gleich wie alle weiblichen Singles die Antenne auf: Ehering? Nein. Hetero? Keinesfalls.

Das Bewusstsein, dass er kein potenzieller Liebhaber war und sie ihn nicht beeindrucken musste, erleichterte das sofortige Zustandekommen ihrer Freundschaft. Er war aufgeschlossen und lustig, gefällig und freundlich. Nachdem sie miteinander Bekanntschaft geschlossen hatten, verfestigte sich ihre Vermutung in Bezug auf seine sexuelle Orientierung. Er besaß eine riesige CD-Sammlung von Musicals wie »Grease«, »Joseph« und »The Sound of Music«. Und statt einer Kollektion von typischen Jungsfilmen wie »Stirb langsam« oder »Pulp Fiction« hatte er einen umfangreichen Vorrat an alten Klassikern wie »Manche mögen's heiß«, »Begegnung«, »Das verflixte 7. Jahr« und »Unternehmen Petticoat«, wobei seine Liebe fast zu gleichen Teilen Marilyn Monroe und Cary Grant galt. Sein fragwürdiger musikalischer Geschmack änderte nichts an ihren Vermutungen.

Die Unterhaltung über seine Sexualität war ihr noch sehr gegenwärtig. Fünf Wochen kannten sie sich damals und waren seit Libbys Einzug unzertrennlich geworden. Beim Abendessen fragte er sie eines Tages über verflossene Liebhaber aus. Nachdem er ihr gründlich auf den Zahn gefühlt hatte, drehte sie den Spieß um.

»Du hast also zurzeit niemanden?«, fragte sie und schob sich etwas von der leckeren Lasagne in den Mund, die er gekocht hatte.

Er winkte lachend ab. »Ach was, ich bin der ewige Single.«

Sie nickte. »Ich nehme an, es ist auch gar nicht so einfach in einem Nest wie White Cliff Bay.«

»Tja, und die meisten Einwohner von White Cliff Bay sind über fünfzig.«

»Nein, ich meine, es gibt kaum Gelegenheit, einen passenden Menschen in der Gegend hier aufzutreiben. Du solltest es mal in Brighton versuchen, da gibt es ein rauschendes Nachtleben.«

»Die Schwulenhauptstadt von Großbritannien?«

»Genau, denn hier gibt es Schwulenbars nicht gerade in rauen Mengen, sicher gibt es nicht mal in Apple Hill eine.«

Er zog etwas verwirrt die Brauen zusammen, aber sie fuhr unbeirrt fort.

»Ja, mein Buchgestalter wohnt in Brighton, er ist großartig, hat einen Schwanz wie ein Hengst, sagt jedenfalls sein Ex. Ich könnte dir seine Telefonnummer geben und ihn ermuntern, dass er dich in die besten Schwulenklubs führt, wo man richtig einen draufmachen kann.« Sie zwinkerte andeutungsreich.

George verschluckte sich und würgte, und als es nicht besser wurde, sprang Libby auf und holte etwas zu trinken. Im Handumdrehen war sie wieder zur Stelle und hielt ihm ein Glas mit Wasser hin.

Er trank gierig, stellte dann das Glas ab und beobachtete Libby über den Tisch hinweg. »Libby«, sagte er mit Nachdruck. »Ich bin nicht schwul.«

Nun war sie es, der die Lasagne im Hals stecken blieb. »Nein?«

Er schüttelte den Kopf.

»Um Gottes willen, George ... Ich ... Entschuldige, ich dachte, die Klamotten, die Musicals, die alten Filme ...«

»Tja, da hast du falsch gedacht. Herrje, bloß weil ein Typ sich nicht hinfläzt und am Sack kratzt und Rugby glotzt ...« Er lachte versöhnlich. »Ist schon okay. Dir sei vergeben.«

Sie lachte beschämt, weil sie so kleinkariert gedacht hatte, doch jäh erstarb ihr Lachen.

»Um Himmels willen!« Sie hielt sich die Hände vor den Mund. »Du hast mich nackt gesehen!«

Er grinste schadenfroh. »Ja, habe ich.«

»Aber ...« Sie hob hilflos die Arme. »Ich habe keinen Gedanken daran verschwendet, wenn ich unbekleidet von der Dusche ins Schlafzimmer lief und du im Wohnzimmer auf mich gewartet hast. Verstehst du, ich dachte, du scherst dich nicht darum und bemerkst es gar nicht.«

»Oh doch, das habe ich sehr wohl bemerkt, aber ich bin davon ausgegangen, dass du in dieser Hinsicht sehr offen bist.«

»Oh Gott.« Sie vergrub das Gesicht in den Händen.

Er lachte schadenfroh. »Diese Suppe hast du dir selbst eingebrockt, Libby Joseph. Du siehst, man soll nie voreilige Schlüsse ziehen.«

Die Blamage war entsetzlich, aber George fuhr ungerührt fort, seine Lasagne zu futtern.

Sie verfolgte, wie er die letzten Krümel des Schinkensandwiches in den Mund steckte, und fand ihre Fassung wieder.

»Ach, ich habe da was für dich«, sagte George und reichte ihr die mitgebrachte braune Papiertüte, bevor er sich anschickte, seine eigene Version von »Twelve Days of Christmas« zu singen: »*Zehn Tage vor Weihnachten gab mein Schätzchen mir einen Becher mit 'nem Bild vom Meer.*«

Libby schmunzelte. Vorgestern hatte er ihr zum Auftakt als *Zwölf-Tage-vor Weihnachten-Geschenk* einen Plumpudding-Schlafanzugoverall geschenkt, inklusive darauf appliziertem Stechpalmenblatt und roten Riesenbeeren. Am Vortag hatte er ihr bei einem Einkaufsbummel in der Stadt einen prall gefüllten Beutel Toffees mit Rum und Rosinen, ihrem absoluten Lieblingsnaschwerk, spendiert. Sie riss die Papiertüte auf und zog ein Trinkgefäß heraus, in das mindestens ein halber Liter Tee passte. Es war das Kitschigste, was ihr je untergekommen war. An der Seite trug das gute Stück eine Abbildung von White Cliff Bay, die keinerlei Geschmack verriet und knallbunt war.

»Und jetzt guck mal, was passiert, wenn du heißes Wasser reinschüttest.« George griff nach ihrem Tee und goss ihn hinein. Augenblicklich blitzten rund um den Becher Lichtchen auf, auch in dem überdimensionierten Leuchtturm, und aus irgendwelchen verborgenen Lautsprechern ertönte blechern »All I Want for Christmas is You«.

Libby lachte herzlich. »Der gefällt mir«, sagte sie aufrichtig.

»Dann hast du ein paar Dinge als Erinnerung an uns beide«, bekräftigte er mit einem Blick zu den Kisten im Flur. Einen Augenblick lang wurde ihm schwer ums Herz, doch sogleich zeigte er sich wieder von seiner fröhlichen Seite. »Wie geht es mit dem Packen voran?«

»Ehrlich gesagt gibt es nicht viel zu packen. Die Wohnung war ja möbliert. Es gibt ein paar Bücher und Gegenstände, die ich in den letzten Monaten angeschafft habe, die bringe ich wahrscheinlich zu einem Wohltätigkeitsladen. Eigentlich habe ich kaum Sachen. Ich habe keinen Bedarf. Gekommen bin ich mit einem Koffer voll Klamotten, und wie es aussieht, wird es bei meinem Abgang genauso.«

»Das ist doch ein bisschen trist, oder? Nichts zu besitzen als das, was man am Leib trägt?«

Libby zuckte unbeschwert die Schultern. »Glück kommt ja nicht von dem, was man besitzt, sondern von Erlebnissen, von dem, was man tut, von den Menschen, die man kennenlernt. Das erfüllt das Leben, und nicht materieller Besitz.«

»Und warst du nie versucht, dich dort niederzulassen, wo es schön für dich war? Hast du nie einen Flecken Erde gefunden, den du dein Zuhause nennen könntest?«

Sie lächelte. »Bei mir funktioniert das nicht so. Ich muss unterwegs sein für meine Arbeit. Als Autor musst du viel recherchieren. Wo auch immer die Story spielt, da tauche ich in die Atmosphäre ein, esse, trinke, schlafe, atme, bis die Geschichte fertig ist. Dann ziehe ich weiter. So habe ich es immer gehalten, sicher bleibt es auch dabei.«

Plötzlich wurde die Unterhaltung von einem Geräusch über ihren Köpfen unterbrochen.

Quietsch. Quietsch. Quietsch. Quietsch. Quietschquietsch, Quietschquietsch. Quietschquietsch. Quietschquietsch. Quietsch-quietsch. Quietschquietsch. Quietschquietschbumm.

Sie schauten zur Decke.

»Zweimal?«, brummte sie. »Im Ernst? Haben die denn keinen Fernseher in ihrer Bude?«

Quietschquietsch. Quietschquietsch. Quietschquietschbumm. Quietschquietschbumm. Quietschquietschbumm. Quietschquietschbumm.

»Oh Gott!«

Quietschquietschbumm.

»Oh Gott!«

George lachte in sich hinein. »Die hauen ganz schön auf die Pauke, was?«

Sie machte ein säuerliches Gesicht.

»Pass auf, Libby, denen bieten wir mal was für ihr Geld.« Er stand auf und zog sie in Richtung ihres Schlafzimmers. Er ließ sie im Türrahmen stehen und sprang auf das Bett, auf dem er wie auf einem Trampolin auf und nieder hüpfte. Das Bett quietschte sehr authentisch, und auch das Kopfteil schlug pflichtgemäß an die Wand.

Sie lachte bei Georges Anblick. »Ach, George«, seufzte sie.

»Was denkst du, wie lang mein Schwanz ist?«, zischte er durch die Zähne. »Komm her.«

Sie ließ ihren Morgenmantel fallen und trat ans Bett.

»Libby, Mädchen, wir tun doch nur so! Du brauchst dich nicht gleich auszuziehen.« Er hielt in seinen Sprüngen inne, um ihr aufs Bett zu helfen, dann fingen alle beide an zu hüpfen.

»Oh, George!«, rief sie. »Das ist sooo gut!«

»Oh, Libby!«, stöhnte er laut.

»Oh, George. Oh Gott, ja, so, George. George! Schneller!«

»Libby, Libby, oh, Libby!« Er hüpfte schneller.

»Schlag mich, George, schlag mich!«

Er bog sich vor Lachen.

»Oh Gott!«

»Oh Gott!«

»Oh Gott!«

»Oh!«

»Ojeeee!« Erschöpft ließ George sich auf das Bett fallen, und Libby schmiss sich neben ihn.

»Mensch, George, das war der beste Sex aller Zeiten!«, rief sie laut. »Du bist umwerfend, Großer.«

»Ach lass mal gut sein, Miss Joseph, schön, dass du deinen Spaß hattest.«

»Nein, du musst jetzt etwas Nettes über mich sagen.«

»Tut mir leid, äh …« Er dachte nach. »Libby«, meinte er dann. »Du hast geile Titten.«

»Ist das alles?«

»Nun ja, es stimmt doch.«

»Perversling, du.« Sie schmunzelte. »Eben habe ich gesagt, das war der beste Sex aller Zeiten, und du hast nichts beizutragen, als dass ich geile Titten habe? Du hast doch sicher mehr drauf, oder?«

Er rollte angeödet die Augen. »Du, Libby, und Candy, mein süßes Zuckerpüppchen«, stöhnte er laut. »Das war der flotteste Dreier meines Lebens.«

Vor lauter Lachen bekam sie kaum ein Wort heraus. »Na toll, da bin ich jetzt so was wie ein sexwütiger Pornostar. Herrlich!«

»Stets zu Diensten.«

Er lachte vor sich hin.

Eine Weile lagen sie schweigend nebeneinander, um zu horchen, ob von den Frischverliebten über ihnen eine Reaktion kam. Aber Fehlanzeige. Die hatten sie eindeutig ausgestochen.

Libby drehte sich auf die Seite und stützte sich auf einen Ellbogen, um George anzusehen. Sie musste über seinen zufriedenen Gesichtsausdruck schmunzeln, er sah aus, als hätten sie tatsächlich eben miteinander geschlafen.

»Wie wär's mit einem Spaziergang?«, fragte sie.

»Ja, gute Idee.«

»Dann verschwinde aus meinem Schlafzimmer, damit ich mich anziehen kann.«

»Ach, dann kriege ich dich wohl nicht mehr nackt vorgeführt?«, fragte er beim Hinausgehen.

»Nein, damit ist Schluss.« Sie machte lachend die Tür hinter sich zu.

»Wie schade«, sagte George zu der geschlossenen Tür. »Ich habe es nämlich wirklich genossen.«

* * *

Zwar war es mitten im Winter, aber die Sonne strengte sich mächtig an, die windige Küste aufzuwärmen. Ungestüme Böen zerrten an ihrer Kleidung und peitschten ihnen die Haare um die Ohren, als sie den fast menschenleeren Strand entlangliefen, der sich in die Bucht von Silver Cove schmiegte. Der einzige Mensch außer ihnen war Seb, der für seinen geliebten fetten Retriever Jack einen Ball in die Brandung warf, und der sollte ihn dann herausholen. Seb winkte ihnen im Vorbeigehen zu.

George liebte White Cliff Bay mit seinen schilfgedeckten Cottages, den etwas größeren Reihenhäusern und dem unübertroffenen Pub *Blasen und Schaum*, wo es das beste Bier der Welt gab. Besonders der ruhigere Teil von Silver Cove hatte es ihm angetan, wo er und Libby wohnten. Er bestand buchstäblich aus einer einzigen schnurgeraden Straße, deren Häuser von einer Seite aus Seeblick hatten. Es gab einen Pub und ein kleines Geschäft, sonst nichts. Lief man fünf Minuten über die Anhöhe und die Landzunge, kam man in den zentralen Teil von White Cliff Bay mit seinen lokalen Versorgungseinrichtungen.

George und Libby kauerten auf dem Kieselstrand vor einem Tümpelchen, das sich zwischen den Steinen gebildet hatte. Libby hob vorsichtig einen Stein hoch, um sich zu vergewissern, was sich darunter verbarg. Ein kleiner perlgrauer Einsiedlerkrebs wuselte aus Protest, aufgestört worden zu sein, eilig davon. Ein blassgelber Seestern, dessen Arme sich in eigentümlichen Winkeln von der Körpermitte wegstreckten, bewegte sich pulsierend auf der moosbedeckten Felsoberfläche.

»Seesterne liebe ich wirklich. Sie sind so schön, wie an Land gespülte Zauberwesen.« Behutsam legte sie den Stein wieder ab und hob einen anderen hoch.

Selig schaute George ihr zu, wie ihr Haar einem Banner gleich im Wind flatterte, wie ihre großen grünen Augen von dem beständigen Staunen angesichts der vielgestaltigen Meereslebewesen erfüllt waren, die tagtäglich in der Bucht angespült wurden.

»Wenn du Seesterne magst, dann werden dir auch die Sonnensterne gefallen, sie sind zauberhaft. Ich muss dich irgendwann zum Tauchen mitnehmen, Lib, da unten im Meer gibt es noch viel mehr Schönes zu bestaunen.«

Sie stand auf. »Oh ja! Könnten wir da auch auf Seepferdchen stoßen? Ich würde für mein Leben gern mal eins sehen.«

»Das bezweifle ich eher – es gibt ein paar Arten, die um die Britischen Inseln herum leben, aber sie sind so scheu und ängstlich, dass wir wohl keines zu Gesicht bekommen. Es gibt aber eine Menge anderes, was wir entdecken könnten, die Unterwassersicht ist hier in der Gegend ganz spektakulär.«

»Aber braucht man nicht eine halbe Ewigkeit, bis man das Tauchen erlernt hat?«

»Die Grundlagen kann ich dir beibringen, ich würde auf dich aufpassen. Aber wir müssten nicht tief tauchen, nur sechs, sieben Meter, also wenn irgendwas schief ginge, könntest du im Nu wieder auftauchen.«

»Aufregend wäre das schon – hast du denn die Ausrüstung dafür?«

»Nein, aber ein Kumpel von mir betreibt einen Tauchladen in White Cliff Bay, der würde mir das Notwendige ausleihen.«

»Ein bisschen kalt dürfte es aber werden, tragen wir einen Neoprenanzug?«

»Machst du Witze? Wir würden glatt erfrieren. Ein Trockenanzug muss schon sein, und Thermounterwäsche und deine Klamotten kommen auch noch darunter.«

Sie kicherte. »Dann sehe ich wie ein Michelinmännchen aus.«

»Genau. Im Frühjahr geht es besser, dann ist es wärmer, und man sieht auch klarer. Wenn du so lange hierbleibst, dann verspreche ich dir, dich mitzunehmen.«

»Ich könnte ja wiederkommen und dich besuchen, wenn es wärmer wird.«

»Das wäre wunderbar«, sagte George, wenn er auch in seinem Innersten wusste, sobald sie sich am Jahresende aus dem Staub gemacht hätte, würde sie sich nie wieder blicken lassen. Darüber hatten sie jedoch nie ein Wort gewechselt. Zwar behauptete sie beharrlich, dass sie in Verbindung bleiben würden, aber in ihrem Leben gab es keine Freunde, und niemandem verriet sie, wohin es sie vorher in ihrem Leben schon verschlagen hatte. Als er vor einem halben Jahr seine Telefonnummer in ihr Handy eingetippt hatte, war er verblüfft gewesen, dass sich ihre Kontakte allein auf ihre Agentin und ihren Verlag beliefen. Leichter war es, so zu tun, als würde ihre Freundschaft fortdauern, als der Wahrheit ins Auge zu sehen; es war leichter, nicht wahrzuhaben, dass Libbys Abschied ihm das Herz brechen würde.

Er machte weiter gute Miene zum bösen Spiel. »Du musst übrigens in die Tauchermaske reinspucken, damit sie nicht anläuft.«

Sie erstarrte. »In die Tauchermaske spucken?«

Er wischte ihr einen Schlammspritzer aus dem Gesicht, schob die Hände in die Hosentaschen und entfernte sich einige Schritte. »Ja, und selbst wenn du eine Maske aufsetzt, die tadellos sitzt, sickert trotzdem immer eine Spur Wasser durch. Das heißt, wenn du sie absetzt, dann hast du einen Schnodderfilm auf dem Gesicht.«

Inzwischen ging sie wieder neben ihm her und hob dabei einen Stein auf, den man über das Wasser hüpfen lassen konnte. »Langsam bekomme ich das dumme Gefühl, der Tauchsport ist nicht sonderlich sexy …«

»Ganz bestimmt nicht. Bist du trotzdem noch scharf darauf?« Er wandte ihr das Gesicht zu.

»Ja, unbedingt.«

Das liebte er an Libby: ihre Abenteuerlust, ihre grenzenlose Energie. Genau genommen liebte er jede Kleinigkeit an ihr. Schon als sein Blick zum ersten Mal an ihr hängen blieb, flog ihr sein Herz zu.

Unerwiderte Liebe, darin war er Experte. Schließlich hatte sich ja auch herausgestellt, dass seine Exfrau ihn nicht geliebt hatte.

Libby hatte natürlich keine Ahnung von seinen unerlaubten Gefühlen ihr gegenüber und dass er sie mit jeder Faser seines Körpers liebte.

Er warf ihr einen Blick zu, gerade huschte ein Lächeln über ihr Gesicht, und in ihren Augen spiegelte sich das Meer. Höchste Zeit, dass er sich Libby abschminkte. Sie sah ihn einfach mit anderen Augen an. Zwischen ihnen würde nie etwas laufen, und in gut zwei Wochen würde sie aus seinem Leben verschwinden. Bis zum Jahresende wollte er über seine dumme kleine Schwärmerei hinweg sein. Dann konnte er Libby abreisen sehen, ohne dass er sich das Herz aus der Brust reißen musste.

* * *

Sie wanderten wieder ihren Wohnungen entgegen, die sich in einem großen, alten Gebäude befanden, das schon vor geraumer Zeit zu vier separaten Wohneinheiten ausgebaut worden war und den mehr oder weniger originellen Namen »Haus Seeblick« bekommen hatte.

George entdeckte einen vor der Tür geparkten kleinen Lieferwagen, aus dessen hinterem Teil ein älterer Mann eine Kiste hob.

»Giselle«, rief er. »Giselle, wohin kommt die hier?«

Eine Blondine mit Leggings, die ihre wohlgeformten, langen Beine betonten, und einem winzigen Strickpulli, der ihre schmale Taille zur Schau stellte, kam die Stufen heruntergefegt. George war hin und weg. Sie trug das Haar kurz geschnitten, mit einem Pony, der ihr über die Augen fiel und in der Sonne wie Gold glänzte. Sie hatte riesige, strahlend blaue Augen. Es war die schönste Frau, die je seinen Weg gekreuzt hatte. Ohne die Spur eines Zweifels wusste er, dass er genau dieses weibliche Wesen zum Traualtar führen wollte. Die einfachste und schmerzloseste Methode, sich von einer unerfüllbaren Liebe zu lösen, war doch, sich in eine andere zu verknallen.

»Danke, Dad!«, sagte die blonde Erscheinung. »Stell sie einfach in den Flur. Ich überlege mir das, wenn alles drinnen ist.«

»He, brauchst du Hilfe?«, bot sich George an und steuerte seine Schritte bereits von Libby fort.

»Ach, das wäre super, danke.« Giselle schenkte ihm ein bezauberndes Lächeln.

»Ich heiße George.« Er streckte ihr die Hand entgegen. »Ich wohne in der Nummer zwei.«

»Ich heiße Giselle und bin obendrüber.«

Sie schob sich eine goldseidene Haarsträhne hinters Ohr. »Ich ziehe in die Nummer vier.«

Über mir oder besser noch, auf mir drauf, dachte er im Stillen. »Na prima!« Er nahm die Hand, die sich ihm entgegenstreckte, und schüttelte sie herzlich. Gerade tauchte Libby hinter dem Lieferwagen hervor.

»Hallo, ich bin Libby und wohne in der Nummer eins. Ich nehme die gleich mal«, bot sie an, auf einen Bücherstapel zeigend, den Giselle sich unter den Arm geklemmt hatte. George sah zu, wie sie Giselle die Bücher abnahm und hineintrug, und schon war sie nicht mehr zu sehen. Er fragte sich, was sie wohl für ein Bild boten, er und Giselle, wie sie von einem Fuß auf den anderen traten und einander verlegen zulächelten. Das hieß, Giselle lächelte verlegen, er selbst strahlte wie ein Honigkuchenpferd. Ein Honigkuchenpferd im Drogenrausch.

Eine halbe Stunde schleppten sie, fleißig wie Ameisen, gemeinsam Giselles Siebensachen in ihre Wohnung im ersten Stock. Viel war es nicht, aber das Wenige war, wie George auffiel, sehr geschmackvoll. Es gab eine Menge Kochzubehör, das für die Herstellung von Süßigkeiten für Giselles Onlinegeschäft vonnöten war, wie Libby herausfand.

Zu guter Letzt war der Transporter ausgeräumt, und Giselles Dad fuhr wieder ab.

»Ich danke euch sehr«, sagte Giselle freundlich. »Das war so nett von euch beiden. Jetzt muss ich aber auspacken. Man sieht sich!«

Damit verschwand sie im Treppenhaus. George sah ihr verwundert hinterher. Dann hörte er die Wohnungstür zufallen und schob Libby sanft, aber bestimmt in ihre Wohnung.

»Was hast du vor?«

»Ach Libby, ist sie nicht zum Anbeißen?« Er lehnte sich in den Türrahmen und sank zu Boden.

»Ja, stimmt.«

»Libby, ich glaube, ich bin verknallt.«

Sie ließ sich neben ihm nieder und stupste ihn übermütig. »Dann geh und führ sie aus.«

»Bist du verrückt? Hast du mich mal angeguckt?«

Sie zog die Augenbrauen hoch. »George, du bist so charmant.«

»Charmant ist eine wohlmeinende Umschreibung von fett.« Gedankenverloren klopfte er sich auf den Bauch.

»Nein, du bist liebenswürdig und lustig und siehst unglaublich gut aus, mach ein Date mit ihr.«

»Nein, zuerst muss ich ein paar Kilo abspecken, mir die Haare schneiden lassen und mir womöglich ein paar neue Klamotten zulegen.«

»Dann bist du aber nicht mehr du. Du bist nun mal so, und so bist du vollkommen. Alles andere wäre nur Maskerade. Wenn sie sich in dich verlieben soll, dann muss sie sich in dein tatsächliches Ich verlieben. Gerade du müsstest dich doch mit den Fallstricken falscher Werbung auskennen.«

Da er sich mit dem Schreiben von Anzeigen seine Brötchen verdiente, wusste er, wie man dem Osterhasen Schokolade andreht. Hätte er nur auch sich selbst so attraktiv präsentieren können.

»Stimmt, Libby, sie sollte sich in mein tatsächliches Ich verlieben.« Verzagt sah er an sich hinunter.

»Hey, du bist der zuvorkommendste, warmherzigste, freundlichste Mensch, den ich kenne. Wenn sie das nicht merkt, ist sie mit Blindheit geschlagen.«

Er drückte ihr einen Kuss auf die Stirn. »Danke, Lib.«

Sie erhob sich und zog ihn ebenfalls hoch. »Dann mach schon, sprich sie an.«

Er wurde blass. »Jetzt gleich etwa? Nein, jetzt kann ich sie nicht ansprechen.«

»Oh doch.«

»Na, und was soll ich denn sagen?«

»Du sagst: Hi Giselle, ich dachte mir, du wirst nach dem ganzen Auspacken müde sein, wie wär's, wenn wir in einen Pub gehen und was essen? Im *Blasen und Schaum* machen sie echt gute Steak-und-Nieren-Pasteten.«

Er nickte. Ja, das würde er hinkriegen. Es war ein Kinderspiel, das machte er mit links, ganz lässig. Er öffnete die Tür, ging zielstrebig die Stufen hoch und bekam gerade noch mit, wie Libby ein albernes Siegestänzchen für ihn aufführte, ehe sie ihre Tür zumachte.

Bis zum Treppenabsatz kam er, dann hastete er wieder hinunter, aber bevor er auf der untersten Stufe angelangt war, zwang er sich, wieder umzukehren. Bei seinem zweiten Anlauf erklomm er vier Stufen, hielt inne, dann noch eine, und flüchtete sich wieder in die Sicherheitszone von Libbys vier Wänden.

Als er bei ihr landete, verzog sie missmutig das Gesicht. »Was ist denn los?«

»Ach, ich habe es nicht fertiggebracht.«

»George!«

»Na ja, wenn sie nun Nein sagt?«

»Und wenn sie nicht Nein sagt?«

Er zuckte hilflos die Achseln. »Vielleicht warte ich ein paar Tage ab, weißt du, soll sie sich erst mal einrichten.«

»Vielleicht solltest du den Fuß in ihre Tür setzen, ehe ein anderer dir zuvorkommt. Warum probierst du es nicht mit mir aus?«

»Was?«

»Augen zu, und bitte mich, mit mir auszugehen. Stell dir vor, ich wäre eine hübsche Frau.«

George grinste schief – Vorstellungskraft brauchte er weiß Gott nicht dazu. Jedenfalls schloss er die Augen, trotzdem sah er Libby vor sich, vor seinem geistigen Auge. Wie scharf sie aussah in ihrer Jeans und dem Kapuzenpullover und den flippigen rosa Stiefeln. Ihr Stil war eigenwillig. Wenn sie ihren Liebeskitsch schrieb, steckte ihr mindestens ein Kuli hinterm Ohr. Der Pulli, den sie heute anhatte, war zwar alt und grau, aber sie hatte sich eine niedliche, strassbesetzte smaragdgrüne Blumenbrosche angesteckt. Die passte genau zu ihren Augen. Nur dass ihm das nicht auf die Sprünge half, wo er doch Giselle ausführen wollte.

Er öffnete ein Auge und schaute Libby in das erwartungsvolle Gesicht. Da ihre Bemühung nichts fruchtete, scheuchte sie ihn aus ihrer Wohnung.

»Melde dich bei mir, und lade mich in den Pub ein.«

»Okay, Rollenspiel, finde ich gut«, meinte er grinsend. »Aber ich zieh mich erst mal um und mach mich ein bisschen hübscher.«

Sie zuckte mit der Schulter. »Falls du dich dann wohler fühlst …«

* * *

Als George in seiner Wohnung verschwunden war, schaltete Libby ihren Laptop ein und freute sich beim Anblick des Schneemännchens, das seit dem Vortag seinen Platz neben dem Rechner gefunden hatte. George war fest entschlossen, sie mit Weihnachtsnippes vollzumüllen, ob ihr das nun zusagte oder nicht. Der Computer kam mit einem leise surrenden Geräusch auf Touren, und sie öffnete die Datei mit der Geschichte, an der sie zurzeit bastelte. Sie spielte um die Weihnachtszeit in einer ländlichen Gemeinde am Meer. Der Verlag wartete schon seit Monaten auf die Manuskriptabgabe, aber aus irgendeinem unerfindlichen Grund hing die Sache fest. Libby hatte keine

Lust, sie zu Ende zu führen; warum, wusste sie selbst nicht. Sie war berühmt für ihre Liebesschmöker, besonders solche, die mit Weihnachten und Schnee zu tun hatten, mit Glanz und Glitzer, attraktiven Helden und anheimelndem Liebesschmus, nur die Liebesszenen waren es, mit denen sie sich am schwersten tat.

Es pochte an der Tür, und sie ging hin, von Kopf bis Fuß auf Liebe eingestellt.

Da stand George, wie geleckt, mit Smoking, schwarzem Schlips und glänzenden Manschettenknöpfen. Fast musste sie lachen, hätte George nicht so wehrlos ausgesehen.

Er räusperte sich, straffte die Schultern und schoss ihr einen glutvollen Blick zu. »He, kleine Lady, hättest du Lust, mal aus deiner elenden Hütte rauszukommen und mit mir ein paar Kneipen abzuklappern?«

Sie musste sich zusammenreißen, um nicht loszuprusten, aber ihr schräges Grinsen war ihm nicht entgangen.

»Zu abgefahren?«

»Ja, grottenschlecht. Das sollte wohl Humphrey Bogart sein?«

»Ach wo, das war ganz ich selbst.«

»Überleg's dir noch mal.«

»Und der Anzug?«

»Du siehst blendend aus, wie geleckt, echt sexy, aber eine Spur zu übertrieben für ein Bierchen im *Blasen und Schaum.*«

Er zog schelmisch eine Augenbraue hoch. »Sexy, findest du?«

Sie lächelte. »Ja, wenn wir zusammen zum Royal-Ascot-Pferderennen gehen würden, würde ich stolz an deiner Seite schreiten.«

»Gut, wenn ich das nächste Mal Freikarten bekomme, werde ich daran denken. Dann kannst du meine Begleitung sein.«

»Ganz bestimmt! Wobei du wissen solltest, dass ich eine fürchterliche Verliererin und echt lausige Spielerin bin.«

»Dann werde ich ein Argusauge aufs Geld haben.«

Sie nickte. »Das wäre klug.«

»Soll ich was anderes anziehen?«

»Ja, wäre vielleicht besser.«

»Gut, dieser Kragen bringt mich um.«

»Ich bin allerdings beeindruckt, dass du einen Schlips binden kannst, das können die wenigsten.«

Sofort rupfte er ihn ab, um ihr zu zeigen, dass es nur einer zum Anstecken war. Sie lachte, als sie die Tür zumachte.

Sie setzte sich wieder an den Computer. Die Meeresbeschreibung, die sie sich gerade mühsam aus den Fingern saugte, geriet ihr so farblos, dass ihre Hände unschlüssig über den Tasten schweben blieben. Nicht nur bei den Liebesszenen haperte es; allem, was sie in letzter Zeit geschrieben hatte, fehlte der Pfeffer. Da sie keine Begeisterung für die Liebesaffären aufbrachte, dümpelte auch der Rest saft- und kraftlos vor sich hin.

Gerade als sie im Begriff war, irgendetwas winterlich Anmutendes über die Bäume zu schreiben, die den Strand säumten, klopfte es wieder.

Diesmal trug George einen schwarzen Anzug mit schwarzem Hemd und Schlips.

»Geht es zu einer Beerdigung?«

»Logisch«, antwortete er verhalten.

»Wie wäre es denn, wenn du dich mehr von deiner sportlichen Seite zeigst?«

»Na gut, wird gemacht.« Er verzog sich wieder.

Wieder schloss Libby die Tür. Normalerweise ließ sich George in seinem Eifer nicht bremsen. Ihn anklopfen zu lassen war der einzige Part für sie in diesem Rollenspiel.

Sie wandte sich wieder dem Computer zu, überflog den letzten Absatz und seufzte resigniert.

Wieder ein Klopfen. Als sie diesmal aufmachte, platzte sie vor Lachen heraus.

George steckte in einem hautengen Taucheranzug, der jede Wölbung seines ansehnlichen Körpers herausarbeitete, dazu trug er eine Tauchermaske, einen Schnorchel im Mund sowie Flossen an den Füßen. Er gab unverständliche, gepresste Laute von sich.

»George, das toppt alles!«, rief sie und klatschte in die Hände. Sie versuchte, nicht unter die Gürtellinie zu schielen. »Nun zeig mal, wie du in deiner Montur die Treppenstufen meisterst.«

Bedächtig watschelte er an den Fuß der Treppe, mit ebensolchem Bedacht setzte er seitlich die linke Flosse auf die erste Stufe. Mit größter Anstrengung gelang ihm das. Sodann setzte er die rechte Flosse seitlich auf die nächste Stufe. Er sah wie ein seltsam ausstaffierter Charlie Chaplin aus.

In dem Moment, als er sich damit abquälte, die linke Flosse hinter der rechten hervorzuziehen und auf die dritte Stufe zu setzen, kam Giselle die Treppe herunter auf ihn zu gerannt.

Kapitel 2

Sie blieb wie angewurzelt stehen, als sie ihn erblickte. Der Schreck stand ihr ins Gesicht geschrieben. Hastig zerrte George den Schnorchel aus dem Mund. Ein dünner Speichelfaden zog eine Schliere über sein Gesicht, gleich einem aparten Nasenkettchen.

Libby lachte in sich hinein, als sich Giselle, offenbar entschlossen, dieser Komödie keine Beachtung zu schenken, an George vorbeizudrücken versuchte. Die Treppe war jedoch zu schmal für zwei. Zweifellos wünschte sich George nichts sehnlicher, als dass Giselle schleunigst von der Bildfläche verschwand; entsprechend fluchtartig versuchte sie davonzukommen. Tatsächlich wirkte sie irgendwie verschreckt. Mit Müh und Not schaffte es George, sich zur Seite zu drehen, aber da seine Flossen zu lang waren, um auf die Stufen zu passen, schwebte ein Bein in der Luft. Wie er sich so mit einer Hand am Geländer festhielt, kam er Libby wie ein Taucher vor, der sich anschickte, Ballett zu tanzen. Sie überlegte, ob sich Giselle wohl von einer Pirouette beeindrucken ließe. Aber die zwängte sich durch und eilte aus dem Haus.

George riss sich die Tauchermaske vom Kopf und sah Giselle deprimiert hinterher.

»Keine Bange, George«, beruhigte Libby ihn und legte ihm eine Hand auf den Arm. »Darüber werdet ihr euch bei der ersten Verabredung gottvoll amüsieren, und später könnt ihr mal euren Enkeln davon erzählen.« Sie zog sich den Ärmel über die Hand und wischte damit sachte George den Speichel aus dem Gesicht.

»Na sicher«, sagte er kleinlaut, den Blick nach unten gerichtet, als redete er mit seinen Flossen.

Libby konnte es kaum ertragen, ihn so gedemütigt zu sehen. Sie nahm ihn an der Hand und führte ihn in seine Wohnung. »Na los, sollen wir was aus deinem Kleiderschrank holen?« Mit schlenkernden Beinen trottete er niedergeschlagen hinter Libby her, die ihrerseits die Lippen zusammenpresste, um nicht loslachen zu müssen.

Während er sich aus dem Taucheranzug kämpfte, durchforstete sie seine Sachen. Er hatte seinen ganz eigenen Geschmack. Außer dem schwarzen Begräbnisanzug, mit dem er es gerade probiert hatte, gab es da nichts Eintöniges. Ihr gefiel sein Stil, auffällig und bunt, er passte zu seiner Persönlichkeit. Sie lächelte, als sie daran dachte, dass es hauptsächlich Georges Kleidung war, die sie zunächst darauf gebracht hatte, er sei schwul – mit dieser Klischeevorstellung lag sie sowieso völlig daneben, wenn sie bedachte, wie exquisit sich die meisten Homosexuellen kleideten. Sie konzentrierte sich darauf, etwas für ihn herauszusuchen, was ihn nett und ansprechend aussehen ließ.

»Guck, das hier ist am besten.« Sie hatte ein langärmliges hellblaues Hemd herausgefischt und hielt es George an die Brust. »Genau, das passt zu deinem Teint.« Sie schaute den Hosenstapel durch und wählte eine dunkelblaue Jeans. »Die hier ist cool. Mit dem Hemd bist du gleichzeitig leger und schick angezogen.«

Er nahm die Kleidungsstücke entgegen, die er als schmachvoll empfand. »Sicher? Nur das Hemd und die Jeans?«

Sie nickte.

»Schlips?«

»Nein.«

»Gut.«

»Und was sagst du? Lade mich mal ein, mit dir auszugehen«, drängte sie ihn.

Er sog tief die Luft ein und schloss kurz die Augen. »Liebe Libby, hättest du Lust, heute Abend etwas mit mir trinken zu gehen?«

»Picobello. Bis auf eine Kleinigkeit.«

»Und zwar?«

»Pass auf, dass du sie beim richtigen Namen nennst.«

Er guckte sie schelmisch an. »Ja, klar, Giselle. Giselle, das muss ich mir hinter die Ohren schreiben.«

Libby sah sich um. Alles war tipptopp aufgeräumt – auch das war ein Grund gewesen, warum sie gemeint hatte, er sei schwul. Alles in bester Ordnung, nur ein einziger Gegenstand fiel aus dem Rahmen.

»Vielleicht solltest du, falls dein Rendezvous bis ins Schlafzimmer führt, Candy, die Zuckerpuppe, wegräumen.« Sie wies auf die Aufblaspuppe in der Ecke. »Die lehrt einen ja das Fürchten.«

»Candy entsorge ich nicht«, protestierte er und umschlang sie beschützerisch. »Ich warte noch darauf, dass sie sich verwandelt.«

»Mensch, George, da kannst du dein ganzes verflixtes Leben lang warten, aus der wird nie eine Kim Cattrall aus ›Mannequin‹!«

»Die Hoffnung stirbt zuletzt. Außerdem hütet sie meine Krawatten.« Er zeigte auf Candys Arme, um die, wie an einem grotesken Kleiderständer, seine Schlipskollektion aufgehängt war.

»Egal, versuch nicht, abzulenken. Lädst du nun Giselle zum Ausgehen ein?«

Er stieß einen tiefen Seufzer aus und setzte sich hin. »In ein paar Tagen. Zuerst muss ich mich seelisch-moralisch auf Vordermann bringen. Ich bin doch völlig unbeleckt, was Eroberungstechniken anbelangt. Keine Ahnung, was ich machen oder sagen soll. Das Rüstzeug dafür muss ich mir erst zulegen. Josie und ich hatten eigentlich nie ein Rendezvous, wir waren einfach zusammen und dann verheiratet, und jetzt sind wir's nicht mehr. Die Scheidung haben wir erst in diesem Jahr durchgezogen, kurz bevor du gekommen bist. Seitdem traue ich mich nicht, mich mit jemandem zu treffen. Josie hat mich so niedergezogen und auf meinem Selbstwertgefühl herumgetrampelt. Jetzt flicke ich die Reste davon zusammen.«

Libby setzte sich neben ihn. »Schlimm, dass sie dein Selbstbewusstsein zerstört hat und du dich jetzt für einen Versager hältst.«

»Die beiden letzten Ehejahre ist sie fremdgegangen. Eindeutig war ich ihr nicht gut genug.«

»Was hast du in ihr gesehen? Sie scheint mir ganz schön gemein.«

»Ich verteidige sie ungern, aber wir hatten auch gute Zeiten. Anfangs haben wir viel zusammen gelacht, aber das geriet fast alles unter die Räder, nachdem wir einige Jahre verheiratet waren. Ich glaube, sie hat sich auch zunehmend mit mir gelangweilt.«

»Sie war total bescheuert. Jede Frau kann sich glücklich schätzen, dich zu haben. Du bist umgänglich und lustig und so unheimlich sexy. Hätte ich nicht schon die Koffer gepackt, würde ich auf der Stelle mit dir losziehen.«

Entgeistert starrte er sie an. »Wie bitte?«

Sie schwieg betreten. Was war ihr da nur rausgerutscht? So gut wie nie bändelte sie mit einem Kerl an, und nie hatte sie so etwas wie einen festen Freund gehabt, und sie hatte auch kein Verlangen danach.

Plötzlich fing das Handy in Georges Hosentasche zu klingeln an. Er kramte es hervor und sah auf die Nummer. »Entschuldige, das ist meine Mum.«

»Kein Problem, ich muss sowieso noch Verschiedenes erledigen. Richte ihr Grüße aus.«

Er meldete sich. »Hallo Mum, einen Augenblick.« Dann bedeckte er kurz den Lautsprecher mit der Hand. »Heute Abend geht es also in den Pub?«

Sie nickte.

»Wir sehen uns um sechs!«

Sie überließ ihn dem Schwätzchen mit seiner Mutter und ging hinüber zu ihrer eigenen Wohnung. Sie musste sicherstellen, dass es mit George weiter aufwärtsging, bevor sie sich davonmachte. Nicht auszuhalten war der Gedanke, er wäre so verschüchtert, dass er keine Frau mehr ansprechen würde; sei es, weil er Angst vor neuen Verletzungen hatte oder davor, einer Frau nicht zu genügen. Sie musste etwas in die Wege leiten, um ihm zu zeigen, was für ein feiner Kerl er war. Bloß wie sollte sie es innerhalb von zwei Wochen hinbekommen, sein Selbstbild wieder auf die Füße zu stellen?

Sie setzte sich an den Computer und glotzte auf den Bildschirm, ihr fehlte der Antrieb zum Schreiben. In der letzten Zeit hatte sie viel mit sich gerungen. Eine Schreibblockade hatte sie bisher nie gekannt. Nie zuvor war ihr aber auch in den Sinn gekommen, sich irgendwo dauerhaft niederzulassen. Sie fragte sich, ob das eine mit dem anderen zu tun hatte. Sie hatte an den schönsten Plätzen der Welt gelebt, aber keiner hatte sie so in den Bann geschlagen wie White Cliff Bay.

Das Seltsame war, dass die Existenz von Libby Joseph bereits vor vierzehn Jahren um ein Haar spurlos ausgelöscht worden wäre. Eve Loveheart, ihr Pseudonym, war eine Figur aus einem wenig bekannten Kinderbuch, die Abenteuer bestand und durch die Welt zigeunerte. Damals passte es Libby ideal ins Konzept, ihre Identität anzunehmen. Sie ergaunerte sich sogar falsche Ausweise mit dem neuen Namen und konnte davon ausgehen, dass sie nie aufzuspüren wäre, falls ihr Vater sie suchen sollte. Zwar waren Verleger und Agentin über ihren echten Namen informiert, sonst aber war keine Menschenseele eingeweiht.

Aber schon an ihrem ersten Tag in White Cliff Bay, als sie George mit seinen freundlichen Augen und seinem großen Lächeln kennenlernte, hatte sie sich ohne nachzudenken als Libby Joseph vorgestellt. Vielleicht lag es an der Nachricht vom Tod ihres Vaters, die sie kurz zuvor erreicht hatte, oder einfach an George. Eine innere Stimme sagte ihr, dass sie ihm vertrauen konnte; damit hatte sie quasi einen Schutzschild beiseitegeschoben und musste sich nicht mehr verstecken. Zum ersten Mal seit Langem erlaubte sie es einem anderen Menschen, ihr wahres Ich zu sehen. Damals empfand sie es als eine himmlische Erleichterung, aber mittlerweile ging ihr die Frage durch den Kopf, ob dadurch, dass sie nicht mehr hinter einer Fassade lebte, ihr jene Figur entglitten war, in die sie früher beim Schreiben geschlüpft war: diese Kesse, Findige, die es faustdick hinter den Ohren hatte. Die sich auskannte mit Sex, bei dem sich die Balken biegen, aber auch mit herzerwärmenden Liebesstorys, wobei sie doch eigentlich von Tuten und Blasen keine Ahnung hatte. Wie oft hatte sie einen Liebesroman mit Happy End fabriziert, während sie doch in Wirklichkeit an alldem vorbeilebte?

Auch wenn sie sich über die Jahre immer mal wieder mit Männern getroffen hatte, war doch keiner darunter gewesen, der ihr Interesse geweckt hätte, und erst jetzt dämmerte ihr, dass es teilweise daran lag, dass die Männer wahrscheinlich für Eve Loveheart und nicht für Libby Joseph entflammt waren. Erotisch atemberaubende Figuren zu erfinden, die obendrein noch galante Herzensbrecher waren, damit hatte Libby sich selbst für Männer unbrauchbar gemacht. Sie sehnte sich nach dem, was sie in ihren Büchern fantasierte, mit weniger wollte sie sich nicht zufriedengeben. Dummerweise existierte der Traumprinz nicht. Die Typen, mit denen sie zu tun hatte, hatten weder Händchen mit ihr gehalten noch mit ihr getanzt, nie waren sie bei Kerzenschein oder vor dem Kamin zärtlich geworden, nie war ein Funke übergesprungen, nicht einmal für ein bisschen Zerstreuung hatte es gereicht. Und Libby hatte sich nirgendwo lange genug aufgehalten, um eine ernsthafte Beziehung aufzubauen. Und wenn sie ehrlich war, dann war ihr das ganz recht so. Nun ja, bis es sie nach White Cliff Bay verschlagen hatte, wo sie eine unerklärliche Melancholie beschlich. So etwas war ihr noch nie passiert, und sie tat sich schwer damit, es als das zu erkennen, was es war. Einsamkeit vielleicht, oder Zuneigung zu den Menschen und dieser Stadt. Ein Teil von ihr wäre gern dageblieben und diesen Gefühlen auf den Grund gegangen. Aber sie hatte ja noch nie irgendwo Wurzeln geschlagen. Der Gedanke, in White Cliff Bay zu bleiben, erfüllte sie gleichermaßen mit Angst und Freude. Aber die Angst vor dem Abschied hielt sich zum ersten Mal mit der Freude die Waage. Mehr als ein halbes Jahr hatte sie sich nie an einem Ort aufgehalten, dann war sie weitergezogen. Das rechtfertigte sie sich selbst und anderen gegenüber damit, dass es mit ihrer Arbeit als Schriftstellerin zu tun hatte, aber in Wahrheit steckte viel mehr dahinter.

Sie sah starr auf die Geschichte, an der sie arbeitete, »Der lange Winter«, und überflog die zuletzt geschriebenen Absätze. Zu sagen, dass sie etwas Temperament vermissen ließen, wäre untertrieben gewesen.

Sie hatte sinnliche Inspiration bitter nötig, aber ausgerechnet jetzt kam ihr keine Erleuchtung. Sie musste sich einfach mal wieder einen Kerl anlachen. Wenn sie als Libby Joseph und nicht als Eve Loveheart schreiben wollte, dann musste sie sich auch als Libby auf ein Date einlassen. Es brauchte ja nichts Ernstes zu sein, nur ein paar Verabredungen, damit ihre Fantasie auf das erotische Terrain zurückfand. Es würde neuen Stoff liefern, den sie beim Schreiben ausschmücken konnte, laszive Gesten, verstohlene Blickwechsel.

Da hatte sie eine Eingebung: Womöglich konnte sie zwei Fliegen mit einer Klappe schlagen. Mit einem Lächeln schob sie sich vom Schreibtisch weg und stand auf. Ja, das konnte die zündende Idee sein.

* * *

Gerade war George aus der Dusche getreten und stand splitterfasernackt im Schlafzimmer, da wurde seine Wohnungstür stürmisch aufgestoßen.

»George! George!«, rief Libby und kam über den Flur auf ihn zugestürzt.

Er hechtete über das Bett und warf die Schlafzimmertür vor ihrer Nase zu.

»Verdammt noch mal, du hättest mir fast das Gesicht eingeschlagen! Hältst du etwa eine Frau hier versteckt?« Schalkhaft rüttelte sie am Knauf.

Hektisch zog er sich etwas über. »Ja, wir haben gerade heißen Sex, hau bloß ab.«

»Geht nicht! Ich muss dir was Geniales erzählen, könnt ihr nicht ein Päuschen einlegen? Bei deiner Potenz könntet ihr doch mal verschnaufen.«

Belustigt zog er sich das T-Shirt über den Kopf und öffnete die Tür.

»Okay, Libby, zwei Minuten gebe ich dir, dann muss ich aber wieder rein und zu Ende bringen, was ich angefangen habe.«

»Ich habe eine Idee: Du solltest *mich* ausführen.«

Was für eine unerwartete Wendung! Für George ergab es durchaus einen Sinn: Sie unterhielt sich gern mit ihm und hielt ihn für witzig und liebenswert. Sie hatte nur ein halbes Jahr gebraucht, um herauszufinden, dass sie beide wie geschaffen füreinander waren. Und jetzt ...

»Da könntest du üben, wie du Giselle ansprichst und mit welchen Blödeleien du sie zum Lachen bringst. Ich kann dir Ratschläge geben, was man beim ersten Treffen tut oder lieber nicht tut. Wir können uns gegenseitig helfen. Ich bin auf Inspiration in Liebesangelegenheiten angewiesen, und du könntest deine Kavalierskünste aufpolieren, bevor du dich an Giselle heranmachst. Ich helfe dir gern. Du hast einen ganz besonderen Menschen verdient. Deshalb wäre ich froh, wenn du mit Giselle zusammenkommst, bevor ich weggehe. Als Abschiedsgeschenk für dich könnte ich dir helfen, dass du wieder mit Frauen klarkommst.«

Mehr schlecht als recht überspielte er seine Enttäuschung. »Tja, eine hervorragende Idee. Du bist also mein Versuchskarnickel. Moment, heißt das, ich muss mit dir in ein Schickimicki-Restaurant gehen?« Die waren ihm zuwider. Er wusste nie, was er bestellen sollte, welche Gabel man zuerst benutzte, welches das Glas für Rotwein beziehungsweise für Weißwein war, und die Kellner sahen es einem schon beim Reinkommen an der Nasenspitze an, dass man sonst nicht in solchen Etablissements verkehrte. Sie sahen einen mit Todesverachtung an, als wären sie in einen Haufen Scheiße getreten.

»Vielleicht tut es ganz schlicht und einfach das *Blasen und Schaum*«, schlug Libby vor. »Das ist unser Lieblingspub, und sicher möchte Giselle wissen, was dir so gefällt, dann wärst du entspannter. Im Übrigen führst du sie auf die falsche Fährte im Hinblick auf deine Person, wenn du mit ihr in ein

Nobelrestaurant gehst.« Sie stutzte kurz. »Nun ja, auf der anderen Seite zeigst du ihr, wenn du sie ins Restaurant und nicht in den Pub ausführst, dass du dir Mühe gibst. Also vielleicht ein Kompromiss? Wie wäre es denn mit dem neuen Inder, der am anderen Ende von White Cliff Bay an der Straße nach Port Cardinal aufgemacht hat – dem *Kirschbaum?* Da könnten wir doch hingehen. Das ist nicht nobel, aber schon etwas Besonderes … und außerdem«, sie lächelte schelmisch, »habe ich große Lust auf Curry.«

»In Ordnung, klingt gut, und danach glotzen wir ›Psycho‹. Ich habe mir gerade eine Digitalversion des Originals runtergeladen.«

»Oh ja, ich stehe auf gute Thriller. Also morgen Abend?«, fragte Libby.

George nickte und konnte seine ausgelassene Stimmung kaum verhehlen. Er hatte also mit Libby eine Verabredung zum Essen. Der Tag war für ihn mit einem Mal viel heller geworden.

* * *

Auf dem abendlichen Weg zum Pub warf Libby George einen Blick zu, versuchte aber, stockernst zu bleiben. Er trug einen grünen Pullover mit einem Riesenrentier auf dem Bauch. Es sah albern aus, aber auch irgendwie rührend. Wenn er mal eine Freundin finden sollte, dann betete sie, dass es eine Person wäre, die George genauso nahm, wie er war, mit seinen kindischen Pullovern, seinem verrückten Sinn für Humor und seinen hinreißenden Marotten.

Er sah, wie sie ihn anlächelte. »Du bewunderst wohl meinen Pullover?«

»Ich finde ihn große Klasse. Das bist du, wie du leibst und lebst.«

Er schmunzelte, und als sie den Blick von ihm weg zum Meer schweifen ließ, spürte sie, wie er seine Hand in ihre schob. Sie schaute ihn an, verwirrt von diesem unerwarteten Beweis seiner Zuneigung. Sie waren sich sehr nahe, doch bis zum Händchenhalten war es bislang nie gekommen.

»Wenn wir schon zusammen ausgehen, sollten wir schon …« Er zeigte auf ihre ineinander verschlungenen Hände, einen verschmitzten Ausdruck im Gesicht.

Sie lachte, aber entzog ihm nicht die Hand, er tat auch nichts dergleichen. Es hatte etwas ungeahnt Inniges und hatte sich so natürlich ergeben, mit ihrem besten Freund Hand in Hand zu gehen. Es hatte wieder zu schneien begonnen, weiche Flocken tanzten und wirbelten durch den nächtlichen Himmel, und sie wanderte mit diesem bemerkenswerten Mann Hand in Hand durch die Schneeflocken, das zauberte ein Lächeln auf ihr Gesicht und gab ihr ein warmes Gefühl. Der Wind hatte aufgefrischt, die Wellen brachen sich dramatisch am Strand und verstärkten die bühnenreife Wirkung des Augenblicks. Libby hatte keinen Bedarf an schwärmerischen Vorstellungen, sie konnte die Romantik mit Händen greifen. Mit George auszugehen, bescherte ihr genau das, was sie brauchte.

Sobald sie den Pub betreten hatten, wandte George seine Aufmerksamkeit dem Wirt Seb zu, mit dem er ein wenig plauderte. Libby hatte unterdessen in einer Ecke Amy erspäht, eine Freundin, zu der sie sich setzte.

Der gewaltige Weihnachtsbaum neben Amys Tisch leuchtete und funkelte mit seinem altehrwürdigen Behang, der mit dem viktorianischen Dekor des Pubs harmonierte.

Amy zog ihren dunkelroten Lippenstift nach. Sie war ein Hingucker, Libby beneidete sie. Auch wenn sie selbst eher bequeme als modische Kleidung bevorzugte, hätte sie doch gern das Selbstbewusstsein gehabt, mit dem sich Amy in Schale warf. Auch heute war sie eine Augenweide in ihrem rot-weiß geblümten Kleid im Stil der Fünfzigerjahre und dazu passenden High Heels mit Wahnsinnsabsätzen. Die langen schwarzen Haare hatte sie zu einem Zopf geflochten und am Ende mit einer Blume geschmückt. So richtete sie sich auch her, wenn sie hinter dem Tresen arbeitete.

Verschämt zog Libby ihre Kapuze vom Kopf. »Du siehst richtig scharf aus, wie immer.«

Amy verstaute seufzend ihren Lippenstift in der Handtasche. »Nun ja. Wenigstens dir ist es aufgefallen.«

Amy schaute zur Bar hinüber, und Libby folgte ihrem Blick zu Seb, der mit George und Sally, der anderen Bardame, herumalberte. Dieser Winkel des Raums existierte für ihn offenbar überhaupt nicht.

»Denkst du nicht, dass du da falsch liegst?« Libby beobachtete wachsam das Treiben zwischen Seb und Sally. Flirtete er etwa mit ihr?

»Nein, er mag mich, das schon, aber er will es nicht zeigen. Besonders nicht, wenn Judith in der Gegend herumschleicht wie ein schlechter Geruch.«

»Ich kann Judith eigentlich gut leiden«, meinte Libby und wendete unvermittelt ihre Aufmerksamkeit von Amy ab und streichelte Sebs Hund Jack, der herbeigetrottet war, um zu sehen, ob sich etwas Fressbares schnorren ließ. »Du kannst ihr nicht vorwerfen, dass sie sich immer noch verantwortlich für Seb fühlt, sie muss schließlich achtgeben auf ihren Schwiegersohn, der er ja immer noch ist …«

»Ihre Tochter ist seit fünf Jahren unter der Erde«, entgegnete Amy missgelaunt. »Ich weiß, ich weiß, du brauchst mich nicht daran zu erinnern.«

Sie leerte den Rest des Glases in einem Zug und fügte dann etwas leiser hinzu: »Kannst du dir vorstellen, wie schwer das auch für mich ist – ich muss mich nicht nur an einer Toten vorbei, nein, sondern auch noch an der Mutter der Toten vorbei zu ihm vorkämpfen.«

»Judith fühlt sich verpflichtet, jede Anwärterin auf den angestammten Platz ihrer Tochter besonders kritisch zu beäugen.«

Amy seufzte und zupfte zärtlich an Jacks Ohren. »Mich beäugt sie offenbar ganz besonders kritisch.«

»Nun ja, schließlich hast du im Sommer bei deiner Grillparty ihren Schuppen in Flammen aufgehen lassen.«

»Ich habe Geld für einen neuen hingeblättert, aber sie hat mich schon vorher nicht riechen können.«

»Allerdings, die ›Gartenzwergaffäre‹«. Libby kicherte.

»Das ist nicht lustig.«

»Doch.«

Amys Neffe Charlie war im Sommer zu Besuch gewesen, ein zwölfjähriger Rotzbengel, tollpatschig, immer zu Dummejungenstreichen aufgelegt und mit einem breiten sommersprossigen Grinsen im Gesicht. Er fand Judiths Zwerge im Nachbargarten urkomisch. Während der einen Woche, in der er zu Besuch war, hatte er einige davon zu provokanten Liebespositionen arrangiert. Ein armer Wicht, der sich vornüberbeugte, um einen Frosch aus dem Teich zu fischen, fand sich mit einem Mal von einem anderen Zwergenmann bedrängt, der sich von hinten an ihn herangemacht hatte. Judith war außer sich, und es war nicht gut Kirschen essen mit ihr, schon gar nicht, als sie Amy den Weg zu Seb freigeben sollte. Seit Maries Tod vor fünf Jahren hatte Judith es sich zur Aufgabe gemacht, Seb unter ihre Fittiche zu nehmen. Gerüchten zufolge war kein Mädchen gut genug, ihre Kleine zu ersetzen.

Amy holte tief Luft. »Ich weiß nicht, Libby, vielleicht ist mir das zu kompliziert. Vielleicht sollte ich mir einfach einen Typen suchen, der lieb und nett ist.«

»Du bist doch gar nicht scharf auf was Liebes, Nettes, Amy, dich dürstet es nach Leidenschaft und Komplikationen. Lieb und nett würde dich anöden.«

George kam auf sie zu und reichte Libby einen Cider und Amy einen Rotwein, ehe er sich neben Amy niederließ und sich umständlich ein Plätzchen für seine Beine verschaffte, die er über den unterm Tisch schlummernden Jack hinweghieven musste.

»Hallo, mein Hübscher.« Amy küsste ihn auf die Wange, so wie immer und so wie bei fast allen, die sie kannte. Und er wurde rot, so wie immer. »Was gibt's Neues?«

»Libby und ich haben ein Date«, verkündete er, von einem Ohr zum anderen grinsend. Libby lachte, und Amy verschluckte sich vor Überraschung fast an ihrem Wein.

»Na endlich! Das hat aber ganz schön lang gedauert. Du sagst mir, ich soll mich nicht an ihn ranmachen, aber *du* darfst dir das rausnehmen«, schalt Amy Libby mit einem verständnisvollen Augenzwinkern; offensichtlich fand sie nichts auszusetzen an dieser neuen Sachlage.

»Was?« George horchte auf.

Libby riss erschrocken die Augen auf, als ihr plötzlich wieder einfiel, wie das gewesen war.

»Ich habe Libby gesagt, dass ich dich nach deiner Scheidung von Josie Anfang des Jahres bereitwillig trösten würde, aber Libby meinte, das dürfe ich nicht tun. Ich persönlich mutmaße, sie wäre eifersüchtig auf unseren wüsten Sex.«

George zuckte zusammen, fasste sich aber schnell wieder. In fast anklagendem Ton fragte er Libby: »Wieso, wieso nur hast du mir das missgönnt? Ich liebe doch Sex, besonders von der feurigen Art.«

Libby lachte. »Na ja, du hättest nicht mithalten können mit Amys Appetit, sie würde dich zuschanden reiten. Ich habe es nur gut mit dir gemeint.«

»Na, wenigstens ein einziges Mal würde ich mich gern zuschanden reiten lassen«, brummte er.

Amy schaute heiter in ihr Weinglas. »Warum hast du eigentlich … ach ja: ›Ich möchte, dass George jemanden findet, der ihn verehrt, schätzt und liebt‹«.

George vergaß, ein finsteres Gesicht zu machen. »Das hast du gesagt?«

Libby errötete. »Ich will, dass du glücklich bist. Schau mal, Nick ist da.«

George drehte sich um, Nick winkte ihm zu und machte eine Handbewegung zu dem Tisch, an dem sie jeden Sonntagabend Poker spielten.

»Also, ich geh jetzt am besten rüber.«

Amy stöberte in ihrer Tasche und gab ihm eine Schachtel Streichhölzer. »Hier hast du dein Pokergeld, hoffentlich gewinnst du haushoch.«

Mit einem Grinsen nahm George die Schachtel an sich und zwängte sich aus der Nische heraus. Nach ein paar Schritten kehrte er noch einmal um und gab Libby einen Kuss auf die Stirn. Während er sich entfernte, konnte sie das Lächeln auf ihrem Gesicht nicht verhindern. Dann drehte sie sich wieder zu Amy, die sie gespannt fixierte.

»Ich freue mich für dich, Libby, George ist so ein feiner Kerl, und ihr zwei gehört einfach zusammen. Aber heißt das denn, dass du hierbleibst?«

»Nein, wir sind nicht wirklich zusammen. George hat es auf das Mädchen abgesehen, das gerade in die Wohnung über ihm eingezogen ist, Giselle. Jetzt übt er mit mir. Das ist alles nicht echt.«

»Und deshalb strahlst du über alle vier Backen?«

»Er bringt mich immer wieder zum Lachen, das ist alles.«

»Du würdest mit ihm also kein wirkliches Date haben wollen?« Amy ließ nicht locker, und Libby kapierte nicht, warum. »Du bist nicht verliebt in ihn, kein winziges bisschen?«

»Nein.« Libby merkte, wie sie rot anlief und dass es Amy nicht entging. »In zwei Wochen breche ich auf. Selbst wenn ich etwas für ihn übrighabe, kann ich nichts Gemeinsames mit ihm aufbauen. Ich wäre dann in New York, und er wäre hier, wie soll das gehen?«

»Tja, vielleicht gehst du ja nicht nach New York?«

»Ich muss da hin wegen der Arbeit.«

»Du weißt ebenso wie ich, dass das gequirlte Scheiße ist. Es gibt Hunderte von Schriftstellern, die kein einziges Mal die Orte aufsuchen, über die sie sich auslassen, und andere begeben sich mal ein paar Wochen zu Recherchezwecken dorthin.«

»Das ist aber mein Markenzeichen: anschaulich geschilderte Schauplätze und detaillierte Ortsbeschreibungen.«

Amy nagelte sie mit ihrem Blick fest.

»George interessiert sich nicht im Entferntesten für mich als Frau«, erklärte Libby und begriff plötzlich, dass sie zu erregt protestierte.

»Woher willst du das wissen?«

»Weil er nur ein Kumpel ist, er sieht in mir einen von den Jungs.«

Amy nippte am Wein und betrachtete Libby nachdenklich. »Er übt also mit dir und zwitschert dann mit dieser Gazelle los …«

»Giselle, nicht Gazelle, Amy, sie ist kein Tier.«

»Und was bleibt für euch beide? Die Filmabende, die langen Spaziergänge am Strand … Ihr seid doch im Prinzip ein Paar, nur ohne Sex und Küssen.«

»Ich würde mich für ihn freuen. Giselle ist doch bezaubernd, ich glaube, sie wäre was für ihn.«

»Und du wärst nicht eifersüchtig?«

Libby schüttelte den Kopf.

Amy sah sie ungläubig an, und Libby schaute flüchtig zu George hinüber und überspielte das Unbehagen, das sie bei dieser Vorstellung plötzlich beschlich.

* * *

George sah, wie Libby sich mit Amy unterhielt, und war froh. Es wäre mehr als dumm gewesen, sich wegen eines Dates mit Libby verrückt zu machen. Schließlich war das alles nicht real, zumal sie sich in zwei Wochen auf die Socken machte. Aber irgendwie war ihm ganz komisch zumute.

»Mischst du die Karten nun, oder willst du sie knutschen?«, fragte Matt.

Augenblicklich konzentrierte sich George wieder auf die Tischrunde. Jeden Sonntagabend war Pokern angesagt. Er, Big Dave, Nick und Matt spielten um hohe Einsätze. Letzte Woche hatte er am Ende die wenigsten Streichhölzer und musste den anderen eine Runde ausgeben. Heute Abend war er entschlossen, seinen Stolz zurückzugewinnen. Nick brachte vom Tresen zwei Glas Bier herbei, und George mischte brav die Karten.

Unversehens flog die Tür auf, und Big Dave kam mit seiner ebenso umfangreichen besseren Hälfte im Schlepptau hereingeschneit. Er verdrehte die Augen, als er sich von ihrer Seite entfernte, um sich zu George und den übrigen Jungs zu gesellen.

»Weiber«, brummte er vor sich hin und schlürfte das Bier, das Nick spendiert hatte.

»Sie platzt langsam aus allen Nähten, Dave«, bemerkte George, der Kat dabei zusah, wie sie sich vergeblich zu Amy und Libby in die Nische zu quetschen versuchte.

»Oh Mann, lass sie das bloß nicht hören, das muss ich mir den lieben langen Tag anhören: ›Ich bin so fett wie ein Elefant‹, und dann geht's weiter: ›Ich hasse dich, du hast mir das angetan‹.

Aber stimmt, sie ist wirklich dick. Ich sag euch, wenn sie ein Kalb auf die Welt bringt, wird es mich nicht wundern.«

»Wie weit ist sie denn jetzt?«, erkundigte sich Matt, Erdnüsse knabbernd.

»Morgen noch nicht, aber ihre Schwestern bekamen beide ihr erstes Kind zu früh, sodass sie davon ausging, es würde bei ihr genauso werden. Sie hat die Faxen dicke und nimmt immer noch zu. Sie passt in nichts mehr rein, ich habe ihr angeboten, dass ich mit ihr zusammen Schwangerschaftsklamotten kaufen fahre, aber sie lehnt es ab, jetzt, wo das Baby doch schon da sein müsste. Deswegen komme ich auch zu spät. Sie konnte nichts zum Anziehen finden.«

»Ist das nicht ... das, was du letztens an Halloween anhattest?«, fragte George, als sein Blick auf Kats Schlabbergewand mit dem zipfeligen Saum fiel.

»Sag ihr das bloß nicht! Ich habe ihr versichert, dass es keinem auffallen würde.«

»Es wird sich ja keiner den Mund verbrennen wollen«, wiegelte Nick ab. »Jedenfalls nicht, wenn er am Leben bleiben möchte. – Äh, da kommt jemand, lasst euch nichts anmerken.«

George, Matt und Nick strafften die Schultern und verbargen instinktiv ihre Männlichkeit, als Kat anmarschiert kam.

»Hübsch siehst du aus, Kat«, meinte Nick.

»Halt bloß die Klappe, wie ein Walross sehe ich aus. Dave, holst du mir was zu trinken, oder willst du deine arme Frau verdursten lassen?«

Big Dave erhob sich und zog die Brieftasche aus der Hose. »Selbstverständlich, mein Schatz. Ich dachte, du hättest deinen Geldbeutel bei dir.«

»Den habe ich zu Hause liegenlassen. Aber kein Problem«, fügte sie frostig hinzu. »Immerhin bist du die Ursache dafür, dass ich so eine Tonne bin. Mir verdammt noch mal ein Getränk auszugeben, das bist du mir weiß Gott schuldig.«

Big Dave zog ein ganzes Bündel Zwanzigerscheine heraus und hielt es ihr unter die Nase. »Da, hol dir, wonach dir der Sinn steht.«

Kat entriss sie ihm und stapfte davon.

Big Dave ließ sich schwerfällig nieder und atmete tief ein. »Spielen wir Poker, Jungs. Ich denke, sie wird bald wieder nach Hause wollen.«

Matt gab rasch die Karten aus, und George sah wieder zu Libby hinüber. Nicht einmal seine Drei und Fünf, die ihm nichts nützten, konnten seine Stimmung beeinträchtigen.

* * *

George schnitt schlecht ab bei diesem Pokerspiel. Sie zockten erst eine Stunde, doch schon musste er sich Streichhölzer von Matt ausleihen, der fast jede Runde gewonnen hatte. George hatte nur einmal gewonnen, aber zu guter Letzt musste er die geborgten Hölzchen alle zurückgeben. Gerade war er in das neu ausgegebene Blatt vertieft, als Libby kam und sich neben ihn setzte. Wie betörend sie duftete.

»Wie geht's uns allen heute denn so?«, erkundigte sich Libby und strahlte die Männer in der Runde an.

»Lass mal, junge Frau, Bescheißen ist nicht drin heute Abend, wo die Einsätze so hoch sind.« Big Dave wies auf das ordentliche Häufchen Streichhölzer in der Mitte des Tisches.

»Schreibt euch hinter die Ohren, dass Libby ein angesehenes Mitglied dieser Gemeinde ist«, protestierte George und warf einen Blick auf die Hände in ihrem Schoß. Schnell deutete sie in Zeichensprache ein A und ein D an und malte mit dem Finger ein Herz auf ihre Handfläche. Ein rascher Blick in Nicks Richtung, und dann rieb sie sich die Hände. Sie hatte George zu verstehen gegeben, dass Nick das Ass und die Herzdame hatte, aber sonst nichts Besorgniserregendes. George lächelte ihr zu. Ihre Augen hatten heute etwas Besonderes, sie war so glücklich, dass geradezu ein Leuchten von ihr ausging.

»Tja, wenn ich hier unerwünscht bin, dann verkrümele ich mich wieder.«

Damit stand sie auf und verzog sich, und ohne sich noch einmal umzuschauen gesellte sie sich wieder zu Kat und Amy. George konnte unterdessen seinen Blick nicht von ihr losreißen.

Nick schnippte vor seinem Gesicht mit den Fingern. »He, was ist heute los mit dir? Du bist ja sonst auch grottenschlecht beim Pokern, aber heute bist du auf einem neuen Tiefstand. Warum glotzt du ständig zu Libby rüber? Wir haben schon alle kapiert, dass du seit Monaten in sie verschossen bist, aber wie kommt's, dass du plötzlich so Feuer und Flamme für sie bist?«

»Stimmt gar nicht.«

»Das sieht doch ein Blinder mit Krückstock«, beharrte Big Dave, und Matt bestärkte seine Worte mit einem Nicken.

»Da ist gar nichts ...«, verteidigte sich George mit einem Seufzer. »Wir haben morgen ein Date.«

Daraufhin gaben die Jungs im Chor ein verschwörerisches »Ach soo!« von sich, dessen Lautstärke Libby aufhorchen ließ. Sie schaute zu ihnen und fragte sich, was der Tumult zu bedeuten hatte.

»Kein richtiges Date«, wiegelte Dave ab. »Ich übe an ihr meine Balzkünste.«

»Wenn du das Balzen nennst, dann wird dich nie wieder eine vögeln", kommentierte Matt.

»Und wenn du weiter solche beschissenen Pullover anziehst, dann wird sich keine Mieze mit dir in der Öffentlichkeit sehen lassen und dich schon gar nicht an ihre Wäsche lassen«, fügte auch Nick seinen Senf hinzu.

»Haltet euren Schnabel«, fuhr ihnen Big Dave in die Parade. »Das ist eine sagenhafte Chance für dich, George, das ist *die* Gelegenheit, ihr zu imponieren, geh in die Vollen und verdreh ihr ordentlich den Kopf. Vermassel es nicht.«

»Sie verliebt sich doch nicht in mich, nur weil ich ein paarmal etwas mit ihr unternehme. Ich glaube nicht, dass sie so mir nichts, dir nichts auf mich abfährt. Außerdem verlässt sie White Cliff Bay in zwei Wochen. Egal, was für Gefühle sie für mich hat, sie sind jedenfalls nicht stark genug, sie hier zu halten.«

»Das vielleicht nicht, aber so, wie du sie anschmachtest, wie ein liebeskrankes Hündchen, wirst du sie mit Sicherheit endgültig vergraulen. Du musst es geschickt anstellen, Alter. Vielleicht lässt sie dich dann sogar deine Schlafzimmerkünste an sich testen«, neckte ihn Nick.

Schlagartig bekam die Verabredung am kommenden Abend eine völlig neue Bedeutung. George wusste zwar, dass die Sache nicht bis ins Schlafzimmer führen würde, aber möglicherweise lag Big Dave nicht ganz falsch, und es gab eine klitzekleine Chance, Libby davon zu überzeugen, dass er schließlich doch der Richtige für sie war. Er musste jetzt nur alle Register ziehen, bei Libby Eindruck schinden und dabei auch noch geschickt vorgehen. Er stützte den Kopf in die Hände und fühlte sich schon dem Untergang geweiht, noch bevor er die Sache anging.

Da piepste und vibrierte der Funkempfänger in seiner Hosentasche und hörte gar nicht wieder auf. Als er erschrocken danach griff, bekam er mit, dass auch die Geräte anderer Leute Funksignale empfingen, das von Big Dave eingeschlossen. Oje, auch das noch.

Abrupt verstummten alle, als ihnen klar wurde, was das zu bedeuten hatte.

George war seit Jahren Freiwilliger beim Seenotrettungsdienst, ebenso wie Hunderte anderer, und das hieß, er hatte zweimal monatlich Bereitschaftsdienst. In ihrer kleinen Bucht wurde das Rettungsboot nur selten angefordert, die wichtigsten Notrufe landeten in dem einige Kilometer entfernten Port Cardinal, in dessen Hafen sehr viele Boote ein- und ausliefen. Aber George wusste, dass das Rettungsboot von White Cliff Bay schon manchmal als Unterstützung geordert worden war. Er selbst hatte bisher nur zwei-, dreimal ausrücken müssen.

Von einem Augenblick zum anderen küssten und umarmten sich ringsum in aller Eile die Paare, wenn einer von beiden zum Einsatztrupp gehörte. Es war immer gefährlich, wenn sie ausrückten – das Wetter war unvorhersehbar, man wusste nie, was einem bevorstand. Kat stürzte herbei und schlang die Arme um Big Dave, offensichtlich war ihre schlechte Laune von vorher verflogen. George hatte niemanden, der ihm Glück wünschen musste. Alles bewegte sich in Richtung Ausgang. Da spürte er eine Hand am Arm. Er drehte sich um und sah eine mit Sorge erfüllte Libby. Sie reckte sich ein bisschen, um ihm einen Kuss auf die Wange zu geben, und drückte ihm die Hand.

»Sei vorsichtig, hörst du?«

Er nickte lächelnd, und dieses Lächeln stand ihm noch im Gesicht, als er einige Augenblicke später den anderen Mannschaftsmitgliedern hinterhereilte.

Als er ankam, wurde bereits das Schlauchboot zur Abfahrt vorbereitet, und das hieß, es handelte sich um eine Rettungsaktion in Küstennähe und nicht auf hoher See.

»George, Dave, Richard, ihr fahrt mit dem Schlauchboot raus, aber wir halten uns bereit, falls ihr das zweite Boot braucht«, legte Eric, der Einsatzleiter, fest.

In höchster Eile stiegen sie in ihre Trockenanzüge und sammelten in Rekordzeit die Ausrüstung zusammen, während sie kurz über die Geschehnisse informiert wurden.

»Ein Junge ist von der Slipanlage in der Nähe der Main Street gestürzt, und eine Frau ist hinterhergesprungen.«

Es versprach, ein kompliziertes Manöver zu werden. Selbst an windstillen Tagen war es wegen der Felsen nicht ohne, in die Bucht und auch wieder rauszukommen. Bei diesem Wetter würde es schwer werden, besonders, wenn es sich um zwei Personen handelte. Auch ein Junge war dabei. Falls der in Panik geriet und nicht kooperierte, konnte es erforderlich werden, dass auch die Mannschaft des Rettungsbootes ins Wasser musste.

George ließ den Motor an, und als die zwei anderen eingestiegen waren, legte er ab. Das Boot pflügte wie ein Pfeil durch die Wellen, als er es um die Landzunge herum in die Bucht lenkte, der White Cliff Bay seinen Namen verdankte.

Entlang der Slipanlage reihten sich inzwischen zahlreiche Menschen, die nun alle winkten und gestikulierten, als das Boot heranfuhr.

George legte den zweiten Gang ein und bremste ab, als sie sich dem Ufer näherten, um das Wasser nach zwei menschlichen Körpern abzusuchen.

»Da!«, schrie Dave und hielt den Arm ausgestreckt.

Die Frau und das Kind waren zusammen. Sie hatte den Jungen zu fassen bekommen, und jetzt bewegten sie sich an der Wasseroberfläche mit den Wellen auf und ab, wobei die Frau verzweifelt versuchte, sich und das Kind in Richtung Slipanlage zu retten.

Als sie sich nach dem Boot umdrehte, konnte er erkennen, dass es seine Bekannte Penny und Sam, der kleine Sohn des Bürgermeisters, waren.

An einer plötzlichen Betriebsamkeit auf der Slipanlage war zu erkennen, dass ein Mann ins Wasser springen wollte, aber die Menschenmenge um ihn herum hielt ihn davon ab. Es war nicht Sams Dad, woraus George schloss, dass er sich mehr um Penny als um den Jungen sorgte. Noch jemanden aus dem Wasser ziehen zu müssen, hätte ihm gerade noch gefehlt. George wusste wohl, wenn es Libby gewesen wäre, die da in den Wogen um ihr Leben kämpfte, dann wäre er ebenso in die Fluten gesprungen, auch wenn er die Gefahren kannte.

Rasch positionierte er das Boot so, dass es dem Wind zugewandt stand. Big Dave warf Penny mit gekonnter Präzision die Rettungsleine zu, sie griff mit ihrer freien Hand danach, und man zog sie zum Rettungsboot.

Als das Boot dicht neben ihr auf den Wellen tanzte, hievte sie Sam so weit aus dem Wasser, dass die Männer ihn fassen konnten, dabei wurde sie selbst aber unter Wasser gedrückt.

George langte hinunter, packte Penny und zog sie hoch, sodass Big Dave ohne größere Mühe Sam zu fassen bekam.

Sobald der ins Boot geholt war, streckte Richard die Hand aus, packte Penny am Arm und zog sie gemeinsam mit George, der sie am anderen Arm hielt, ins Schlauchboot, wo sie auf den eisigen Boden sackte und sich zusammenrollte. Die beiden atmeten und waren bei Bewusstsein. Sie brauchten jetzt nur Wärme und etwas Trockenes.

Big Dave kümmerte sich um den Jungen, und George kniete sich neben Penny.

»Alles in Ordnung bei dir?«, fragte er, nahm die Ersatzrettungsweste von Richard entgegen und zog sie ihr über den Kopf.

Sie nickte.

George sah auf der Slipanlage Sams Eltern inmitten der übrigen besorgten Stadtbewohner, und er fuhr das Boot vorsichtig seitlich ans Ufer. Richard warf jemandem in der wartenden Menge ein Seil zu, sodass die Leute das Boot zu sich ziehen konnten. Big Dave beugte sich aus dem Boot und reichte Sam seinem Dad, der mit ihm über die Slipanlage lief, gefolgt von der hochschwangeren Mutter des Jungen.

George zog Penny hoch, und Big Dave half ihr gemeinsam mit einem anderen kräftigen Mann an Land.

Das Drama war vorüber.

* * *

Später lag George wach im Bett. Nach so einem Einsatz floss immer zu viel Adrenalin durch seine Adern, als dass er wirklich hätte schlafen können. Dabei war die Rettungsaktion relativ einfach gewesen. Keiner von der Mannschaft hatte sein Leben riskieren und selbst ins Wasser springen müssen, und er war bereits wieder im *Blasen und Schaum*, noch ehe sein Bier ganz warm geworden war. Als er unter lautem Applaus in den Pub zurückkehrte, kam er sich wie ein Held vor, obwohl es doch kaum der Rede wert war, was er geleistet hatte. Den kleinen Jungen hatte Penny gerettet, ihr gebührte die Anerkennung. Aber ein stolzer Blick und eine Umarmung von Libby machten ihn gleich zum tapfersten Kerl auf Erden.

Plötzlich hörte er eine Tür zuschlagen und gleich darauf seine eigene Wohnungstür schwungvoll aufgehen. Sofort wusste er, dass es Libby war.

Flugs sprang er aus dem Bett und ging ins Wohnzimmer. Sicher spazierte sie schon vor dem Sofa auf und ab.

Einen Moment lang beobachtete er sie dabei, wie sie barfuß hin und her lief, und zwar in dem einteiligen Plumpudding-Schlafanzug, den er ihr vor ein paar Tagen geschenkt hatte. Eigentlich hatte sie ihn um keinen Preis anziehen wollen. Sie brabbelte etwas Unzusammenhängendes. George nahm sie sachte bei der Hand und komplimentierte sie hinaus.

»Es geht nicht«, murmelte sie verärgert.

»Was denn, Schätzchen?«, hakte er nach, während er sie behutsam über den Flur in Richtung ihrer Wohnung lotste.

»Das verstehst du ja doch nicht.«

»Dann versuch's doch mal.« Er schob sie durch die Wohnungstür in ihr Schlafzimmer.

»Clint Eastwood.«

»Was ist denn mit Clint Eastwood?« Sanft schubste er sie ins Bett und deckte sie zu.

»Er will mein Auto kaufen.«

»Gut, ich halte gleich Ausschau nach ihm.«

»Danke, George.« Sie seufzte schläfrig, schloss die Augen und fiel wieder in den Tiefschlaf. Er kehrte in seine Wohnung zurück.

Inzwischen hatte er sich daran gewöhnt, dass sie schlafwandelte. Beim ersten Mal stand sie im Regen auf der Straße und guckte mit einem vollkommen leeren Gesichtsausdruck ins nächtliche All. Er hatte angenommen, dass sie wegen einer schlechten Nachricht einen Schock erlitten hatte. Er war nach draußen gerannt, und zunächst bestätigte sich seine Vermutung, da sämtliche Versuche, sie wachzurütteln, nichts fruchteten. Er hatte sie wieder nach Hause geführt, in eine Decke gewickelt und in den Armen gehalten, bis sie in der Lage war, zu sprechen. Als sie eine Weile später richtig aufwachte, schrie sie hysterisch, weil sie von einem Mann festgehalten wurde, den sie im Dunkeln nicht erkannte.

Als sie feststellte, dass es George war und dass sie mal wieder durch die Nacht geirrt war, erklärte sie, dass es bei ihr ab und zu vorkomme, besonders, wenn sie sich irgendwelche Sorgen machte.

Seitdem war es ziemlich oft vorgekommen, ein-, zweimal im Monat. Manchmal lief sie nur hin und her, manchmal starrte sie Löcher in die Luft oder murmelte etwas Unverständliches. Manchmal konnte er sich aber auch sinnvoll mit ihr unterhalten. Nun ja: halbwegs sinnvoll. So wie über Clint Eastwood gerade eben.

Zum Glück war der Radius ihrer Streifzüge nicht groß – sie wanderte zum Fuß der Treppe draußen, aber meistens in seine Wohnung. Mehrmals hatte er sie dabei ertappt, wie sie immer wieder sein Wohnzimmer durchmaß oder nur auf dem Sofa hockte und den dunklen Fernseher anstierte. Einmal war er aufgewacht, als sie über ihm stand. Seine Schreie holten sie aus ihrem schlafähnlichen Zustand zurück.

Er hatte nichts dagegen, sich zu ihrem Beschützer aufzuschwingen und sie wieder ins Bett zu bringen, genau gesagt gefiel ihm diese Rolle. Es war noch so eine Eigenheit an ihr, die er süß und liebenswert fand.

Nur ein einziges Mal war Libby mit dieser Eigenheit George in die Quere gekommen, als er es nämlich geschafft hatte, eine Frau zum wiederholten Mal in seine Wohnung zu locken. Sinead hätte bestens dafür getaugt, sein Liebesleben wieder in Schwung zu bringen. Sie waren gerade nach Hause gekommen und hatten sich auf das Sofa geworfen, wo sie in einem Gewirr von Beinen und hastig abgeworfenen Kleidungsstücken heiß und innig miteinander knutschten. Als George aufschaute, erspähte er Libby am anderen Ende des Sofas, sie saß da und starrte ihre Hände an wie die unglückselige Lady Macbeth.

Sinead flippte aus, hauptsächlich wegen Libbys wildem, wahnsinnigem Gesichtsausdruck. Dass sie einen wahnsinnigen Blick hatte, wäre George bis dahin nicht in den Sinn gekommen, er hielt ihn eher für verloren, verschreckt und wehrlos.

Sinead zeigte sich wenig überzeugt von der Zärtlichkeit, mit der er Libby anfasste, und schlug vor, er solle sie lieber kräftig ohrfeigen, um sie auf den Boden der Tatsachen zurückzuholen, und anschließend hinauswerfen. Als George Libby schließlich friedlich in ihr Bett befördert hatte, war Sinead bereits über alle Berge. Sie hatte ihm eine Nachricht hinterlassen: »Du und diese Irre, ihr habt euch gesucht und gefunden.«

Ganz schön verletzend, dachte er bei sich.

Als er ins Bett ging, überlegte er, warum Libby heute Nacht wieder schlafgewandelt war. Tagsüber war sie doch ganz wohlauf gewesen, fröhlich und quirlig wie immer. Aber ohne Frage beunruhigte sie irgendetwas. Sonst wäre sie nicht wieder zu ihm gekommen. Er nahm sich vor, sie am nächsten Tag zu fragen.

Kapitel 3

Während sie sich lila Farbe ins Haar massierte, dachte Amy, der Haken an der Sache war, dass sie nichts gemein hatte mit Marie, Sebs verstorbener Frau. Ja, sie waren wie Tag und Nacht. Marie war eine Bohnenstange gewesen, Amy eine Sanduhr mit großen Brüsten und einem ordentlichen Hintern. Marie war niedlich, ruhig und lieb gewesen, wohingegen Amy laut und rebellisch war und einen trockenen Humor hatte. Marie trug Jeans und T-Shirts, Amy dagegen besaß nicht ein einziges Paar Jeans. Wenn Seb zugab, dass er Amy liebte, wäre das ein Schlag ins Gesicht für Judith gewesen, nicht nur, weil sie sie auf den Tod nicht ausstehen konnte, sondern auch, weil sich dann für Judith die Frage stellte, ob er Marie überhaupt geliebt hatte, wenn er jetzt sein Herz an eine Frau ganz anderen Schlages verschenkte.

Beim Blick in den Spiegel verzog Amy das Gesicht. Die dunkellila Farbe von Cadbury unterschied sich kaum von ihrem dunklen, fast schwarzen Haar. Sie hob eine Strähne an und fragte sich, ob Marcus, ihr zweiter Chef, schon mal was von Perücken gehört hatte, die ihr all diesen Firlefanz hätten ersparen können. Mit einer lila Perücke wäre ihr Auftritt auch viel dramatischer gewesen.

Sie ging ins Schlafzimmer, um die zwanzigminütige Einwirkzeit verstreichen zu lassen, und schaute aus dem Fenster. Von diesem höchstgelegenen Punkt von White Cliff Bay aus hatte sie einen fantastischen Ausblick auf das Meer und die Hügel und Klippen ringsum.

Unter ihr im Garten bewegte sich etwas, wie sie erst jetzt bemerkte: dieser unausstehliche Philippe, Judiths geliebter, psychisch gestörter Kater von nebenan. Allem Anschein nach war Philippe keine gewöhnliche Katze, sondern von außergewöhnlicher Rasse, was Judith ihr auch stolz bestätigt hatte. Lang und breit hatte sie sich darüber ausgelassen. Aber als Amy die Namen Minskin und Munchskin vernahm, ging der Rest zum einen Ohr herein und zum anderen wieder hinaus. Das hörte sich schon an wie irgendwelche Gestalten aus dem »Zauberer von Oz«. Philippe war makellos weiß, hatte Stummelbeine und Megaohren und war der Teufel in Tiergestalt. Einmal hatte Amy den Fehler gemacht und ihn streicheln wollen, da kratzte er sie so tief ins Fleisch, dass sie sich fragte, ob er Rasierklingen statt Klauen hatte.

Sie beobachtete ihn und sah, dass er nun im Baum hockte und sich eingeklemmt hatte, seine Pfote war verkeilt oder steckte irgendwo fest. Sie verfolgte, wie er in seiner aussichtslosen Lage daran zog und langsam panisch wurde, als er sich nicht befreien konnte. Wenn er sich in dieser Zwangslage nun verletzte oder ein Bein brach, oder wenn eine Sehne riss? Bei allem Hass auf Philippe würde sie die arme Kreatur nicht leiden lassen. Judith war nicht da, Amy hatte sie vor einer Weile aus dem Haus gehen sehen. Folglich war es an Amy, etwas zu unternehmen.

Sie raffte den Morgenrock enger zusammen und lief barfuß die Stufen zum Garten hinunter. Kurzentschlossen fasste sie sich ein Herz und erklomm schwungvoll den Baum, von einem langen, verzweigten Ast auf den nächsten kletternd.

Philippe miaute qualvoll, er riss und zerrte verzweifelt an seiner Pfote. Als Amy sich zu ihm vorgearbeitet hatte, streckte sie die Hand nach ihm aus, woraufhin er zu einem Hieb ausholte und mit seiner Pfote so heftig ihre Hand aufschlitzte, dass es sofort zu bluten begann.

»Du kleines Mistvieh, ich will dir doch bloß helfen«, fluchte sie und griff nach der eingeklemmten Pfote, um sie zu befreien. Da biss ihr Philippe in die Hand, und sie heulte noch lauter auf als die Katze.

Mit einem Mal schaffte es Philippe, seine Pfote herauszuziehen, warf sich auf Amy und grub ihr seine Krallen in die Kopfhaut. Sie versuchte ihn abzuschütteln, aber er hatte sich mit einer Pfote fest verkrallt, und jedes Mal, wenn sie ihn packen wollte, schlug er mit seiner anderen rasierklingenbewehrten Pfote nach ihr.

Irgendwie gelang es ihr, ihn von ihrem Skalp loszumachen, zog ihn in ihre Arme und stellte zu ihrem Erschrecken fest, dass er über und über lila gescheckt war.

* * *

Judith betrat ihr Haus und ging, gefolgt von ihrer Freundin Claudia, der Gemeinderätin des Städtchens, in die Küche.

»Ja, das habe ich ihm doch gesagt«, sagte Claudia. »Er kann nicht einfach einen Wohnwagen vor meinem Haus abstellen und auch noch da stehen lassen …«

Judith stellte sich an die Spüle und füllte den Wasserkessel, sah aus dem Fenster und war wie vom Blitz getroffen, als sie Amy in halber Höhe des Baums erblickte. Die lila Haare standen nach allen Seiten ab. Sie arbeitete sich den Baum hinunter und hielt dabei mit einem Arm energisch irgendwas Zappelndes umklammert. Zu ihrem Entsetzen sah sie, dass Amy sich plötzlich den Morgenmantel vom Leib riss und eine großflächige Tätowierung sichtbar wurde, ein Hai, der über ihren nackten Hintern schwamm.

»Was kuckst du denn so?«, fragte Claudia und schaute in dieselbe Richtung. »Ach du liebes bisschen …«

Judith verschlug es vollends die Sprache, als Amy etwas in ihren Morgenmantel wickelte, sich am Hintern kratzte, vom Baum stieg und mit hüpfenden Brüsten in ihr Haus eilte.

* * *

Amy huschte mit dem jämmerlich fiependen, strampelnden Bündel die Treppe hoch, feuerte es ohne viel Federlesens in die Duschkabine und warf die Tür zu.

Sie sah an sich hinunter: All das Blut ließ an eine Schlachtorgie denken. Schnell versorgte sie ihre Wunden, ging unter die Dusche und schloss sie. Ihr Morgenmantel maunzte und schlug wild um sich, aber entkommen konnte Philippe nicht. Inzwischen hatte sich die lila Farbe über Amys ganzen Körper verteilt, Schultern und Arme waren verschmiert.

Sie wusch sich die Haare und schrubbte sich von oben bis unten, dann befasste sie sich mit dem sich krümmenden und windenden Bündel.

Sie nahm den Duschkopf in die Hand und fummelte ihren Morgenmantel auseinander. Als Philippe im Begriff war, sich auf sie zu stürzen, hielt sie ihm den Duschkopf entgegen und bespritzte ihn mit Wasser, sodass er zurückwich, auch wenn er nicht aufhörte zu fauchen. Inzwischen hatte er am ganzen Körper eine lila Tönung angenommen, auf dem weißen Fell wirkte sie besonders auffallend. Amy griff nach ihrem Luxusshampoo, schoss einen Strahl davon auf Philippe und rubbelte ihm stellenweise den Pelz, wobei sie ihn weiter mit dem Duschkopf in Schach hielt. Aber wie sehr sie ihn auch zu seinem Missfallen einseifte, die lila Farbe ging nicht ab.

Wie sollte sie Philippe in diesem Zustand zurückbringen? Vielleicht sollte sie ihn einfach bei sich behalten und Judith sagen, sie habe ihn nicht zu Gesicht bekommen. Sie konnte ihn für den Rest seines Lebens bei sich zu Hause einsperren. Nie würde Judith es herausfinden. Aber als Philippe ihr erneut einen Hieb an den Knöchel verpasste, wurde ihr klar, dass sie ihn höchstwahrscheinlich um die Ecke bringen würde, noch ehe diese Woche um war.

Zunehmend panisch, nahm sie ihren Elektrorasierer zur Hand und setzte ihn an den am krassesten leuchtenden Stellen an. Fell wirbelte empor, Philippe gab gequälte Laute von sich und holte mit der Pfote nach ihr aus, aber sie hielt ihn mit dem Wasserstrahl in der Ecke der Duschkabine in Schach.

Zu guter Letzt, als sie ihr Bestes getan hatte, drehte sie das Wasser ab und ließ Philippe klatschnass und jaulend dort hocken. Sie ging hinaus, um ihre Arbeitskluft anzuziehen.

Wenig später begutachtete sie sich angewidert im Spiegel. Sie hatte sich nicht unbedingt die Finger danach geleckt, als lila Brombeere kostümiert, inklusive lila Strumpfhose und lilaglänzenden Schuhen in Übergröße, den Montag rumzukriegen, aber es zahlte sich für sie in barer Münze aus.

Sie bestellte ein Taxi und warf durch die Tür der Duschkabine noch einen Blick auf das von ihr angerichtete Unheil. Philippe war noch lila, das Shampoo hatte keinen Deut daran geändert, die Farbe war durch das Fell gesickert und hatte sich auf der Haut festgesetzt. Mit der Rasur hatte sie auch nichts anderes erreicht, als dass er wie gefoltert aussah. Das Fell war ungleichmäßig geschoren, der Körper wies überall verteilte kahle Stellen auf.

Sie öffnete die Tür der Duschkabine und warf ein Handtuch über Philippe, packte ihn darin ein und nahm das Bündel hoch. Sie stieg die Treppe hinunter und setzte ihre letzte Hoffnung auf den unwahrscheinlichen Zufall, dass Judith unterwegs war und sie Philippe vor ihrem Haus absetzen konnte.

Als sie aber den Fuß vor die Tür setzte und Judiths Auto erblickte, verzagte sie vollends.

Sie tapste durch den Garten, klingelte bei Judith und betete, dass sie über Nacht einen Sinn für Humor entwickelt hatte und der Sache etwas Komisches abgewinnen konnte.

Amy betrachtete das Haus ihrer Nachbarin. Es war überhaupt nicht adventlich geschmückt. Amy übertrieb es in Sachen Deko auch nicht unbedingt in ihrem eigenen Zuhause; dass da drüben aber so kurz vor dem Fest rein gar nichts Weihnachtliches prangte, fand sie doch etwas traurig. Gleichzeitig ging ihr die Frage durch den Kopf, ob es daran lag, dass Judith seit Maries Tod der Gedanke an feiern fremd war.

Die Tür öffnete sich.

»Judith, hallo, ich …«

»Amy …« Judith verschlug es beim Anblick dieser lila Brombeere auf ihrer Schwelle kurz die Sprache, dann fasste sie sich aber. »Ich wäre dir dankbar, wenn du nicht barbusig durch deinen Garten marschieren würdest, wenn ich Besuch habe. Ehrlich gesagt, habe ich generell kein gesteigertes Interesse daran, dich nackt zu sehen.«

Amy war es furchtbar peinlich. »Es tut mir leid, wenn ich dich brüskiert habe, eigentlich wollte ich nur Philippe helfen.« Sie machte eine Kopfbewegung zu dem kläglich miauenden Knäuel in ihren Armen, von dem Judith erst jetzt Notiz nahm.

»Philippe! Das ist ja Philippe! Gütiger Gott, was machst du mit ihm?« Judith entriss Amy das Bündel, und der Kater wurde mit einem Schlag ganz kleinlaut, als er die Stimme seines Frauchens vernahm.

Judith machte sich sogleich daran, das Handtuch aufzuwickeln, doch Amy gebot ihr mit einer Handbewegung kurz Einhalt. »Hör mal, es tut mir echt leid, er klemmte im Baum fest, und als ich ihn herunterholen wollte, sprang er mir auf den Kopf. Ich hatte doch lauter lila Farbe drauf. Da habe ich ihn gewaschen, aber die Farbe wollte nicht abgehen, und … dann habe ich ihn rasiert. Ich dachte doch, ich kriege die Farbe ab, aber das hat auch nicht hingehauen … Entschuldige bitte.«

Hinter ihr hupte das Taxi.

Judith horchte auf. »Rasiert hast du ihn?« Gottlob war sie auf das Rasieren fokussiert und weniger auf den Umstand, dass Philippe in ein lila Farbbad geraten war.

»Entschuldigung!« Amy machte dem Taxifahrer mit einer Geste deutlich, dass sie gleich zur Stelle sein würde.

Judith machte sich daran, das Bündel auseinanderzuwickeln und stieß einen spitzen Schrei aus, als ihr das ganze Ausmaß der von Philippe erlittenen Folter vor Augen trat.

»Du Scheusal, du Biest, wie konntest du nur …«, zischte Judith, Philippe in den Armen wiegend.

»Ich bin wirklich untröstlich, ich wollte ihm doch nur helfen, aber er hat was gegen mich, und da –«

»Kein Wunder, dass er was gegen dich hat, du bist einfach nur schrecklich! Seb beklagt sich oft über dich bei der Arbeit, er kann dich auch nicht ausstehen. Das Allerletzte bist du!«

»Es tut mir sehr, sehr leid.« Amy zuckte todunglücklich mit den Schultern, drehte sich um und schleppte sich mit hängendem Kopf zum Taxi.

»Du wirst nie wieder einen Fuß in den Pub setzen, dafür sorge ich«, rief ihr Judith hinterher.

Amy erstarrte und drehte sich zu einer Erwiderung um, doch in dieser Situation wäre jedes Wort vergebliche Liebesmüh gewesen. Deshalb setzte sie sich ins Taxi und fuhr davon.

* * *

George war weg gewesen, er hatte seiner Mutter mit einem antiken Kleiderschrank geholfen, den sie auf einem Flohmarkt erstanden hatte. Er war müde, da er ja am Vorabend auch schon unterwegs gewesen war, und wollte auf dem Sofa ein Nickerchen halten.

»Hallo Schätzchen«, rief er ins Schlafzimmer hinein zu Candy, der Aufblaspuppe, die er vor ein paar Jahren aus einem Container gerettet hatte. Eines Tages würde er nach Hause kommen, und Candy, die sich in die schöne Kim Cattrall aus *Mannequin* verwandelt hätte, würde ihm antworten.

»Hi, Süßer, das Abendessen steht schon im Herd, ich habe dir die Schuhe geputzt und die Hemden gestärkt.«

Verklärt schwebte er in die Küche, schenkte Apfelsaft in zwei Gläser und brachte sie ins Wohnzimmer.

Da lag Libby bäuchlings auf dem Sofa, sie steckte noch in ihrem Plumpudding-Einteiler und hatte total zerzaustes Haar. Sie strahlte von einem Ohr zum anderen, als sie George erblickte, und paddelte entspannt mit den Beinen. Sie war damit beschäftigt, auf ihrem Laptop zu schreiben. Mehrere Blätter Papier lagen um sie herum verstreut. Hinterm Ohr steckte ein roter Kugelschreiber, zwischen den Zehen ein violetter.

George reichte ihr eines der Gläser, fläzte sich in den Sessel und ließ mit einem geschickten Handgriff die Fußstütze hervorschnellen.

»Wie geht es deiner Mum?«, fragte Libby.

»Es geht ihr gut«, sagte George zufrieden. »Du weißt ja, wie Verity ist. Immer muss sie jemanden bemuttern, ob es ihm passt oder nicht. Derzeit überschüttet sie die arme Judith Axe mit ihrer Fürsorge. Sie meint, Judith trauere zu lange um ihre Tochter, es sei höchste Zeit, dass sie das hinter sich lässt. Mum würde sie gern mit Onkel Bob verkuppeln, denn sie sind, wie sie sagt, ›das Traumpaar schlechthin‹.«

»Ich mag deine Mum.«

George freute sich, er fand es schön, dass Libby immer ein offenes Ohr für sie hatte.

»Gibt es eigentlich einen Grund dafür, dass du am heutigen Montagvormittag in mein Territorium eingedrungen bist?«

»Brauche ich einen Grund?«

»Keineswegs, du bist jederzeit willkommen, wie du weißt.«

»Um die Wahrheit zu sagen: Ja, ich habe einen Grund – Rosie und Alex. Ich kann mich einfach nicht konzentrieren, wenn sie da oben ununterbrochen wie die Kaninchen rammeln. Anscheinend hat Alex heute frei.«

»Aber du schreibst doch solch erotisches Zeugs. Eine Portion Sex müsste dich eigentlich animieren?«

»Das denkst du dir so in deinem jugendlichen Leichtsinn. Momentan behindert es mich eher, statt dass es mir hilft.«

Er beäugte sie kritisch. Immer hatte sie ihn beschworen, ihre Bücher nicht zu lesen, was er gern respektierte, aber manchmal packte ihn die Versuchung, dadurch mehr über Libbys Innenleben zu erfahren. Ob er wohl Anhaltspunkte dafür finden würde, warum es sie ständig von einem Ort zum nächsten trieb?

»Du hast also neuerdings Probleme mit dem Schreiben?«

»Ja, ich glaube, es liegt daran, dass ich selbst zurzeit kein allzu ausschweifendes Liebesleben habe, da fehlen mir die Ideen.«

»Hast du denn normalerweise einen festen Freund und triffst dich mit ihm irgendwo, wo du Inspiration für deine Herz-Schmerz-Storys bekommst?«

»Nein, so jemanden hatte ich eigentlich noch nie. Es gab Männer, mit denen ich zwei-, dreimal ausgegangen bin, aber nichts Festes. Wenn ich schreibe, dann unter dem Pseudonym Eve Loveheart, und so konnte ich mir bisher gut vorstellen, wie sie sich in der jeweiligen Situation, in die ich meine Figuren stelle, verhalten würde. Außerdem beobachte ich andere

Menschen und greife auf Erfahrungen aus dem echten Leben zurück, aber meine Geschichten spielen in einer heilen Welt. Ich schildere Beziehungen, von denen Frauen träumen. Der grobe Klotz, der einen kleinen Jungen vorm Ertrinken rettet, kehrt zurück und erklärt der Frau, die ihm Tag und Nacht durch die Träume geistert, seine Liebe, denn ganz unverhofft kapiert er, dass das Leben kurz ist und man es mit beiden Händen packen muss.«

George fragte amüsiert: »Schreibst du über mich?«

»Gut möglich.«

Er seufzte resigniert. »So ein schneidiger Muskelprotz vom Seenotrettungsdienst mit nichts als einer wasserdichten Hose am Leib, oben ohne, mit nassglänzendem Sixpack, der sein Leben für ein Kind riskiert, ist mit Sicherheit um einiges attraktiver als ich armes Würstchen, wenn ich von einer unspektakulären Rettungsaktion nach Hause komme, die Kleidung wechsle und nicht den Mumm habe, der Frau meiner Träume zu erklären, dass ich heillos bis über beide Ohren in sie verschossen bin, weil ich Schiss habe, dass sie mich abweist.«

»Ich helfe dir. Es geht darum, dich selbst zu mögen, damit andere Menschen dich auch lieben können. Zwar ziehen sich Frauen gern Geschichten über große, starke Alphamännchen rein, die so richtig fies und düster sind, aber in Wirklichkeit sehnen sie sich nach einem lieben, freundlichen Mann, der sie höflich behandelt, einem, der ihnen Tag für Tag Freude macht. Du hast so viel davon.«

Er sah aus dem Fenster aufs Meer hinaus. Kein weibliches Wesen würde lieb und freundlich den Vorzug gegenüber draufgängerisch und sexy geben. Dafür war er selbst der lebende Beweis. Josie hatte ihn sitzen lassen wegen des dynamischen Chase Kent. George war ihr zu wenig aufregend, das hatte ihm Josie oft genug unter die Nase gerieben, und dazu fad, für keine Überraschung gut, eine graue Maus. Doch bevor er zu lang darüber nachdachte, lenkte er das Gespräch schnell in eine andere Richtung.

»Und du? Du schreibst Liebesromane, du willst mir Ratschläge geben, warst aber nie selbst verliebt. Meinst du nicht auch, dass es genau daran mangelt? Dass nicht nur in deiner Geschichte, sondern auch in deinem Leben die Erfahrung der großen Liebe mit all ihrem Glanz und Gloria fehlt?«

»Ich brauche das nicht.«

»Jeder Mensch will geliebt werden, jeder braucht jemanden.«

Heftig schüttelte Libby den Kopf. »Ich nicht.«

»Wie kann eine Autorin von rührseligen kitschigen Liebesromanen so verbohrt sein und die Liebe für sich selbst ablehnen? Lieber stirbst du tausend Tode, als dich zu verlieben – woher kommt das bloß?«

»Ich habe keine Angst davor, ich will es einfach nicht. Sich verlieben heißt, sich auf Gedeih und Verderb einem anderen auszuliefern, und das möchte ich nicht. Deine Hoffnungen und Zukunftspläne gibst du in fremde Hände. Nichts ist schlimmer, als dabei zusehen zu müssen, wie die eigenen Träume dahinschwinden. Wie sie langsam zertreten und vernichtet werden. Das muss einen zugrunde richten. Hast du mal einen Menschen gesehen, der innerlich abstirbt, dessen Lebensfreude und Glück vor sich hin welken, bis nichts mehr übrig ist? Am Ende ist er völlig ausgehöhlt. Das ist schlimm. Genau das hat Josie mit dir gemacht, sie hat dich heruntergeputzt und dein Selbstvertrauen zerstört, aber wenigstens hast du den Mut gehabt, dich loszueisen, bevor sie dich total zur Strecke brachte.«

»Von unserer Ehe war nichts mehr übrig. Ich glaube nicht, dass es mutig war, sich von ihr zu trennen. Sie hasste mich und hatte keine Achtung mir gegenüber, das zeigte sich, als ich sie um die Scheidung bat und sie mir ohne mit der Wimper zu zucken ins Gesicht sagte, sie würde schon seit zwei Jahren mit

Chase Kent schlafen. Das war ihr letzter Versuch, mir den Rest zu geben.«

»Herrgott, wer tut das einem geliebten Menschen an? Selbst wenn es aus ist mit der Liebe, wie kannst du den, der dich aus ganzem Herzen liebt, so verletzen? So etwas will ich nie erleben müssen.«

Er brütete vor sich hin. »Wenn du den richtigen Menschen findest, dann baust du um ihn herum deine Träume, deine Träume werden die des anderen, und dann erträumt man sich zusammen etwas. Das Leben mit Josie hat mich zugrunde gerichtet, ich habe seitdem Angst, wieder verletzt zu werden, wenn ich es noch mal mit einer Frau versuche, aber an der Liebe selbst würde ich niemals verzweifeln. Das ist ganz großes Kino, Libby – denk mal an das Hochgefühl bei deinem Fallschirmsprung in Thailand. Dieses Hochgefühl in doppelter Menge, nein, hundertfach. Am Anfang hatte ich das mit Josie, und ich will es noch einmal erleben. Du hast gesagt, du willst einmal ohne Reue auf dein Leben zurückblicken. Was du aber vor allem verpasst und bereuen wirst, weil du es nie erlebt hast, das ist diese leidenschaftliche, durchgeknallte Achterbahnfahrt, bei der dein Herz aussetzt, wenn du dich Hals über Kopf verliebst. Während du mir den Knigge fürs Flirten beibringst, werde ich dir bei der Gelegenheit vorführen, was dir entgeht, wenn du Beziehungen ständig aus dem Weg gehst.«

Libby hatte aufmerksam zugehört und lächelte jetzt. »In Ordnung.«

Er spürte, dass die ungute Spannung aus ihrem Gespräch gewichen war. Libby hatte schlechte Erfahrungen mit der Liebe gemacht, und es bereitete ihm Kummer, dass sie sich davor abschottete, aber auch er war ein gebranntes Kind und trotzdem fest entschlossen, ihr zu zeigen, wie belebend die Liebe sein konnte. Zwischen ihnen würde das wohlgemerkt nichts ändern, aber eines schönen Tages würde sie sich einer neuen Beziehung öffnen. Zum Heulen wäre die Vorstellung gewesen, dass Libby immer allein durchs Leben triebe.

»Okay?«

»Ja. Okay. Ich habe immer gern Neues ausprobiert, neues Essen, neue Erfahrungen. Ich kann es mal damit versuchen, eine Beziehung zu haben.«

»Heute ist ja unser großer Abend zu zweit angesagt.« George verzog schelmisch das Gesicht, gern hätte er Libby wieder aufgeheitert. »Was kann ich tun, damit unser Date mit heißem Sex endet?«

Libby lachte.

»Ich will nicht gleich das Kind mit dem Bad ausschütten und dich schon am ersten Abend verschrecken, aber ich will auch nicht überheblich sein und mich lieber dahinterklemmen, dass eine zweite Verabredung zustande kommt.«

»Ein zweites oder auch drittes Date wird schon drin sein, das kann ich dir garantieren. Wenn schon, denn schon. Für meine Story kann es gar nicht zu viel des Guten sein, wenn ich in so ein neues Erlebnis richtig eintauche. Ich brauche erotische Körpersprache jeder erdenklichen Art. Meine Fans sind verrückt nach diesem großen Gestus der ewigen Liebe, also alles, was dir dazu einfällt, ist willkommen. Ich brauche ganz viel Inspiration. Sie kann durchaus auch weihnachtlich angehaucht sein. Spektakuläre Weihnachten habe ich nie erlebt, meist habe ich die Feiertage allein verbracht, also alles, was thematisch mit Weihnachten zu tun hat, wäre ein Sahnehäubchen. Wenn du eine Schlittenfahrt mit Rentieren arrangieren kannst, falle ich vor dir nieder und bitte dich um deine Hand. Aber wenn du den Bogen überspannst und etwas tust, was nicht für Giselle passend ist, dann sage ich es dir. Mit einem Verlobungsring aus Eis mit zwei Meter Durchmesser oder einem Barbershop-Quartett, das eine Liebeserklärung singt, würdest du übers Ziel hinausschießen.«

»Wäre es denn passend für *dich*?«

»Himmel, ich liebe solchen Kitsch. Auch wenn ich mir persönlich keine Beziehung wünsche, werde ich rührselig, wenn ich solch liebevollen Aufwand bei anderen sehe.«

»Das habe ich abgespeichert.«

Libby sah zufrieden aus. »Folge einfach deiner Eingebung. Vergiss nicht, dass wir uns gegenseitig helfen wollen, also muss ich den echten George, mit dem sich Giselle trifft, einschätzen können.«

Er nickte, den Blick auf einen Tropfen Saft gerichtet, der am Glas herunterlief. Im Grunde seines Herzens hielt er es nicht für möglich, dass sich irgendjemand für den echten George interessieren könnte.

»Wir haben auch noch den Weihnachtsball, der näherrückt, vielleicht verwenden wir den für ein Date. Es gibt doch nichts Romantischeres als einen richtigen Ball, da wird man in den Armen des Herzallerliebsten ordentlich herumgeschwenkt.« Einen Augenblick schaute Libby wehmütig drein, dann tippte sie rasch einige Zeilen in den Laptop.

»Heißt das, ich muss tanzen?«

»Ja, tut mir leid. Ein Auswahlkriterium für meinen Traummann sind seine Fähigkeiten beim Tanzen, oder, noch wichtiger, seine Bereitschaft, mit mir zu tanzen. Die wahren Helden tanzen alle. Nur einen Abend lang, George. Du kriegst das ganz bestimmt hin.«

»Ich tu mein Bestes. Also ein aus Eis geschnitzter Diamantring, ein Barbershop-Quartett, Romantik, Champagner, Kerzen, Toffees, Tanz, Kaminfeuer und Schlittenfahrt im Schnee gefällig?«

»Genau, mehr will ich ja gar nicht.«

»Und wenn ich mich so ins Zeug lege, dass wir beide noch vor Heiligabend verheiratet sind?«

»Ja, das wäre was.« Libby strahlte ihn an. Ganz kurz meinte er, in ihrem Blick zu sehen, dass sie es wirklich ernst meinte.

Er räusperte sich und schaute weg. Auch sie senkte den Blick auf die Tastatur und tippte ein paar Zeilen.

»Ja, ich würde mich dann ein bisschen aufs Ohr hauen, ehe wir unser heißes Stelldichein haben. Ich muss meine Energiereserven für den leidenschaftlichen, schmutzigen Sex aufsparen, den es gibt, wenn ich dein Herz im Sturm erobert habe.«

»Soll ich gehen?«, fragte sie.

»Nein, bleib nur.« Er lehnte sich zurück und schloss die Augen. »Da kann ich allen erzählen, ich habe heute früh mit Libby geschlafen.«

***

George schlief auf der Stelle ein, das verrieten Libby seine ruhigen Atemzüge. Zwischen ihnen beiden ging es so entspannt zu. Friedlich sah er aus, die Ruhe in Person.

Ihr gefiel es, dass George ihr die Liebe beibringen wollte, es rührte sie, wie er sich um sie sorgte, obwohl sie schon vor Langem beschlossen hatte, dass sie keinen Bedarf an einem Kerl hatte, der sie zu ihrem Glück zwang. Auf jeden Fall lieferten seine Bemühungen ihr eine Fülle Stoff für ihre Bücher.

Sie sah sich um. War hier noch mehr Weihnachtsdekoration als gestern?

Über dem viktorianischen Kamin hingen riesige Strümpfe, auf einem stand »George«, auf dem anderen »Libby«. Sie freute sich riesig. Er hatte ihr angekündigt, dass er einen Strumpf für sie besorgen werde, wie es sich für Weihnachten gehörte, und er wollte ihn am Kamin aufhängen, weil sie den Feiertag bei ihm verbringen wollte. Es war eine liebevolle Geste, die ihr ans Herz griff.

Dann konzentrierte sie sich wieder auf den Bildschirm und runzelte unzufrieden die Stirn. Gerade hatte sie mit der Szene begonnen, in der Eliza und Charles das erste Mal zusammen waren, doch bis jetzt stimmte die Chemie zwischen den Figuren überhaupt nicht, sie standen sich hölzern gegenüber, als warteten sie auf ihr Stichwort.

George murmelte etwas im Schlaf. Sie betrachtete ihn. Auch sie war müde, letzte Nacht hatte sie nicht gut geschlafen und beim Aufwachen festgestellt, dass die Füße schmutzig waren, ein Zeichen dafür, dass sie wieder schlafgewandelt war. Wenn sie nachts unterwegs war, fühlte sie sich danach meist ein bisschen wie durch den Fleischwolf gedreht.

Sie schloss die Augen, um sich die Szene mit Eliza und Charles bildlich vorzustellen. Was täte Eve Loveheart an ihrer Stelle? Aber ihr fiel nichts ein. Mit einem Mal kam Libby ihr gesamtes bisheriges Geschreibsel wie an den Haaren herbeigezogen und klischeehaft vor. Sie wollte die Wirklichkeit darstellen. Vielleicht sollte sie sich mal überlegen, was ihre eigenen Wünsche waren und nicht die ihrer ausgedachten Figuren. Wie würde sich Libby verhalten, wenn sie mit einem Mann wie George zusammen wäre? Sie versuchte, vor ihrem geistigen Auge zu sehen, wie sie einander anschauten, wie er sie streichelte, wie sie Sex miteinander hatten, und nicht nur heißblütigen, harten Sex.

Und während sie sich diese Bilder in Gedanken ausmalte, spürte sie, wie sie in den Schlaf driftete.

* * *

Da erwachte George und vergewisserte sich sofort, ob Libby noch bei ihm war. Zu seiner Überraschung lag sie zusammengerollt auf dem Sofa und schlief, das Gesicht auf dem Laptop.

Er stand auf und zog behutsam den Laptop unter ihr hervor, damit sie bequemer lag. Als er ihn auf den Tisch stellte, schaltete sich durch die Bewegung der Bildschirm wieder ein, der im Stand-by-Modus gewesen war. Und da war schwarz auf weiß Libbys jüngste Geschichte zu lesen.

Er brachte es nicht fertig, die Augen davon abzuwenden. Libby hatte etwas dagegen, dass er ihre Sachen las, weshalb er aber umso neugieriger geworden war.

Schlotternd vor Kälte klopfte Eliza an Charles' Tür.

Nein, er würde es nicht lesen, das wäre eine erhebliche Verletzung ihrer Privatsphäre. Libby wäre stinksauer auf ihn.

Als Charles die Tür aufmachte, hätte sie vor Erleichterung fast geweint. Ein Holzfeuer loderte hinter ihm im Kamin und erfüllte das Zimmer mit Wärme. Charles stand vor ihr und hatte nur Hose und Stiefel an.

Sollte daraus ... eine Bettszene werden?

»Eliza, was treibt dich denn her bei diesem Wetter? Komm rein – ist alles in Ordnung?«

»Ich habe mich verlaufen, und dann hat das Gewitter angefangen ...«, brachte Eliza bibbernd hervor.

»Setz dich doch ans Feuer, und zieh die nassen Klamotten aus.«

Mein lieber Schwan!

»Ich hol dir was zum Anziehen«, beeilte sich Charles zu sagen.

»Charles ... bleib bei mir«, bat Eliza und wendete befangen den Blick von ihm ab.

Er kam quer durchs Zimmer auf sie zu und nahm sie in die Arme ...

»George«, kam es brummelnd von Libby. Es hätte nicht viel gefehlt, und George hätte mit einer unkontrollierten Bewegung den Laptop vom Tisch gefegt. Aber sie schlief noch. Sie ballte die Faust auf der Decke, streckte die Beine und murmelte wieder seinen Namen.

Grübelnd zog George die Brauen hoch. Sie war eingeschlafen mit dieser Szene im Hinterkopf, und jetzt träumte sie von ihm. Ob es wohl gerade darum ging, dass sie … miteinander schliefen?

* * *

Er lachte in sich hinein und schüttelte den Kopf, diesen Wunschgedanken sollte er verscheuchen. Gestern Abend hatte sie geträumt, ihr Auto an Clint Eastwood zu verkaufen, jetzt träumte sie sicherlich davon, wie sie mit ihm darin saß. Er klappte den Laptop zu und ging in die Küche, um eine Tasse Tee für Libby aufzubrühen.

* * *

Seb traute seinen Augen nicht, als Amy reinkam und sich zu ihm hinter die Bar stellte. Ihre Arme waren übersät von lila Schrammen und langen, tiefen Kratzwunden. Sie sah aus wie ein geprügelter Hund. Wer hatte ihr das nur angetan?

Sie hängte ihre Jacke in den kleinen Schrank, füllte das Wasser in Jacks Napf auf und schickte sich an, einen Gast zu bedienen, offenbar unbeeindruckt von ihren Verletzungen.

Beschützerinstinkt ergriff Besitz von ihm. Wie gern hätte er sie an sich gedrückt und festgehalten und ihr seine Gefühle für sie offenbart. Mit einem Kloß im Hals nahm er sie am Arm und machte eine Andeutung, dass er im Hinterzimmer ein paar Worte mit ihr wechseln wollte.

Sie folgte ihm ins Büro, und er machte die Tür hinter ihnen zu.

»Was ist passiert, Amy?«

»Wag es bloß nicht, Seb, untersteh dich!«, drohte sie mit zornbebender Stimme.

Verdattert sah er sie an. »Was? Ich meine deine Arme, was ist passiert?«

Sie musterte ihre Arme und knurrte böse. »Oh, wie mich mein Boss anstinkt.«

Seine Hände ballten sich in den Taschen zu Fäusten. »Dein Boss hat das verbrochen?«

Sie nickte. »Dieser Vollidiot, oh Gott, und Philippe noch dazu. Den hasse ich genauso.«

»Philippe? Judiths Katze?«

»Jawohl. Ich gehe davon aus, dass du mit ihr geredet hast und deshalb mit mir sprechen möchtest. Oder?«

Er erinnerte sich an Judiths Anruf vorhin; als er Amy so voller Kratzer sah, war er ihm völlig entfallen.

»Ich habe einen hysterischen Anruf von ihr bekommen, aber ihre Stimme überschlug sich, zu hören war nur Geheul und Miauen aus dem Hintergrund. Ich habe das Handy vom Ohr weggehalten und nur Ja und Nein und Okay gesagt, bis sie außer Puste war und auflegte.«

»Ich schwöre dir, wenn du mich rausschmeißt, dann bringe ich dich vor den Kadi, ich engagiere einen dicken, fetten Anwalt und verklage dich. Ich habe nichts Falsches getan, ich werde –«

»Menschenskind, mach mal einen Punkt! Sonst werd ich gleich verrückt! Was in drei Teufels Namen hat Marcus denn mit dir gemacht? Hat er dich verprügelt?« Etwas noch Schlimmeres wollte Seb sich gar nicht vorstellen. »Hat er dir … wehgetan?«

Geschockt tat sie einen Schritt zurück. »Was? Marcus? Bist du verrückt? Der ist zwar ein Volltrottel, aber so was bringt er nicht fertig. Wie kommst du bloß darauf?«

Seb kam ein Stück näher und legte vorsichtig den Finger auf einen der Kratzer. Diese Berührung ließ sein Verlangen wachsen.

Sie schaute auf seinen Finger. »Ach Seb, das ist Haarfarbe, lila Farbe. Marcus wollte, dass ich mir heute die Haare färbe, wo ich doch in einem Brombeerkostüm seine neue Eiskreation promoten sollte. Und dann verkeilte sich Philippe im Geäst von einem Baum, als ich gerade beim Färben war. Ich habe ihn aus seiner Falle erlöst, aber dabei habe ich es doch fertig bekommen, ihn über und über mit Farbe zu bekleckern. Deshalb wird mich Judith bis in alle Ewigkeit hassen, na ja, sie hat mich ja auch schon vorher auf dem Kieker gehabt … Wahrscheinlich würde sie mich am liebsten auf den Mond schießen.«

»Und die ganze Aufregung nur wegen Philippe.«

»Der verabscheut mich auch.«

»Er hat dich ganz schön übel zugerichtet.« Seb fuhr mit dem Finger sanft über die Schrammen, erleichtert, dass er sich über ihre Herkunft geirrt hatte.

»Ich wollte ihm nur aus der Patsche helfen, nächstes Mal lasse ich ihn da oben krepieren, soll Judith selbst raufklettern und ihn befreien. Das wäre doch lustig.«

Er lachte.

»Du wirfst mich also nicht raus?«

Er schüttelte den Kopf. »Noch nicht.«

Über das »noch« musste sie schmunzeln. Unversehens schob sie sich paar Zentimeter an ihn heran, nahm sein Gesicht in die Hände und sagte: »Danke.«

Ihre Berührung war ihm nicht ganz geheuer – sie löste körperliche Reaktionen bei ihm aus, bei denen ihm gar nicht wohl war, besonders das Rauschen des Bluts in seinen Ohren und das laute Herzklopfen. Es gab eine Grenze zwischen Arbeitgeber und Arbeitnehmer, die sie soeben überschritten hatte. Er zwang sich, einen Schritt zurückzutreten, obwohl auch er in Wahrheit viel lieber ihr Gesicht in die Hände genommen hätte.

»Wofür denn?«

»Dass du mir endlich gezeigt hast, dass du etwas für mich übrighast.«

Ja, das hatte er sehr wohl, und genau da lag der Hase im Pfeffer: Er hatte zu viel für sie übrig.

»Mir liegt eben viel am Wohlergehen meiner Mitarbeiter. Ich kümmere mich um alle meine Freunde. Du bist da keine Ausnahme.«

Ihr sehnsuchtsvolles Lächeln verunsicherte ihn. Sie wusste doch, dass er sie gernhatte.

Er ging zur Tür. »Hör mal, Schluss mit der Faulenzerei, mach, dass du rauskommst und meine Gäste bedienst.«

»Okay, Boss.« Zufrieden eilte sie aus dem Büro.

Kapitel 4

Schlag sieben Uhr klopfte George an Libbys Tür und zog nervös seine Jackenärmel straff. Während er wartete, hörte er sein Herz laut schlagen.

Als sie aufmachte, sah er sie zunächst schmunzelnd sein Outfit begutachten, erst dann nahm er wahr, was sie selbst anhatte. Sie sah atemberaubend aus in ihrem grünen paillettenbesetzten Satinkleid, das hochgesteckte Haar wurde von glitzernden Spangen gehalten.

»Wunderschön siehst du aus, Lib«, sagte er leise.

»Danke. Du siehst auch todschick aus, aber …« Unvermittelt ging sie auf ihn zu, löste den Knoten seiner Krawatte und zog sie ihm über den Kopf. Er spürte, wie ihre Finger am obersten Hemdknopf nestelten, um ihn zu öffnen, und trippelte bei diesem intimen Akt nervös von einem Fuß auf den anderen. Er konnte ihr nicht in die Augen sehen, während sie sich an ihm zu schaffen machte. Dann tat sie wieder einen Schritt von ihm weg und bewunderte ihr Werk.

»Schon viel besser«, fand sie. »Der Schlips ist zu förmlich.«

»Ach so, und dein Satinkleid ist wohl leger, was?«

»Nein«, lachte sie. »Aber als Frau kann ich mich ruhig auftakeln; Männer in Schlips und Kragen dagegen machen immer den Eindruck, als gingen sie zu einem Vorstellungsgespräch.«

Er sah mit amüsiertem Blick zu, wie Libby den Schlips kurzerhand über die Sofalehne warf.

Als sie sich bei ihm eingehängt hatte und mit ihm die Treppe hinunter zu seinem Auto ging, sah er neben sich ihr glückliches Gesicht.

Während der Fahrt zum Restaurant war er irgendwie nervös und wusste nicht aus welchem Grund. Sie waren in den letzten Monaten ziemlich oft zusammen essen gegangen, und nie war er nervös gewesen. Aber das heute war ein Date, wenn auch ein fingiertes. Und obwohl er nur sein Geschick beim Flirten trainierte, wollte er zu gern einen guten Eindruck machen.

Als sie ankamen, merkte er, dass er gar nicht telefonisch den romantischsten Tisch hätte reservieren müssen, um dem Date einen Extrakick zu geben. Sie waren die einzigen Gäste. Die bislang vom Currygenuss ausgeschlossenen Einwohner von White Cliff Bay trauten sich noch nicht, das neue Lokal zu testen. Die zwei nahmen am Fenster Platz, von wo aus man aufs Meer schauen konnte. George war froh, dass Libby dieses Restaurant vorgeschlagen hatte – von hier oben auf der Klippe bot der *Kirschbaum* prachtvolle Ausblicke über die Bucht und auf das Mondlicht, das silberne Streifen auf dem Wasser hinterließ. Der Abend war wie geschaffen für ein Tête-à-Tête, für Liebeserklärungen und erste Küsse im Mondschein. Im Film wäre das der Augenblick, in dem Tom Hanks und Meg Ryan feststellten, dass sie die idealen Partner füreinander waren. Und er, George, saß hier gegenüber seiner besten Freundin. Er wusste nicht, ob das gut oder schlecht war. Und wenn er sich nun von einem Moment auf den anderen auf den Knien wiederfand und Libby bat, ihn zu heiraten?

Er merkte, dass sie beeindruckt war. »Du legst einen fulminanten Start hin«, staunte sie. »Dieser Tisch, dieser Blick, die Weihnachtslichter und die Kerzen auf den Tischen, das ist richtig stimmungsvoll. Bei der entsprechenden Beleuchtung wird selbst ein Verehrer, von dem man es nie gedacht hätte, zum Don Juan. Ein bisschen früher wäre es sogar noch besser gewesen. Ein Sonnenuntergang ist doch das Stimmungsvollste, was man sich vorstellen kann. Der Mond ist aber gleich danach das Zweitschönste, und mit dir hier zu sitzen und aufs Meer hinauszugucken – also wenn das ein reales erstes Date wäre, dann würde ich schon in Gedanken meinen Nachnamen gegen deinen austauschen und in mich hineinhorchen, ob er zu mir passt.«

Das amüsierte ihn. »Ich dachte, da treffen vielleicht zu viele Klischees aufeinander, der Mond, das Meer …«

»Es gibt Dinge, die sind nie altmodisch.«

»Ziemlich … still ist es hier.« Er schaute sich um, erblickte aber nur die Kellner, die sie nicht aus dem Auge ließen.

»Das soll aber keine Kritik an ihrem Essen sein.«

Ein elegant gekleideter Kellner rückte mit zwei Speisekarten heran.

Libby nahm eine und blätterte sie durch. »Ach, du liebe Zeit, was soll ich bloß nehmen?«

Er musste lächeln. Das gefiel ihm so an ihr. Wenn er früher mit seiner Exfrau Josie zum Inder ging, wählte sie immer Tikka Masala. Sie machte sich nicht einmal die Mühe, in die Speisekarte zu gucken, weil sie das Risiko scheute, etwas zu wählen, was ihr vielleicht nicht schmeckte. Libby hingegen würde sich jedes Mal etwas anderes aussuchen, mitunter auch etwas ganz Ausgefallenes. Vor einiger Zeit hatte er mit ihr das indische Restaurant in Port Cardinal aufgesucht, das bis vor Kurzem für sie das nächstgelegene gewesen war, eine halbe Stunde von White Cliff Bay entfernt. Dort hatte sie Straußencurry gegessen.

»Oje, die Wahl fällt mir so schwer.« Ihre Augen leuchteten voller Begeisterung. Sie legte die Karte vor sich, machte die Augen zu, ließ den Finger blind über das Speisenangebot wandern und stoppte dann abrupt. Sie machte die Augen auf und verkündete: »Ha, Lachs und Pflaumen-Jalfrezi! Ist sicher lecker. Und was nimmst du, George?«

Er musterte nur kurz die Speisekarte. »Äh, ich nehme das Rinder-Handi. Wollen wir uns eine Portion Reis teilen?«

»Ja, und Naan dazu?«

Sobald der Kellner die Bestellung aufgenommen hatte, sahen die beiden eine Weile aus dem Fenster, dann wandte sich Libby wieder George zu.

»So, mein Lieber, jetzt kannst du deine Charmeoffensive starten.«

Er streichelte mit dem Daumen ihre Hand und hoffte, damit sei es erst einmal genug des Guten. »Wollten wir uns nicht beide den Hof machen?«

»Tja, das stimmt schon, aber ich bin doch vor allem dein Versuchskarnickel, vergiss das nicht.«

»Also willst du gar nicht mit mir schäkern?«, maulte er.

»Okay, schon gut, ich versuch's mal mit meinen Top drei, das sind die Geschütze, die meine Romanheldinnen auffahren, damit die Kerle ihnen auf den Leim gehen.«

»Und worum handelt es sich bei deinen Top drei?«

»Das verrate ich dir nicht, das soll ja eine Überraschung sein.«

Er versuchte, Zeit zu schinden, denn so richtig stieg er nicht dahinter. »Findest du nicht, ›den Hof machen‹ ist ein blöder Ausdruck?«

»Mhm, wie wäre es mit ›ködern‹?« Sie lächelte ihn herausfordernd an.

Hitze stieg ihm ins Gesicht. Er kramte in seinem Gedächtnis nach etwas Originellem, was er zum Besten geben konnte, um lockerer zu werden.

»Mit Komplimenten legt man immer einen flotten Start hin, Frauen lieben Komplimente«, soufflierte Libby und klimperte vielsagend mit den Wimpern.

Er lachte, führte ihre Hand an seinen Mund und gurrte wie ein Turteltäubchen: »Liebste Libby, du hast die schönsten Augen der Welt. Dieses Grün mit seinen zwanzig Zwischentönen: Olive, Jade, Moos, Klee …«

Sie presste die Lippen aufeinander und sah ihn mit großen Augen an. Er ließ seine Lippen zart über ihre Fingerknöchel gleiten, behielt Libby dabei aber fest im Blick.

»… mit Tupfern von Smaragd, Apfel und Rosenkohl.«

Sie kniff die Augen kurz zusammen, dann brach sie in lautes Lachen aus. »Rosenkohl?«

»Das ist eine Farbe.«

Wieder bekam sie einen Lachanfall. »Mannomann, wenn du so großartig Süßholz raspelst, dann wollen wir das Essen lieber vergessen und uns nach Hause trollen.«

Er sah sie beschwingt an.

»Und wenn du mich stattdessen mal ein bisschen ausfragst?«, schlug sie vor.

»Was soll ich denn fragen, wo ich doch schon alles weiß, was ich über dich wissen möchte?«

»Stell dich doch einfach dumm. Stell dir vor, wir treffen uns heute zum allerersten Mal. Und stell dir vor, ich wäre Giselle.« Sie nippte an ihrer Cola.

»Gut, äh, Giselle, was machst du so?«

»Ich bin Astronautin.«

»Was?« Er musste lachen.

»Was heißt hier was – nur weil ich eine Blondine mit Kulleraugen bin, steckst du mich wohl gleich in die Frisösen- und

Kosmetikerinnen-Schublade? Hüte dich vor Vorurteilen. Ich bin nämlich nicht doof.«

»Ohne Zweifel. Was ist die Hauptstadt von Chile?«

»Mann, das geht so nicht, willst du deine Flamme auflaufen lassen? Santiago übrigens.«

»Alle Achtung, woher weißt du das?«

»George, vorigen Monat war ich mit dir beim Quiz im Pub, da kam die Frage auch. Wir sind uns so ähnlich, beide speichern wir nutzlose Informationen, die kommen als Rülpser irgendwann wieder hoch.«

»Soso, also … Astronautin? Wie spannend, was war der coolste Ort, den du gesehen hast?«

»Das machst du gut, viel fragen«, raunte sie ihm unter der Hand zu und beugte sich dabei verschwörerisch über den Tisch. »Damit zeigst du Interesse, und über nichts reden Frauen lieber als über sich selbst.« Sie richtete sich wieder auf und antwortete lauter: »Ja, letztens gerade war ich übers Wochenende auf dem Mars.«

»Aha.« Er nickte bierernst.

»Ja, und neuerdings habe ich auch drei Facebook-Freunde vom Mars.«

Er konnte nicht mehr an sich halten. »Libby Joseph, wie soll ich das Flirten üben, wenn du mich nur veräppelst?«

»Schon gut, schon gut, sei mir nicht böse. – Und was machst du so, George?«

Er straffte den Oberkörper und spürte, wie seine Gesichtszüge sich entspannten, so war es immer, wenn er über seine Arbeit sprach. »Ich schreibe Radiospots. Die Firmen geben mir eine Rohfassung, in der steht, was ihren vorschwebt, und ich schreibe ihnen ein Skript. Ich mache das total gern, da kann ich richtig kreativ sein …« Libby veränderte ihre Positur, bemerkte er; sie beugte sich vor, sah ihm tief in die Augen und lächelte freundlich. Sie wusste, wie sehr er seinen Job mochte, aber sie nahm anscheinend wirklich Anteil daran, sie hing geradezu an seinen Lippen. Er hätte weitererzählen können ohne Ende, wenn sie ihn nur weiter so anhimmelte, aber ihr hingebungsvoller Blick warf ihn aus der Bahn.

»Alles gut, Lib?«, fragte er unsicher.

»Mein Interesse ist geweckt, und das ist einer meiner Top-Tipps: sich zum anderen rüberbeugen, Augenkontakt halten, lächeln. Mit der Körpersprache signalisiere ich dir, wie scharf ich auf dich bin.«

»Ach so.« Prompt war er enttäuscht, dass alles nur Fassade war, aber das hielt nur kurz an. »Tja, das hat funktioniert, ich bin mir vorgekommen, als wäre ich der Mittelpunkt deines Universums.«

»Das stimmt ja auch, und außerdem höre ich dir tatsächlich gern zu, wenn du von deiner Arbeit erzählst, da brauche ich kein Interesse vorzuschützen.«

In diesem Augenblick erschien ein Mann an ihrem Tisch; vielleicht war es der Oberkellner, das ließ jedenfalls die Farbe seines Hemds vermuten, die von der des übrigen Personals abwich.

»Wir freuen uns, dass Sie uns heute Abend beehren. Ich bin Kamal, der Geschäftsführer. Sie sind ein schönes Paar, sehr, sehr verliebt, Sie haben sogar Ihre Kleidung aufeinander abgestimmt.« Kamal machte eine entsprechende Geste.

George und Libby schauten erst an sich selbst herunter und dann einander an.

Libby sagte heiter: »Wir tragen beide den gleichen Grünton, das ist mir noch gar nicht aufgefallen.«

»Mir auch nicht«, meinte George beifällig, wohl wissend, dass er dieses Hemd vor einiger Zeit vor allem wegen der Farbe gekauft hatte, die ihn an Libbys smaragdgrüne Augen erinnerte.

»Wie lange sind Sie denn schon ein Paar?«, wollte Kamal wissen.

»Ein halbes Jahr«, entfuhr es Libby im selben Moment, als George »Wir gehen das erste Mal miteinander aus« sagte.

Kamal war offensichtlich überfordert.

»Seit einem halben Jahr sind wir dicke Freunde, aber als Pärchen treffen wir uns hier zum ersten Mal«, verbesserte sich Libby eilig.

»Ach, wie entzückend«, säuselte Kamal mit feuchten Augen. »Eine Beziehung, die auf einer festen Freundschaft fußt, hat wahrlich die besten Aussichten. Man kann es förmlich spüren, wie viel Sie einander bedeuten, wie groß Ihre gegenseitige Zuneigung ist. Hätten Sie gern Musik zu diesem ganz besonderen Anlass?«

»Ja, gern, das wäre prima!«

George sah, wie sich Libbys erwartungsvoller Gesichtsausdruck veränderte, als Kamal theatralisch einen Kellner mit einer Geige zu sich winkte.

»Oh, Livemusik?«, fragte Libby.

»Sehr wohl. Mani hat viel Talent.«

Kaum hatte Mani den Bogen angesetzt, wurde offenbar, dass er entweder doch nicht mit so viel Talent gesegnet oder aber dass die Geige nicht gestimmt war. George verzog gequält das Gesicht, als sich Mani quietschend und kratzend durch die ersten Takte von »Jerusalem« stümperte. Er wagte einen Blick zu Libby, um zu sehen, wie es auf sie wirkte. Sie sah bewundernd zu Mani hoch, als lieferte er gerade sein Meisterstück, und ließ sich begeistert davontragen. Entweder war sie vollkommen unmusikalisch, oder sie war eine Eins-a-Schauspielerin. Er versuchte, einen Blick von ihr aufzufangen, doch sie schien ihm bewusst auszuweichen. Dann sah er ihre Mundwinkel zucken und merkte, dass sie sich sehr zusammenreißen musste. Er hielt sich ebenso diszipliniert im Zaum; hätte er sich auch nur geringfügig gehen lassen, hätte er nicht mehr an sich halten können. Das Kirchenlied »Jerusalem« war eines seiner Lieblingsstücke in der Schule gewesen, doch erst jetzt drang ihm ins Bewusstsein, wie endlos es sich in die Länge zog – aber vielleicht wiederholte Mani es auch mehrmals, angespornt von seiner Wirkung auf Libby. Nach einer gefühlten Ewigkeit, während der Libby augenscheinlich gegen einen Lachanfall ankämpfte, beendete Mani seinen musikalischen Vortrag mit einem stummen zeremoniellen Schwenk des Geigenbogens.

Libby klatschte begeistert und wischte sich die Tränen aus den Augen. »Das war wundervoll, Mani. Spielen Sie uns noch etwas – vielleicht etwas Moderneres oder etwas Weihnachtliches?«

George konnte es kaum fassen. Wieso bat sie um eine Zugabe? Ihm klingelten noch die Ohren von der eben gehörten Musik, falls man das überhaupt Musik nennen konnte.

Mani nickte und fiedelte wieder drauflos, diesmal konnte es sich nur um »Angels« von Robbie Williams handeln. Kamal zog an Libbys Stuhl, womit er ihr bedeuten wollte, aufzustehen, und das tat sie auch, sichtlich verwirrt. Kamal zerrte jedoch auch George energisch von seinem Stuhl hoch, und bestürzt begriff er, dass Kamal, indem er ihn und Libby aufeinander zuschob, sie beide zum Tanzen bewegen wollte.

»Ich glaube nicht …«, protestierte er und spürte, wie er rot anlief.

»Das ist eine ausgezeichnete Idee, danke«, sagte Libby dagegen.

George sah sie spöttisch grinsen; sie schlang ihre Arme um seinen Hals, und automatisch legte er seine um ihre Taille. Ungeschickt versuchte er zu tanzen und wiegte sich hin und her. Libby prustete in seine Schulter, um ihr Kichern zu ersticken.

»Das wirst du mir büßen, Libby Joseph«, knurrte er ihr ins Ohr.

»Ach, komm schon«, lenkte sie ein, als Mani gerade den hohen Fiepstönen des Refrains nachjagte. »Gib zu, dass du gerade einen Heidenspaß hast.«

»Ich kann nicht tanzen«, gestand er kleinlaut.

»So ein Quatsch. Du hast es besser drauf, als du denkst. Ganz locker, stell dir einfach vor, du tanzt mit einer schönen Frau. Mit Giselle.«

Das heiterte ihn etwas auf. Sich Giselle vorzustellen, brauchte er gar nicht. Es war schon genug, dass er mit seiner geliebten Libby zusammen war. Er schlang die Arme um sie und zog sie fest an sich.

Und als Manis Katzenmusik ihr Crescendo erreichte, fügte Libby hinzu: »Siehst du, mit ein bisschen Fantasie entspannst du völlig.«

»Fantasie brauche ich gar nicht, Lib«, raunte er. »Ich halte meine beste Freundin im Arm, mehr brauche ich nicht.«

Sie sah zu ihm hoch, direkt in seine Augen. »Nur ein kleines Signal an dieser Stelle: Wenn du jetzt Giselle im Arm hättest, wäre das der passende Zeitpunkt für deinen ersten Kuss.«

»Aber Libby, du bist doch meine Testperson.« Dann neigte er den Kopf, bis er mit seinen Lippen ihren Mund umschließen konnte. In diesem Augenblick leitete Mani nahtlos – besser gesagt *mit* einer Nahtstelle – von »Angels« zu »Agadoo« von Black Lace über. Libby wieherte vor Vergnügen los und George zuckte zurück.

»Zu diesem Gefiedel kann ich nicht tanzen«, beteuerte er.

»Oh doch! Die Tanzschritte leitest du aus dem Text her: ›Jump to the right, jump to the left, jump up in the air and touch your knees – hüpf nach rechts, hüpf nach links‹«, so sang sie.

»Ich glaube, so geht der Text nicht.«

»Na ja, aber fast. Aber du hast recht, das ist wahrlich nicht der stimmungsvollste Hit, setzen wir uns wieder?«

Eigentlich hätte er aufatmen müssen, weil die Qual ein Ende hatte, aber stattdessen gestand er sich seine Enttäuschung ein, seine schöne liebste Freundin wieder hergeben zu müssen. Er warf Mani einen grimmigen Seitenblick zu, als sie zu ihren Plätzen zurückgingen. Schließlich ging es auf sein Konto, dass George die Gelegenheit verpasst hatte, sie zu küssen.

»Ich tanze eigentlich gar nicht«, versuchte er, sich über seine Hilflosigkeit hinwegzuretten.

»Es lag doch nicht an dir – die Balzrituale sind eben Veränderungen unterworfen. Es gab mal eine Zeit, da gingen die Männer zur Tanzschule. Die Männchen mussten sich mit Walzer und ähnlichen altmodischen Tanzschritten auskennen, und sie haben ihre Weibchen auf den Tanzboden gezerrt, um sich aufzuplustern. Heutzutage lungern die Männer in den Nachtbars herum, und die Frauen tanzen, um sie scharfzumachen. Im Blut hat das Tanzen keiner mehr. Zum Glück wird nur an einem einzigen Tag von dir erwartet, dass du tanzt: bei deiner Hochzeit. Aber keine Angst, du bist ein echt guter Tänzer. Giselle würde begeistert mit dir loslegen.«

George hielt ihre Worte für höfliche Floskeln. Im Übrigen waren seine Tanzversuche nur deshalb erträglich gewesen, weil er sie, seine liebste Freundin, als Partnerin hatte; wäre es eine andere gewesen, hätte er sich unsäglich blamiert gefühlt.

Dankenswerterweise brachte Mani sein »Agadoo« zum Abschluss, kurz bevor das Essen eintraf. Libby machte sich freudig darüber her.

»Ach George, das schmeckt so gut, du musst mal probieren.« Sie hielt ihm eine Gabelvoll vor die Nase, und gehorsam ließ er sich damit füttern.

»Mhm.« George genoss die Gewürze. »Köstlich. Hier hast du auch ein bisschen von mir.« Er vermied tunlichst, auf ihre Lippen zu starren, als er sie von seinem Rinder-Handi kosten ließ.

»Wahnsinn«, schwelgte sie. »Und das ist Nummer zwei meiner Top drei: Essen miteinander teilen ist etwas sehr Intimes.«

»Ich finde es sehr schön.« Unvermittelt reckte sie sich ihm entgegen und wischte ihm fürsorglich mit dem Daumen etwas vom Mund und vom Kinn. Ihre Berührung jagte Stromstöße durch seinen Körper. Das Stück Rindfleisch, das er gerade im Mund hatte, würgte er ohne zu kauen hinunter. Mit einem langen Zug aus dem Glas half er nach, dass es besser rutschte.

»Und das war Nummer drei«, sagte sie mit einem Augenzwinkern. »Körperkontakt. Normalerweise ist es bei meinen Romanfiguren die Hand oder ein Schubs mit dem Knie unter dem Tisch, aber da dir Soße am Kinn hinunterlief, hat sich das angeboten.«

Sein Widerstand war dahin. Eigentlich musste er doch seine Gefühle für sie zügeln, statt sie weiter ins Kraut schießen zu lassen.

»Das Essen hier ist exzellent.« Libby entging es, wie durcheinander George war, während er mit Curry und Bier hantierte. »Was glaubst du, warum es hier so leer ist?«

»Das erschließt sich uns vielleicht erst später. Womöglich ist das Essen weniger exzellent, als es schmeckt.« Trotzdem verschlang er das Curry mit demselben Appetit wie Libby.

»Schreckt dich das ab? Jagt es dir Angst ein? Das könnte buchstäblich unsere Henkersmahlzeit sein, und morgen sind wir tot, Lebensmittelvergiftung.«

»Am Abgrund zu leben ist faszinierend.«

Sie nickte.

»Trotzdem könnte ich ihnen die Telefonnummer von der Werbeagentur in Port Cardinal geben, für die ich immer arbeite. Ein bisschen Marketing könnte ihnen nicht schaden.«

Sie tunkte mit dem Naan-Brot Soße auf, und eine Weile sagten sie nichts. Aber als George aufgegessen hatte, erinnerte er sich daran, dass man sich beim ersten Stelldichein miteinander unterhalten und einander kennenlernen sollte. Hätte er mit einer anderen Frau als Libby hier gesessen, wäre er in den letzten stummen Minuten in Bedrängnis geraten.

»Ich muss dich also anbaggern?«

»Du schlägst dich wacker – der Ausblick und Tanzen, und den ersten Kuss hätten wir auch schon hinter uns, und das alles noch vor dem Essen. Läuft doch bestens bis jetzt.«

»Und die Unterhaltung?« Er stocherte in den letzten Reiskörnern herum.

»Es ist schön, sich mit dir zu unterhalten, George. Du bist witzig, intelligent und unkompliziert. Stundenlang könnte ich mit dir reden, und du kannst wirklich gut zuhören. Das ist eine Eigenschaft, die man nicht hoch genug schätzen kann. Überleg nicht zu lange, was du Giselle sagst, sei einfach du selbst. Und wenn du nicht weiterweißt, dann löchere sie einfach mit Fragen, und lass sie reden. Dann spürt sie, du interessierst dich für sie, und es entstehen keine peinlichen Pausen.«

»Warum nur haben Redepausen so ganz unterschiedliche Bedeutung, je nachdem, mit wem man zusammen ist? Bei dir bin ich nie verkrampft, da herrscht eben einfach nur Stille. Ist es nicht so? Bei anderen Menschen dagegen fühle ich mich gezwungen, die Stille mit dummem Geschwafel auszufüllen. Was spricht eigentlich gegen schweigen?«

Als er noch auf ihre Antwort wartete, erschien Kamal.

»Eine Nachspeise gefällig?«, bot er an, zufrieden auf die leer gegessenen Teller blickend.

Libby schüttelte den Kopf und klopfte sich auf den Bauch. »Tut mir leid, ich bin total voll. Du, George?«

Auch er schüttelte den Kopf.

»Wir hätten dann gern die Rechnung«, sagte Libby.

Er zog seine Brieftasche hervor. »Und was meint der Knigge zum Thema Bezahlung beim ersten Mal?«

Mit feinem Spott sagte sie: »Noch immer wird erwartet, dass der Mann zahlt oder es zumindest anbietet. Damit legt er seine Großzügigkeit und die altbewährte Zuvorkommenheit gegenüber Frauen an den Tag. Viele Frauen mögen das. Damit wird deutlich, dass er für sie sorgen möchte. An deiner Stelle würde ich die Kreditkarte auf die Rechnung legen und kein Aufhebens darum machen. Sie braucht ja nicht zu denken, dass du die Pennys zählst. Wenn ihr zum ersten Mal gemeinsam loszieht, würde ich dir anbieten, meine Hälfte selbst zu zahlen. Heutzutage sollte eine Frau das eigentlich machen, aber verlass dich lieber nicht darauf. Vielleicht bestehst du sogar einfach darauf, die Rechnung zu übernehmen, es sei denn, sie kriegt einen feministischen Wutanfall. Falls das so ist, dann lass sie zahlen.«

Er nickte.

Sie lächelte. »Du brauchst dir keine grauen Haare wachsen zu lassen, so großzügig wie du bist. Verhalte dich ganz natürlich. Aber hüte dich vor denen, die nur aufs Geld aus sind: Macht eine solche Frau auch beim fünften gemeinsamen Restaurantbesuch keine Anstalten, ihr Portemonnaie herauszuholen, dann würde ich mir langsam Gedanken machen.«

Da klingelte plötzlich das Handy in ihrer Handtasche, die Melodie vom *A-Team* erklang, doch statt es herauszuholen, ignorierte sie es.

»Willst du nicht rangehen?«

Sie schüttelte den Kopf. »Ich bin mit jemandem zusammen – und du sollst merken, dass jetzt niemand anderes etwas zu melden hat. Ich hätte es eigentlich zu Hause lassen und abschalten sollen, aber das habe ich vergessen.«

»Und wenn es nun was Wichtiges ist?«

Das Handy hörte auf zu klingeln, gerade als er sich überlegte, ob er sich Notizen machen sollte.

***

Judith saß in einer Nische im *Blasen und Schaum*, streichelte Jacks Ohren und behielt verstohlen Amy und Seb im Visier. Amy machte sich an einem Ende des Tresens zu schaffen und plauderte dabei lebhaft mit Polly, Matt und anderen Gästen. Obwohl Seb am Ausschank bediente, hatte sie ihn die ganze Zeit über kaum eines Blicks gewürdigt. Dem uneingeweihten Beobachter musste es so vorkommen, als zeigte auch er Amy die kalte Schulter; würde man sich mit einiger Neugier in die Situation hineinversetzen, könnte man auch annehmen, die beiden hätten Streit miteinander gehabt. Aber Judith diagnostizierte die Anzeichen von Verliebtheit, auch wenn sie sich das nicht eingestehen wollte. Absichtlich von Seb wegzuschauen war auffälliger als ihn zufällig zu übersehen. Am meisten brachte es Judith in Harnisch, dass auch Seb höchstwahrscheinlich in Amy verliebt war.

Sie rief sich in Erinnerung, wie sie Seb zum ersten Mal begegnet war. Als ihr eigener Mann vor elf Jahren gestorben war, zog sie nach White Cliff Bay, um näher bei ihrer Schwester zu wohnen, die aber prompt im Jahr darauf starb. Marie war damals an der Universität in London, und als sie mit dem Studium fertig war, lag ihr nichts näher, als dort zu bleiben, wo sie auch ihre Freunde hatte. Aber sie kam oft zu Besuch, und einmal lief ihr Seb über den Weg.

Als Marie noch sehr jung war und anfing, mit Seb herumzuziehen, war Judith darauf gefasst, dass sie ihr einen Typen der übelsten Sorte vorstellen werde. Und Seb passte genau ins Bild. Mit seinem rasierten Schädel und den Tätowierungen machte er einen gemeingefährlichen und brutalen Eindruck. Er war Gastwirt im Pub, also alles andere als der Arzt oder Rechtsanwalt, den Judith sich für ihre blitzgescheite, hübsche

Tochter erhofft hatte, und zudem war er etwas älter als Marie mit ihren unschuldigen zweiundzwanzig Jahren.

Anfangs hatte Judith die Nase gerümpft, aber Seb gewann sie bald für sich. Er bettete Marie auf Rosen, und jeder konnte sehen, dass sie füreinander bestimmt waren. Judith liebte ihn wie den eigenen Sohn, den sie nicht hatte.

Seb und Marie heirateten sehr schnell, ein Jahr nach ihrem Kennenlernen, doch schon vier Jahre darauf starb Marie. Durch einen schrecklichen Autounfall verlor Judith ihr einziges Kind und Seb seine geliebte Frau. Marie starb nicht sofort, einige Stunden sah es so aus, als ob sie überleben würde. Dann traten Komplikationen ein, und es ging rasch bergab.

Die Trauer brachte Judith und Seb einander näher, und sie sahen sich zwei-, dreimal die Woche. Ab und zu arbeitete Judith bei ihm im Pub, und jeden Donnerstagabend, wenn Seb frei hatte, kam er zu Judith zum Essen. Sie waren sich inzwischen sehr vertraut, Judith war vernarrt in ihn und wünschte sich nichts so sehr wie ein neues Glück für ihn.

Aber auf keinen Fall mit Amy. Mit jeder, aber nicht mit ihr. Judith konnte sich nichts Furchtbareres für Seb vorstellen – laut, ordinär, überhaupt die widerlichste Person, die sie kannte.

Sie musste dafür sorgen, dass Amy aus Sebs Leben verschwand, und zwar auf schnellstem Weg.

* * *

Seb war heute Abend mit seinen Gedanken woanders. Er hatte schon mehrere Bestellungen durcheinandergebracht. Zum Glück war ihm das bei den Einheimischen passiert, die es mit Humor nahmen. Amy war unerträglich, sie hatte ihn den ganzen Abend lang keines Blicks und keines Worts gewürdigt. Das trieb ihn allmählich zur Weißglut.

Je länger sie ihn abblitzen ließ, desto mehr fühlte er sich angestachelt, sie anzusprechen, damit sie ihn beachtete. Sie sah heute fabelhaft aus, begehrenswert in ihrem verführerischen schwarzen Kleid und ihren Lieblings-High-Heels, das offene dunkle Haar glänzte auf ihrem Rücken. Er wollte sie küssen … er musste sie küssen.

In jedem Augenblick, im Wachzustand wie im Schlaf, war sie ihm gegenwärtig, das machte ihm Angst. Etwas Derartiges hatte er noch nie empfunden, und wenn er es auch sinnlicher Begierde und seinem Bedürfnis nach Sex zuschrieb, ahnte er, dass es weit mehr als das war. Aber er konnte sich auf keine Frau mehr einlassen. Über die Maßen hatte er nach Maries Tod gelitten, das könnte er nicht noch einmal ertragen, schon gar nicht bei einem Menschen wie Amy, für die er eine so starke Zuneigung hegte. Wenn Maries Tod schon so schmerzvoll war, wie sollte es erst werden, wenn er vielleicht Amy verlor, die er noch viel mehr liebte?

Als sein Blick auf Judith fiel, merkte er, dass sie ihn beobachtete. Er lächelte ihr zu und bediente den nächsten Gast.

Ja, das kam noch dazu: Gewissensbisse. Wie sollte er jemandem seine Gefühle für Amy erklären? Er hatte Marie geliebt, ja, aber seine Gefühle für Amy waren intensiver, und er konnte doch nicht kleinreden, was ihn mit Marie verbunden hatte. Auch Judith wollte er nicht verletzen, der er so viel verdankte; wenn er sich in eine andere Frau verliebte, brach er ihr das Herz. Kurz nach Maries Tod, als Judith so untröstlich war, hatte sie ihn schwören lassen, sich nie einer anderen Frau zuzuwenden. Zum damaligen Zeitpunkt zögerte er nicht, ihr das zu versprechen, denn es war ihm unvorstellbar gewesen, jemals wieder so zu lieben, wie er Marie geliebt hatte. Bis jetzt hatte er sich an seinen Vorsatz auch gehalten.

Kapitel 5

»Ich habe eine Frage, George. Wann genau stellst du deine Begleitung als deine Freundin vor?«

»Weiß nicht, das ist eine gute Frage.«

»Na gut, sagen wir, das wäre dein erstes Date, und wir würden zufällig Freunden von dir begegnen, als wen würdest du mich ihnen vorstellen?«

»Wahrscheinlich würde ich schlicht und ergreifend sagen: ›Das ist Libby‹, und wenn es ein enger Freund wäre, würde ich dabei mehrdeutig zwinkern, um anzudeuten, dass ich mit dir schlafe oder zumindest darauf spekuliere.«

»Ach ja, zwinkern, sehr clever, raffiniert.«

»Und wenn wir dann das zweite oder dritte Mal zusammen ausgehen, würde aus dir eventuell ›meine gute Freundin Libby‹. Aber vielleicht, um allen Peinlichkeiten bei der Vorstellung als meine Freundin aus dem Weg zu gehen, nenne ich dich vor anderen einfach ›meine liebe Libby‹.«

»Ach, das ist aber schön.«

»Genau, und auch nach der Hochzeit könnte ich diese Bezeichnung weiter benutzen.«

»Ich denke mal, sobald wir verheiratet wären, könntest du durchatmen, da gäbe es nichts Heikles mehr. Dann könntest du mich als deine Frau vorstellen, damit könnte ich gut leben.«

»Oh, wie großzügig von dir. Also ich habe auch eine Frage an dich. Wann genau soll ich meiner Begleiterin sagen, dass ich sie liebe?«

»Wenn du sie liebst, niemals vorher.«

»Und wenn *sie* nun sagt, dass sie mich liebt?« Das war reines Wunschdenken; dass ihm eine Frau ihre Liebe bekannte, überstieg sein Vorstellungsvermögen.

»Wenn du ihre Gefühle nicht erwiderst, dann sag einfach nichts, lächle nur und gib ihr einen Kuss.«

Das gab ihm zu denken. »Registriert sie dann nicht, dass ich sie nicht liebe?«

»Natürlich registriert sie das, aber du kannst doch nicht beteuern, dass du sie liebst, wenn es nicht stimmt; dann spielst du ihr nur was vor. Wenn und falls du sie am Ende doch liebst, dann möchtest du es doch auch aussprechen. Und wenn du dann dein Pulver schon verschossen hast, kannst du's vergessen.«

»Und wenn sie wissen will, ob ich dieselben Gefühle für sie habe?«

»Dann erklärst du ihr, dass du seit deiner Scheidung noch etwas dünnhäutig bist und eine Weile brauchst, bis du wieder einem anderen Menschen ganz vertrauen kannst. Du sagst ihr, dass du dich aus Selbstschutz eingeigelt hast und dass es noch dauert, bis du deine um dich errichteten Mauern einreißen und dich wieder verlieben kannst.«

Mit Genugtuung stellte er fest, wie gut sie sich in jedem seiner Herzenswinkel auskannte.

»Gib mir dein Ehrenwort, dass du nie einer Frau deine Liebe beteuerst, wenn es nicht der Wahrheit entspricht. Etwas Fataleres könntest du nicht tun. Dabei meine ich keine Schwärmerei für Angelina Jolie, sondern echte Liebe, die dich total in Beschlag nimmt. Nur wenn du das empfindest, solltest du deine Liebe gestehen.«

Er seufzte. »Himmel, das ist aber schwer. Es klingt so wie ›Ich liebe dich! Dein ist mein ganzes Herz, mach damit, was du willst.‹ Ich habe Josie mein Herz geschenkt, sie ist darauf herumgetrampelt und hat Hackfleisch daraus gemacht. Für einen neuen Anlauf muss ich meinen ganzen Mut zusammennehmen …«

Libby sah ihn warmherzig an. »Wenn du diese ganz besondere Person findest, die du auch heiraten willst, dann kannst du das. Und du wirst beim nächsten Mal besonders wählerisch sein.«

»Aber es reicht nicht, sich die Traumfrau auszusuchen, wenn sie einen nicht wiederliebt.«

»Mensch, George, wie könnte denn eine Frau dich *nicht* lieben?«

Da wurde die Rechnung gebracht, dazu zwei Stück weiße Schokolade und ein Stück schwarze.

»Mhm, weiße Schokolade!«, freute sie sich.

George aß für sein Leben gern weiße Schokolade. Die war sein Favorit, und er hätte Libby am liebsten geknutscht, als ihre Hand über der weißen schweben blieb und dann nach der schwarzen griff. Sie steckte sie sich in den Mund und schob ihm beide weißen Stückchen zu.

Er nahm sich eines davon und schob den Teller mit dem letzten Stück wieder zu ihr.

Sie schüttelte den Kopf. »Nein, das nimmst du, du brauchst es nötiger als ich.«

Er nahm sich fest vor, wenn er das nächste Mal im Laden war, um ein Tütchen Toffees mit Rum und Rosinen zu kaufen, daran zu denken, dass Libby am allerliebsten weiße Schokolade verputzte.

Sie zog den Geldbeutel aus ihrem Täschchen und nahm einen Zwanzigpfundschein heraus, doch er zückte seine Kreditkarte und wehrte ab. »Das ist der Lohn für deinen Einsatz als Versuchskarnickel.«

»Es war aber sehr vergnüglich.«

Als George bezahlt hatte, geleitete Kamal die beiden zum Ausgang.

»Hat es Ihnen geschmeckt?«, erkundigte er sich.

»Ja, sehr«, bestätigte Libby. »Und besonders die Musik haben wir genossen.«

George biss sich auf die Lippen, um sich das Lachen zu verkneifen. Er reichte Kamal die Visitenkarte der Werbeagentur und ermunterte ihn, sich mal zu melden.

Draußen blies ein kalter Wind vom Meer her über die Hügel und pfiff ihnen um die Ohren. Schnee fiel in winzigen Kristallen wie Salzkörner. Libby bibberte.

»Es war gar nicht so dumm, diese Jacke mitzunehmen, oder?« George schüttelte sie sich von den Schultern und hüllte Libby darin ein. Hoffentlich war diese Geste nicht allzu unangemessen. Dann legte er seinen Arm um Libbys Schultern und wollte sie zum Auto führen, doch sie entzog sich ihm und steuerte die Anhöhe über dem Felsvorsprung an. Sie blieb oben stehen und schaute wie gebannt aufs Meer. George trat neben sie und sah in der Tiefe das tintenschwarze Wasser, übersät mit silbernen Tupfen.

»Atemberaubend, oder?«, sagte sie. »Wenn ich das vor mir sehe, dann möchte ich diesen Anblick für den Rest meines Lebens genießen.«

Ein winziges Hoffnungspflänzchen keimte in George auf. »Meinst du, irgendwo gefällt es dir mal so, dass du dort bleiben möchtest?«

Sie antwortete nicht sofort, sodass das Pflänzchen sogleich eine winzige Blüte ansetzte.

»Wie wäre es denn mit einer Aufenthaltsverlängerung?«, beeilte er sich vorzuschlagen. »Du sagst doch, du bist mit der letzten Story noch nicht fertig. Könntest du nicht ein bisschen Zeit dranhängen, bis sie fertig ist?«

»Das geht nicht. Ich bin doch wegen meiner Arbeit auf Achse.«

Das kam wie aus der Pistole geschossen, inzwischen glaubte sie selbst schon daran.

»Ich wünsche mir so, dass du bleibst«, sagte er leise.

Sie drehte sich zu ihm, mit einem Mal war sie ganz Ohr.

»Ich weiß, um meinetwillen würdest du nie hierbleiben …«

»Mit dir hat das doch gar nichts zu tun, ich …«

Er kam näher, zog seine Jacke fester um ihre Schultern, küsste sie zart auf die Stirn und verschloss ihr den Mund mit einem Kuss. »Schon kapiert. Du bist schließlich immer von einem Ort zum anderen gehetzt und weißt gar nicht mehr, wie du anhalten sollst. Aber falls du dich zum Bleiben entschließt, dann halte ich dir die Dämonen vom Leibe.«

Sie schaute ihn wie gebannt an, dann legte sie den Kopf an seine Brust und umschlang ihn. Er hielt sie fest und betete, dass seine Worte zu ihr durchgedrungen waren.

»Du wirst mir so fehlen, George Donaldson.«

Das Herz wurde ihm schwer. Mit leerem Blick schaute er aufs Meer. Gern hätte er ein paar Worte gesagt, um die Anspannung zu lösen, die in der Luft lag.

»Na komm.« Er löste sich von ihr, nahm ihre Hand und ging mit ihr zum Auto. »Unser Abend zu zweit ist noch nicht zu Ende.«

»Stimmt, wir ziehen uns ja noch ›Psycho‹ rein, da kannst du dich an mich kuscheln, wenn du kalte Füße kriegst.«

Er lachte. »Ich kuschle mich an dich, wenn *du* es mit der Angst zu tun kriegst, so herum stimmt es. Wie auch immer, das meinte ich aber nicht. Da ist noch etwas anderes, was du dir vielleicht gern anschaust.«

***

»Wohin bringst du mich?«, fragte Libby, als George mit ihr durch die windgepeitschten Straßen von White Cliff Bay fuhr. Vorbei am großen Weihnachtsbaum auf dem Marktplatz, wo Libby sich über die Weihnachtsliedersänger freute, die gerade »Stille Nacht« zum Besten gaben und denen mit Mützen und Schals vermummte Zuhörer lauschten. Libby sah kurz zu George hinüber, als sie weiterfuhren. Der kleine Zwischenfall auf den Klippen würde bald wieder vergessen sein. In letzter Zeit gab es so manches, über das sie besser rasch hinweggehen sollten, doch Libby hatte das dumme Gefühl, dass sie nur Risse übertünchten.

»Bei unserem Geplauder über Verlobungsringe aus Eis kam ich darauf, dass es heute im Rathaus einen Eisschnitzwettbewerb gibt. Das hört sich doch recht weihnachtlich an. Ganz sicher macht sich so etwas auch in deinem Buch ganz gut«, schlug George vor.

Er fuhr an der Eisbahn vorbei, die sich oben auf der Slipanlage befand. Das ganze Städtchen war wie verzaubert, herausgeputzt fürs Fest. Weihnachtsschmuck und Lichterketten fanden sich an jedem Gebäude und prangten über den Straßen, sodass sich zwischen den nassen Pflastersteinen goldene Pfützen bildeten. Die Anmut dieses Ortes in seinem Festtagsstaat hatte in den letzten Wochen seine Wirkung auf Libby nicht verfehlt.

»Es ist ganz schön spät – meinst du, das Rathaus ist noch offen?« Sie war eigentlich darauf eingestellt, gemütlich an George gekuschelt einen Film zu sehen, aber er hatte einen anderen Heimweg eingeschlagen und fuhr jetzt durch die Stadt. Es war eiskalt, und sie hatte wahrlich keine Lust, durch die Straßen zu kutschieren, nur um dann vor verschlossenen Türen zu stehen. In White Cliff Bay wurden abends zeitig die Gehsteige hochgeklappt. Die meisten Restaurants schlossen ihre Küche um neun.

»Offensichtlich haben sie bis halb elf geöffnet, damit sich die Leute die Schnitzereien ansehen können, wir kommen sicher auch noch rein.«

George parkte vor dem Rathaus, das ebenfalls mit Lichterketten geschmückt war. Zwei eher konservativ dekorierte Weihnachtsbäume standen rechts und links des Eingangs.

Drinnen war es menschenleer, und abgesehen von den Scheinwerfern, die die Eisschnitzereien von unten beleuchteten und sie in ätherischer Schönheit erstrahlen ließen, war es dunkel. Plötzlich freute sich Libby, dass George diesen Besuch vorgeschlagen hatte.

»Schau mal, ein Engel und eine Schneeflocke, sehr weihnachtlich.« George zeigte quer durch den Saal auf die beiden Schnitzereien. Libby ging, um sie sich näher anzuschauen. Der Engel war prachtvoll, jedes Haar, jede Feder war fein herausgearbeitet. Libby sah sich um, ob irgendjemand sie beobachtete, doch sie und George waren ganz allein. Sie streckte die Hand aus und berührte das Gesicht des Engels, dessen Eiseskälte ihr schier die Finger verbrannte. Gleichzeitig staunte sie, wie trocken sich das Eis anfühlte. Es hätte doch eigentlich schmelzen müssen. Ein Blick auf den Rosettenpokal zu Füßen der Skulptur verriet, dass der Engel den ersten Platz beim Eisschnitz-Wettbewerb belegt hatte. Warum, leuchtete ihr sofort ein.

»Der ist von Penny«, erklärte George, der ebenfalls bewundernd vor dem Engel stand. »Sie wohnt hier.«

Libby ging weiter zu der Schneeflocke, die sehr klein, aber überaus kunstvoll geschnitzt war. Dann schlenderte sie zu einer Vase mit Blumen und war fasziniert von den Rosen, Tulpen und

Orchideen mit ihren meisterlich herausgearbeiteten Blüten und Blättern. Beinahe demütig bestaunte sie die Kunstfertigkeit, die hier in diesem Raum versammelt war, und mit Bedauern dachte sie daran, dass am nächsten Morgen nichts von alldem übrig wäre als eine Pfütze Wasser. Was für ein Erlebnis, dass nur sie und George Zeugen dieses kurzen Augenblicks der Schönheit waren. Die anderen Besucher, die Wettbewerbsteilnehmer und Juroren waren längst wieder weg und hatten die Eisskulpturen ganz sich selbst überlassen. Auch wenn es George vielleicht entging, dass sie beide hier nur zu zweit zwischen diesen einmaligen Schnitzarbeiten standen, war es wirklich romantisch.

Sie schob ihre Hand in seine, George war überrascht. »Danke, dass du mich heute Abend hierher mitgenommen hast.«

»Es war mir ein Vergnügen«, sagte er beglückt.

»Wie traurig, dass morgen nichts mehr davon übrig ist.«

»Tja, die eine Art Schönheit vergeht, die andere hält ein Leben lang.«

Sie schaute ihn an, überwältigt von diesem kostbaren Moment der Offenheit und Innigkeit.

Er sah sie an. »Vielleicht ist das wie mit Freundschaften. Einige Menschen treten in dein Leben und verschwinden wieder wie nachts vorbeifahrende Schiffe, andere bleiben da, für immer. Eigenartig ist es aber, dass man schon von der ersten Begegnung an weiß, dass der Betreffende ein Freund fürs Leben wird. Es entsteht sofort ein Band, das sich bei flüchtigen Bekanntschaften nicht bildet. Ich würde meinen, es gäbe so etwas zwischen uns.«

»Ja, das gibt es.« Auch sie hatte das gespürt, es ließ sich nicht bestreiten. »Freundschaften haben aber nicht unbedingt mit unmittelbarer Nähe zu tun. Man kann sie auch aufrechterhalten, wenn man weit voneinander entfernt lebt. Wir können in Kontakt bleiben.«

»Du hältst sicher Kontakt mit etlichen Menschen, die du auf deinen Reisen kennenlernst, oder?«

Nein, es gab keinen einzigen Menschen, keine Freunde. Nur gelegentlich ließ sie andere Menschen nah an sich heran; es gab Stationen, die sie angesteuert und wieder hinter sich gelassen hatte, ohne dass eine Menschenseele ihren Namen kannte. Selbst diejenigen, mit denen sie freundschaftlichen Umgang pflegte, umarmte sie zum Abschied und versprach ihnen mit Brief und Siegel, sich wieder zu melden, obwohl es ihr fernlag, dieses Versprechen zuhalten.

»Mit dir ist das was anderes.«

Er presste nur traurig die Lippen zusammen und wandte seinen Blick ab.

»Guck mal hier.« George zeigte auf ein Gebilde, das augenscheinlich die Zauberschule Hogwarts verkörpern sollte. Es war verblüffend. Jeder winzige Ziegel, jedes Türmchen, jeder Vorsprung war liebevoll gemeißelt; selbst der klitzekleine Drache auf dem Dach war bis ins winzigste Detail wiedergegeben.

Libby tat sich schwer mit den Emotionen, sie sie bei diesem Wortwechsel überwältigt hatten. »Das ist … unglaublich.«

Sie warf einen Blick auf den Rosettenpokal davor und las, dass das Kunstwerk auf dem zweiten Platz gelandet war. Dann schaute sie noch einmal zu dem Engel hinüber.

»Wieso ist diese Zauberburg nur auf Platz zwei? Der Engel ist ja wirklich wundervoll, aber die Burg ist einfach phänomenal.«

George ließ seinen Blick zwischen Engel und Burg hin und her wandern. »Finde ich auch. Penny war diejenige, die ich gestern aus dem Wasser gefischt habe; sie hatte den Sohn des Bürgermeisters gerettet. Ich tippe drauf, dass das auf ihren ersten Platz Einfluss hatte. Auch wenn Penny es mit Gewissheit verabscheuen würde, auf diese Tour den Sieg einzufahren. Wir könnten doch die Auszeichnung dem echten Sieger zukommen lassen.«

Damit schnappte er sich den Rosettenpokal für Platz zwei und eilte damit durch den Saal, um ihn gegen den Pokal für Platz eins, den der Engel eingeheimst hatte, auszutauschen. Wortlos verpasste er daraufhin der Burg Hogwarts den ersten Preis.

»Meine Güte, George! Das kannst du doch nicht machen!«

»Jetzt kommt kein Schwein mehr. In ein paar Minuten schließt der Laden, und morgen ist nur eine Pfütze von dem Ganzen übrig. Wenigstens hat der wahre Sieger seinen wohlverdienten Preis bekommen.«

Im Vorbeigehen sahen sie noch einen unnachahmlichen Leuchtturm, der exakt demjenigen, der in der Bucht stand, nachgebildet war, sowie eine Meerjungfrau, die ihresgleichen suchte.

»Also nach all dem Eis könnten wir jetzt nach Hause fahren und ›Titanic‹ glotzen.«

Libby musste schmunzeln. Diesen Film hatte sie mit George schon tausendmal gesehen, und immer wieder zerfloss er in Tränen.

George blinzelte durch ein imaginäres Fernrohr. »Eisberg voraus!«, rief er, rannte mit seitlich ausgestreckten Armen an den Bug des imaginären Schiffes und schrie: »Jack, ich fliege!«

Libby stellte sich hinter ihn, streckte ebenfalls die Arme seitlich aus und flog mit ihm durch die Lüfte. Als George »My Heart Will Go On« von Céline Dion losschmetterte, war hinter ihnen ein höfliches Hüsteln zu hören. Sie wirbelten auf der Stelle herum und erblickten einen Sicherheitsmann an der Tür.

»Wir schließen in zwei Minuten.«

George guckte verlegen wie ein Lausbub, der beim Rauchen hinter dem Fahrradschuppen erwischt worden war. Der Wachmann ließ die beiden allein.

»Gehen wir«, schlug Libby vor.

»Wart mal«, entgegnete George und rannte zu der Blumenvase. Nachdem er sich kurz umgeschaut hatte, brach er vorsichtig eines der Eisröschen ab.

»Au weia, George!«

»Was denn? Keiner kriegt das mit.« Er überreichte Libby das Blümchen. Gerührt von dieser liebevollen Geste, hielt sie die Rose andächtig in der Hand, bedacht darauf, dass sie nicht zerbrach oder allzu schnell schmolz. »Du kannst sie ja zu Hause ins Gefrierfach legen.« George fing an, zu singen: *»Neun Tage vor Weihnachten gab mein Schätzchen mir ein ganz glitschiges Eisröslein.«*

»Du dichtest schauderhaft."

Er zuckte entschuldigend mit den Schultern. Libby betrachtete das niedliche Souvenir von ihrem unvergleichlichen gemeinsamen Abend. George nahm sie bei der Hand, und rasch ließ Libby das Röschen in die Tasche gleiten, als sie am Wachmann vorbei hinausliefen. Sie gab sich Mühe, sich ihr schlechtes Gewissen nicht anmerken zu lassen.

»Na los, wir haben eine Verabredung mit Leo und Rose.«

»Eigentlich wollten wir doch ›Psycho‹ sehen.«

»Wie du willst. Magst du lieber was Gruseliges, damit du dich an mich kuscheln kannst, oder lieber ›Titanic‹, damit ich mich an dich kuscheln kann?«

»Ich bin definitiv für ›Psycho‹. Etwas Schöneres gibt es doch nicht, als sich nach einem Date auf dem Sofa an den Liebsten zu schmiegen. ›Titanic‹ können wir ja morgen anschauen. Mir ist schon klar, dass du noch deine wöchentliche Dosis brauchst.«

Er lächelte, und sie folgte ihm nach draußen.

* * *

Der Pub leerte sich allmählich, die Einheimischen verabschiedeten sich voneinander, und Amy zog sich gerade die Jacke an, um zu gehen, da lief Seb mit einem Tablett abgeräumter Gläser an ihr vorbei.

»Ich muss mal mit dir reden. Bleibst du vielleicht noch kurz da, wenn die Leute alle raus sind?« Damit eilte er hinter die Bar.

Sie sah ihn prüfend an. »Ich hatte vor einer Viertelstunde Feierabend. Was du mir sagen willst, kann doch warten, bis ich die nächste Schicht habe.«

Wütend pfefferte er das Tablett auf den Tresen, sodass Jack aus seinem Schlummer hochfuhr, und fing an, die Gläser in den Spüler zu pfeffern.

»Welche Laus ist dir denn über die Leber gelaufen? Du bist heute Abend so bissig und verwechselst die Bestellungen. Ein richtiger Stinkstiefel.«

»Ach, das fällt dir sogar auf? Hätte ich nicht gedacht. Matt und Polly haben dich ja reichlich in Schach gehalten.«

Sie drehte ihr Gesicht zur Seite, er sollte nicht den Ausdruck der Befriedigung auf ihrem Gesicht entdecken. Also war ihr Verhalten von Erfolg gekrönt. »Ich muss morgen sehr früh raus, also hätte ich die Bitte, dass du entweder sofort die Details meiner Arbeit oder die Anweisungen zur Reinigung des Geschirrspülers mit mir besprichst oder es auf morgen verschiebst.«

»Verdammt, Amy, du bringst mich auf die Palme. Kein Mensch kann mich dermaßen reizen wie du. Meine Güte, kannst du nicht mal drei Minuten erübrigen?«

Sie hängte sich die Tasche über die Schulter. »Wir beide wissen sehr wohl, warum ich dich wütend mache, du bist scharf auf mich, aber du leugnest es hartnäckig. Nein, also ich kann keine drei Minuten erübrigen. Ich möchte nicht mehr mit dir allein in einem Raum sein, es macht mich krank, bei dir zu sein und dich nicht anfassen oder küssen zu dürfen.«

»Darüber will ich ja gerade mit dir sprechen«, knurrte er, worauf Amy, die gerade hinausmarschieren wollte, aufhorchte und wie angewurzelt stehen blieb.

Da kreuzte Judith aus dem Nichts auf. »Ich geh dann mal, mein Lieber, es sei denn, ich kann mich noch irgendwie nützlich machen?«

»Nein, schon gut, ich bin gleich mit allem fertig, dann gehe ich schnurstracks ins Bett.« Seb verschlang Amy mit seinem Blick. Amy war wie vor den Kopf gestoßen: Sollte das heißen, dass er *mit ihr* ins Bett wollte? Er kam um den Tresen herum und trat zu Judith. »Bis Donnerstag dann.«

Sie umarmte ihn und gab ihm einen Kuss auf die Wange, dann drehte sie sich zu Amy: »Soll ich dich nach Hause mitnehmen?«

Wäre sie nicht schon über Sebs diskrete Sex-Offerte perplex genug gewesen, dann wäre ihr jetzt angesichts von Judiths plötzlicher Großzügigkeit die Kinnlade runtergefallen.

»Äh … um ehrlich zu sein, ich muss mit Amy noch etwas Dienstliches besprechen, deshalb …«, haspelte Seb.

»Ach, ich kann ruhig warten.« Als sie Judith so schadenfroh lächeln sah, überlegte Amy, ob Judith gerade mit dem Gedanken spielte, ihr den Hals umzudrehen, sie anschließend ins Auto zu verfrachten und ihre Leiche irgendwo zwischen Pub und ihrem Zuhause in den Hügeln zu verscharren.

»Es wird ein Weilchen dauern, Judith, warten lohnt sich nicht.«

Mit zusammengekniffenen Augen und geblähten Nasenflügeln schwieg Judith kurz, ehe sie sich geschlagen gab.

»Okay, am Donnerstag koch ich dir dein Lieblingsessen, Spaghetti Bolognese.«

Seb nickte ihr zu, und Amy behielt ihn im Blick, während Judith davonrauschte.

Inzwischen hatte sich der Pub geleert. Als Seb sich ihr zuwandte, hatte Amy einen trockenen Mund.

Stille herrschte ringsum, nur das Ticken der Wanduhr war zu hören und sein Atem, der sehr schnell ging. Ihr selbst war es, als atmete sie überhaupt nicht.

»Ich will dich. Das weißt du«, sagte er und ging auf sie zu.

Sie bekam kein Wort heraus, deshalb nickte sie nur.

»Ich brauche dich.«

Mit zitternden Händen berührte sie sein Gesicht. Begehren ergriff erneut von ihm Besitz, und plötzlich waren seine Lippen auf ihren.

* * *

Sebs Herz raste, so viel Glut lag in diesem Kuss, so viel hatte sich angestaut an Bedürftigkeit, Leidenschaft und Begehren. Amy nestelte bereits am Knopf seiner Jeans. Seb wollte sie eigentlich nach oben mitnehmen und sie gehörig vögeln, aber bis dorthin schaffte er es wahrscheinlich nicht, hier an Ort und Stelle würde er sie besitzen, auf dem Fußboden seiner Kneipe.

Er ließ seinen Mund über ihren Hals gleiten, er verschlang sie geradezu mit Haut und Haar.

»Um Himmels willen, Seb, hör auf!«, zischte sie und schob ihn von sich.

Das würde er aber kaum hinbekommen.

»Was?«, brummte er. Als er den Ausdruck der Bestürzung und Scham in Amys Gesicht sah, ließ er wie vom Blitz getroffen von ihr ab, um zu sehen, wohin sie starrte. Er hätte es sich denken können.

In der Tür stand Judith, zur Salzsäule erstarrt.

»Judith …« Er rang vergeblich um Worte.

»Wie kannst du nur!« Sie erstickte an ihren Worten. »Ausgerechnet diese Person! Hat dir denn Marie gar nichts bedeutet?«

»Es tut mir leid, Judith«, begann Amy sich zu rechtfertigen.

»Schweig gefälligst, du widerliche … Hure!«

»Judith!«, schaltete sich Seb empört ein. »Du redest nicht in diesem Ton mit ihr.«

»Ich geh jetzt lieber«, gab Amy klein bei. Seb sah ihr kummervoll hinterher.

Wie ein begossener Pudel stand er vor Judith, außerstande, die Sache ins Reine zu bringen. Wäre er mit Amy ins Büro oder nach oben abgetaucht, hätte Judith nichts gemerkt. Hormongesteuerte Triebe konnten einen in Teufels Küche bringen. An Judith hatte er keinen Gedanken verschwendet, als er Amy mit seinen Küssen bedeckte, völlig auf sie fixiert, getrieben von seiner Lust, sie zu streicheln, mit ihr zu schlafen. Schändlicherweise blieb auch jeder Gedanke an Marie außen vor.

»Ich habe meine Handtasche liegen lassen.« Steif schritt Judith noch einmal an den Platz, an dem sie gesessen hatte, und griff forsch danach.

»Es tut mir wirklich leid.«

»Dass du mit ihr geknutscht hast, oder dass ich es mitbekommen habe?«

Natürlich Letzteres; nie hätte er sie brüskieren wollen. Aber Reue wegen dieses Kusses empfand er nicht.

»Und falls es dir entfallen sein sollte: Morgen ist Maries fünfter Todestag. Ich hätte es nicht erwähnt, ich war davon ausgegangen, dass du sie auf deine eigene Art und Weise in Ehren hältst. Nie wäre ich darauf gekommen, dass du mit der Dorfschlampe ins Bett springen würdest.«

Seb blieb vor Empörung der Mund offen stehen. Doch postwendend war sie auf und davon.

Er setzte sich auf einen Stuhl und stützte den Kopf in die Hände. Jack, der witterte, wie aufgelöst sein Herrchen war, schnüffelte an ihm herum. Seb zupfte den Hund geistesabwesend am Ohr. Maries Todestag war ihm ganz entfallen, dieses Datum bedeutete ihm nichts. Schon damals war ihm nicht bewusst gewesen, welches Datum es war. Anderthalb Monate lang war sein Leben total neben der Spur gelaufen, er hatte sich durch dichten Nebel bewegt. Heute waren die Erinnerungen daran verblasst, selbst an das Begräbnis erinnerte er sich nur verschwommen. Freunde und Bekannte hatten sich um ihn geschart, um den Pub am Laufen zu halten; die Beerdigung hatte Judith organisiert und auch den Papierkram übernommen. Sie hatte für ihn gekocht und gewaschen und ihn jeden Morgen aus den Federn gescheucht, so lange, bis er seine Trauer in den Griff bekam. Aber wenn er seine Trauer schon für schlimm hielt, um wie viel schlimmer musste Judith Maries Tod getroffen haben. Es tat ihm in der Seele weh, zu sehen, dass aus dieser imponierenden Erscheinung ein Wrack geworden war. Ihr Schmerz ließ nicht nach, sodass sie nach einiger Zeit die Rollen tauschten und er nun für sie alles tat. Judiths Tränen versiegten irgendwann, aber sie kam nie vollständig darüber hinweg.

Etwa zwei Jahre nach Maries Tod bändelte eine Frau mit ihm an, und er ließ sich auf eine Verabredung mit ihr ein. Als er Judith gegenüber eine Andeutung machte, rastete sie aus. Nach einem hitzigen Wortgefecht stürmte sie schimpfend davon. In jener Nacht bekam sie einen Herzinfarkt. Da er noch immer als ihr nächster Angehöriger galt, wurde Seb in den frühen Morgenstunden aus dem Bett geholt; dieses Bild des Jammers vor sich zu sehen, erfüllte ihn mit Schuldgefühlen. Er trug eine enorme Verantwortung, denn er war jetzt Judiths Ein und Alles, und sicher hätte Marie es sich gewünscht, dass er sich um Judith kümmerte. Als hätte *er* sie mit seinem Verhalten fast um die Ecke gebracht, so fühlte er sich. Er verging vor Scham. Judith beruhigte ihn zwar beharrlich, er sei nicht daran schuld, sondern sie habe sich schon während der letzten Tage mies gefühlt, aber an so einen Zufall glaubte Seb nicht. Er nahm sich ganz fest vor, dass er ihr so etwas nie mehr antun wollte. Diese Kleine war auch nichts Besonderes gewesen, zwar ganz nett, aber er konnte sich nicht vorstellen, den Rest seiner Tage mit ihr zu verbringen. Wozu sollte er sich um ihretwillen mit Judith in den Haaren liegen? Wozu sie wegen irgendeines netten Mädchens, an dem ihm nichts weiter lag, unglücklich machen?

Aber wenn Judith damals schon so erzürnt darauf reagiert hatte, als er vorsichtig versuchte, sich eine Freundin zuzulegen, wie sollte es erst werden, wenn er sich tatsächlich wieder verliebte? Ob sich etwas geändert hatte, nachdem so viel Zeit ins Land gegangen war?

Fünf Jahre. Kaum zu glauben. Bewusst wollte er den Todestag von Marie nicht als Gedenktag begehen. Lieber wollte er sie würdigen, indem er bei glücklichen Anlässen an sie dachte, an ihrem Hochzeitstag, ihrem Geburtstag. Fünf Jahre Trauer waren mehr als genug. Marie hatte die Auffassung vertreten, dass das Leben den Lebenden gehörte, dass man nur ein Leben hat und es beherzt festhalten sollte. Wäre sie hier gewesen, dann hätte sie ihm eine Kopfnuss verpasst – das tat sie immer, wenn er sie mit irgendetwas ärgerte. In diesem Fall, weil er seit fünf Jahren auf der Stelle trat, weil er sich an ein Ehrenwort klammerte, das er ihrer Mutter gegeben hatte, als Marie gestorben war. Höchste Zeit, dass es weiterging, dass er eine neue Liebe fand, die er Judith vorstellen konnte, um ihr zu sagen, dieser Frau werde ich das Jawort geben. Wieso hatte es nur das Schicksal so verfügt, dass Judith genau die Person hasste, nach der er sich wie verrückt sehnte? Mit einem schiefen Lächeln stand er auf. Wäre Marie hier gewesen, sie hätte sich angesichts dieses Affentheaters auf die Schenkel geklopft.

* * *

»Popcorn«, verkündete Libby, die mit einer großen Schüssel aus der Küche kam. George hob die Decke, sodass sie darunter schlüpfen konnte. Wie üblich okkupierte sie den Platz am anderen Ende des Sofas und stellte die Schüssel mit Popcorn zwischen ihnen beiden ab. Das Kaminfeuer knisterte gemütlich und flackerte golden durch das Zimmer. Gleich sollte es mit »Psycho« losgehen, alles stimmte. George setzte darauf, dass der Film Libby so ängstigte, dass sie Schutz suchend in seine Arme flüchtete. Einmal hatten sie am Abend »Blair Witch« angeschaut, und schon nach zwanzig Minuten kam Libby von ihrer Sofaseite zu ihm gekrochen, hob seinen Arm hoch, legte ihn um sich und schmiegte sich zusammengerollt an ihn.

Seitdem hatte er es mit diversen Horrorfilmen probiert, mitunter hatte er Glück und griff nach einem Film, der ihr Furcht und Schrecken einjagte. Meistens waren es eher die psychisch verstörenden und nicht die blutrünstigen, die den gewünschten Effekt zeigten, was bedeutete, dass er seine Arme um sie schlingen konnte. Zu seinem Verdruss blieb sie aber meistens standhaft auf ihrer Seite des Sofas hocken.

»Und welche Benotung gibst du unserem ersten Date?«, wollte er wissen.

»Note zehn, da gibt es nichts zu deuteln. Da war Romantik, köstliches Essen, der Ausblick, ein anregendes Gespräch, sogar komisch wurde es, als Mani geigte. Und dann auch noch die feinen Eisschnitzereien. Wenn das ein echtes Date gewesen wäre, dann könntest du mit Sicherheit ein weiteres in Angriff nehmen.«

Er lächelte. Natürlich wollte er sie ein zweites Mal ausführen, auch ein drittes und ein viertes Mal.

»Du meinst also, etwas in dieser Art würdest du mit Giselle machen, wenn du sie das erste Mal abschleppst – nach dem Essen einen Gruselfilm ansehen?«

»Ich denke, das machen Pärchen, die sich schon eine Weile kennen. Mit Josie habe ich das auch manchmal gemacht, aber sie hatte in puncto Filme einen anderen Geschmack. Und Popcorn konnte sie auch nicht leiden.«

»Ach, tatsächlich?« Libby konnte das kaum glauben.

»Ja, so war's.«

»Wie sähe denn idealerweise ein gemeinsamer Abend für dich aus?«

»Erst mal im *Blasen und Schaum* etwas trinken, eventuell auch etwas essen. Du kannst aus dem, was eine Frau isst, so manches ableiten – hält sie sich nur ans Grünzeug, oder kann sie genießen so wie ich? Anschließend würden wir am Strand von Silver Cove entlangschlendern. Da es kalt wäre, müssten wir eng umschlungen laufen. Selbst wenn der Sturm uns um die Ohren peitscht, würde uns das nicht jucken, weil wir uns ja gegenseitig wärmen.«

»Meine Güte, George, du kommst ja richtig ins Schwärmen!«

»Na klar. Dann regnet es vielleicht, wir müssten nach Hause rennen, vom Wind hätten wir ganz rosige Gesichter, und wenn der Regen uns einholt, dann würden wir bloß fröhlich kichern und uns zum ersten Mal küssen, ganz sanft und zärtlich.«

»Oh Mann.«

»Dann würde ich ihr die Klamotten vom Leib reißen, sie flachlegen und richtig rannehmen.«

Sie schmunzelte. »Wie erotisch, das ist doch ein nicht zu toppender Ausklang des Abends.«

»Für mich jedenfalls wäre das ideal.«

»Wenn ein paar Jahre vergangen sind und ihr beide immer noch zusammen seid, würdest du noch mal heiraten?«

»Natürlich. Dass es beim ersten Mal nicht hingehauen hat, heißt ja nicht, dass es beim zweiten Anlauf auch nicht funktioniert. Inzwischen bin ich erwachsen.«

»Gut, ihr wärt also verheiratet. Kinder?«

»Auf jeden Fall, zwei Mädchen und ein Junge.«

»Hört sich gut an.« Ein kleines bisschen Wehmut schwang in ihren Worten mit.

»Du willst das wohl eher nicht – Ehe, Babys, und sie lebten vergnügt bis ans selige Ende ihrer Tage …?«

»Vielleicht. Weiß der Teufel.«

»Hättest du gern Kinder?«

»Ja, schon, neuerdings eher als früher, aber …«

»Da musst du dich auf den Mann, mit dem du zusammen bist, verlassen können.«

Sie nickte.

»Was ist passiert mit dir, Libby, dass du so Angst davor hast?«

Sie ließ ihren Blick zum Fernseher schweifen, und er ahnte, dass sie ihm darauf nicht antworten würde; nie gab sie etwas aus ihrer Vergangenheit preis.

Sie richtete sich auf, sodass er fürchtete, er habe sie vergrault und sie werde die Flucht ergreifen. Welcher Teufel hatte ihn bloß geritten, an ihrer kleinen gemeinsamen Idylle zu rütteln? Zwei Wochen noch, dann würde sie ihre Zelte abbrechen, bis dahin sollte alles zwischen ihnen heil bleiben. Er hatte nichts in der Hand, womit er sie zum Bleiben motivieren konnte. Warum sich also die letzten Tage vermiesen und ihr Vorhaltungen machen, wie sie ihr Leben lebte? Es ging ihn nichts an.

Sie stellte die Popcornschüssel auf den Beistelltisch, und zu seiner Verwunderung rutschte sie näher an ihn heran, legte sich seinen Arm um die Schulter und schmiegte sich an ihn. Er rührte sich nicht, denn er war sich nicht sicher, ob sie damit einen Schlussstrich unter das Gespräch setzen und sich dem Film zuwenden wollte.

»Mein Vater ist Anfang des Jahres gestorben. Du kannst dir nicht vorstellen, wie erlöst ich war. Er war ein Ekel«, sagte Libby leise. George war betroffen, er zog sie fester an sich. Nun war sie also drauf und dran zu reden, und er wusste gar nicht, ob er es noch hören wollte.

»Gewalttätig im buchstäblichen Sinn war er nicht, weshalb ich eigentlich drei Kreuze machen sollte, aber er hat meine Mutter auf jede erdenkliche Weise misshandelt. Als ich klein war, sprühte sie nur so vor Leben, aber über die Jahre habe ich zuschauen müssen, wie sie immer weniger wurde. Sie wollte so gern reisen und die Welt erkunden. Wenn mein Vater außer Haus war, bei der Arbeit oder im Golfklub, dann zogen wir uns lauter Reisesendungen im Fernsehen rein, und sie schwärmte mir vor, was sie alles gern sehen würde. Aber wir fuhren nirgendwo hin. Wie oft versuchte sie, meinen Vater zu überreden, Urlaub an einem schönen Ort zu machen, aber er lehnte das immer rundweg ab, das Fliegen, das fremde Essen waren ihm zuwider, auch Länder, deren Sprache er nicht verstand; tausend Gründe zählte er auf. Ich habe mich oft gefragt, ob der einzige Grund für seine Ablehnung darin bestand, dass er sich weigerte, meiner Mum eine Freude zu machen. Er war furchtbar launisch, an allem, was meine Mutter tat, mäkelte er herum: Die Hemden waren nicht akkurat gebügelt, das Essen schmeckte nicht. Alle naselang brüllte er sie an, bis sie in Tränen ausbrach. An ihrer Ehe war nichts Liebevolles, und das macht mir Angst. Sie hatte ihn aus Liebe geheiratet. Ich habe die Hochzeitsbilder gesehen, damals waren sie glücklich und über beide Ohren verliebt. Wie kommt es nur, dass Liebe in Hass und Verachtung umschlägt?«

»Wahrscheinlich lebt man sich auseinander. Josie und ich, wir haben uns sehr jung aufeinander eingelassen. Mit dem Älterwerden liefen unsere Wünsche in unterschiedliche Richtungen. Vielleicht war es bei deinen Eltern genauso.«

»Das mit dem Auseinanderleben leuchtet mir ein, aber hassen könnte ich den, den ich vorher geliebt habe, noch lange nicht. Mein Vater hat meine Mutter ständig madig gemacht und sie beleidigt. Später hat er diese Beleidigungen dann an mich adressiert, ich sei zu nichts nutze, keiner werde mich jemals lieben. Wenn einem das oft genug eingebläut wird, fängt man an, es zu glauben.«

»Was? Du glaubst im Ernst, du bist zu nichts nutze?«

»Nein, da kann ich dich beruhigen, das ist lange vorbei. Dass ich zu etwas nutze bin, habe ich schon bewiesen, die

Romane, die ich schreibe, machen Tausende glücklich, und mein Einkommen lässt sich auch sehen. Aber ich glaube nicht, dass ich jemals einen Menschen finde, der mich liebt.«

»Dafür bist du nicht ausdauernd genug. Du würdest dich wundern, wie viele Menschen dir nachtrauern, wenn du dein Bündel schnürst und wieder in die Ferne ziehst.«

Das belustigte sie. »Ich glaube, mit allzu vielen gebrochenen Herzen war mein Weg bisher nicht gepflastert.«

»Du kannst mir ruhig glauben, dass man dich einfach gernhaben muss.«

Sie lächelte ihn an, und gern hätte er ihr gesagt, wie sehr er sie liebte, aber die Angst vor einer Zurückweisung überwog. Würde er ihr seine Gefühle anvertrauen, und sie ginge dennoch weg, würde es ihm das gerade verheilte Herz erneut brechen.

»Du bist also immerfort auf Wanderschaft, nur weil du dich davor fürchtest, dass du, wenn du dich verliebst, am Ende ja doch verraten und verkauft wirst?«

»Nein. Na ja, vielleicht auch ein bisschen. Meine Mutter ist krank geworden, sie hatte Krebs. Sie haben es zu spät entdeckt, da hatte sie nur noch ein paar Monate zu leben.«

»Ach, Libby, das tut mir so leid.«

Ihre Augen schwammen in Tränen. »Sie war meine allerbeste Freundin, und es vergeht kein Tag, an dem sie mir nicht fehlt. Aber als sie starb, war ich wütend auf sie. Das bin ich wahrscheinlich heute noch. Vor ihrem Tod beichtete sie mir, dass sie in einem Schließschrank im Bahnhof, wo sie arbeitete, Geld für mich aufbewahrte. Sie erklärte, es seien Reserven für meine Flucht, damit ich nie so ein Leben führen müsste wie sie. Sie ermunterte mich, mir die Welt anzusehen und keine sich bietende Gelegenheit auszuschlagen. Nach ihrem Tod übertrug mein Vater ihre Pflichten auf mich, schnauzte mich an, ich solle für ihn sauber machen und kochen. Alles ging wieder von vorn los. Ich durfte nicht raus, durfte meine Freundinnen nicht besuchen. Da nahm ich den Schlüssel für das Schließfach und holte eine Tasche voller Geld daraus. Das brachte ich nach Hause und zählte es, es waren über fünfzigtausend Pfund. Mum hatte gesagt, das sei ihr Trinkgeld gewesen. Über die Jahre war also ganz schön viel zusammengekommen. Am nächsten Tag nahm ich die Tasche und machte mich damit aus dem Staub. Um nichts in der Welt wäre ich dageblieben und hätte mich lebendig begraben lassen. Ich habe einen neuen Namen angenommen, bin ins Ausland geflohen und renne seitdem um mein Leben. Mich trieb die Angst, er könnte mich aufspüren, deshalb bin ich immer weitergezogen, aber er hat mich nicht gefunden. Mit dem Geld brauchte ich mich zwei Jahre lang nicht um Essen und Miete zu sorgen, aber bis dahin hatte ich bereits drei Bücher geschrieben und veröffentlicht. Trotzdem habe ich mit meiner Mum gehadert. Sie hätte ihn verlassen und sich um ihr eigenes Leben kümmern sollen. Man hat doch nur das eine, sie hätte es beim Schopf ergreifen und überallhin reisen sollen, wonach sie sich sehnte. Sie besaß doch das notwendige Kleingeld. Stattdessen hat sie ihr Leben an einen Schweinehund vergeudete, der ihr das Leben zur Hölle machte. So viele Hoffnungen und Träume, und sie tat nichts, um sie sich zu erfüllen.«

»Einfach fortzugehen ist schwer, Libby, richte nicht zu hart über sie.«

»Du hast Josie verlassen.«

»Vier Jahre habe ich gebraucht, bis ich mich endlich dazu durchringen konnte. Oder noch länger. Vier Jahre, in denen ich immer noch die Illusion hatte, dass sich die Lage bessern würde, dass wir nur eine Durststrecke hätten, die wir überwinden könnten. Wir teilten so schöne Erfahrungen, es war doch kaum zu glauben, dass wir sie nie wieder zurückholen konnten. Es wurde immer schlimmer, trotzdem habe ich mich nicht von ihr getrennt. Ich habe sie geliebt, es dauerte lange, bis ich mich lösen konnte. Vielleicht brauchte deine Mum auch lange, ehe sie begriff, dass von ihrer Ehe nichts mehr übrig war. Es kommt vor, dass man sich selbst einredet, die Liebe des einen reiche für zwei. Es klingt für mich so, als hätte deine Mum ihren Abschied schon ins Auge gefasst – dafür hatte sie die fünfzigtausend Pfund in bar gespart. Ihr Fluchtkapital – nicht für dich, denke ich, sondern für sich selbst. Vielleicht machte ihr der Krebs einen Strich durch die Rechnung. So hat sie dir das Geld zugeschanzt.«

Libby war erschüttert. »Glaubst du das?«

Er nickte. »Dass sie eine solche Summe angespart hat, zeigt doch, dass sie erkannt hatte, wie groß ihre Probleme waren. Sie konnte aber nicht so mir nichts, dir nichts verschwinden, schließlich musste sie erst mal wissen, wohin, und sie brauchte Geld. Darum hat sie gespart. Wenn es wirklich Trinkgelder waren, dann hat sie ihre Flucht etliche Jahre im Voraus geplant. Es ist herzzerreißend, dass sie nie die Chance hatte, ihr eigenes Leben zu leben und die Welt zu sehen. Wie gut, dass du ihre Träume übernommen hast – wie stolz wäre sie, wenn sie sähe, was du erreicht hast und wo du schon überall warst. Allerdings glaube ich keinen Augenblick, dass ihr vorschwebte, du würdest dein Leben auf der Flucht verbringen, und deine Welterkundung ginge auf Kosten von Freundschaft und Liebe. Dein Vater ist tot, niemand wird dir die Tür eintreten. Wenn du weiter ständig wegläufst, dann räumst du deinem Vater ungewollt den Sieg ein. Höchste Zeit, dass du es probeweise länger an einem Platz aushältst.«

Libby schwieg eine ganze Weile. George fragte sich, ob sie sich seine Worte zu Herzen nahm oder über eine neue Rechtfertigung nachdachte.

»Was soll aus meiner Arbeit werden? Der Verleger erwartet als Nächstes eine Story, die in New York spielt.«

»Dann fährst du im Urlaub hin. Ich komme mit.«

»Ehrlich?«

»Auf der Stelle. Sich die Welt anzugucken muss eine feine Sache sein, aber zusammen mit einem Menschen, mit dem man die Erlebnisse und Erinnerungen teilen kann, ist es tausendmal besser.«

Zwiegespalten starrte sie auf den Fernseher. »Ich weiß nicht, George, mich hat es nie länger als ein halbes Jahr an einem Ort gehalten. Wenn ich mich nun langweile?«

»Und wenn du dich nun nicht langweilst? Dir gefällt es doch hier. Meiner Meinung nach schlägst du dich nur deshalb so vergeblich mit dem Schluss deines Romans herum, weil du weißt, dass du dann wieder weiterziehen musst. Schreib ihn doch einfach nicht zu Ende. Erfinde deine eigene Geschichte. Da könnten Filmnächte mit deinem besten Freund und Quizabende im Pub vorkommen, ein bescheuertes Vogelscheuchenfest im Frühling, ein Sommerfest in einem der letzten Dörfer, in denen es noch den Tanz um den Maibaum gibt, und Tauchen im weltbesten Tauchresort. Die Leute hier hängen an dir. Amy und Kat wären untröstlich, wenn du gehst.«

Libby durchbohrte ihn mit ihrem Blick. »Und du?«

»Ich wäre todunglücklich.«

Nach einer Sekunde prustete sie vor Lachen los. »Her mit dem Film, George.«

»Heißt das Ja?«

»Es heißt vielleicht.«

Ein wohliges Gefühl breitete sich in ihm aus. Mit einem Vielleicht konnte er leben.

»Nun«, dröhnte er mit unheilvoller Stimme. »Bereit zum Gruseln?«

Sie nickte, langte nach der Popcornschüssel und platzierte sie auf seinem Schoß. Ohne sich aus seiner Umarmung zu befreien, klaubte sie eine Handvoll Popcorn heraus. Er drückte auf die Playtaste, und schon flimmerte der alte Schwarz-Weiß-Film durch das Zimmer. Als die schauerliche Musik ertönte, schmiegte sie sich eng an George.

Der wiederum würde alles in seiner Macht Stehende tun, um aus dem Vielleicht ein ja zu machen.

Kapitel 6

Als Libby am nächsten Tag aufwachte, fiel der Schnee in dicken Flocken. Sie freute sich wie ein Zaunkönig. Früher hatte sie dem Schnee keine Bedeutung beigemessen, aber Georges Begeisterung für alles, was mit Weihnachten zu tun hatte, färbte offenbar auf sie ab. So viele Male war sie an den Weihnachtstagen unterwegs gewesen, oder sie hatte allein in dem einzigen Restaurant oder Pub gehockt, das hartnäckig zum Fest geöffnet blieb. In diesem Jahr nun würde sie es gemeinsam mit ihrem besten Freund verbringen. Zum ersten Mal seit undenklichen Zeiten freute sie sich regelrecht auf Weihnachten.

Könnte sie es wirklich für immer an ein und demselben Ort aushalten? Wurzeln schlagen, heiraten, ein Kind bekommen? Okay, nur nichts übers Knie brechen, erst einmal musste sie herausfinden, ob sie es schaffte, überhaupt hierzubleiben. Alles andere kam später.

Es war noch früh am Morgen, Rosie und Alex waren noch nicht durchgestartet, obwohl, so überlegte sie, Alex dienstags von zu Hause aus arbeitete. Deshalb legten sie etwas später los als an anderen Tagen. Sie lächelte in sich hinein. Es wollte schon was heißen, wenn man seine Uhr nach den Sexualpraktiken der Nachbarn von obendrüber stellte.

Sie stieg aus dem Bett, zog den Schlafanzug aus und warf sich vor dem Gang ins Bad den Morgenmantel über, nur für den Fall, dass George sich bei ihr aufhielt. Er war aber nicht da. Sie zog den Duschvorhang zur Seite. In der Dusche lauerte ihr eine mit einem Messer bewaffnete Alte auf und stürzte sich auf sie.

Libby schrie wie am Spieß und taumelte rückwärts, strauchelte und stolperte über den Badvorleger. Sie prallte gegen die Wand und schlug sich schmerzhaft am Badschränkchen den Kopf an. Dann wurde ihr schwarz vor Augen.

* * *

Judith fegte gerade emsig den Schnee von der Auffahrt, als Verity Donaldson, jüngstes Mitglied im örtlichen Buchklub, um die Ecke kam. Verity und ihr Mann Bill waren vor einiger Zeit in das Haus gegenüber gezogen, nachdem sie ihr ganzes Leben lang am Strand von Silver Cove gewohnt hatten. Judith konnte ihre Freunde an fünf Fingern abzählen. Aber Verity ließ sich nicht einfach abwimmeln.

»Ich habe dir ein paar neue Bücher mitgebracht«, sagte Verity, auf ihre Einkaufstasche zeigend.

»Für den Buchklub?«

»Nein, für dich.« Sie kramte in ihrer Tasche. »Ich bin mir nicht ganz sicher, was du so magst, auf jeden Fall nicht den Schrott, den wir im Buchklub lesen. Ich habe dir deshalb eine kleine Auswahl besorgt, Michael McIntyres Autobiografie ist köstlich, ganz hervorragend ist ›Verblendung‹, dazu das neueste Buch von Jill Mansell sowie eins von meiner Lieblingsautorin Aven Ellis, sie schreibt so fesselnd. Ach, hast du die schon gelesen? Ich weiß, sie schreibt eigentlich für Teenager, aber ich liebe sie einfach.« Verity zog die beiden ersten Bände der »Twilight«-Reihe aus dem Beutel, und Judith musste schmunzeln; plötzlich mochte sie Verity viel mehr als bisher.

»Ich lese gerade den dritten Teil, ›Bis(s) zum Abendrot‹. Ich bin jetzt an der Stelle, wo sich die Vampire und die Wölfe für den großen Kampf rüsten.«

Das gefiel Verity. »Wusste ich doch, dass ich in dir eine Seelenverwandte gefunden habe. Warum stellst du nicht Wasser auf? Und dann können wir ein bisschen plaudern.« Sie nahm Judith beim Arm und führte sie ins Haus. »Stehst du auf der Seite von Edward oder von Jacob?«

»Von Edward natürlich.«

»Tja, der Ansicht war ich auch, bis ich die Filme sah, aber dieser Taylor Lautner, der den Jacob spielt, ist doch ein Bild von einem Mann ...«

Judith zuckte zusammen, als ein blaues Auto nebenan vorfuhr. Wie peinlich, dass Verity das mitbekam. Jackson Cartwright stieg aus, lächelte ihnen kurz zu und klopfte an Amys Tür. Jede Woche, ausnahmslos, hatte er um exakt dieselbe Zeit seinen Auftritt; Amy begrüßte ihn an der Tür, mit nichts als ihrem Morgenmantel bekleidet, ein anzügliches Lächeln auf den Lippen. Er ging hinein, und gleich darauf sah Judith, wie im Schlafzimmer die Vorhänge zugezogen wurden. Eine Stunde später tauchte er wieder auf, Strahlemann von Kopf bis Fuß. Mehrmals war Judith Augenzeugin gewesen, wie Geld die Hände wechselte. Schlampe. Skandalös fand Judith, dass Jackson Cartwright ein unbescholtener Bürger der Gemeinde war, Lehrer am örtlichen Gymnasium, und ausgerechnet der kreuzte an seinem freien Tag auf und wollte käuflichen Sex.

Amy öffnete ihm die Tür, und Jackson schlüpfte an ihr vorbei ins Haus.

»Hallo, meine Liebe«, flötete Verity und winkte Amy zu, als wären sie die engsten Freundinnen.

»Hallo Verity, danke für die Einladung zum Essen, es war schön bei dir.«

»Gern geschehen! Du bist jederzeit willkommen.«

Judith hörte sich den Wortwechsel mit leichtem Groll an. Verity hatte offenbar keinen Schimmer, wie abscheulich Amy war, sonst hätte sie sie nicht zum Abendessen eingeladen.

»Ich geh rein, Jackson wartet schon, und da er Stundenhonorar bezahlt, muss ich hoch und mir meine Brötchen verdienen.«

Judith hätte sich am liebsten in ein Mauseloch verkrochen. Dann machte Amy die Tür zu.

»Sehr nette junge Frau, diese Amy. Sollen wir reingehen und das Wasser aufstellen?« Verity steuerte wieder auf das Haus zu.

Judith konnte über Verity nur den Kopf schütteln; wie konnte ihr in ihrer Blauäugigkeit entgehen, dass Amy eine Nutte war.

* * *

»Verdammte Scheiße, Libby, mach die Augen auf, bitte!«, flehte George, der neben ihr kniete und sie vorsichtig rüttelte.

Da war Blut, ziemlich viel sogar, und wie sehr er sie auch anflehte und schüttelte, sie kam nicht zu Bewusstsein. Auf dem Boden lag das eilig weggeworfene blutbefleckte Messer.

Er streichelte ihr Gesicht. »Ich liebe dich, Libby, komm bitte zu dir, wach doch auf, bitte.«

Keine Antwort.

* * *

»Wie geht's denn deinem George?«, erkundigte sich Judith, als sie das Wasser aufsetzte.

»Ach, prima, er ist immer noch total verknallt in seine beste Freundin …«

»Amy?«, hakte sie nach. Nun, die sicher nicht.

»Ach wo, in Libby, und er scheint ziemlich glücklich zu sein.« Verity machte die Keksdose auf und bediente sich an einem Vanilleplätzchen. Judith fand es schön, dass sie sich hier wie zu Hause fühlte. »Weißt du, Judith, man will doch nur das Beste für seine Kinder, nicht wahr? Und George hat niemanden mehr gehabt seit seiner Scheidung von Josie. Er ist ein feiner Kerl, er hat es verdient, dass ihn jemand liebt, aber ich fürchte, die Scheidung von Josie hat ihm so zugesetzt, dass er es nicht mehr riskiert, sein Herz zu verlieren.«

Judith reichte Verity eine Tasse Tee.

»Musst du dir um Seb auch solche Sorgen machen? Klar, er war ein Herz und eine Seele mit Marie, aber es wird höchste Zeit, dass er wieder jemanden findet, oder? Es muss doch fast fünf Jahre her sein – findest du nicht auch, dass er genug getrauert hat?«

Verity sah Judith mit Anteilnahme, aber auch mit wachem Interesse an.

»Genau fünf Jahre«, bestätigte Judith mit leiser Stimme. »Heute sind es fünf Jahre.«

»Oh, verzeih mir, meine Liebe, du musst mich für herzlos halten, hör nicht auf mein Geschwätz.«

Judith drehte sich um und stellte die Milch in den Kühlschrank. »Aber es stimmt schon, ich möchte, dass er wieder Freude am Leben findet. Marie würde es ihm wünschen, dass er jemanden findet. Sie fände es schlimm, dass er als Einsiedler vor sich hin brütet. Und ich fühle mich verpflichtet, mich um ihn zu kümmern, bis eine Frau kommt, die die Zügel in die Hand nimmt. Eines würde ich nämlich wirklich mal gern machen: um die Welt reisen und mir alles angucken, was es zu sehen gibt, bevor es zu spät für mich ist.«

»Das Leben ist zu kurz und zu kostbar, um es für jemand anderen zu leben; du selbst musst auch leben.«

Judith fuhr herum, die Teetasse an die Brust gedrückt. »Ich weiß … aber … ich glaube, ich wünsche Seb eine Frau, der auch Marie ihren Segen gegeben hätte.«

»Wir können nicht das Leben unserer Kinder führen. Seb ist nicht dein Sohn, das weiß ich, aber so gut wie. Wenn ich George wäre, würde ich mit wehenden Fahnen zu Libby marschieren, sie bei den Schultern packen und durchschütteln, bis sie das Naheliegende kapiert: dass sie und George füreinander bestimmt sind und dass er sie, wenn sie ihm eine Chance gäbe, zur glücklichsten Frau der Welt machen würde. Aber das ist nicht meine Angelegenheit. Wenn er Bedenken hat, ihr seine Gefühle zu gestehen, dann muss ich es ihm überlassen, wie er sein Leben einrichtet, und muss so viel Gottvertrauen haben, dass er seine eigenen Entscheidungen trifft und damit schließlich glücklich wird. Wen ich für diejenige halte, die ihm Glück bringt und wen er für diejenige hält, das sind zwei unterschiedliche Paar Stiefel. Letzten Endes muss ich ihm die Entscheidung überlassen.« Verity tunkte ein Plätzchen in den Tee und kaute darauf herum; es war ihr anzusehen, dass sie überlegte, wie sie die nächsten Sätze formulieren sollte. »Liebe hat viele Gesichter, und in den meisten Fällen kommt sie in einer Gestalt daher, auf die wir gar nicht gefasst sind. In meinen Augen wäre Libby genau richtig für George, aber wenn er morgen mit einem zwei Meter großen Punker anrücken würde, der Bert heißt, Gesichtspiercings und grüne Haare hat und von dem George sagt, das sei der Mann seines Lebens, dann wäre ich hocherfreut, dass er endlich doch noch sein Glück gefunden hat.«

Judith amüsierte sich über die Vorstellung von George, Händchen haltend mit einem Punker mit Irokesenschnitt, ganz in Leder. Verity hatte recht. Sie konnte nicht für Seb Entscheidungen treffen. Damals hatte sie für Marie entscheiden wollen, aber gegen Judiths vermeintlich bessere Einsicht hatte Marie Seb gewählt, der ihr den Himmel auf Erden bereitete.

»Aber ich weiß nicht, ob er sich wieder auf eine neue Liebe einlässt, Verity. Wie du schon sagst: Fünf Jahre sind vergangen, mittlerweile müsste er sich längst wieder verliebt haben.«

Verity angelte sich noch ein Plätzchen aus der Dose. »Ich halte es für möglich, dass … er sich nach keiner neuen Partnerin umschaut, weil es ihn belastet, dass du damit nicht klarkämst.«

Judith war wie vom Donner gerührt. Hatte sie tatsächlich die ganze Zeit Seb ausgebremst? Sie gönnte ihm sein Glück, gerade weil er ihr gegenüber immer so rücksichtsvoll war. Aber mit Amy war er weiß Gott schlecht beraten. Jedem Schwachkopf musste einleuchten, dass diese Geschichte nur ins Unglück führen konnte. Er liebte Amy nicht. Ganz sicher bedeutete sie ihm nichts. Gestern Abend, das war nur ein Kuss gewesen, mehr nicht. Veritys Toleranz gegenüber George in Ehren, ihretwegen sollte er gern mit einem Bert davonzwitschern – obwohl Judith das nicht ganz so relaxt sah. Auf der anderen Seite würde sie es vielleicht sogar begrüßen, sollte Seb sich an sie wenden, um ihr zu sagen, dass er einen Bert heiraten wolle. Jeder war besser als Amy.

* * *

Libby spürte die Schmerzen, noch ehe sie die Augen aufschlug. Sie merkte, dass sie mit dem Gesicht auf den kalten Fliesen lag. Mühsam öffnete sie die Augen und sah das Badezimmer nur verschwommen vor sich. Niemand sonst war da. Sie rappelte sich hoch, indem sie sich auf die Hände stützte, doch ihre Arme zitterten zu stark, um sie zu halten. So schlug sie stöhnend wieder auf den Boden.

Plötzlich hörte sie, wie jemand herbeigeeilt kam. Die verschwommene Gestalt einer alten Frau in einem violetten

Kleid näherte sich ihr. Wieder stieg Panik in ihr auf, sie versuchte verzweifelt, aber erfolglos, sich hochzukämpfen. Blind tastete sie nach einem Gegenstand, mit dem sie sich verteidigen konnte, und griff nach dem ersten besten, und das war die Klobürste. Sie fuchtelte wild damit vor der Nase der Alten herum. Tatsächlich traf sie ihr Gesicht, und zu Libbys Überraschung flog der Alten von diesem Schlag die ganze Haarpracht vom Kopf.

»Mensch, Libby, das ist ja eklig, du hast damit im Klo rumgestochert, und jetzt haust du es mir um die Ohren ...«, beschwerte sich George. Verwirrt hörte sie auf, sich zu verteidigen.

»George?«, ächzte sie gequält.

Die Alte ging vor ihr in die Hocke. Libby wehrte sie sofort mit der Handfläche ab. Als sie unter Qualen aus ihrer Benommenheit auftauchte und die alte Hexe anstarrte, zeichneten sich allmählich die Gesichtszüge von George ab, der Libby besorgt ansah.

»Ist alles in Ordnung mit dir, Lib?«

Unfreiwillig fielen ihr die Augen zu. Die Schmerzen waren kaum auszuhalten. Sie zwang sich, die Augen wieder zu öffnen, und nickte. Dann raffte sie erneut all ihre Kraft zusammen, um sich aufzurichten. George half ihr, in eine sitzende Position zu gelangen.

»Was ist denn eigentlich passiert?«, nuschelte sie.

George war anzusehen, dass er sich schämte. »Verzeih mir, Libby. Es sollte ein Scherz sein, ich wollte dich nur ein bisschen aufheitern. Es tut mir wirklich leid.«

Sie runzelte die Stirn. Beim Anblick seines Aufzugs, der grauen Lockenperücke, die neben einem Gegenstand lag, bei dem es sich zweifellos um ein blutbespritztes Messer handelte, zählte sie eins und eins zusammen, und es dämmerte ihr langsam, was das zu bedeuten hatte. Nie war die Duschszene aus »Psycho« so real gewesen.

»Du Idiot!«, lachte sie auf und brachte damit ihre Gehirnmasse so zum Wackeln, dass sie vor Schmerz aufstöhnte.

»Verzeih mir«, wiederholte er. »Bleib hier, ich hole Eis.«

Er rannte aus dem Bad, und sie hörte ihn im Gefrierfach herumwühlen. Mit einer Tüte tiefgefrorener Erbsen kam er zurück und drückte sie vorsichtig gegen ihren Kopf.

»Du hast mich zu Tode erschreckt«, murmelte sie und ließ sich von ihm umsorgen.

»Weißt du was, Libby, stell dir deinen Schreck hoch fünf vor, dann erahnst du in etwa mein Entsetzen, als du dir den Schädel eingeschlagen hast. Ich dachte wahrhaftig, ich habe dich ins Jenseits befördert. Ich wollte schon einen Krankenwagen rufen.«

»Ach wo, das hattest du gar nicht vor, du wolltest meine Leiche ins Meer kippen, ehe jemand spitzkriegt, dass du mich abgemurkst hast.«

»Da ist was dran. Aber ich müsste dir erst die Finger abschneiden und die Zähne rausreißen, damit du nicht am Fingerabdruck und am Gebiss identifiziert werden kannst.«

»Und mich mit Honig übergießen, damit die Fische mich mit Haut und Haar verspeisen.«

»Schön.«

»Ich muss aufstehen.«

Er stellte die Tüte mit Erbsen beiseite, legte Libby die Arme um den Körper und zog sie vorsichtig hoch. Ihr war schwindlig, ihr Kopf rauschte, sie fühlte sich wie betrunken und musste sich an die Wand lehnen, denn alles drehte sich um sie her.

* * *

George sah sie kreidebleich werden, als er ihr hoch half. Sie wurde ganz grün im Gesicht.

»Ich glaube, ich muss mich hinlegen.«

»Das ist keine gute Idee, glaube ich.«

»Doch.« Sie setzte taumelnd einen Fuß vor den anderen und verlor das Gleichgewicht, doch er fing sie auf. Sie stützte sich auf ihn, und er hielt sie ganz fest an den Schultern, damit sie sicher stand.

»Vielleicht musst du genäht werden, Lib, die Wunde ist ganz schön tief.«

»Oh Gott, bloß nicht, ich komm schon klar.«

»Wir sollten wirklich ins Krankenhaus. Dir könnten beim Sturz ein paar Gehirnzellen rausgefallen sein, die würden sie dir notfalls wieder einsetzen.«

»George, das nächste Krankenhaus ist eine Stunde entfernt. Ganz sicher geht es mir wieder besser, wenn ich geschlafen habe.«

»Das ist keine gute Idee, nach einem Sturz auf den Kopf zu schlafen.«

»Ist schon gut.«

»Sollen wir nicht sicherheitshalber einen Arzt hinzuziehen?«

»Mhm.«

»Also ja.«

Er manövrierte sie aus dem Bad hinaus ins Wohnzimmer, wo sie sich, zu nichts anderem in der Lage, aufs Sofa plumpsen ließ. Er suchte im Telefonbuch und rief rasch in der nächstgelegenen chirurgischen Ambulanz an.

»Ja, hallo, meine Bekannte hat sich den Kopf aufgeschlagen und dabei das Bewusstsein verloren. Ich wollte wissen, ob ich sie ins Krankenhaus bringen sollte. Ja … Gut … Ein paar Minuten … Ihr ist ein bisschen schwindelig … Keine Ahnung, wahrscheinlich nicht allzu tief … Gut … Okay … Danke.« Er beendete das Gespräch. »Ja, die sagen, ich soll dich sicherheitshalber vorbeibringen.«

Sie hielt ihm kichernd die Hände hin, die Handgelenke aneinandergelegt, als trüge sie Handschellen. »Dann bring mich hin.«

Er half ihr hoch. »Komm schon, Fräulein Joseph, zieh dir die Schuhe an.«

Wieder gluckste sie vor Vergnügen. »So kann ich nicht los, ich habe doch nichts an unter dem Morgenmantel.«

Das hatte er schon mitbekommen. Als sie sich selbst außer Gefecht gesetzt hatte und bewusstlos hingestürzt war, war der Morgenmantel höchst indiskret verrutscht.

»Na dann zieh dir was über.«

Sie nickte gedankenverloren und steuerte das Schlafzimmer an. Dabei wankte sie immer noch etwas, die Beine wollten ihr nicht gehorchen, George hielt sie fest.

»Vielleicht musst du mir helfen«, bat sie.

Er nickte.

»Aber nicht glotzen.«

»Gut, dann helfe ich dir eben mit geschlossenen Augen.«

»Ganz genau«, bestätigte sie kichernd.

Wenn sie es recht bedachte, klang dieses Gekicher wie das einer Betrunkenen. Womöglich war in ihrem Kopf wirklich etwas verrutscht.

Im Schlafzimmer setzte sie sich auf die Bettkante.

»Erst die Unterwäsche«, erklärte sie und entledigte sich des Morgenmantels.

Er wusste nicht, wohin er schauen sollte, als er diese schöne nackte Frau vor sich sah.

»Gut, wo soll ich nachsehen?«

»Oberstes Schubfach.«

Er tat wie geheißen. Das Fach steckte voller winziger zarter Kleidungsstücke. Er griff nach dem ersten besten, einem spitzenbesetzten schwarzen Slip mit roten Röschen, den reichte er ihr. Sie begann zu kichern. »Das doch nicht, George, das ist mein Sexhöschen.«

»Ach, ein Sexhöschen hast du?«, lachte er.

Sie nickte.

»Ich war davon ausgegangen, das Konzept von Sex besteht darin, kein Höschen zu tragen.«

»Das ziehe ich an, wenn ich vorhabe, mit einem Mann zu schlafen; das Ausziehen gehört zu der Prozedur, das weißt du sehr wohl. Ich habe auch einen BH, der dazu passt.«

Es gab eine ganze Menge, was er über Beziehungen nicht wusste. Sein spärliches Vorwissen zum Thema Geschlechtsverkehr beschränkte sich darauf, dass man sich die Unterwäsche ratzfatz vom Leib riss.

»Wenn ich die anziehe, halten mich die Ärzte für ein Strichmädchen.«

»Wieso sollte der Onkel Doktor dir auf die Unterwäsche glotzen, wenn du dir den Schädel eingeschlagen hast?«

Sie dachte kurz darüber nach. »Stimmt.« Dann griff sie nach dem Höschen und stand auf. Es erging ihr wie Bambi auf dem Eis, sie strauchelte. George nahm sie beim Arm, damit sie nicht das Gleichgewicht verlor. Sie hob unsicher ein Bein und stieg damit in die eine Öffnung, danach mit dem zweiten Bein in die andere. Sie zog das Höschen hoch und setzte sich wieder aufs Bett.

Er lief erneut zur Kommode und zog einen weißen BH hervor, den er ihr reichte.

»Ach George, muss ich nicht zusammenpassende Unterwäsche anhaben, wenn ich ins Krankenhaus gehe? Diese Schande.« Trotzdem zog sie den BH an, affektiert seufzend.

»Gut, Jeans, Kapuzenpullover, dann kann's losgehen.« Er holte die entsprechenden Kleidungsstücke heraus und drehte sich damit zu Libby um. Sie lag rücklings auf dem Bett und war weggedämmert.

Er seufzte. »Ach Libby.« Er schüttelte sie vorsichtig. »Libby, nach deinem Unfall mit dem Kopf darfst du jetzt wirklich nicht eindösen. Libby. Libby!«

Sie fuhr hoch. »Was?«

George richtete sie zum Sitzen auf, zog ihr den Pullover über den Kopf und mühte sich damit ab, ihre Arme durch die Ärmel zu zerren, was sie unbeteiligt über sich ergehen ließ. Dann streifte er ihr die Jeans bis zu den Oberschenkeln hoch, half ihr auf die Beine und zog die Hose ganz hoch. Ein wenig Scham befiel ihn, als er ihr sozusagen an den Schritt fassen musste, um die Hose zuzumachen.

Dann bückte er sich, steckte ihre Füße in ein Paar Sportschuhe und dirigierte Libby durch die Wohnungstür hinaus.

»George«, flüsterte sie melodramatisch. »Du hast mich nackt gesehen.«

»Ja, Lib, nun schon zum zweiten Mal.«

Sie lehnte sich mit ihrem ganzen Gewicht an ihn, als er die Tür hinter sich schloss. Als sie sich zum Gehen umwandten, standen sie unversehens Giselle gegenüber.

Kapitel 7

Giselle wusste nicht, wohin sie zuerst schauen sollte – zu der offensichtlich beschwipsten Libby, die in Georges Armen schwankte, oder zu George, der sich als alte Spinatwachtel kostümiert hatte.

Sie entschied sich, über seinen seltsamen Aufzug hinwegzusehen, und sich stattdessen auf Libby zu konzentrieren.

»Mein Gott, ist sie betrunken?«, lästerte sie. »Schon um neun Uhr morgens?«

»Nein, sie hat sich den Schädel eingeschlagen und war ohnmächtig, ich bringe sie jetzt ins Krankenhaus«, erklärte George. Er musste ihr ja nicht auf die Nase binden, dass er selbst für ihren K. o. verantwortlich war. Oder sollte er ihr vielleicht doch erklären, warum er in diesen Weiberklamotten vor ihr stand?

»Ach, wirklich? Geht es denn einigermaßen?« Giselle zerfloss nun in Mitleid.

»Ich glaube schon, nur schwindlig ist ihr. Sag mal, könntest du sie kurz festhalten, damit ich die Autoschlüssel holen kann?«

»Klar.« Giselle stellte sich dicht vor Libby und hielt sie fest. Libby nahm es kaum wahr.

Inzwischen lief George in seine Wohnung, schnappte sich die Schlüssel, schlüpfte in die Schuhe und kam wieder herausgesprintet. Zum Umziehen war jetzt keine Zeit. Außerdem konnte Libby, wenn er die zwei zu lange warten ließ, ins Fettnäpfchen treten und ihn mit einer Bemerkung über seine Gefühle für Giselle kompromittieren. Oder überhaupt etwas Peinliches daherplappern.

»Du bist bildhübsch«, lallte Libby gerade, als George zurückgeflitzt kam. Giselle wand sich vor Scham, doch Libby gab noch eins drauf. »Sehr, sehr schön.«

Zu spät.

»Danke«, meinte Giselle betreten.

»George ist aber auch süß, oder?«

Oh, mein Gott. Er blieb wie gelähmt stehen.

»Ja«, pflichtete Giselle ihr bei.

»Wirklich süß. Und dazu auch noch gut aussehend. Schöne Augen, findest du nicht?«

»Äh … ja«, stammelte Giselle und wurde puterrot, als sie Georges Blick begegnete.

»Und einen knackigen Hintern hat er auch«, betonte sie, die linke Hand ausgestreckt. »Ich meine ja nur, dass du hübsch bist.« Nun streckte sie auch die rechte Hand aus. »Und er auch. Mehr will ich nicht sagen.« Sie verknotete die Finger beider Hände ineinander und machte schmatzende Geräusche dazu, als würden sich die Hände küssen. »Mehr sage ich nicht.« Libby zuckte anspielungsreich mit den Augenbrauen in Giselles Richtung.

George lief schnell zu ihnen, ehe sich die Situation noch weiter hochschaukelte. »Äh, danke Giselle, ich fahr sie zum Krankenhaus. Wahrscheinlich hat ihr Kopf einen schlimmeren Knacks abbekommen, als ich dachte«, sagte er angespannt lächelnd.

»Ja, das ist wohl das Beste«, meinte Giselle mit glühenden Wangen.

George legte den Arm um Libby und führte sie von der Tür fort.

»Noch etwas, Giselle«, rief Libby. »George hat mich nackt gesehen …«

Auch das noch.

»Zweimal.«

Eilig verdrückte er sich mit Libby hinters Haus, wo er sein Auto geparkt hatte. Er verfrachtete sie auf den Beifahrersitz, schnallte sie fest und fuhr eilends auf die Straße. Libby blieb stumm. Dem leisen Schnaufen, das von seiner rechten Seite kam, entnahm er, dass sie wieder eingenickt war. Das wollte ihm nicht gefallen, aber er war nicht in der Lage, sie wachzuhalten und gleichzeitig zu fahren. Solange er ihr Schnarchen hörte, hieß das, sie war wohlauf. Hoffentlich.

Wie hatte das alles nur so schiefgehen können? Er wollte sie doch bloß ein bisschen auf andere Gedanken bringen, nachdem sie gestern Abend so viel Trauriges von sich preisgegeben hatte. Und das hatte sie nun fast das Leben gekostet.

Zum nächsten Krankenhaus brauchte man von White Cliff Bay eine gute Dreiviertelstunde. Es befand sich am anderen Ende von Apple Hill. Wegen der bevorstehenden Festtage würden sich zu dieser Vormittagsstunde ganze Völkerscharen auf Shoppingtour durch die Straßen wälzen. Der Verkehr war sicher eine einzige Katastrophe. Aber wenigstens ginge es erst einmal zwischen White Cliff Bay und Apple Hill relativ ruhig zu. Hier konnte er auf die Tube drücken.

Dummerweise war die Straße holprig und hatte viele Kurven. Bei jeder Unebenheit, jedem Schlagloch knallte Libbys schlaffer Kopf ans Fenster. Das war nicht gut; ihr Zustand würde sich verschlechtern, bis sie im Krankenhaus eintrafen.

George hielt an, eilte zum Kofferraum und holte ein altes Abschleppseil hervor, das er um Libbys Kopf und um die Kopfstütze schlang. Damit würde wenigstens verhindert, dass der Kopf ans Fenster geschleudert wurde.

Dann setzte er sich wieder hinters Lenkrad und trat auf das Gaspedal. Sie kamen gut voran, die Landschaft rauschte als grünliches Farbspiel an ihnen vorüber. Doch als er die Landstraße bergab raste, folgte ihnen plötzlich ein Streifenwagen mit wütend blinkendem Blaulicht.

»Verdammter Mist«, fluchte George und fuhr an den Straßenrand.

Der Polizist stieg aus und steckte den Kopf durch Georges Fenster.

»Mensch, George«, sprach er mit todernster Miene.

»Ach, Onkel Bob«, gab George zurück, ebenso ernst. Mochten die Leute doch denken, dass er eine Sonderbehandlung bekam, weil sein Onkel bei der Polizei war. Aber da lagen sie falsch. Onkel Bob nahm es sehr genau mit seinem Job.

Er musterte George, seinen violetten Fummel und die Perlenhalskette, und beschloss, seinen Neffen nicht auf seine transsexuellen Neigungen hin anzusprechen.

»Hast du eigentlich irgendeine Vorstellung davon, wie schnell du fährst?«

»Äh, so an die hundert Stundenkilometer?«, versuchte es George, obwohl es wahrscheinlich eher hundertzehn waren.

»Und kennst du die Höchstgeschwindigkeit hier?«

»Ja, Onkel Bob, fünfundsechzig. Aber es geht um einen Notfall.«

»Was mag das bloß für ein Notfall sein, dass du so eklatant das Gesetz übertrittst?«

»Onkel Bob, du kennst doch Libby, meine gute Bekannte.« Er zeigte auf die neben ihm angezurrte, in sich zusammengesunkene bleiche und blutende Gestalt. Um Gottes willen, das sah aus wie in einem Actionfilm, ein gekidnapptes Mädchen in einem davonrasenden Wagen. Bob riss bei ihrem Anblick vor Entsetzen die Augen auf.

»Sie hat sich den Kopf gestoßen und ist aus den Latschen gekippt. Deshalb bin ich auf dem Weg ins Krankenhaus.«

Er fand es angebracht, etwas Dramatik einzusetzen, für die er in der Schule einst berüchtigt war. »Ich bitte dich, Onkel Bob, sie könnte mir unter den Fingern wegsterben, sie ist nicht ansprechbar, ich weiß nicht, was ich machen soll«, schrie er. Mit dieser Masche musste es klappen, damit musste er Bobs Herz erweichen. Bob erinnerte ihn immer an die heldenhaften Gentlemen in den alten Filmen, die er so liebte. In puncto Aussehen und Ritterlichkeit eine Mischung aus Cary Grant und Rock Hudson. Käme jemand herbeigeeilt, um Libby zu retten, dann wäre das Onkel Bob.

»Mein lieber Freund, ich sehe schon, was los ist. Du hättest einen Rettungswagen holen sollen.«

Dachte dann aber bei sich, dass er das vielleicht in seinem Zustand nicht auf die Reihe bekommen hätte.

»Ich weiß«, jammerte George. »Aber ich dachte, die brauchen eine Ewigkeit, bis sie da sind, und dann wäre es zu spät.«

»Tja, mein Lieber, das kann ich wirklich nicht durchgehen lassen …« Bob straffte seine Schultern, als wäre er im Begriff, eine Großtat zu vollbringen. »Ich werde euch polizeilichen Geleitschutz zum Krankenhaus geben, wir retten der Kleinen das Leben, keine Sorge.«

Bob eilte zum Streifenwagen, und ein paar Sekunden später schoss er damit an George vorbei, mit heulender Sirene und respekteinflößendem Blaulicht. George hängte sich an ihn dran. Bob fuhr deutlich langsamer, als George es gern gehabt hätte, aber er war natürlich dankbar, wenn sie so Apple Hill überhaupt erreichten. Die Straßen waren so verstopft wie erwartet, aber

Onkel Bob zwängte sich durch den zäh fließenden Verkehr, dicht gefolgt von George.

Als sie endlich das Krankenhaus erreichten, stürmte Bob hinein und verkündete laut schreiend einen Notfall. Nur Augenblicke später kamen mehrere Krankenpfleger, auf ein Massaker eingestellt, mit einer Trage herausgerannt, George fühlte sich wegen dieses Auflaufs, dessen Verursacher er war, unwohl in seiner Haut. Er rannte um das Auto herum, löste Gurt und Seil von Libby und zog sie aus dem Auto.

Gemeinsam mit den Pflegern hievte er sie auf die Trage; ihre lauten Schnarchgeräusche gaben aber deutlich zu erkennen, dass sie eher schlief als bewusstlos war.

Bob warf einen verdutzten Blick auf sie.

»Äh … danke, Onkel Bob«, druckste George verlegen, gab ihm die Hand und lief der Krankentrage hinterher, noch ehe Bob Luft holen konnte.

* * *

Amy lag auf dem Bett, nur spärlich mit einer dünnen Decke zugedeckt. Ihr dichtes Haar kräuselte sich wild um ihren Hals. Durch einen Spalt zwischen den Vorhängen spitzte Sonnenlicht und verzierte ihre Schulter mit einem goldenen Spitzenmuster. Sie lächelte Jackson zu, der sie von der anderen Seite des Zimmers aus betrachtete.

Anfänglich war sie entsetzt gewesen, als er ihr diesen Vorschlag machte. Aber er bot ihr eine beachtliche Summe, mehr, als in einem Monat bei ihren Jobs heraussprang. Es wäre unklug gewesen, so ein Angebot auszuschlagen. Damals, vor einem Jahr, redete sie sich ein, dass es bei dem einen Mal bliebe. Aber Jackson machte ihr seitdem jeden Dienstag seine Aufwartung. Inzwischen hatten sie eine Abmachung getroffen:

Es gab ein Wochenhonorar statt einer Pauschale, aber diese Vergütung war immer noch beträchtlich; selbst wenn sie nur diesen einen Brotverdienst gehabt hätte, hätte sie damit ihre Hypothek begleichen können und obendrein noch etwas für andere Zahlungsverpflichtungen übrig gehabt.

Zunächst war ihr die Sache peinlich, aber als Jackson fertig war, beseelte sie tatsächlich das Gefühl, schön und begehrenswert zu sein. Das hatte kein Mann zuvor zustande gebracht. Es war einfach göttlich, was er tat, sie war ganz berauscht davon. Bei den ersten Terminen hatte sie wahrhaftig Freudentränen vergossen, wenn er sein Werk vollendet hatte. Kein Verehrer hatte sie jemals zum Weinen gebracht. Dass Jackson es als Erster geschafft hatte, freute sie.

Bis jetzt hatte niemand etwas mitbekommen. Jackson ging sehr diskret vor. Er fieberte immer eine Woche lang dem nächsten Treffen mit Amy entgegen, versprach ihr aber hoch und heilig, dass keine Menschenseele Wind davon bekommen werde. Bis jetzt stimmte das auch.

In seinen Kreisen hatte Jackson allerdings schon eine gewisse Berühmtheit erlangt, und er wollte mit der Sache an die Öffentlichkeit gehen, bevor es die Spatzen von den Dächern pfiffen. Amy war bei diesem Gedanken zwar etwas flau im Magen, aber sie stimmte zu, dass die Zeit reif war.

»Ich muss los, meine Liebe.« Jackson zog seine Jacke an.

»Also … am Samstag wird es jeder erfahren?«, fragte sie beklommen. Wäre die Nachricht erst einmal in die Welt gesetzt, würde sie sich wie ein Buschfeuer verbreiten.

»Ja, um vier. Bist du da, wenn ich es bekannt gebe? Du kannst neben mir stehen, und ich halte dich bei der Hand.«

Sie nickte. »Ich bin da.«

* * *

Beim Aufwachen lag Libby in einem Krankenhausbett. Es hämmerte in ihrem Kopf, aber der Schwindel war weg, sie konnte wieder normal sehen, nicht mehr wie durch einen Nebelschleier. Nach der Einlieferung war sie unsanft geweckt worden, doch nach einem CT und weiteren Untersuchungen, an die sie sich nur undeutlich erinnerte, durfte sie schlafen. Nun schaute sie sich um und entdeckte beglückt, dass George schlafend auf einem Stuhl neben dem Bett hing. Er hielt ihre Hand und trug immer noch diese grässlichen violetten Klamotten.

Sie richtete sich vorsichtig auf und war froh, dass sich nicht mehr alles um sie herum drehte. Mit ihren Bewegungen weckte sie jedoch George.

»Na, Lib? Bist du einigermaßen ok?«, fragte er lächelnd.

»Wer bist denn du? Warum hältst du meine Hand? Wo bin ich?«, stammelte sie.

Er war ganz enttäuscht. »Mensch Libby, weißt du nicht mehr, wer ich bin? George!«

Gern hätte sie diese Szene weiter in die Länge gezogen, aber sie konnte nicht an sich halten. Sie musste lauthals lachen. »Entschuldige, George! Ich konnte nicht anders!«

»Das finde ich gar nicht lustig«, maulte er.

»Na ja, etwa so lustig, wie wenn du in Frauensachen und mit Messer bewaffnet in die Dusche hüpfst. Du hast mich so erschreckt!«

»Der Punkt geht an dich.«

Sie streckte sich. »Kann ich denn jetzt nach Hause?«

»Ich glaube schon, die Ärzte sagen, es gibt keine Hirnschwellung, keinen bleibenden Schaden, nur eine leichte Gehirnerschütterung. Du brauchtest auch nicht genäht zu werden. Heute Abend muss ich aber ein bisschen auf dich achtgeben.«

»Du bist ein Vollidiot, das ist dir hoffentlich klar, oder?«

»Ein liebenswerter Idiot, hoffe ich?«

»Ich glaube schon.«

Sie schwang ihre Beine über den Bettrand und stand vorsichtig auf. George hielt sie zur Sicherheit am Arm fest, aber die Symptome waren anscheinend verschwunden.

»Acht Tage vor Weihnachten gab mein Schätzchen mir eine Kopfnuss und den Schrecken noch dazu«, sang George sein Lied in einer weiteren verhunzten Abwandlung.

Libby lachte. »Ein fürchterlicheres Geschenk gibt es gar nicht.«

Sie trabte hinter George her zur Aufnahme, wo er ein paar Formulare unterschrieb. Die Schwestern und Ärzte übersahen tunlichst, dass er Frauenkleidung anhatte.

Sie stiegen ins Auto, und zurück ging es nach White Cliff Bay. Unterwegs schilderte er Libby, wie er beinahe von seinem eigenen Onkel hinter Schloss und Riegel gebracht worden wäre. Libby amüsierte sich. »Deine Mum hätte das sicher nicht so berauschend gefunden.«

»Die würde mich glatt umbringen … aber äh … Giselle hat mich auch in diesem Aufzug gesehen.« Er zeigte auf das Kleid.

»Oje.« Taucheranzug, Schnorchel und Flossen waren ja schon schlimm genug, aber Frauenkleider waren noch mal eine Zacke schärfer.

»Erinnerst du dich auch daran, dass du mit ihr geredet hast?«, fragte er.

Sie biss sich auf die Lippe und dachte angestrengt nach.

»Du bist bildhübsch«, imitierte er sie. »George ist aber auch süß, oder?«

»Herrje, das habe ich gesagt?« Libby wurde rot vor Scham.

Sie kamen gerade an eine rote Ampel, vor der George hielt. Vor einigen Stunden war er genau hier mit seiner Polizeieskorte durchgerast.

»Und das war ja auch ganz lustig«, grinste er. »Aber dann hast du so gemacht.« Er verschränkte die Hände, rieb sie aneinander und machte schmatzende Kussgeräusche.

»Was sollte das darstellen?«

»Mich und Giselle offenbar.«

»Oh Gott, es tut mir so leid.«

»Schon gut. Ich hatte zu dem Zeitpunkt wahrscheinlich schon genug Schaden angerichtet: eine Schnapsdrossel aus der Wohnung geschleppt und dabei ein Kleid getragen. Wahrscheinlich ist Giselle geradewegs ins Irrenhaus geflohen.«

»Wo doch White Cliff Bay immer so eine ehrenwerte Gemeinde war.«

»Tja, aber gerade bei so verschlafenen Nestern wie White Cliff Bay muss man höllisch aufpassen, was sich hinter den verschlossenen Türen tut. Mrs Kempston von Hausnummer sechsundfünfzig könnte eine heimliche Drogenbaronin sein, die den Jugendlichen Ecstasy und Speed verscherbelt.«

Libby lachte. »Sie ist dreiundneunzig.«

»Ach ja? Das heißt noch lange nicht, dass sie dazu nicht in der Lage wäre. Sie ist ein ganz durchtriebenes Luder.«

»Dann drehen wohl auch Mr und Mrs Gillespie heimlich Pornofilme im Schlafzimmer?«

»Genau, und dieser Mr Alexander ist definitiv ein KGB-Spion.«

»Und Mr Baldwin dürfte im Keller an Massenvernichtungswaffen basteln.«

George lachte, während er das Auto über die kurvenreiche Landstraße dem zwielichtigen Treiben von White Cliff Bay entgegensteuerte.

Libby blinzelte im frühabendlichen Gegenlicht. Im Radiosender WCG FM kündigte Nick den nächsten Musiktitel an und erinnerte die Zuhörer an den heranrückenden Kuchenbasar zugunsten des Spendenaufrufs des Seenotrettungsdienstes. Wenn das mal keine blumige Umschreibung für Zigarettenschmuggel oder Geldwäsche war.

»Ach Gott«, brach es mit einem Mal aus ihr hervor, sie schlug sich die Hände vors Gesicht. »Du hast mich wieder nackt gesehen, oder?«

Er lächelte verschmitzt. »Jawohl.«

»Du bist so ein Schweinigel.«

»Und du eine Exhibitionistin«, entgegnete er und säuselte mit verstellter Stimme: »Ach George, hilfst du mir beim Anziehen, mir ist eben der Morgenmantel runtergerutscht.«

»So ist es überhaupt nicht gewesen.«

»Doch.«

Sie schüttelte hartnäckig den Kopf.

Dann parkte er hinter dem Haus, und gemeinsam liefen sie nach vorn zum Eingang.

»Ich zieh mich um, dann koche ich uns was. Du hast doch sicher Hunger.«

Sie nickte. »O ja. Ich muss auch dringend duschen, heute früh fiel es ja aus.«

»Gut, ich schaue kurz im Pub bei Seb vorbei. Ich soll für ihn eine Radiowerbung für die neue Speisekarte machen, da muss ich mit ihm ein paar Worte wechseln, was er sich da so vorstellt. Komm, wenn du so weit bist, ja?«

Sie nickte.

Dann duschte sie schnell und zog sich um. Sie sah durch das Fenster, wie George das Haus verließ, und lächelte. Er war wirklich ein Schatz der ganz besonderen Sorte. Als er um die Ecke verschwand, lächelte sie verschmitzt: Sie wusste genau, was sie für ihn tun würde.

* * *

Als George in seine Wohnung zurückkehrte, blieb ihm die Spucke weg: Die Vorhänge des Wohnzimmers waren zugezogen, überall brannten Kerzen. Es war stockdunkel bis auf den flackernden Schein von hundert Teelichtern oder mehr, die auf sämtlichen zur Verfügung stehenden Flächen verteilt waren.

Als er ins Zimmer hineinging, knisterte es leise unter seinen Füßen. Ein Blick nach unten verriet ihm, dass es getrocknete Rosenblüten waren, die den Weg ins Schlafzimmer markierten. Die Tür stand einen Spaltbreit offen, und auch von dort flackerte Kerzenschein heraus.

Er hatte einen trockenen Mund. »Lib?«, rief er. Möglicherweise hatte sie tatsächlich einen Dachschaden davongetragen.

Keine Antwort.

Kapitel 8

Vor der Schlafzimmertür lag ein Zettel. Er hob ihn auf. Er traute seinen Augen kaum, als er las, was darauf stand.

> *Ich kann unsere gegenseitige Anziehung nicht verleugnen. Ich will dich, mein Großer, komm und nimm mich!*
> *Küsschen von Giselle*

Nanu? So was kannte er aus Filmen – Kerzen, Blütenblätter, die Frau, die in sexy Reizwäsche nur darauf wartet, den Mann zu verführen. Aber nicht einmal in seinen wildesten Träumen hatte er sich ausgemalt, dass ihm selbst so etwas passieren könnte. Und ausgerechnet Giselle. Wo er einen so schockierenden Eindruck auf sie gemacht hatte.

Irgendwie war er enttäuscht, dass nicht Libby in seinem Bett auf ihn wartete, aber er durfte nicht vergessen, dass sie schon fast im Aufbruch war. Selbst wenn eine noch so geringfügige Chance bestand, dass sie hierbliebe, dann nicht um seinetwillen. Hätte sie Gefühle für ihn, dann würde sie ihn nicht dazu ermutigen, Giselle zu umwerben. Und ihm gefiel Giselle, sie war lieb und ausnehmend hübsch, bestens dafür geeignet, ihn ein für alle Mal über Libby hinwegzutrösten.

George stieß die Tür ein Stück weiter auf und fragte sich, was er zu Gesicht bekommen würde. Es war ganz dunkel, nur ein einziges Teelicht brannte an der Seite. Es reichte, um die reglose Silhouette einer in seinem Bett wartenden Frau auszumachen. Das blonde Haar leuchtete im Schein der Kerze.

George schickte ein Stoßgebet himmelwärts. »Giselle?«

Es kam keine Antwort. Darauf war er gefasst. Eigentlich hätte er am liebsten die Flucht angetreten. Was würde geschehen, wenn er keine gute Figur abgäbe? Was wäre, wenn … Tausendfach geisterte ihm dieses »Was wäre, wenn« durch den Kopf und mahnte ihn, er solle lieber die Finger von diesem Abenteuer lassen.

Nun ja, dachte er, sie hat den ersten Schritt getan; sie hatte all diesen Aufwand betrieben. Den nächsten Schritt konnte ja er unternehmen. Blitzschnell zog er sich aus und hoffte, dass sie nicht den Kopf vom Kissen hob und zu ihm herüber blinzelte, als er nackt dastand. Eilends wollte er ins Bett schlüpfen, bevor sie ihn erblickte. Sie rührte sich nicht, sondern lag einfach da und wartete auf ihn. Die anmutige Giselle, die auf ihn wartete.

Er schlüpfte neben sie unter die Decke. »Giselle?«

Immer noch herrschte Funkstille.

Zitternd und bebend streckte er die Hand nach ihr aus und strich ihr übers Haar. Es war viel struppiger, als er vermutet hatte, aber die Frauen behandelten und besprühten ihre Haare ja mit so viel Zeugs, all dieses Glätten und Lockendrehen versetzte so mancher Haarpracht den Rest. Libby dagegen hatte weiches Haar. Schnell verscheuchte er den Gedanken an seine beste Freundin und ließ seine Hand nun zu Giselles Schulter wandern. Zu seiner Überraschung war sie ganz kalt. Als er die Hand den Arm hinuntergleiten ließ, stellte er fest, dass er sich hart anfühlte, fast wie … Kunststoff.

Ein Blitzlicht durchzuckte das Zimmer, und aus dem Schrank erscholl Libbys unbändiges Gelächter.

Er schoss in die Höhe und schaltete die Nachttischlampe an. Ein Blick auf seine Bettgenossin machte ihm schlagartig deutlich, dass er Candy gestreichelt hatte.

Libby purzelte aus dem Schrank, sie schüttete sich aus vor Lachen, in der Hand hielt sie ihre Digitalkamera. »Au weia, das hat ja noch besser funktioniert, als ich dachte!«, wieherte sie und hielt sich die Seiten.

»Du Miststück«, zischte er durch die Zähne, vor Scham vergehend.

»Ach komm, das ist doch komisch!« Libby wischte sich die Tränen aus den Augen. »Guck mal das Foto an!« Schwuppdiwupp hatte sie Candy kaltherzig unter der Decke hervorgezogen und auf den Fußboden gefeuert und hüpfte neben George aufs Bett. »Schau mal.« Als sie ihm das Bild zeigte, musste er selbst darüber lachen, wie er die Schulter einer Gestalt streichelte, die ganz offensichtlich eine Puppe war.

»So kann man jemanden erpressen, das Foto ist Millionen wert.«

Er rempelte sie scherzhaft an. »Du blöde Ziege.«

Unbeirrt lachte sie aus vollem Hals weiter. »Nie hätte ich geglaubt, dass du das Zettelchen ernst nimmst, und sobald du Candy im Bett sehen würdest, dachte ich, würde bei dir der Groschen fallen. Aber du bist ja komplett drauf reingefallen. Ach, war das genial.«

Er schüttelte sprachlos den Kopf.

Plötzlich reckte sie sich in die Höhe. »Ich musste dich doch auch mal nackt sehen, das ist die Rache für deine Spannerei.«

»Ich fühle mich so verletzt«, jammerte er und zog sich schützend die Bettdecke bis zur Brust.

Sie knuffte ihn. »He, du brauchst dich doch nicht zu verstecken.«

Er lief rot an. Da saß er nun in seinem Bett und musste sich anhören, wie Libby sich über seine Männlichkeit ausließ. Mit Libby kam wahrlich nie Langeweile auf.

»Los, raus mit dir, lass mich in Ruhe in die Klamotten steigen, oder es gibt kein Essen für dich.«

Kichernd wälzte sich Libby vom Bett und trollte sich. Er hörte noch ihr Gegacker, als er sich anzog.

* * *

Seb sah den letzten Gast aus dem Pub davontrotten und schaute dann zu Amy hinüber, die in einer Nische hockte und extra langsam an ihrem Wein nuckelte. Judith war an diesem Abend nicht hier aufgetaucht, sie waren also unter sich. Jetzt stand ihnen nichts mehr im Weg. Seltsamerweise ängstigte ihn dieser Gedanke. Von früh bis spät saßen ihm Schuldgefühle im Nacken gegenüber Judith und Marie. Aber das vorherrschende Gefühl war Angst. Wenn er Amy noch näher an sich heranließe, dann würde er sich noch hoffnungsloser in sie verlieben, und er könnte es noch weniger verschmerzen, wenn er sie verlöre. Und dass er sie verlieren würde, so viel stand fest. Das Schicksal würde sie ihm aus den Händen reißen, so wie es ihm Marie genommen hatte.

Er schenkte sich ein Glas Whisky ein, ging damit hinüber zu Amy und setzte sich ihr gegenüber.

Er nippte an der warmen bernsteinfarbenen Flüssigkeit und spürte, wie sie ihm den Rachen versengte und wie die Glut sich anschließend im Magen ausbreitete. Er schwenkte das Glas und betrachtete es forschend, als verspräche er sich davon Antworten auf seine Fragen. Es war junger Whisky im Vergleich zu einigen anderen Sorten, die er im Angebot hatte. Erst fünf Jahre alt. Ironie des Schicksals, dachte er. Vor fünf Jahren ging sein Leben in die Brüche, als seine Frau starb, während man in Schottland wie gewohnt weitermachte, Whisky brannte und in Holzfässern zum Reifen lagerte. Das Leben ging weiter. Es ging weiter, selbst wenn die Welt für einige Menschen unvermittelt stehen blieb.

Amy langte über den Tisch und nahm seine Hand. Aus seinen Gedanken gerissen, sah er zu ihr auf.

»Verzeih mir«, sagte er.

Sie runzelte verwirrt die Stirn. »Weshalb?«

»Weil ich dich geküsst habe und keinen Arsch in der Hose hatte, Judith ins Gesicht zu sagen, dass ich dich mehr als alles auf der Welt liebe. Ich wollte dich nicht verletzen, das wäre das Allerletzte. Ich kann zwischen uns nichts Ernsteres zulassen, Amy, es tut mir leid. Es war nicht meine Absicht, dir etwas vorzumachen oder mit deinen Gefühlen zu spielen. Ich dachte, ich kann alles hinter mir lassen, aber das schaffe ich wohl nie.«

»Dir geht es um Judith, stimmt's? Dass du ihr nicht wehtun willst. Sie darf nichts erfahren.«

Er schüttelte den Kopf. »Ich habe mir selbst lange weismachen wollen, dass ich sie nicht verletzen will und dass ich mich um ihretwillen mit keiner Frau einlassen darf, aber das ist nur ein Vorwand. Heute ist Maries Todestag, vor fünf Jahren stand ich im Krankenhaus und hielt ihre Hand, als sie starb. Heute war ich an ihrem Grab. Ich bin lange nicht dort gewesen, weil es so weh tut. Ich habe ihr von dir erzählt und ihr gesagt, dass du ihr gefallen würdest und dass du mir beigebracht hast, wieder zu lächeln … Dann trat mir alles erneut vor Augen, der Schmerz, als sie starb. Noch einmal ertrage ich das nicht.«

Amy hatte es satt. »Verdammt, Seb, das war's dann wohl – ein Kuss, Schluss, aus. Außer Spesen nichts gewesen? Das ist Folter.«

»Es tut mir leid.« Damit stand er auf und ließ den Whisky stehen. Er hatte einen schlechten Nachgeschmack davon im Mund. Er beugte sich hinunter und gab Amy einen Kuss auf die Wange. Dabei sog er ihren Duft ein. »Ich kann dir nicht geben, was du suchst.«

Damit drehte er sich um, pfiff Jack herbei und stieg die Treppe hinauf, um schlafen zu gehen. Dabei hatte er keinen inständigeren Wunsch, als Amy mit hinaufzunehmen.

* * *

Als am Ende von »Titanic« die Liste mit den Namen der Mitwirkenden abgespult wurde, schaltete George das Gerät ab und wischte sich die Augen.

»George? Weinst du?«, fragte Libby mit gedämpfter Stimme unter der Decke hervor.

»Nein, ich habe was im Auge.«

Sie sah ihn an. »In beiden?«

»Ja, wahrscheinlich Heuschnupfen oder so was.«

Libby kniete sich neben ihn, nahm sein Gesicht in die Hände und trocknete ihm die Tränen.

»Es ist doch herzergreifend, oder etwa nicht?«, lächelte er angestrengt.

»Nein, ich finde es süß, dass du über traurige Filme weinen kannst.«

»Aber ich habe ›Titanic‹ doch schon zwanzigmal gesehen, wieso kriege ich da immer noch Heulkrämpfe?«

»Weil du ein Mensch mit Gefühlen bist, und das ist gut so.«

Man konnte die Haustür zuschlagen hören, und jemand rannte die Treppe hoch. Dazu ein Kichern, das man eindeutig Giselle zuordnen konnte. Sie sagte irgendetwas, bevor sie die Wohnung über ihnen betrat. Die Unterhaltung ging weiter, aber da nur eine Stimme zu vernehmen war, tippte George darauf, dass sie telefonierte.

»Wir müssen etwas unternehmen, um die Operation Giselle voranzubringen«, beschloss Libby. »Der erste Eindruck, den sie von dir hat, ist zwar nicht weltbewegend, aber ich weiß, sie wird auf dich fliegen, sobald sie die Möglichkeit hat, dich näher kennenzulernen. Hast du vor, sie auszuführen?«

Geistesabwesend spielte er mit ihren Zehen. »Nein, ich weiß nicht, ob sie die Richtige für mich ist.« Er warf Libby einen Blick zu, der Frau, die in jeder Beziehung perfekt zu ihm passte.

»Aber George, du darfst dich nicht dein Leben lang gängeln lassen von deiner Angst, zurückgewiesen und verletzt zu werden. Ich weiß, es ist dir unwohl dabei, aber du musst dich zusammenreißen und neu anfangen.«

Er seufzte leise. Wenn sie gewusst hätte …

»Ich will mir nur alles vorher im Kopf zurechtlegen und mich auf alles vorbereiten, was ich sage und tue, bevor es losgeht. Ich darf es nicht in den Sand setzen. Ich will schon wissen, was ich beim ersten Date anziehe, was ich sage und wohin ich mit ihr gehe. Und wenn der erste Durchlauf ohne Beanstandungen über die Bühne gegangen ist, wie ich annehme, dann wären wir jetzt schon beim zweiten Date.«

»Nach diesem ersten Date, das mit wildem Sex geendet hat?«

»Ja, und daran hapert es ganz bestimmt nicht, sie wird von meiner Potenz beeindruckt sein, folglich möchte sie mich auch wiedersehen.«

»Selbstverständlich«, pflichtete sie ihm lächelnd bei.

»Allen Ernstes, beim zweiten Date muss ich Eindruck bei ihr schinden. Wenn sie mich am ersten Abend ganz passabel findet, dann lässt sie sich vielleicht darauf ein, uns eine zweite Chance zu geben. Wenn ich beim zweiten Versuch immer noch nur mittelprächtig bin, dann gibt es kein drittes Mal.«

»Da hast du recht; solche Verabredungen kenne ich auch. Beim ersten Treffen lief alles wie geschmiert, wir haben viel gelacht und ohne Pause geredet. Dafür aber war beim zweiten Date der Gesprächsstoff erschöpft, der Abend hat sich elend dahingeschleppt; dieser geile Typ und ich haben nur über das Wetter geredet.«

»Ja, so ist das.«

»Okay, was schwebt dir also vor?«

George wollte etwas sagen, überlegte es sich aber anders und setzte noch einmal an: »Wenn ich ehrlich sein soll, Libby, habe ich überhaupt keinen Plan. Solche Verabredungen sind nicht mein Ding, das weißt du. Sinead war die letzte Frau, mit der ich zusammen war, falls man das überhaupt so nennen kann – drei Verabredungen hatten wir, über sieben Wochen verteilt. Das zweite Date war so furchtbar ermüdend, dass ich mich gewundert habe, warum sie wollte, dass wir uns noch einmal treffen. Schon dazu hatte ich keine Lust mehr, ich ahnte, dass es mich anöden würde. Es zog sich zäh dahin. Ich war ganz baff, als sie mir spät nachts die Zunge ins Ohr schob und mich zu mir nach Hause abschleppte, weil sie mit mir schlafen wollte.«

»Ja, und ich habe dir zu allem Unglück alles verdorben.«

»Ach, das war gut so, es hätte auf lange Sicht sowieso nicht hingehauen. Ich habe folglich keinen blassen Dunst, wie sich ein zweiter romantischer Abend erfolgreich gestalten soll.«

Sie grübelte eine Weile. »Na ja, es kommt drauf an. Wenn es am ersten Abend richtig flutscht, dann bietet sich eine Wiederholung an – ein Essen oder nur ein Bier im *Blasen und Schaum*. Ich glaube, wenn ich jemand kennengelernt habe, der etwas Besonderes für mich ist, dann könnte ich mit ihm jeden Tag dasselbe anstellen, endlose Wanderungen über den Strand von Silver Cove oder ein paar Bierchen im Pub, im Winter am Kamin herumlungern, bei einem Glas Wein über Gott und die Welt diskutieren.«

Betrübt stellte George fest, dass sie soeben haargenau ihre Beziehung zueinander beschrieben hatte, ohne dass sie es merkte. Im Kamin knisterte das Feuer und untermalte Libbys Worte.

»Verabredungen müssen nicht mit großem Tamtam verbunden sein; es geht doch darum, mit dem Menschen zusammen zu sein, den man mag.«

»Libby, das ist gut und schön, was du sagst, aber aus meinen beschränkten Erfahrungen mit dem weiblichen Geschlecht habe ich gelernt, dass das alles Unsinn ist. Frauen wollen umworben werden, verwöhnt und mit Perlen und Juwelen überhäuft. Nur dann ziehen sie den Verehrer für mehr als ein Techtelmechtel in Betracht. Der ganze Schnickschnack, den du schilderst, kommt erst viel später.«

»Okay, okay, mag sein. Folglich muss dein zweites Date sich doch vom ersten unterscheiden. Es muss aufregender werden. Mich hat mal einer zum Paintball mitgenommen. Da stolperst du durch den Wald, wälzt dich im Unterholz und jagst dem Feind hinterher, bis du außer Puste bist. Das hat wirklich die Lebensgeister geweckt. Am Ende war ich so mit Adrenalin aufgepumpt, dass wir danach eine tolle Nummer geschoben haben.«

»Bestens, dann also Paintball. Problem gelöst.«

Sie lachte. »Die meisten Frauen stehen nicht auf so was – da starrst du vor Dreck, und es tut höllisch weh, die Beulen wirst du wochenlang nicht los. Aber etwas in der Richtung solltest du mit ihr machen, etwas Witziges, Ungewöhnliches.«

Er nickte nachdenklich. »Gut, dann lass mich das wieder mit dir ausprobieren.« Bei einem weiteren Abend mit Libby konnte er zwei Ziele auf einmal verfolgen: Zum einen würde er sich weiter fit machen für den Fall, dass er den Mut aufbrachte, Giselle um ein Date zu bitten. Was aber noch wichtiger war, es ergäben sich dabei romantische Augenblicke mit Libby, und das war nicht zu verachten. Wenn sie ein Rendezvous simulierten, konnten sie dabei, ohne ihre wundervolle Freundschaft aufs Spiel zu setzen, so tun, als hätten sie eine Beziehung. Würde die Grenze zwischen Freundschaft und Liebe irgendwie überschritten, konnte George sehr gut damit leben; es barg keine Gefahr, denn es gab ja einen Weg zurück. Wenn sie sich zu nahe kämen, konnten sie es weglächeln und das Ganze als Experiment hinstellen.

»Okay«, sagte sie.

»Wir haben ein erstes Tête-à-Tête hinter uns, und das lief ohne Beanstandungen.«

»Ja. Damit ich in meine Rolle schlüpfen kann: Endete es mit gutem Sex oder ohne?«

»Äh … um bei der Wahrheit zu bleiben: ohne«, murmelte er mit Bedauern.

»Okay.«

»Ich würde gern morgen wieder etwas mit dir unternehmen. Ich hole dich ab, wir machen etwas Schönes, am Ende des Tages wertest du es aus und gibst mir sozusagen eine Note von eins bis zehn.«

»Klingt gut … oje, was ziehe ich an?«

»Das darf ich dir nicht sagen, sonst wäre die Überraschung dahin.«

»Liebling, Überraschungen in allen Ehren, aber als Dame muss man sich schon ein bisschen darauf einstellen. Eine Dame braucht nicht unbedingt in ihrem heiß geliebten Sommerkleid und High Heels zu erscheinen, um dann belehrt zu werden, dass vierzig Kilometer über Stock und Stein gewandert werden.«

»Gut, dann zieh dir was richtig Warmes an und nimm eine regenfeste Jacke mit.«

»Du hast schon etwas ausgeheckt, oder?«

»Ja, habe ich.«

»Dann gehe ich jetzt ins Bett. Schlaf gut, George.«

»Wart mal, du musst heute noch mit mir schlafen«, mahnte er und zog eine Grimasse, die hoffentlich anzüglich war.

»Was?« Libby war ganz durcheinander.

»Das hat der Onkel Doktor angeordnet.«

»Der Onkel Doktor hat angeordnet, dass ich mit dir schlafe? Ich wusste gar nicht, dass man, wenn man einen Bums an die Birne kriegt, auch noch auf andere Weise gebumst wird.«

»Tatsächlich hat der Arzt gesagt, ich soll dich heute Abend im Auge behalten, nur für den Fall, dass du ins Koma fällst oder dass dir irgendwas anderes Dummes passiert. Ich kann aber nicht auf dich aufpassen, wenn du in deiner Wohnung bist und ich hier. Außerdem gehst du mir womöglich wieder auf nächtliche Wanderschaft und torkelst wegen der Gehirnerschütterung orientierungslos zum Strand hinunter. Da könntest du stolpern und dir an den Steinen den Kopf aufschlagen, und die Flut würde deine Leiche ins Meer hinaustragen. Dann würdest du ein paar Tage später in Skegness an Land gespült werden, von Fischen verstümmelt, sie könnten dich nur noch an deinem Gebiss identifizieren.«

»Oh nein.«

»Doch.«

»Skegness? Wirklich?«, fragte sie geringschätzig.

»Jawohl.«

»Du malst ein ganz schön düsteres Bild. Kurz gesagt, wenn ich nicht mit dir schlafe, bin ich spätestens morgen früh tot und spätestens morgen Nachmittag Fischfutter?«

»Ja, zum Beispiel.«

»Okay, wenn es ärztliche Anordnung ist, dann muss ich Folge leisten«, fügte sie sich achselzuckend. »Auch wenn ich nicht ganz überzeugt bin, dass Sex mit dir helfen wird, aber wenn der Doktor es meint …«

Sie ging zum Schlafzimmer und entledigte sich auf dem Weg dorthin ihres Pullovers. Sie warf ihn auf den Stuhl, sodass sie nur noch ihren Schlafanzug anhatte, zwinkerte George kokett zu und verschwand hinter der Tür.

Das haute ihn erst einmal um: Er war davon ausgegangen, dass sie ihn wegen seines Vorschlags auslachen und in ihre eigene Wohnung marschieren würde. Und auf realen Sex war er nicht eingestellt, wollte nur indirekt darauf anspielen, indem er ihr zu verstehen gab, dass sie sein Bett zum Schlafen nutzen sollte. War sie jetzt unter seiner Decke, nackt? Rasch stand er auf und folgte ihr. Sie lag da, die Bettdecke bis unters Kinn gezogen. Ob sie wohl ihren Schlafanzug noch anhatte? Zum Glück musste er sich nicht vor ihr ausziehen, denn er trug schon die Hose seines Schlafanzugs mit Weihnachtsbaum und ein T-Shirt mit einem großen Schneemann darauf. Er schaltete die Lampe aus und schlüpfte neben Libby unter die Decke. Im Licht des Mondes sah er, dass sie ihn beobachtete, und kaum hatte er es sich bequem gemacht, rutschte sie auf seine Seite rüber und schmiegte sich an ihn, den Kopf auf seiner Brust. Er legte den Arm um sie und schluckte nervös.

»So eine Beziehung hatte ich noch nie mit einem Mann, wirklich nicht. Einem Mann, mit dem ich mein Leben verbringen möchte. Dates zu haben ist gut und schön, aber das kommt mir vor wie eine Fassade – sobald du dich an den anderen Menschen gewöhnt hast und mit ihm schläfst, gibt sich keiner der beiden mehr Mühe. Das vermisse ich immer sehr. Aber das, das gefällt mir. Habt du und Josie zusammen gekuschelt?«

»Wir haben nicht gekuschelt, nie.«

»Ach, magst du das gar nicht?« Schon wollte sie von ihm abrücken, aber George hielt sie fest im Arm.

»Ihr gefiel das nicht, mir schon. Immer wenn du das Bedürfnis danach hast, kannst du zu mir rüberkommen.«

Sie schob sich wieder dicht an ihn heran. »Und wenn Giselle hier ist?«

»Na ja, im Bett ist Platz genug für drei.«

Libby lachte. »Dann machen wir ein George-Sandwich daraus.«

»Ja, die Idee gefällt mir, eine Rose zwischen zwei Dornen.«

Libby lachte noch lauter, sie stemmte sich auf den Ellbogen und gab ihm einen Kuss auf die Wange. »Gute Nacht, George.«

Er sah ihr dabei zu, wie sie die Augen zumachte und innerhalb weniger Minuten tief und fest schlief. Er tat sich mit dem Einschlafen weit schwerer, denn seit Langem hatte er keine Frau mehr in seinem Bett gehabt. Und es war schließlich nicht irgendeine, sondern seine engste Freundin, die schönste Frau der Welt. Mehrmals fuhr er aus dem Halbschlaf auf, um sich zu vergewissern, dass er nicht fantasierte. Die ganze Nacht hindurch lag sie da, den Kopf auf seiner Brust, einen Arm um seinen Hals gelegt. Ihrer beider Beine waren miteinander verschlungen, und er spürte Libbys warmen Atem an seinem Hals. Es kam nicht darauf an, dass sie miteinander schliefen, das hier war definitiv besser. Es war schlichtweg der schönste Moment seines Lebens, und er wollte Libby nie mehr loslassen.

Kapitel 9

Am nächsten Tag erwachte Libby mit der freudigen Feststellung, dass sie die ganze Nacht in den Armen ihres besten Freundes gelegen hatte. Außerdem verspürte sie ein brennendes Verlangen zu schreiben. Vorsichtig, um George nicht zu wecken, befreite sie sich aus seiner Umarmung und legte ihm eine Nachricht auf das Kopfkissen:

> *Heute Nacht war es wunderwunderschön, danke, mein Großer!*
> *Küsschen*

Dann stahl sie sich davon.

Dummerweise stieß sie, als sie aus Georges Tür trat, auf Giselle, die gerade aus dem Haus wollte. Einen Augenblick lang stutzte sie, als sie Libby erblickte, verstrubbelt und im Schlafanzug, und fraglos machte sie sich einen falschen Reim darauf. Sie gewann aber rasch ihre Fassung wieder und eilte davon. Libby blieb ratlos zurück, vergeblich suchte sie nach triftigen Gründen, warum sie frühmorgens im Schlafanzug aus Georges Wohnung kam. Die Haustür fiel hinter Giselle ins

Schloss, und Libby seufzte schuldbewusst. Georges Chancen bei Giselle schwanden von Tag zu Tag.

Trotzdem ließ sie sich nicht von ihrem Vorhaben abbringen. Erstmals seit Monaten schwirrte ihr der Kopf nur so vor Ideen, sie musste sie festhalten und niederschreiben, ehe sie ihr entfielen.

* * *

Wie besessen hämmerte sie auf die Tasten, die Wörter flogen ihr zu wie lange nicht mehr. Da fing jemand an, beharrlich zu klingeln. Seit heute Morgen hatte sie, wie ihr ein Blick unten auf den Bildschirm verriet, mehr als zweitausend Wörter geschrieben. Da das Klingeln nicht aufhörte, sprang sie zur Sprechanlage, drückte auf den Knopf, ohne zu prüfen, wer es war, und riss die Wohnungstür auf.

Ein Blumenstrauß von respektabler Größe tauchte vor ihrem Gesicht auf – gelbe Rosen. Sie dufteten wundervoll.

»Lieferung für Miss Joseph«, ließ sich eine Stimme dahinter vernehmen.

Verwirrt nahm Libby den Strauß entgegen,

Der Bote, dem sein Job offenbar keine übermäßige Befriedigung verschaffte, brummelte etwas vor sich hin und verschwand.

Sie trug den Strauß zum Esstisch und bewunderte die Blumen, so prächtig waren sie. Aber wer schickte ihr denn Blumen? Sie zog einen Briefumschlag aus der Mitte des Bouquets und öffnete ihn.

Für meine liebe Libby. Ich freue mich sehr auf unseren heutigen zweiten gemeinsamen Abend.
Dein George X
b. w.

Libby drehte das Briefchen um und las, was auf der Rückseite stand:

Sieben Tage vor Weihnachten gab mein Schätzchen mir

Sie lächelte, zog eine Rose aus dem Strauß und eilte über den Hausflur zu George. Er stand unter der Dusche. Nach kurzem Überlegen hielt sie sich mit einer Hand die Augen zu und machte die Tür zum Badezimmer auf.

»Mensch Libby!«, tönte seine Stimme aufgebracht aus der Ecke, gleichzeitig fiel rumpelnd etwas zu Boden, was sich wie eine Packung Duschgel anhörte.

»Ich sehe nichts.«

Ruckzuck war die Dusche zugedreht, und die Tür der Duschkabine ging auf. Es war ganz schön aufreizend, George nackt und nass vor sich zu haben, und noch dazu so nahe. Libby kicherte, als er vor ihr aus der Kabine stieg und ein Handtuch um sich wickelte.

»Ich wollte dir nur für die Blumen danken, sie sind so schön.« Sie riskierte einen heimlichen Blick durch die Finger. Gott sei Dank war er jetzt anständig bedeckt. Sie nahm die Hand von den Augen und wägte ab, ob er tatsächlich wütend war. Sie schwenkte die Rose wie eine Art Friedensfahne, und widerstrebend nahm er sie ihr ab.

»Normalerweise schreibt man eine SMS zum Dank«, maulte er.

»Das mache ich, sobald ich wieder drüben bin.« Sie sah auf die Armbanduhr. »Tja, ich muss wirklich wieder rüber. Ich habe auch Kat versprochen, dass ich mal vorbeikomme, wo sich Dave doch den ganzen Tag über aufs Feld verkrümelt.«

»Viel Glück. Diese Schreckschraube, schwanger und völlig durchgeknallt.«

»George! Sie ist nicht durchgeknallt, sie hat nur langsam die Nase gestrichen voll. Hoffentlich hast du mal mehr Verständnis, wenn du selbst Vater wirst.«

»Sorry, du magst ja Kat so, aber du musst schon zugeben, sie … hat sie nicht mehr alle.«

Libby beließ es dabei, schließlich wäre alles andere treulos gegenüber Kat gewesen, aber es stimmte schon, dass Dave es dieser Tage ganz schön schwer mit ihr hatte.

»Polly und Linda veranstalten am Samstag um die Mittagszeit einen Kuchenbasar. Das eingenommene Geld ist für die Seenotrettung bestimmt. Wenn ich es schaffe, dann gehe ich hin, habe ich versprochen.«

»Mhm, ich mag Pollys Kuchen. Wahrscheinlich schau ich auch mal vorbei.«

»Du wolltest sagen, dass du Polly magst«, korrigierte sie ihn und verspürte einen Funken Eifersucht.

»Warum auch nicht? Eine schöne Frau, die obendrein noch backen kann, meine Traumfrau.«

George war nicht entgangen, dass Libby ihn schräg ansah. Er nahm ihre Hand. »Ich wette aber, ihre Schinkensandwiches können nicht annähernd mit deinen mithalten. Ich habe gerüchteweise gehört, es soll Himbeermuffins mit weißer Schokolade geben.«

»Ich habe auch gehört …« Libby sah sich um, ob auch keiner lauschte, »dass es Toffees mit Rum und Rosinen geben soll.«

»Das geht dann auf jeden Fall auf meine Rechnung.«

»Mit mir als Begleitung hast du einen guten Fang gemacht, George. Eine Tüte Toffees mit Rum und Rosinen, und du kannst mich um den Finger wickeln.«

»Und wenn ich den ganzen Laden aufkaufe?«

»Mhm, dann ließe ich dich eine Woche lang nicht aus dem Schlafzimmer raus.«

»Zum Teufel, Libby, was stehen wir dann noch hier rum! Auf geht's, Toffees kaufen!«

Sie lachte. »Also bis heute Nachmittag zu unserem Date – wenn du nicht gerade Polly beim Kuchenbasar anschmachtest?«

***

Am Mittwoch hatte Amy immer frei, das heißt, sie arbeitete da nicht; jedenfalls nicht, um Geld zu verdienen. Sie engagierte sich für die Ortsgruppe der Wohltätigkeitsorganisation zur Krebsaufklärung. Ihre Chefin Mia war eine der schillerndsten Persönlichkeiten, die sie kannte, sie mochte sie sehr. Mia hatte vor vielen Jahren ihren Ehemann durch Krebs verloren, in der Folge hatte sie die Organisation aufgebaut, um die Krankheit ins öffentliche Bewusstsein zu rücken. Jeden Mittwoch war Amy auf andere Weise aktiv, mal schminkte sie Kinder in White Cliff Bay, mal verkaufte sie Kuchen, um Geld zu sammeln für die Krebsforschung. Manchmal geschah das in Zusammenarbeit mit der hiesigen chirurgischen Praxis, mit deren Mitarbeitern sie in einem Bus durch die Dörfer und Städte im Umkreis tourte, um kostenlose Untersuchungen anzubieten. Manchmal ging es auch an solchen Tagen etwas … ungewöhnlich zu.

Sie musterte sich im Spiegel und amüsierte sich über das Kostüm, das Mia ihr am Vortag vorbeigebracht hatte. Wenn schon die Verkleidung als Brombeere schlimm gewesen war, dann war das hier tausendmal schlimmer.

Heute stellte sie einen Penis dar. Einen zwei Meter langen Penis mit zwei behaarten Hoden, in denen ihre Füße steckten. Mias Idee war es, dass Amy auf die Gefahren von Hodenkrebs aufmerksam machen sollte. Amys Aufgabe bestand darin, so vielen Männern wie möglich um den Hals zu fallen; sobald sie den Schock überwunden hätten, von einem Megapenis angegriffen zu werden, sollte sie ihnen Faltblätter über Hodenkrebs und die

Bedeutung von regelmäßigen Kontrolluntersuchungen in die Hand drücken.

Mia besaß offenbar eine blühende Fantasie.

Amy musste ein Weilchen auf das Taxi warten, deshalb lief sie im Wohnzimmer hin und her und prüfte, ob sie sich mit ihrer Verkleidung anfreunden konnte. Oben schabte der Penis an der Decke entlang, was ihm sicher ganz schön wehtat, dachte sie.

Als sie hinten aus dem Fenster schaute, bekam sie einen Schreck. Heute wehte ein kräftiger Wind und hatte die kleine Wäschespinne umgeblasen. Ihre Höschen, die sie gewaschen und heute Morgen aufgehängt hatte, waren nirgendwo zu sehen.

Sie öffnete die Terrassentür und machte einen Schritt hinaus. Wo konnten die Höschen nur sein? Da erspähte sie eines von ihnen, das sich in einem Strauch verfangen hatte. Es flatterte wie ein Fähnchen zwischen ihrem und Judiths Garten. Als sie näherkam, bemerkte sie zu ihrer Bestürzung, dass sämtliche Höschen – die gestreiften, die mit Spitze, die mit Blümchenmuster – über Judiths Garten verteilt waren wie seltene tropische Schmetterlinge.

Was schrieb die Etikette in diesem Fall bloß vor? Drüben klopfen und sich höflich ihre Höschen zurückerbitten wie ein Kind, das seinen Ball wiederhaben möchte? Wenn Judith sich nun weigerte und boshaft sämtliche Höschen einbehielt? Es waren Amys beste Stücke. Sollte sie sie abschreiben und sich neue zulegen, eine ganze Schublade voll? Es änderte nichts daran, dass Judith sie alle finden würde, und wie sie Judith kannte, würde sie Amy unterstellen, dass sie diese Show mit Absicht inszeniert hatte. Amy sah ein, dass ihr nichts anderes übrig blieb, als die Wäsche einzusammeln, ehe Judith sie bemerkte. Sie schlich sich an die niedrige Mauer zwischen den Gärten heran. Da sie schon endlos dazu gebraucht hatte, sich in das Peniskostüm hineinzuzwängen, verzichtete sie jetzt darauf, sich seiner zu entledigen, da sie es ohnehin wieder anziehen müsste, ehe das Taxi kam.

Sie schickte ein Stoßgebet zum Himmel, Judith möge nicht gerade aus dem Fenster schauen, fasste die Mauer in den Blick und ließ sich schwerfällig darüber plumpsen.

* * *

Judith saß im Wohnzimmer und langweilte sich. Der Buchklub, den sie vor Jahren gegründet hatte, schien ihr damals eine gute Idee zu sein. Aber die Frauen, die daran teilnahmen, waren sterbenslangweilig. Sie ließen sich über ihre Pflanzen aus, über ihre Enkel und die neuesten Kuchenrezepte, was Judith alles nicht die Bohne interessierte. Und die Bücher, die sie sich zu Gemüte führten, verabscheute sie, jedes einzelne. In den vergangenen fünf Jahren hatten sie solche Schinken wie »Stolz und Vorurteil«, »Jane Eyre« und »Sturmhöhe« durchgenommen und diskutiert, dazu »Oliver Twist«, »Moby Dick«, »Middlemarch«, »Krieg und Frieden« und sogar einige Werke von Shakespeare. Judith hatte sich »Viel Lärm um nichts« auf DVD ausgeliehen, damit sie es nicht zu lesen brauchte und trotzdem mitreden konnte. Den Film fand sie sogar ganz unterhaltsam, das dürfte allerdings eher mit dem schneidigen Denzel Washington als mit der Qualität der Vorlage zu tun gehabt haben. Im oberen Stockwerk lagen neben ihrem Bett der zweite Band der Twilight-Saga »Bis(s) zum Abendrot«, der zuletzt erschienene Roman von Eve Loveheart sowie ein Liebesroman mit Gänsehauteffekt von ihrer Leib- und Magenautorin Nora Roberts. Den gutsituierten Damen vom Buchklub würde sie das nicht auf die Nase binden.

Ihr größter Wunsch war, einmal eine Kreuzfahrt um die ganze Welt zu unternehmen, zu Reisezielen, die sie nur aus Träumen kannte. Sie würde sich auf einem Liegestuhl rekeln, ausgerüstet mit allen möglichen Schmökern. Hätte Marie ihr nicht das Versprechen abverlangt, sich nach ihrem Tod um Seb zu kümmern, hätte sie sich längst davongemacht. Ihr fiel vor Langeweile die Decke auf den Kopf. White Cliff Bay und seine Tattergreise gingen ihr auf den Geist. Hier war der Hund begraben, ein Tag war wie der andere.

Während Brenda, die Vorsitzende der Frauenrechtsorganisation, über die aktuelle Lektüre, das »Weihnachtsmärchen«, ins Schwärmen geriet, weilte Judiths Blick auf ihrem Garten. Brenda sprach über Scrooge; wortreich ließ sie sich darüber aus, dass er sich nicht aus Einsicht in die Richtigkeit seines neu eingeschlagenen Weges wandelte, sondern aus Angst vor dem, was die Zukunft andernfalls für ihn bereithielte.

Da wälzte sich wie aus heiterem Himmel ein Penis über das Mäuerchen in ihren Garten und trampelte zwischen den Büschen herum.

Hatte sie den Verstand verloren? Heute früh hatte sie Eve Loveheart gelesen, die Sexszene im Buch war ausführlich beschrieben, vor allem die ansehnliche Männlichkeit eines gewissen Chad; manifestierte sich vor ihren Augen etwa ein monströser Penis, den die Einbildung nur ihr allein vorgaukelte?

Da aber der ganze Buchklub kollektiv in Totenstille verfiel und alle die Köpfe drehten, um den mannshohen Penis anzustarren, der zielgerichtet den Steingarten umrundete, ging ihr auf, dass es keine Halluzination war.

Verity Donaldson brach in schallendes Gelächter aus. »Heiliger Strohsack, so etwas bekommt man wirklich nicht alle Tage zu sehen!«

»Widerlich«, ereiferte sich Brenda.

»Ach was, an einem männlichen Geschlechtsorgan ist doch nichts auszusetzen, schon gar nicht an so einem Riesending, oder, Judith?« Verity knuffte sie in die Seite.

Judith sah sie an und merkte, wie sich ihre Mundwinkel in die Breite zogen. Das war das erste Lächeln seit fünf Jahren. Verity war ihr sympathisch, das ging ihr jetzt auf. Sie war ihr sogar sehr sympathisch.

* * *

Als sie die Auffahrt zur Two Hill Farm hochfuhr, gab Libby noch einmal Gas, soweit es die kurvige Fahrbahn erlaubte. Sie hupte, als ihr Big Dave auf seinem Traktor entgegenkam, und er winkte mit ausholender Geste zurück. Neben dem großen Gehöft stellte sie das Auto ab und schlüpfte ohne anzuklopfen ins Haus, wo sie sogleich die wohlige Wärme der Küche umgab.

»Kat?«, rief sie vom angrenzenden Hausflur aus.

»Hier oben«, antwortete Kat schluchzend. Libby gefror das Blut in den Adern. Wie ein Pfeil sprang sie die Treppe zum Schlafzimmer hinauf, drei Stufen auf einmal nehmend. Da saß Kat, in Tränen schwimmend, auf der Bettkante.

Sogleich nahm Libby sie in die Arme, was gar nicht so einfach war bei Kats Leibesumfang.

»Was ist denn los?«, fragte Libby beschwichtigend.

»Ich krieg die Schuhe nicht an, eine halbe Stunde versuche ich es schon vergeblich«, sagte Kat und schnäuzte sich lautstark die Nase.

Libby fiel ein Stein von der Seele. Sie löste sich von Kat. »Da kann ich dir doch helfen.«

Sie kniete sich vor Kat hin, zog ihr die Schuhe über die Füße und band die Schnürsenkel zu. Dann hievte sie sie hoch und bemerkte dabei, dass sie ein T-Shirt von Dave und seine Trainingshose anhatte.

»Also jetzt bist du gestiefelt und gespornt – wohin soll's denn gehen?«

»Ich wollte aufs Feld und Dave zusammenstauchen«, schmollte Kat wie eine bockige Göre.

»Sicher doch, das scheint den Aufwand zu lohnen … ich könnte dir allerdings auch ein Eis spendieren, und wenn du dann immer noch Lust hast, Dave zusammenzustauchen, dann könnten wir gemeinsam zu ihm fahren und ihn mit Schuhen beschmeißen.«

Kat schnäuzte sich die Nase. »Eis mag ich schon.«

»Du kannst den Eisbecher haben, den du willst, mit Marshmallows und Soße drauf und Browniekrümeln drin. Amy ist heute nicht im Dienst, sie arbeitet aber ganz in der Nähe. Wenn wir Glück haben, sehen wir beim Eisessen einen Riesenpenis, der ein paar arglose Männer belästigt.«

»Einen Penis?« Kat zog die Nase hoch. Ihre Lebensgeister waren wieder geweckt.

Libby sah sie verschmitzt an. »Das erklär ich dir unterwegs.«

* * *

Kat saß Libby gegenüber, selig vor Wonne. Der Eisbecher, den sie sich ausgesucht hatte, mit dreifachem Drum und Dran – Schokolade, Erdbeere und Coconut Dream – hatte die Größe eines Kinderkopfs.

Libbys zwei Mince-Pie-Eiskügelchen wirkten winzig dagegen.

Während sie die gehackten Nüsse vom Löffel schleckte, konnte sie durch das Fenster sehen, wie der Riesenpenis einen Mann die Straße entlanghetzte. Dem armen Würstchen stand das Entsetzen ins Gesicht geschrieben, doch Amy zeigte kein Erbarmen.

Für eine so große und kurvenreiche Person war Amy erstaunlich fit, vor allem wenn man bedachte, was das Kostüm wiegen musste; jedenfalls bewegte sich der Penis sehr flink.

Libby schmunzelte. Sie hatte Amy kennengelernt, als sie für Mia arbeitete. Damals wohnte sie erst drei Wochen in White Cliff Bay. Sie kam aus Apple Hill und fuhr die kurvige Straße entlang, als Amys Mini um eine scharfe Kurve geschossen kam, vor Libbys Nase vorbeiraste und auf einer Schafweide landete. Die Tiere reagierten kaum darauf, als der Mini mitten zwischen ihnen zum Stehen kam.

Libby sprang aus dem Auto und wollte nachschauen, ob der Besitzer des Unfallwagens wohlauf war. Als sich eine eins achtzig große Frau mit beachtlichen Brüsten, die hinterm Lenkrad klemmten, aus dem Inneren des Minis quetschte, musste Libby kichern. Ganze fünf Minuten brauchte die Fahrerin, um ihren Vorbau aus dem Auto zu bugsieren. Libby stand tatenlos daneben und bog sich vor Lachen.

Zu guter Letzt tauchte Amy ganz auf, um den Busen herum etwas derangiert, und entschuldigte sich wortreich. Seitdem waren die beiden engste Freundinnen.

Libby gab sich selbst die Schuld daran, dass Amy sich so unglücklich in Seb verknallt hatte. Den Pub *Blasen und Schaum* hatte Amy gar nicht gekannt, bis sie sich mit Libby anfreundete, denn er lag am Rand des Städtchens. Amy war zwei Jahre, bevor Libby kam, mit ihrem damaligen Freund nach White Cliff Bay gezogen. Libby hatte sie gleich zu Beginn ihrer Bekanntschaft breitgeschlagen, mit ihr ins *Blasen und Schaum* zu gehen. Fortan stattete Amy dem Pub zwei-, dreimal die Woche einen Besuch ab, zunächst als Gast. Dann fing sie an, hin und wieder dort zu arbeiten. Etwa um diese Zeit verliebte sie sich in Seb; womöglich war der Grund für ihre Arbeit im Pub, dass sie so für ihn schwärmte.

Als es damit losging, machten Libby und Amy noch ihre Witzchen. Außerhalb von Sebs Hörweite sprudelten aus Amys losem Mundwerk nur so die lüsternen Ideen, was sie alles mit ihm anstellen könnte. Dabei wussten sie beide, dass er unerreichbar war wie etwa Chris Hemsworth. Doch im Laufe der Zeit hatte sich Amys unbekümmerte Verliebtheit zu einer heillosen Leidenschaft ausgewachsen. Amy tat Libby leid, denn Seb hegte nicht dieselben Gefühle für sie, ganz und gar nicht. Soweit Libby es beurteilen konnte, war er immer noch verliebt in seine verstorbene Frau. So würde es wohl auch bleiben.

Plötzlich stolperte Amy draußen auf der Straße, und als der Penis der Länge nach auf den Boden schlug, riss er Amys bedauernswertes Opfer mit sich.

Kat prustete vor Lachen, das Eis spritzte ihr aus dem Mund. Auch Libby hätte sich an dem Schauspiel gütlich getan, wenn sie es als Fernsehsketch genossen hätte und es nicht ihre Freundin gewesen wäre, die da so böse gestürzt war.

Libby ließ die kichernde Kat mit ihrem Eisbecher sitzen und rannte hinaus.

»Runter von mir!«, schimpfte der aufgebrachte Mann und wühlte sich unter dem Penis hervor.

»Au, meine Haare!«, jammerte Amy gedämpft in der Nähe seiner Leistenbeuge.

Der Penis schlug dem Mann mit seiner Spitze ins Gesicht.

»Bitte bewegen Sie sich nicht«, winselte Amy.

Libby bahnte sich mit den Ellbogen einen Weg durch den Menschenauflauf, der inzwischen entstanden war, und hockte sich vor Mann und Penis, die miteinander rangen.

»Aufhören, alle beide«, befahl sie, und erstaunlicherweise gehorchten sie ihr tatsächlich.

»Ist jemand verletzt?«

»Nein«, nuschelte Amy, und der Mann schüttelte den Kopf.

»Meine Haare hängen an seinem Gürtel fest«, klagte Amy.

Libby beugte sich hinunter, um die Sachlage zu prüfen. Amys Kopf lag in seinem Schoß, ein dickes Haarbüschel aus ihrem Pony hatte sich in seiner Gürtelschnalle verfangen.

»Alles in Ordnung, Liebes?«, fragte Libby leise.

Amy nickte, was ihr sichtlich Schmerzen verursachte.

Mit der einen Hand fuhr sie unter den Penis und löste langsam und vorsichtig die Gürtelschnalle. Es war ihr etwas unangenehm, denn mit der Hand streifte sie die Leiste des Mannes. Endlich hatte sie es geschafft, Amy zu befreien.

Amy setzte sich auf und haute ein letztes Mal mit der Penisspitze dem Mann eine runter.

Inzwischen scharten sich noch mehr Menschen um sie – das war die genialste Unterhaltung, die White Cliff Bay seit Langem zu bieten hatte.

Tief gedemütigt, rappelte sich der Pechvogel hoch, schoss Amy einen vernichtenden Blick zu und tauchte im johlenden Gedränge unter.

Libby betrachtete ihre Freundin und musste schmunzeln.

»Libby Joseph …«

»Ach komm, Amy, du musst auch die komische Seite daran sehen.«

Amy zog eine finstere Miene.

»Möchtest du ein Eis zur Aufheiterung?«

»Marcus flippt aus, wenn ich mich in diesem Aufzug in seiner Eisdiele sehen lasse.«

»Umso besser.«

Amy lächelte komplizenhaft, und Libby half ihr hoch.

Amy heftete sich an ihre Fersen, als sie die Eisdiele ansteuerten. Wie zu erwarten, schoss Marcus hinter dem Tresen hervor und fuchtelte mit den Händen, um Amy den Weg zu versperren.

»Nein, nein, hier kannst du so nicht rein«, wehrte er sie ab und versuchte, den Penis zur Tür hinauszuscheuchen.

Kat in ihrer Ecke bekringelte sich vor Lachen.

Marcus war eine kleine Kugel mit einem Schnauzbart wie ein Walross, aber er besaß Bärenkräfte. Da Amy sich vor ihm aufgepflanzt hatte und keinen Zentimeter wich und Marcus größte Anstrengungen unternahm, den Penis hinauszuexpedieren, schlug der mit dem oberen Ende unentwegt an die Glocke über der Tür; selbst wenn den Gästen der Auftritt des mannshohen Schwanzes entgangen war, wurden sie nun aufmerksam.

»Bitte verschwinde von hier«, fauchte Marcus mit zusammengebissenen Zähnen. Er war in einen Ringkampf mit einem Hoden verwickelt und stemmte sich gegen ihn, um ihn in Richtung Tür zu schieben.

Kat lachte Tränen, die auf ihr Eis tropften, und bekam kaum noch Luft.

»Marcus, hör auf mich zu bedrängen, Schluss damit!«, kam es gedämpft unter Amys Kostüm hervor. »Hände weg, oder ich zeige dich an wegen sexueller Belästigung.«

Marcus prallte zurück und wurde leichenblass.

Libby ließ den Blick sofort woandershin wandern, damit man ihr nicht die Schadenfreude ansah. Seit Amy hier jobbte, drohte sie Marcus Woche für Woche mit einer Klage. Kaum hatten sie eine Meinungsverschiedenheit, schüchterte sie ihn damit ein. Im vergangenen halben Jahr hatte sie ihn angeprangert wegen Sexismus, Altersdiskriminierung, Rassismus – sie konnte anführen, Waliserin zu sein –, Diskriminierung wegen Körpergröße sowie wegen Übergewichts. Schon wenn sie die Wörter »Anwalt« und »Prozess« in den Mund nahm, machte Marcus einen Rückzieher.

»Ich setze mich nur ein bisschen zu meinen Freundinnen, genehmige mir ein Eis und einen Kaffee, und dann bin ich wieder weg«, versprach Amy.

Da mischte sich aufgeregt eine ältere Dame ein. »Es ist widerwärtig, Sie sollten sich schämen.«

»He, Sie!«, fuhr Kat dazwischen, die sich von ihrem Lachkrampf erholt hatte und mit größter Anstrengung vom Tisch hochstemmte. »Sie opfert ihre Freizeit, um die Leute über Krebsgefahren zu informieren, sie kriegt kein Geld dafür, dass sie sich so kostümiert und obendrein noch beleidigt wird. Das ist pure Menschenliebe. Bevor Sie hier den Moralapostel spielen, denken Sie gut darüber nach, wie sich Amy engagiert.«

Die Frau japste wie ein Fisch auf dem Trockenen.

»Hat hier irgendjemand ein Problem damit, dass Amy in diesem Kostüm steckt?«, fragte Kat herausfordernd in die Runde. Falls es jemanden gab, dann war er offensichtlich zu feige, dieser geistesgestörten Hochschwangeren gegenüberzutreten.

Marcus holte tief Luft. »Aber beeil dich.«

Amy nickte und schlurfte zu der Ecke, die Kat okkupierte. Auf dem Weg dorthin schmiss sie drei Stühle und einen Aufsteller mit der Speisekarte um.

Libby bückte sich, um die Schneise der Verwüstung hinter ihr wieder begehbar zu machen. Sie stellte fest, dass an dem Tisch, hinter den sich bereits eine Schwangere im letzten Stadium und der Penis gepfercht hatten, kein Platz mehr war. Sie zog sich von der anderen Seite einen Stuhl heran.

»Danke, Kat«, sagte Amy und nahm die Speisekarte zur Hand.

Kat beugte sich vor. »Amy Chatwick, ich habe mir vorhin vor Lachen fast in die Hose gemacht. Eigentlich bin ich dir zu Dank verpflichtet.«

* * *

Als Kat kurz darauf zum dritten Mal die Toilette aufsuchte, leckte sich Amy den letzten Rest Eis von den Lippen, beugte sich zu Libby und sah ihr tief in die Augen.

»Wie geht es voran mit euren Annäherungsversuchen, hast du dich schon in George verknallt?«

Libby grinste scheinheilig. »Natürlich nicht …«

Amy musterte sie skeptisch. »Doch, oder?«

»Nein, Ehrenwort. Ich genieße es einfach, etwas mit ihm zu unternehmen, er sorgt immer wieder für gute Laune.«

»Es muss ja was dahinterstecken, dass du dich mit niemandem triffst, seit du hier wohnst. Ich wette, George ist ein Grund dafür.«

»Es gibt eben keinen Kerl nach meinem Geschmack.«

»Weil du alles, was du brauchst, bei George findest.«

Libby seufzte. »Er ist der Mensch, den ich am liebsten mag, da gibt's gar nichts daran zu deuteln. Aber man kann nichts erzwingen. Er ist nicht scharf auf mich, er ist Feuer und Flamme für Giselle.«

»Und wenn er dich lieben würde, würdest du dann hierbleiben?«

»Frag mich was Leichteres, Amy. Ich habe mit dem Gedanken gespielt, ein bisschen länger zu bleiben, nicht wegen George, sondern weil es mir hier gefällt. Ich bin noch unentschlossen – aber ja, wenn ich hierbliebe und George sich nicht mit der Prinzessin von obendrüber zusammentäte, dann würde ich es vielleicht mit ihm wagen.«

Amy lächelte erfreut. »Ich fände es grandios, wenn du dableibst, Libby Joseph. Selbst wenn George dich nicht liebt, ich habe dich auf jeden Fall furchtbar lieb. Also wenn du nicht um seinetwillen bleibst, dann um meinetwillen. Du willst doch nicht, dass ich Rotz und Wasser heule, das ist doch eklig.«

Libby betrachtete sie ungläubig. »Du hast mich lieb?«

»Oh ja. Nicht auf diese Ich-will-dich-heiraten-Tour, sondern du bist einfach meine engste Vertraute, ich habe dich lieb … guck mich nicht an, als wäre ich ein Monster. Wenn du das weitersagst, reiß ich dir den Kopf ab.«

»Okay.« Das Lächeln kehrte in Libbys Gesicht zurück.

»Und hör auf zu grinsen«, schalt Amy und tat so, als wäre sie böse.

Libby stellte scheinbar gehorsam ihr Lächeln ein, doch gleich darauf war es wieder da, und als Kat von der Toilette kam, strahlte Libby sie an.

»Habt ihr auch nur eine blasse Ahnung, wie umständlich es ist, sich den Hintern abzuputzen, wenn man so einen Ballonbauch hat? Es ist schon schwer genug, sich in die Kabine zu zwängen.«

»Wir sollten glatt Marcus wegen Diskriminierung Schwangerer vor Gericht zerren«, schlug Amy vor.

Es hätte nicht viel gefehlt, und Marcus, der gerade mit einem Tablett voll leerer Gläser an ihnen vorbeilief, hätte es vor Schreck fallen lassen.

* * *

An diesem Nachmittag hockte Libby in ihrer Bude und wartete darauf, dass ihr Verehrer sie abholte. Sie ertappte sich dabei, dass sie ganz zappelig wurde. Das war eigentlich ganz unnötig, wo es doch um George, ihren besten Freund, ging; hundert Mal waren sie schon gemeinsam ausgegangen.

Da klopfte es an der Tür, und sie machte auf. George steckte, wie sie erleichtert quittierte, in der gleichen Wandermontur wie sie – Jeans, Kapuzenpullover, Wanderstiefel – und hatte sich die Regenjacke unter den Arm geklemmt. In der Hand hielt er die einzelne gelbe Rose, die sie ihm vorher gebracht hatte. »Die hat ihre Freundinnen vermisst.«

»Danke, wie lieb von dir.« Libby gab ihm ein Küsschen, nahm ihm die Rose ab und steckte sie zu den anderen in die Vase. »Wie schön, dich zu sehen, George. Ich habe mich so gefreut, dass du dich nach dem ersten Abend wieder gemeldet hast.«

»Tja, und es freut mich, dass du mit einem Wiedersehen einverstanden warst. Es war so ein toller Abend neulich. Und ich muss sagen, heute siehst du wieder besonders hübsch aus.«

»Oh danke.«

Er nahm sie bei der Hand und ging mit ihr zur Wohnungstür. »Wie mache ich mich denn bis jetzt so?«, fragte er sie im Flüsterton.

»Sehr gut, ausgezeichnet«, gab sie flüsternd zurück.

»Und wie findest du das mit den Blumen? Zu abgeschmackt?«

»Nein, daran gibt es nichts auszusetzen, auch nicht an dem Kompliment.«

»Was ist mit dem Händchenhalten?«

»Da fällst du zwar schon beim zweiten Date gleich mit der Tür ins Haus, aber es ist schon okay, sehr zartfühlend, das mögen Frauen.«

Er führte sie die Stufen hinunter und hielt ihr dann die Autotür auf. Dabei sah er sie erwartungsvoll an, doch sie schüttelte den Kopf. »Zu klischeehaft«, raunte sie ihm zu.

Darauf warf er die Tür wieder zu. »Dann mach deine blöde Tür doch selbst auf«, schnaubte er, stapfte um das Auto herum und stieg ein. Sie kicherte.

»Möchtest du mich auch höchstpersönlich anschnallen? Wie du weißt, eine schwache Frau wie ich kann das nicht.«

Er schüttelte bloß spöttisch den Kopf und fuhr los.

Sie nahmen die Straße, die von White Cliff Bay aus parallel zum Strand von Silver Cove verlief. Nach kurzer Zeit hielt George bereits am Straßenrand an. Libby schaute sich um, sie war gespannt, was es wohl heute zu erleben gab. Sie befanden sich im Nirgendwo, auf der einen Seite lag still das Meer, und auf der anderen wuchsen Berge in die Höhe. Also konnte es sich nur um eine Wanderung handeln oder … ihr Blick blieb am Meer hängen. Vielleicht würden sie vom Landungssteg aus angeln. Das hätte ihr gefallen. George würde ihr dabei behilflich sein, die Angel auszuwerfen, obwohl sie es als Kind von ihrer Mutter gelernt hatte, aber das würde sie tunlichst für sich behalten. Heute konnte sie mal einen auf hilfloses

Weibchen machen. George schwang sich vom Sitz und holte einen Picknickkoffer aus dem Kofferraum. Das hatte erst mal nichts zu bedeuten, er konnte für ein Picknick in den Hügeln bestimmt sein, allerdings war der Himmel heute etwas grau. Oder aber das Köfferchen war mit Würmern gefüllt.

George kam herum zu ihr, nahm sie bei der Hand und lief mit ihr zum Landungssteg. Prima, also war Angeln angesagt. Sie konnten miteinander um die Wette angeln, wer den größten Fisch aus dem Wasser zog. Später, wenn sie trocken blieben, konnten sie am Strand ein Feuer machen und den Fisch braten und essen. Wildromantisch.

Aber als sie mit dumpfen Schritten über die Holzbohlen stapften, wurde Libby klar, dass sie keine Angeln dabeihatten. Ahnungslos folgte sie George, bis sie am Ende des Stegs etwas erspähte, bei dessen Anblick sie eine Gänsehaut bekam. Herrje, nur das nicht, das war gar nicht prickelnd.

Dort angekommen, stellte George den Picknickkoffer in das orangefarbene Boot, sprang hinein und drehte sich zu Libby um.

Sie ließ den Blick über das Meer schweifen. Alles würde gut gehen … zwar war es ganz schön windig, aber kein Grund zur Sorge. Im Übrigen durfte sie jetzt nicht Georges kunstvoll ausgeklügelte Pläne durchkreuzen, sonst wäre er am Boden zerstört. Sie musste einfach tief durchatmen, den Blick an den Horizont heften und zum lieben Herrgott beten, dass es bei einer kleinen Spritztour bliebe. Dann würde es schon klappen.

Aber das tat es nicht. Kaum fünf Minuten waren sie unterwegs, als Libby schon von einem Anfall erbarmungsloser Seekrankheit geschüttelt wurde. Sonst brüstete sie sich immer damit, dass sie unerschrocken und voller Abenteuerlust sei. Sie machte gern Sachen, wie sie Männer lieben: Tontaubenschießen, Quadrennen, Höhlenerkundungen und Klettern. Weder Dunkelheit, schwindelerregende Höhen und enge Räume noch Spinnen oder Schlangen jagten ihr Angst ein. Ihr einziger schwacher Punkt war die Seekrankheit. Sie hatte schon tausend Methoden ausprobiert, sie in den Griff zu bekommen: elastische Bänder ums Handgelenk, eine spezielle Imprägnierung der Kleidung mit Aromatropfen und alle Sorten von Reisetabletten. Nichts half.

Heute sollte es anders werden. Sie würde ums Verrecken nicht seekrank werden. George stand am Steuerrad und lenkte das Schnellboot durch die Wogen. Aber die See war rau, und das Boot schlug hart aufs Wasser. Normalerweise hätte sie vielleicht diesen Höllenritt ganz ergötzlich gefunden. George spekulierte anscheinend darauf, denn er fuhr jetzt sogar noch schneller. Doch mit jeder anschlagenden Welle wurde Libby übler. Sie verschanzte sich im hinteren Teil des Bootes, denn sie hatte mal gehört, dass Seekranke dort nicht ganz so schlimm litten, auch wenn sie sich nie hatte davon überzeugen können, dass Bug, Mitte oder Heck einen Unterschied machten. Diesmal würde sie sich nicht erbrechen. Ganz bestimmt nicht. Es war eine reine Willenssache. Sie würde sich nicht übergeben müssen. Auf keinen Fall.

Großer Gott, wie war ihr schlecht. Sie hielt den Kopf über den Bootsrand und erbrach alles, was sie im Laufe ihres Lebens zu sich genommen hatte. Ihr war zumute, als hätte sie sich eine Niere oder den Blinddarm aus dem Leib gewürgt.

George bekam von alldem nichts mit, er war vollauf mit dem Lenken des Boots beschäftigt. Sie musste etwas unternehmen, denn bei diesem Affentempo war sie zu nichts in der Lage, das betraf besonders das Essen. Mit einer Handvoll Meerwasser spülte sie sich den Mund aus und wusch sich das Gesicht ab, sie streckte den Rücken und riss sich zusammen. Als sie aufstand, verkrampfte sich ihr Magen. Vorsichtig stakste sie zu George nach vorn und unterdrückte, so gut es ging, die Übelkeit.

Er wandte sich ihr zu, ein glückliches Lächeln auf dem Gesicht, doch als er die kreidebleiche Libby erblickte, fuhr ihm der Schreck in die Glieder. Auf der Stelle bremste er und brachte das Boot schlingernd zum Stehen. Er griff nach Libbys Arm, um sie festzuhalten, damit sie nicht stürzte.

»Alles in Ordnung?«

»Ja … darf ich ans Steuer?«

Ihm fiel die Kinnlade herunter; natürlich genoss er es, selbst das Heft in der Hand zu haben. Das Boot hüpfte auf den Wogen, und Libby schluckte die erneut aufsteigende Übelkeit hinunter, darauf gefasst, dass sie sie sogleich wieder überkommen würde. Bevor sie etwas erklären und er etwas fragen konnte, setzte sie sich auf seinen Schoß und packte das Steuerrad.

»Wie funktioniert das?«, schrie sie laut über das dumpfe Dröhnen des Motors hinweg.

»Äh …« Er tastete nach ihrem Bauch, ihren Oberschenkeln, ihren Schultern, unschlüssig, wie er sie am besten festhalten sollte. Dann packte er mit einer Hand das Steuerrad, sodass er Libby helfen konnte, es unter Kontrolle zu halten, mit der anderen den Gashebel. »In mancher Hinsicht ist es wie beim Auto, erster, zweiter, dritter Gang.« Er erklärte ihr die Apparaturen neben dem Gashebel. »Einfach den ersten einlegen, dann geht es los, und du brauchst bloß noch zu lenken.«

Sie legte den ersten Gang ein und gab Gas, und langsam fuhr das Boot an.

Er zog das Rad leicht nach rechts. »Wir fahren zu den Inseln da drüben.«

Sie nickte und lenkte das Boot in die angegebene Richtung, legte den zweiten und gleich den dritten Gang ein. Durch die Beschleunigung wurde sie fester auf seinen Schoß gedrückt. Aber je schneller, desto besser. Hier zu sitzen und damit beschäftigt zu sein, das Boot zu steuern, scheuchte das Unwohlsein in den hintersten Winkel des Bewusstseins. Ihr Magen wollte sich immer noch umdrehen, aber sie war guter Dinge, dass sie sich nicht mehr übergeben musste, wenn das auch vielleicht daran lag, dass ihr Magen bereits vollkommen leer war.

Sie brauchte sich nur auf das Steuern zu konzentrieren und alles andere beiseitezuschieben. Nun gut, fast alles. Die Tatsache, dass George seine Hände wieder um ihre Taille gelegt hatte und sich das großartig anfühlte, konnte sie nicht ignorieren.

Als sie den Inseln näher kamen, fasste George wieder nach dem Steuerrad, drosselte den Motor und fuhr ganz langsam heran. Dabei wich er geschickt den Felsen aus und legte an einem kleinen Metallpfosten an, warf eine Leine darum und schaltete den Motor aus.

»Das hat … Spaß gemacht«, meinte er etwas konfus, weil seine beste Freundin auf seinem Schoß gelandet war.

Sie drehte sich zu ihm um. In der Hoffnung, dass ihr Atem nicht allzu streng nach Erbrochenem roch, sagte sie: »Oh ja.«

Sie kletterte aus dem Boot und über die Steine hinweg, die das Ufer säumten, und genoss das Gefühl, festen Boden unter den Füßen zu haben, der nicht schwankte.

George nahm den Picknickkoffer und kam hinterher.

Auf dem Weg den Hügel hinauf holte Libby mehrmals tief Luft. Jetzt ging es ihr wieder gut, die Übelkeit war fast vollständig verflogen, auch wenn es noch ein bisschen im Magen rumorte und sie wacklig auf den Beinen war. Sie schaute sich nach allen Seiten um. Sie befanden sich auf einem winzigen Flecken Land, vielleicht dreißig Meter lang und ebenso breit. In der Mitte ragten große Felsen auf. In alle Richtungen erstreckte sich kilometerweit das Meer, es gab aber in geringer Entfernung noch ein paar andere Inselchen. In der Ferne deutete ein schmaler dunkler Streifen mit kaum auszumachenden Erhebungen das Ufer an, von dem aus sie aufgebrochen waren. Georges Auto konnte sie nicht mehr erkennen, dafür waren sie zu weit entfernt.

George stellte den Picknickkoffer ab und wandte sich Libby zu. »Alles in Ordnung? Du siehst blass aus.«

»Na ja, die Seekrankheit.«

»Das war keine so gute Idee, oder?«

»Ach was, George, das ist eine prima Idee – die aufregende Bootsfahrt, das Picknick auf einer einsamen Insel, das ist romantisch, das hat was. Toll.«

Seine Miene hellte sich auf. »Wirklich?«

»Wirklich. Wenn das ein echtes zweites Date wäre, würde ich das richtig genießen! Ich bin froh, dass meine Unterwäsche zusammenpasst.«

George war platt. »Liebe unter freiem Himmel?«

»Ach wo! Wenn es wärmer wäre, dann vielleicht. Aber das bezog sich eher auf den späteren Abend.«

Er grinste. »Es ist nicht gerade weihnachtlich, aber ich habe auch daran gedacht.« Mit diesen Worten griff er in den Koffer und holte eine Weihnachtsmannmütze und einen spitzen grünen Elfenhut mit einem Glöckchen an der Spitze daraus hervor. Flugs langte sie nach der Weihnachtsmannmütze, sie wollte sich nämlich nicht den Anblick von George im Elfenhut entgehen lassen. Er setzte ihn sich auf und wackelte pflichtgemäß mit dem Kopf, damit das Glöckchen bimmelte. Libby lachte. Sie spürte, wie ihr ganz warm vor Zuneigung wurde.

»Das musst du mit Giselle machen. Aber an deiner Stelle würde ich mich vorher erkundigen, ob sie leicht seekrank wird. Fauliger Atem ist beim Knutschen nicht gerade der Hit.«

Er lachte.

»Schön ist es hier.« Wieder sah sie sich um. Es war karg hier, wild und abgelegen. Es gefiel ihr.

»Das ist ja erst der halbe Spaß. Wart's ab.«

Gespannt sah sie zu, wie er in dem Picknickkoffer rumwühlte. Dann zog er zwei Packungen Cocktailwürstchen heraus und ging damit zum Ufer. Libby folgte ihm. Er reichte ihr eine Packung, die andere riss er auf und begann, jeweils eine Handvoll Würstchen hinaus ins Meer zu schleudern.

Libby tat es ihm nach, auch wenn sie nicht wusste, warum.

»Nicht gleich alle auf einmal, nur ein paar, den Rest heben wir noch auf«, wies George sie an.

Libby nickte, sie merkte an seiner leisen Stimme, dass sie still sein sollte.

»Was machen wir jetzt?«, fragte sie flüsternd.

»Wart's mal ab.«

Sie verharrten schweigend. Vor Aufregung stockte ihr fast der Atem. Dann erspähte sie es plötzlich, ein graues Köpfchen mit großen schwarzen Kulleraugen.

Sie stieß einen Laut der Überraschung aus, und George lächelte aus Freude über ihre Reaktion.

Der Kopf war abgetaucht und kam erneut zum Vorschein, diesmal etwas näher, einen grauköpfigen Kumpel an seiner Seite. »Robben!«, flüsterte sie.

Er nickte. »Hier draußen gibt es eine ganze Kolonie, sie leben auf den Inseln da drüben.«

Fünf Köpfe starrten sie nun mit feuchten schwarzen Augen an, genauso neugierig wie umgekehrt die Menschen.

Die Robben kamen näher herangeschwommen, man konnte erkennen, dass sie die Würstchen fraßen, die teilweise noch auf dem Wasser trieben.

»Die mögen sie wohl?«

»Sie sind ganz verrückt nach ihnen.« Er nahm eine weitere Handvoll und warf sie den Robben zu. Libby sah, wie die silbernen Leiber durch das klare Wasser glitten und sich verspielt drehten und wendeten.

»Ach George … sie sind wunderschön.«

George lächelte glücklich und legte ihr einen Arm um die Schulter. Sie stand an ihn gelehnt, während sie den Robben bei ihrem Spiel im Wasser zusahen. Hin und wieder warfen sie ihnen Würstchen zu, bis sie alle waren. Die Robben trieben sich noch eine Weile in Ufernähe herum, in der Hoffnung auf weiteres Futter, aber als nichts mehr zu holen war, zogen sie ab.

»Bist du bereit zum Abendessen?«

Sie nickte, noch in Ehrfurcht versunken.

Er nahm sie bei der Hand, ging mit ihr zum Picknickkoffer und breitete direkt vor den Felsen, die eine willkommene Barriere vor dem kalten auflandigen Wind bildeten, eine Decke aus. Darauf verteilte er seine ganzen Schätze: ein reiches Angebot an Aufschnitt, Salaten, Kräckern und Käse. Dazu gab es Erdbeeren, Schokolade und Champagner.

»Wow, George, du hast dir so viel Mühe gegeben.«

Er zuckte nur verlegen mit den Achseln.

Lange saßen sie da und unterhielten sich, aßen und tranken Champagner. Als alles aufgegessen war, verstaute George den Abfall, nahm die Decke vom Boden, hüllte sich und Libby darin ein und schlang seinen Arm um ihre Schultern, und so betrachteten sie den Sonnenuntergang. Der Himmel war orangerot und pflaumenblau, die Sonne strahlte orange, als sie im Meer versank.

»Wie war ich denn so?«, wollte er wissen, nachdem die Sonne vollständig abgetaucht war und der Mond sich sporadisch zwischen den Wolken zeigte. »Welche Note zwischen eins und zehn?«

»Zwanzig, nein, fünfzig«, sagte sie und schmiegte sich noch enger an ihn. »George, an diesem zweiten Date ist nichts auszusetzen; genau hier solltest du deiner Herzensdame, wenn du sie findest, einen Heiratsantrag machen.«

»Ach wirklich, so gut gefällt dir das?«

»Du bist der vollkommene Kavalier. Du bist einfach liebenswert und ein unschlagbarer Romantiker.«

Er lachte. »Das klingt so, als hätte ich richtig Eindruck gemacht.«

Libby schluckte. Er war tatsächlich der perfekte Verehrer. Vielleicht lag es am Champagner, aber mit einem Mal sah sie George mit anderen Augen. Womöglich hatte Amy recht, und er war wirklich der ideale Partner für sie. Sie hatte ihn so sehr ins Herz geschlossen, und in letzter Zeit berührte es sie immer ganz tief, wenn sie ihn sah. Sie wusste, dass er ihr nie wehtun würde. Seit sie vor vierzehn Jahren ihrem Vater davongelaufen war, hatte sie keinem Menschen mehr über den Weg getraut, aber George hatte sie vom ersten Tag an vertraut. Sie trank den letzten Rest des Champagners und fühlte sich jetzt pudelwohl; den größten Teil der Flasche hatte sie allein geleert. Der Mond blinzelte durch die dichten Wolken und ließ kurz das Wasser weiß aufschimmern.

»Das ist das schönste Date, George, vielen Dank.« Sie küsste ihn auf die Wange. Er sah zu ihr hinunter. Gleich würde er sie küssen, dachte sie. Vielleicht ging es ihm so wie ihr.

Da erschütterte jäh ein Donnergrollen die Luft.

»So ein Mist«, entfuhr es ihm. Er rappelte sich eilends hoch. Dort, wo eben noch die friedlichen Hügel gewesen waren, zuckte ein ehrfurchtgebietender verästelter Blitz über den Himmel und tauchte ihn in grelles Licht.

»Verdammter Mist«, rief er erneut.

Libby erhob sich ebenfalls. »Das ist nicht so gut, oder?«

»Nein, wir müssen schnellstens zurück, ehe das Gewitter uns einholt. Wir sollten nicht unbedingt auf dem Wasser sein, wenn es losbricht, und auch nicht auf dieser Insel, wo es keinen Unterschlupf gibt.«

Eilends schnappte er sich den Picknickkoffer und sprintete damit zum Boot, warf ihn hinein und kehrte noch einmal zu Libby zurück, um ihr über die schlüpfrigen Steine zu helfen.

»Schon gut!«, rief sie ihm zu. »Starte schon mal das Boot.«

Das tat er, gerade als ein neuer Donnerschlag über den Himmel rollte.

»Ich habe im Wetterbericht gehört, klarer Himmel die ganze Nacht über«, verteidigte sich George. »Das habe ich nicht geahnt.«

»Es ist okay, wir sind wieder an Land, ehe es losgeht.« Libby bemühte sich, ihm Hoffnung zuzusprechen, obwohl sie selbst kaum welche hatte.

Er reckte sich aus dem Boot und machte das Seil los, dann wendete er das Boot und steuerte auf das Festland zu.

Gleich darauf preschten sie durch die Wellen, die sich schon hoch auftürmten, da der Wind zunahm, sodass das Boot immer wieder hart aufschlug. Libby las aus Georges hektischen Handgriffen eine gewisse Panik ab. Sie mussten es ans Ufer zurück schaffen, ehe das Gewitter richtig zum Ausbruch kam.

Das heraufziehende Gewitter war in dem Moment vergessen, als Libby sich fürchterlich übergeben musste. Champagner, Erdbeeren, Käse, das komplette Picknickmenü spie sie aus, nicht nur durch den Mund, es kam auch durch die Nase geschossen. Das hatte gerade noch gefehlt! Die Wellen schwappten ins Boot hinein, wo sie am Heck hockte, und durchnässten sie bis auf die Haut, selbst die Schuhe waren durchgeweicht. Sie kam gar nicht dazu, dem irgendwelche Bedeutung beizumessen, da sie von einem neuen Brechkrampf gepackt wurde.

In regelmäßigen Abständen erhellte ein Blitz in der Ferne den Himmel, gefolgt von Donnergrollen und weiteren Brechanfällen.

Diesmal war es noch viel schlimmer als bei der Hinfahrt. Libby meinte, dass sie sich noch nie im Leben so mies gefühlt hatte. Diesmal brach ihr Mageninhalt mit solcher Heftigkeit hervor, dass es sie innerlich geradezu zerriss. Zwischen den Brechanfällen drang ihr ins Bewusstsein, dass sie durchnässt und völlig durchgefroren war und dass das Unwetter immer näher kam. Sie steuerten direkt darauf zu.

Plötzlich wurde das Boot von einer großen Welle erfasst und kenterte. Libby und George stürzten ins Meer. Die Wellen schlugen über Libby zusammen, das eiskalte Wasser stach ihr in die Haut wie mit tausend Messern. Sie ruderte mit Armen und Beinen zur Oberfläche hoch, doch das Gewicht der Kleider zog sie runter. Sie reckte den Kopf aus dem Wasser und japste nach Luft. Das Salzwasser brannte in den Augen, als sie sich nach George umsah, doch sie konnte ihn nirgends entdecken.

Kapitel 10

»George!«, schrie sie, wild strampelnd und nach allen Seiten Ausschau haltend.

Da tauchte unversehens neben dem Boot ein Arm aus dem Wasser, doch schon war er wieder verschwunden. Libby schwamm so schnell sie konnte auf die Stelle zu, wo er zu sehen gewesen war, und stellte fest, dass Georges Bein so unglücklich am Boot festhing, dass er kopfüber unter Wasser hing.

Libby nahm einen tiefen Atemzug, tauchte unter und sah George mit Händen und Füßen kämpfen, um sich zu befreien. Sie packte ihn fest an seiner Jacke und zerrte ihn mit den Beinen rudernd an die Oberfläche, wo er um Luft rang, während sie seinen Kopf über Wasser hielt.

Die Anstrengung machte ihren Armen und Beinen über die Maßen zu schaffen, als sie versuchte, George über Wasser zu halten.

»Halt den Atem an«, gab sie ihm zähneklappernd zu verstehen. Sie ließ ihn los und verschwand erneut im Wasser, wo sie schnell herausfand, dass sich einer seiner Stiefel in der Notstoppleine verfangen hatte. Mit klammen Fingern riss sie den Schuh aus der Schlinge und warf ihn ins Boot, sodass sich George nun frei bewegen konnte.

Er schoss aus dem Wasser wie ein Meeresungeheuer, die Haare klebten ihm im Gesicht. Libby kraxelte ins Boot, George schob sie von unten. Dann wollte sie ihm hineinhelfen, aber er hatte bereits ein Bein über die Bordwand geschwungen und plumpste neben sie.

Sie streckte die Hand nach ihm aus und wollte sich vergewissern, dass mit ihm alles in Ordnung war. Wie gern hätte sie sich jetzt von ihm umarmen und beruhigen lassen, um ihren Adrenalinspiegel zu senken. Aber George hatte sich längst hochgerappelt und die Notstoppleine in ihrem schmalen Fach verstaut. Wie durch ein Wunder war es ihm gelungen, den Motor anzulassen.

Gleich darauf bretterte das Boot schon wieder über das Wasser. Wenn Libby geglaubt hatte, der vorangegangene Adrenalinausstoß und die durchlittene Todesangst um ihren liebsten Freund würden reichen, um fortan die Seekrankheit zu verbannen, lag sie falsch. Sie wurde im Bootsheck von einer Seite zur anderen geschleudert und von Übelkeit heimgesucht.

Schneller als gedacht waren sie da, der Motor war ausgeschaltet, und das Boot tanzte auf dem Wasser wie ein Spielzeugschiffchen, vom Sturm hin und her geworfen.

George hielt Libby an den Armen fest, richtete sie auf und hievte sie, so gut er konnte, auf den Landungssteg. Als sie es geschafft hatte, nahm er sie bei der Hand, und sie wankte zum Auto. Über ihnen donnerte es gewaltig, und es goss wie aus Eimern. George beeilte sich, die Autotür für Libby aufzureißen, und rannte dann zur anderen Seite, gejagt von einem dröhnenden Donnerschlag.

Dann ließ er den Motor an und drehte die Heizung bis zum Anschlag auf, was Libby aber kaum registrierte. Sie war so durchgefroren, dass sie außer diesem unangenehmen Taubheitsgefühl nichts spürte. George wendete und trat das Gaspedal durch.

»Hoffentlich begegnen wir nicht wieder Onkel Bob«, sagte George zähneklappernd.

Wenigstens war ihr nicht mehr schlecht, dachte Libby, von Schüttelfrost gepackt.

In Nullkommanix waren sie wieder zu Hause angelangt und taumelten schlotternd vor Kälte durch die Tür. Libby stolperte auf ihre Wohnung zu, doch George schob sie in seine eigene. Sie fielen sozusagen mit der Tür ins Wohnzimmer, wo George sofort die beiden Heizstrahler anmachte. Dann schleppte er die torkelnde Libby ins Schlafzimmer.

George quälte sich mit klammen Fingern aus den Kleidern. Libby schleuderte die Schuhe von den Füßen und zerrte sich die Jeans vom Leib. Sie hatte ihre liebe Mühe mit den Jackenknöpfen, da die tauben Finger nicht gehorchen wollten. George stellte sich vor sie hin und wollte ihr zur Hand gehen, aber auch seine Finger versagten ihren Dienst. Sie zog ihm umständlich das T-Shirt über den Kopf, während er ihr mühsam die Jacke abstreifte, besser gesagt, er zog und zerrte daran, bis die Knöpfe absprangen und durch das Zimmer kullerten. Dann entledigte sich Libby unter Aufbietung der letzten Kräfte ihres Pullovers und des T-Shirts, während George sich aus den Schuhen mühte.

Schnell suchte sie aus dem Kleiderschrank einen Pullover heraus, den sie sich über den Kopf streifte, und ein Paar Jeans, die zwar etwas zu groß waren, aber das hielt sie nicht davon ab, sie anzuziehen. George stand splitternackt neben ihr und zog sich ebenfalls Pullover und Hose an, klemmte sich eine Bettdecke unter den Arm und dirigierte Libby ins Wohnzimmer. Er stellte die beiden Heizstrahler neben das Sofa, auf das er sich legte, und zog sich die Decke über den Kopf. Libby kroch zu ihm unter die Decke und kuschelte sich an ihn. Er hielt sie fest im Arm, und so lagen sie bibbernd und zitternd aneinandergeschmiegt.

»Siehst du, ich habe es dir ja versprochen, dass du mich am Ende des Tages in Unterwäsche bewundern kannst«, sagte sie.

»Ja, gäbe es eine Checkliste für das mustergültige zweite Date, dann würde der Tagesordnungspunkt ›Sich-die-Sachen-vom-Leib-Zerren‹ ganz oben rangieren.«

* * *

Nach der langen Nacht auf dem Sofa erwachte George mit steifen Gliedern. Von Libby keine Spur. Er drehte sich auf den Rücken und ließ die gestrigen Ereignisse Revue passieren. Wenn man in Rechnung stellte, dass sie ein Unwetter und eine Nahtod-Erfahrung überlebt hatten und Libby gereihert hatte, als ginge es um eine olympische Medaille, hatte das zweite Date durchaus etwas hergemacht. Wäre es ein echtes Date gewesen, hätte er davon ausgehen können, dass ein drittes folgte. Über diese Brechanfälle würden sie sich später fröhlich die Mäuler zerreißen, und das Gewitter würde die Dramatik nur noch untermalen.

Die Robben, das Picknick und der Sonnenuntergang waren wirklich romantisch gewesen. Irgendwann kurz vor Ausbruch des Unwetters war er richtig überwältigt gewesen und hätte Libby fast geküsst.

Nun fragte er sich, wie sie wohl reagiert hätte. Er hätte den Kuss mit einem Lachen abtun und behaupten können, das alles gehöre zu ihrem fingierten Date. Schließlich war ja alles nur ein Spiel. Er runzelte nachdenklich die Stirn. Das sollte er sich hinter die Ohren schreiben: Es hatte nichts mit dem wahren Leben zu tun. Was er mit Libby anstellte, war allein dazu gedacht, ihn für sein Date mit Giselle fit zu machen und nicht dazu, sich noch unsterblicher in Libby zu verlieben.

Ja, auf jeden Fall würde er mit Giselle zu den Inseln hinausfahren, falls sie ihm die Chance für ein zweites Date einräumte. Sie wäre begeistert.

Doch dann nistete sich ein nagender Zweifel in ihm ein. War es vielleicht nur wegen Libby so einmalig gewesen? Stundenlang hatten sie sich ganz zwanglos unterhalten, aber das hing sicher damit zusammen, dass sie so vertraut miteinander waren. Auch die Momente des Schweigens waren entspannt und keineswegs verkrampft oder unbehaglich gewesen. Und über ihr Unwohlsein war Libby einfach mit guter Laune hinweggegangen. Ob Giselle auch so lässig darüber hinwegkäme? Nachdem sie sich erbrochen hätte, würde sie vermutlich jede Nahrung verweigern, falls sie beide überhaupt bis dahin gekommen wären; vielleicht würde sie darauf bestehen, dass George sie wieder nach Hause brächte.

Der springende Punkt bei einem zweiten Date wäre der Spaßfaktor. Wenn sie aber darauf angewiesen wären, die Zeit mit Small Talk totzuschlagen, und sie hätten sich nichts zu sagen, dann wäre es das allerletzte Date. Giselle fände die romantischen Aspekte vielleicht gut und schön, nicht aber eine verklemmte und peinliche Atmosphäre zwischen ihnen.

Nein, beim zweiten Date sollte man etwas Kurzweiliges und Romantisches unternehmen und lieber lange Gesprächsphasen vermeiden. Beim dritten Treffen könnte man reden und über das vorausgegangene Date Späße machen. Die Inseln boten sich als großartiges viertes oder fünftes Date an.

Da peitschte ihn ein schriller Ton aus seinen Tagträumen. Er richtete sich auf und fragte sich, woher dieses durchdringende Pfeifen rührte. Die Rauchschwaden, die aus der Küchentür kamen, ließen nur den Schluss zu, dass es sich um den Rauchmelder handelte. Im gleichen Moment kam Libby halb nackt aus dem Schlafzimmer gerannt. Sie prallten mit solcher Wucht aufeinander, dass sie mit der Hand in seinen Unterleib stieß und er mit den Zähnen an ihre Stirn. Taumelnd fanden sie ihr Gleichgewicht wieder; Libby hatte sich zuerst erholt, während George sich noch vor Schmerzen krümmte.

Sie zerrte scheppernd das qualmende Backblech aus dem Herd und stellte es auf der Küchenzeile ab, dabei verbrannte sie sich, wie es aussah, die Hände.

»Autsch, Mist«, fluchte sie und blies auf ihre Finger.

Dann machte sie das Fenster auf, um den Rauch hinauszulassen, griff nach einem Handtuch, hüpfte unter dem Feuermelder auf und ab und wedelte mit dem Tuch, damit der ohrenbetäubende Daueralarm endlich aufhörte.

Trotz seiner Schmerzen musste George schmunzeln, denn jedes Mal, wenn Libby hochhüpfte, konnte er einen Blick auf ihre Unterwäsche werfen, die unter seinem Pullover herausguckte. Seine Jeans hatte sie wohl irgendwann in der Nacht verloren.

Als der Feueralarm zu guter Letzt Ruhe gab, klingelte es eine Weile weiter in den Ohren. Libby schaute auf den total verkohlten Schinken auf dem Blech und lutschte an ihren verbrannten Fingern. »Knuspriger Schinken gewünscht?«

»Nichts lieber als das.« George biss die Zähne zusammen und ertrug wacker sein Wehwehchen. Er nahm Libbys Hand. »Hast du dir die Finger verbrannt?«

Sie zuckte mit den Achseln. »Ach, das ist nichts weiter.«

Er küsste jeden einzelnen ihrer Finger. Libby sah ihm versonnen zu, bis ihm bewusst wurde, dass seine Geste zu intim war. Schnell ließ er ihre Hand los.

Sie deutete lachend mit einer Kopfbewegung auf seinen Unterleib. »Ich wollte dir auch gerade Handauflegen anbieten, aber das hebe ich mir lieber für das vierte oder fünfte Date auf.«

»Prima, da habe ich was, worauf ich mich freuen kann.«

Sie pickte eine Speckscheibe vom Blech und knabberte allerliebst um die verkohlten Stellen herum. Wie sie so in seinem Pullover dastand, bot sie einen hinreißenden Anblick.

»Ich muss feststellen, Miss Joseph, dass du anscheinend irgendwo deine Hose verlegt hast.«

»Die war mir zu groß, ich musste sie beim Kochen dauernd festhalten. Deshalb war ich in deinem Schlafzimmer und habe nach Shorts gesucht. Inzwischen ist der Schinken verschmort, damit hatte ich nicht gerechnet.«

Bei einer Tasse Tee und beim Genuss der essbaren Reste des Schinkens besprachen sie Georges Bedenken, was das zweite Date betraf: dass nämlich der Ausflug zur Insel zu viel Zeit in Anspruch nahm, sodass man zu viel rumsülzen oder verlegen schweigen müsste.

Libby nickte. »Ja, das sehe ich auch so, wenn ihr da draußen auf der Insel sitzt, könnte es heikel werden. Im Pub dagegen kann man immer, wenn es brenzlig wird, auf Billard ausweichen. In deiner Wohnung könntest du etwas kochen, was für Romantik sorgt, und wenn die Konversation ins Stocken gerät, schaltest du einfach die Glotze an und guckst mit ihr einen Film. Aber von der Insel gibt es kein Entkommen, da hockt ihr aufeinander. Und die Toilettenanlagen haben auch nicht das gewisse Etwas, das sich einige Frauen wünschen.«

»Gut, hast du irgendwelche anderen Vorschläge?«

Libby kaute nachdenklich auf ihrer Unterlippe. George mochte diese Eigenart an ihr.

»Okay, du solltest ihr die Wahl überlassen. Du kannst ja vorschlagen, etwas Unterhaltsames zu machen, was aus dem Rahmen fällt. Du könntest auch vorschlagen, um die besten Ideen zu wetteifern – sie könnte sich etwas für das zweite Date raussuchen, und du für das dritte. Ihr könnt Regeln aufstellen. Etwa eine Ausgabenobergrenze von fünfzig Pfund. So würdest du rauskriegen, was ihr gefällt, und könntest die dritte Verabredung entsprechend planen. Und du hast die Garantie für ein drittes Date, weil sie, selbst wenn das zweite ein Reinfall war, neugierig ist, was du ihr beim dritten Mal bietest.«

George grinste zufrieden. »Das finde ich gut, ehrlich. Da wäre gleich von Anfang an ein bisschen Jux dabei. Richtig Klasse. Aber dir ist hoffentlich klar, was das heißt?«

Sie trank ihren Tee aus. »Nämlich?«

»Unsere nächste Verabredung, also unser nächstes zweites Date, das musst du planen.«

»Gut, abgemacht.« Sie strahlte.

Er seufzte erleichtert, weil sie seinen Vorschlag so vorbehaltlos akzeptiert hatte. Noch eine Verabredung mit Libby also. Wie oft konnte er das rein praktisch gesehen mit Recherchezwecken begründen? Der Wettbewerb war eine brillante Idee, umso mehr, als sie nun noch einmal ihr zweites Date in Angriff nahmen und nicht schon das dritte. Ein triftiger Grund, die Sache voranzutreiben.

»Heute Abend?«, fragte er.

Ihre überraschte Miene ließ ihn sofort zurückrudern. »Natürlich hast du da schon was vor. Wir können es ein andermal machen.«

»Nein, heute Abend ist gut. Ich habe bloß überlegt, was ich auf die Schnelle aus dem Hut zaubern soll.«

»Egal, was du dir ausdenkst, die Inselfahrt bleibt unübertroffen, die Robben, das Picknick, der Sonnenuntergang …«

»Das zählt nicht mehr. Wenn das jetzt unser zweites Date wird, dann ist das mit der Insel nie passiert. Unsere erste Verabredung war im Restaurant …«

»Mit wildem Sex am Ende?«, hakte er bange nach.

»Nein.«

»Wie blöd.«

»Wir waren also einmal zusammen aus, und da hast du mir den Wettbewerb vorgeschlagen. Wir haben jetzt eine gleichrangige Ausgangsposition, es steht null zu null.«

»Okay, okay, null zu null.«

»Gut, also unser zweites Date …« Sie verlor den Faden. »Warte mal, bin ich Giselle oder Libby?«

»Wie meinst du das?«

»Soll ich eine Verabredung organisieren, die mir Spaß macht oder die Giselle Spaß machen soll?«

»Dir muss sie Spaß machen, ganz klar.«

»Aber was nutzt dir das, wenn du doch für die Operation Giselle trainierst? Mein Geschmack in puncto Unterhaltung ist äußerst vielseitig, könnte man sagen.«

Wie blöd. Er hätte sagen sollen, ein Date, das Giselle Spaß macht. Sonst lag es doch auf der Hand, dass ihm eigentlich an einer Verabredung mit Libby lag.

»Da begreife ich besser, wie Frauen ticken.«

»Gut, also etwas, was mir Spaß macht …«

Sie lächelte, den Blick in die Ferne gerichtet, und er war erleichtert, denn zum Glück war sie viel mehr mit den Details der Organisation beschäftigt als mit dem tatsächlichen Grund dafür.

»Du hast schon einen Plan, oder?«

Sie lächelte spitzbübisch. »Oh ja, gewiss doch.«

»Was soll ich anziehen? Mit High Heels komme ich nicht, wenn wir uns von einer Klippe abseilen.«

»Zieh irgendwas Abgetragenes an, das auch ein bisschen schmutzig werden darf.« Ihr Lächeln schien ihm irgendwie heimtückisch.

»Ach, dass ich's nicht vergesse, ich muss dir noch dein heutiges Geschenk geben. Nur etwas Kleines.«

George ging ins Schlafzimmer, öffnete den Kleiderschrank und zerrte den riesigen Schneemann heraus, den er am Vortag gekauft hatte. Er überragte ihn und hatte einen bösartigen Gesichtsausdruck, obwohl das sicher nicht so beabsichtigt war.

Umständlich zog George das Ungetüm ins Wohnzimmer. Libby brach in lautes Lachen aus.

»Sechs Tage vor Weihnachten gab mein Schätzchen mir das Versprechen, nie mehr lausig zu dichten.«

Libby konnte sich vor Lachen kaum halten. »Mensch, George, wie um alles in der Welt soll ich den nach New York kriegen?«

»Tja, wenn du hierbleibst, hast du das Problem nicht.«

Sie lächelte. »Vielleicht bleibe ich ja hier.«

* * *

Amy verspätete sich, obwohl sie eigentlich nie zu spät kam. Heute war sie dran, Seb hatte frei. Er würde auf sie warten, und nur ungern ließ sie ihn hängen.

Sie hatte eingekauft und die Tüten zum Auto getragen, da hatte sie auf dem Parkplatz Carol, Mias ältere Schwester, erblickt. Sie war unterwegs zur Bushaltestelle und schleppte sich mit mehreren schweren Taschen ab. Kleine Schneeflocken tanzten um sie herum. Amy hatte Carol angesprochen und darauf bestanden, sie nach Hause zu fahren. Als sie dort ankamen, fühlte sich Amy verpflichtet, ihr auch beim Auspacken zu helfen. Die alte Dame redete ohne Punkt und Komma über einen gewissen Sean, mit dem sie einst eine leidenschaftliche Affäre hatte. So gern Amy sich länger bei ihr aufgehalten und die frivolen Einzelheiten erfahren hätte, war sie doch spät dran, und die Aktion mit Carol, die weit von Silver Cove entfernt wohnte, hatte sie ohnehin lange genug aufgehalten. Noch später durfte es nicht werden.

Es gab eine Abkürzung über die Cow Bell Lane, die sie nun entlangbrauste. Sie hasste diese Landstraße, sie war schmal und dem Wind ausgesetzt und ging steil auf und ab. Lieber hätte sie eine Viertelstunde drangehängt, um sie nicht benutzen zu müssen, aber heute hatte sie keine Wahl. Selbst auf dieser Route käme sie zu spät ans Ziel.

Das einzig Gute an der Straße war, dass niemand sie benutzte. Sie war gefährlich, die Einheimischen mieden sie aus guten Gründen. Amy fuhr an einer alten Holzhütte vorbei und trat auf das Gaspedal.

Plötzlich kam über eine unübersichtliche Kuppe ein Sportwagen herangeschossen und raste auf sie zu. Die Straßenbreite reichte für ein Auto, gerade noch rechtzeitig scherte sie schlingernd aus, um eine Kollision zu vermeiden. Es kam ihr vor, als segelte ihr Auto im Zeitlupentempo durch die Luft, unendlich lang schwebte es unter den grauen Wolken. Vergeblich drehte sie am Lenkrad in der Absicht, den Wagen sicher landen zu können, vergeblich trat sie auch auf die Bremse und konnte trotzdem nicht verhindern, was dann geschah: Das Auto neigte sich nach vorn, blitzartig schoss ein Streifen Grün vor ihr auf. Das grauenvolle Geräusch von Metall, das sich um sie herum verbog, war das Letzte, was Amy wahrnahm, dann verlor sie das Bewusstsein.

* * *

Seb hatte kaum den Pub geöffnet, da stand bereits Big Dave in Erwartung seines Mittagessens davor.

»Wo steckt denn die liebe Amy heute? Auf dich war ich gar nicht gefasst, donnerstags hast du doch immer frei.« Dave ging mit Seb an die Bar und zog sich den angestammten Hocker unter den Hintern.

»Sie kommt heute zu spät«, murmelte Seb.

Big Dave zog die Stirn in Falten. »Sieht ihr aber nicht ähnlich.«

»Ich glaube, sie will mir irgendwas beweisen.«

»Hat sie schon! Die Tageskarte hat seit gestern nicht gewechselt. Auf dem Tresen stehen keine Erdnüsse, und ich muss mit deiner hässlichen Visage statt mit Amys süßer Fratze vorliebnehmen. Gib ihr bloß, was sie will! Ich kann ein Lied davon singen, dass man seine Weiber bei Laune halten muss.«

»Sie ist nicht mein Weib«, wehrte Seb ab.

Big Dave lächelte wissend. »Deine *Weiber*, Seb, nicht deine Frau. Du brauchst zwar weiß Gott eine, ich rede aber von allen Frauen in deinem Leben: Amy, Judith, Sally, deine Mutter, deine Schwester. Halte sie bei Laune, sag immer Ja und Amen, um des lieben Friedens willen.«

Schon das zehnte Mal sah Seb auf seine Armbanduhr. Inzwischen trafen weitere Gäste ein. Wie sollte er Amy und Judith bei Laune halten?

Nach dieser Nummer wollte er mit Amy ein ernstes Wörtchen reden, auch wenn sie das wahrscheinlich noch mehr aufbringen würde. Wieder schaute er auf die Uhr. Sie war eine halbe Stunde überfällig, seine Kumpels würden jetzt schon im *Winston Churchill* in Apple Hill eintrudeln und sich wundern, wo er blieb. So eine Zicke. Seinen einzigen freien Tag in der Woche versaute sie ihm.

»Darf der Hund mit rein?«, fragte ein Mann, der den Eindruck machte, kurz vor Weihnachten völlig mit den Nerven am Ende zu sein. Zwei Kinder, ein Junge und ein Mädchen, spielten Fangen hinter ihm. Seb hatte am Vortag mitbekommen, dass die Grundschule von White Cliff Bay vorzeitig die Weihnachtsferien eingeläutet hatte. Und dieser Mann hatte jetzt schon die Nase voll vom Kinderhüten. Ein kleiner roter Setter setzte sich artig vor seine Füße.

Seb wies mit einer Handbewegung auf Jack. Der lag schnarchend auf einem Flecken Sonnenlicht, sein dicker Bauch hob und senkte sich mit jedem Atemzug. »Solange er mit anderen Hunden auskommt.«

Der Mann nickte. »Oh, sie ist ganz lieb.«

Seb nickte ihm zu, und die Familie setzte sich in eine Nische. Die Kinder, deren Fangen-Spiel erst einmal unterbrochen war, stürzten sich voller Begeisterung auf Jack. Er blinzelte verschlafen und richtete sich auf, um sich noch ausgiebiger streicheln zu lassen. Der rote Setter beschnüffelte ihn. Jack wurde von so viel weiblicher Aufmerksamkeit richtig munter. Seb lächelte, doch das Lächeln verging ihm gleich wieder, als er junge Paare, Familien und Einheimische ins Lokal strömen sah. Wo zum Teufel war Amy abgeblieben?

* * *

Auf dem Weg zu dem kleinen Laden, wo er Milch besorgen wollte, lief George buchstäblich Giselle in die Arme. Als er die Tür hinter sich zugemacht hatte, war er in Gedanken noch ganz bei seinem wundervollen Date mit Libby, und als er sich umdrehte, stieß er mit Giselle zusammen, die dabei fast hingefallen wäre. Schnell reichte er ihr die Hand, um sie festzuhalten.

»So was Dummes, tut mir leid. Alles in Ordnung?« Er spürte, wie er rot wurde.

»Ja, alles in Ordnung«, antwortete sie höflich lächelnd.

»Äh …« Er rang um Worte. Alles wäre ihm recht gewesen, nur nicht »äh«. Sie war wirklich bildschön, sie hatte etwas Elfenhaftes an sich. George ertappte sich dabei, dass er sie anstarrte.

»Ich, äh …« Na toll, eben hatte er sie fast umgerempelt, und jetzt brachte er keinen zusammenhängenden Satz zustande. Mit Sicherheit war sie tief beeindruckt.

Ja, er war eine Witzfigur, Libby meinte doch immer, er würde sie zum Lachen bringen, er brauchte nur etwas Lustiges zu sagen. Oje, Giselle hatte sich schon umgedreht und ging auf ihre Wohnungstür zu. Höchste Zeit, etwas zu sagen. Einen Kinderwitz, er kannte unzählige davon. Oder einen Limerick, er hatte selbst etliche für die Radiowerbung geschrieben. Nein, er konnte nicht einfach einen Limerick vom Stapel lassen, da würde er wie ein Volltrottel dastehen.

»Na, dann mach's gut, George, ich muss noch ein bisschen auspacken, das mache ich dann mal.« Sie drehte sich weg von ihm.

»Hast du dich langsam eingelebt?«, sprudelte es aus ihm hervor. Zum Glück hatte er ein paar Worte gefunden, die kein blöder Limerick waren.

»Danke, ja. Ich möchte eine Einweihungsparty machen. Vielleicht in einer Woche, wenn die Kisten ausgeräumt sind. So eine Art Kennenlernparty.«

»Oh, da solltest aufpassen – Bridget Whittaker, die Vermieterin, ist ein Tyrann, was die Hausregeln angeht.« George schrieb mit den Fingern bei dem Wort »Hausregeln« Anführungsstriche in die Luft. Aber sogleich zuckte er zusammen – wer schrieb denn Anführungsstriche in die Luft?

»Ach, wirklich?«

»Ja, sie kann es nicht leiden, wenn die Mieter Partys feiern oder rauchen oder Haustiere halten oder Übernachtungsbesuch bekommen oder Bilder aufhängen oder am Donnerstag Tomatensuppe kochen.«

Giselle runzelte verwundert die Stirn, sodass er gleich mutig nachlegte.

»Ich habe diese Frau nie zu Gesicht bekommen, aber bei dem Namen Bridget Whittaker stelle ich mir etwas Pferdehaftes vor.«

»Wie meinst du das?«

»Na ja, so jemanden mit Reitstiefeln und Tweedjacke, die zu eng um die Brust ist. Sie wird das Haar kurz tragen, mehr aus Bequemlichkeit als der Mode wegen, oder lang, dann als

Dutt. Sie wird immer eine Reitpeitsche bei sich haben, die sie sich unter den Arm klemmt, und sie geht nicht, sondern marschiert im Stechschritt wie ein Dragoner.« Er führte den Schritt vor, und als er anfing, auf einem imaginären Pferd durch den Hausflur zu traben, zwitscherte er mit einer hohen Frauenstimme: »Tristan, Sie müssen an Ihrem Trabschritt feilen. Harmonica, wir müssen uns nächste Woche bei der Fuchsjagd sehen, und Magnus, kommen Sie doch in den Stall auf einen Quickie im Heu.«

Er zog sein Pferd am Zügel und blieb vor Giselle stehen. Das war doch mal etwas Komisches, mit Esprit, richtig witzig.

»Bridget ist meine Mutter.«

Verdammte Scheiße.

»Oh … äh … ich …«

Ja, Eindruck schinden, das hatte er voll drauf.

* * *

Das Telefon klingelte, und als er Big Dave sein Essen serviert hatte, lief er hin.

»Seb«, krächzte Amy.

»Mensch, Amy, wo im Himmel steckst du? Vor einer Stunde solltest du hier sein. Ich komme zu spät zu meinen Freunden, und das Lokal ist proppenvoll.«

»Ich werde nicht kommen können.«

»Wenn du es jetzt nicht für nötig hältst, zu kommen, dann brauchst du dich auch künftig nicht mehr hier blicken zu lassen. Wenn du krank bist, dann hättest du mich längst anrufen müssen, damit ich eine Vertretung besorge. Ich bin stinksauer.«

»Ich …« Aus ihrer Kehle kam ein schluchzender Laut, der ihn aufhorchen ließ. »Um Himmels willen, hier ist überall Blut.«

Ihm blieb das Herz stehen. »Was?«

»Mir geht es nicht gut … Ich glaube, ich brauche einen Notarzt.«

»Was ist los, Amy?«

»Da kam ein Wagen auf mich zugerast, ich bin ausgewichen und flog mit dem Auto über den Straßenrand … oh Gott, es tut überall weh. Ich weiß nicht, wo ich blute, aber hier ist überall Blut.«

Er schluckte beunruhigt, den Lärm um ihn herum nahm er nicht mehr wahr, er sah nur noch Amy vor sich. »Wo bist du?«

Am anderen Ende der Leitung herrschte Schweigen, nur befremdliche Atemgeräusche waren zu hören.

»Amy, wo bist du?«

Noch ein Stöhnen. »Ich komme nicht aus dem Auto raus … Ich bin auf der Cow Ball Lane, irgendwo in der Nähe von dem alten Holzhaus.«

»Bin schon unterwegs.«

»Nein, schon gut. Bitte ruf nur einen Notarzt für mich.«

»Halt den Mund, Amy, ich bin schon unterwegs.« Er beendete das Gespräch. »Dave, beweg deinen Arsch und bedien die Gäste. Das gilt auch für dich, Nick.«

Big Dave und Nick, die die Dringlichkeit der Angelegenheit sofort begriffen, kamen auf der Stelle hinter den Tresen.

»Dave, ruf einen Krankenwagen und die Feuerwehr, sie sollen zur Cow Ball Lane fahren, in die Nähe des alten Holzhauses.«

Big Dave nickte, und Seb rannte zur Tür hinaus, es war ihm herzlich egal, ob sein Pub in der Zwischenzeit bankrott ging.

* * *

Amy saß im Auto und wischte sich die Tränen aus dem Gesicht. Das Auto war schräg nach vorn geneigt stecken geblieben, die Tür verbeult, der Gurt blockiert. Alles tat ihr weh. Es war kaum auszuhalten. Windschutzscheibe, Kleidung, Armaturenbrett waren blutbespritzt, als hätte man ihr den Leib aufgeschlitzt. Wenn sie so schwer verletzt war, wie es aussah, würde sie das nicht überleben.

Sie hatte doch noch so viel vorgehabt – reisen, die Welt erkunden. Aber noch sehnlicher hatte sie sich erhofft, zu heiraten, Kinder zu haben, ihr Leben gemeinsam mit dem Mann, den sie liebte, zu verbringen. Wie hatte sie sich das bis jetzt alles entgehen lassen können? Sie fand es ungerecht, dass ihr Leben zu Ende ging, bevor es überhaupt begonnen hatte. Aber im Leben ging es nun einmal nicht gerecht zu. Marie war mit siebenundzwanzig Jahren gestorben, viel jünger, als Amy jetzt war, und hatte einen liebenden Ehemann und ihre Mutter zurückgelassen.

Amy hob den Blick, um nach der Landstraße Ausschau zu halten, dabei schmerzte ihr das Genick. Was war aus dem silbernen Auto geworden? Warum hatte der Fahrer nicht angehalten, als er merkte, dass er sie von der Straße gedrängt hatte? Was für eine Sorte Mensch war das, der da nicht anhielt?

Von der Straße aus war sie schwer zu entdecken. Seb fuhr vielleicht dauernd auf der Cow Bell Lane hin und her, um sie zu finden. Hoffentlich war ihm nicht auch noch etwas zugestoßen.

Sie musste raus, zur Straße humpeln, wo man sie sehen konnte. Mit zitternden Fingern hantierte sie an der Gurtschnalle herum, aber ohne Erfolg.

Da hörte sie ein herannahendes Fahrzeug. Es fuhr mit überhöhter Geschwindigkeit, da fegte einer wie der Henker um die Kurven. Mist, das war sicher Seb, oder der Schweinehund mit dem silbernen Sportwagen war tatsächlich umgekehrt.

Das Motorengeräusch verstummte – oder war es nur im Vorbeifahren verklungen? Sie spitzte die Ohren, aber nichts war zu hören, und nichts deutete darauf hin, dass Hilfe nahte.

* * *

Seb stand wie gelähmt auf der Hügelkuppe. Amys kleiner roter Mini lag völlig verbeult weiter unten, und Amy steckte darin, zerquetscht und mutterseelenallein. Das Blut an den Scheiben entsetzte ihn. Es sah aus wie nach einer Schlacht. Wenn sie noch nicht tot war, dann stand das kurz bevor; keiner überlebte solchen Blutverlust. Seb konnte sich kaum dazu durchringen, den Hang hinunterzusteigen und den Anblick von Amys totem Körper aus der Nähe zu ertragen oder ihrem Sterben zuzusehen. Es würde ihm das Herz brechen.

Aber vielleicht konnte er sie doch noch retten? Der Krankenwagen war schon unterwegs, aber in der Zwischenzeit konnte er sich nützlich machen.

Er kraxelte den Hang hinunter und blieb mit schlotternden Knien vor dem Auto stehen. Er rüttelte und riss an der Tür. Dahinter bewegte sich Amy und starrte durch das blutbespritzte Fenster. Er fühlte sich elend. Nichts wollte er sehnlicher, als sie in den Armen zu halten. Auch ihr Gesicht war blutüberströmt. Ihm wurde ganz schlecht.

Dann rannte er um das Auto herum und wollte kraftvoll die andere Tür aufreißen, als sie ihm von allein entgegenfiel.

»Seb«, stöhnte Amy. Er kniete sich auf den Beifahrersitz und wagte es nicht, sie anzufassen.

»Um Himmels willen, Amy, wo bist du verletzt?« Er zog sich bereits den Pullover über den Kopf, um die Blutung zu stillen, da drang ihm der Geruch von Erdbeeren in die Nase.

»Keine Ahnung, überall.«

Argwöhnisch schaute er sich um. Irgendetwas stimmte hier nicht. Ja, überall triefte das Blut, aber außer auf ihrem Gesicht und hier und da auf der Kleidung schien nichts davon an Amy zu kleben, überhaupt schien sie gar nicht zu bluten. Verletzt war sie mit Sicherheit, aber es gab keine Kratzer oder größere

Schnittwunden an den Hauptarterien. Er fuhr mit dem Finger über die Windschutzscheibe und hielt ihn sich unter die Nase. Erdbeersaft.

»Amy, das ist Erdbeersaft.«

»Wirklich?«, fragte sie ungläubig.

Er nickte und entdeckte vor dem Beifahrersitz einen zerplatzten Karton mit Beerensaft, dazu eine Packung zerbrochene Eier. Ein Brotlaib und zwei Orangen, nun zerdrückt und zerquetscht, hatten es auf das Armaturenbrett geschafft, ein aufgerissenes Päckchen Kondome lag neben der Gangschaltung, pikanterweise Seit an Seit mit einem Würstchen, das aus seiner Packung entwischt war.

Er langte nach dem Saftkarton und hielt ihn Amy vor die Nase, die das Gesicht zu einem kraftlosen Lächeln verzog.

»Gott sei Dank, bei all dem Blut hatte ich mich schon für todgeweiht gehalten.«

»O ja, ich auch«, lachte er befreit. Er ließ den Karton wieder fallen und kroch erleichtert zu Amy, den Tränen nah. »Hast du dir etwas gebrochen?«

»Das glaube ich nicht, aber schwer zu sagen.«

Er rutschte noch ein Stückchen näher zu ihr, die Kondome in der Hand. »Hattest du damit etwas vor?«

Etwas verlegen meinte sie: »Ich habe gehofft, du würdest es dir doch noch anders überlegen.«

Er musterte die Packung mit den dreißig Kondomen. Soso, sie hatte also gehofft, er werde es sich anders überlegen.

»Kann ich irgendetwas tun?”

Sie berührte sein Gesicht. »Du kannst mich küssen.«

Er schaute auf. »Die Feuerwehr ist da.«

»Dann küss mich ganz schnell.«

Er lächelte und beugte sich vor, um genau das zu tun.

Kapitel 11

George hatte soeben drei Skripte für Radiowerbung zum Abschluss gebracht und beschlossen, am Strand spazieren zu gehen. An der Haustür stieß er mit Giselle zusammen, die die Stufen herunter auf ihn zu gerannt kam. Er erstarrte. Zweimal an einem Tag. War das nun Glück oder Pech?

Aber statt verärgert zu sein, schien sie sich zu freuen, ihn zu sehen. Und blieb stehen.

»Hallo, George.«

»Hi.«

Er hätte sie jetzt einfach auffordern sollen, mit ihm auszugehen. Er konnte sie doch geradewegs einladen, es war ein Leichtes, nur fünf klitzekleine Wörtchen: »Würdest du mit mir ausgehen?« Das brächte er zustande. Ganz gewiss.

»Giselle, würdest du –«

In diesem Augenblick öffnete Libby so schwungvoll ihre Wohnungstür, dass sie außen an die Wand knallte.

Libby wirkte völlig aufgelöst.

»Es geht um Amy, sie hatte einen Autounfall«, brach es aus ihr hervor und sie rannte an ihm vorbei. George heftete sich an ihre Fersen, Giselle war schon vergessen.

* * *

Als Libby Amy sah, brach sie in Tränen aus. Blass, erschöpft und verletzlich lag sie in Sebs breitem Doppelbett. Unter einem Auge zeichnete sich ein großer blauer Fleck ab.

»Lass mal, Libby, mir geht's gut, nur ein paar Schnitte und Kratzer habe ich abgekriegt, alles halb so schlimm.«

»Darf ich dich in den Arm nehmen?« Libby kauerte sich neben das Bett.

Amy nickte, »Aber vorsichtig.«

Libby schlang die Arme um Amys Hals, hinter ihr George, der Amy auch mit einem Arm drückte, der andere lag auf Libbys Schulter.

Als sie sich wieder von Amy gelöst hatte, wischte sie sich die Tränen aus dem Gesicht und schaute zu Seb hinüber, der auf der anderen Seite stand. »Was sagen die Ärzte?«

Als er Libby anrief, hatte er ihr geschildert, was passiert war – dass die Feuerwehrleute Amy aus dem Auto herausgeschnitten hatten und der Krankenwagen sie ins Krankenhaus von Apple Hill gebracht hatte. Nach stundenlangen Untersuchungen, CTs und gründlicher Beobachtung sei dann klar gewesen, dass Amy sich nichts als eine leichte Gehirnerschütterung und ein paar Schrammen zugezogen hatte.

»Ich habe dir aber schon am Telefon gesagt, dass sie Ruhe braucht. Der Arzt gab mir den Auftrag, auf sie aufzupassen, und hat gemeint, dass sie vielleicht die nächsten Tage noch in ihren Bewegungen eingeschränkt ist und Schmerzen hat.«

»Amy, du solltest zu uns kommen«, schaltete sich George ein, der sich gerade ein paar Tränen aus den Augenwinkeln gewischt hatte. »Das ist großartig, dass du vor Ort warst, Seb, und mit ihr ins Krankenhaus gefahren bist. Jetzt sollten sich ihre Freunde um sie kümmern.«

Libby beobachtete Amy aufmerksam, sie tauschten einen Blick. Eine Botschaft kam herüber, kaum wahrnehmbar, aber für Libby war es ein Aufschrei ihrer Freundin.

Seb hüstelte nervös. »Ich glaube, sie ist jetzt kaum transportfähig. Außerdem habt ihr beide kein Zimmer übrig. Ich schon, ich kann in dem Raum am Ende des Flurs schlafen.«

»Da hat Seb recht, bei uns ist es nicht so bequem für Amy«, beeilte sich Libby zu sagen. »Wenn sie in meinem Bett schläft, muss ich aufs Sofa, man schläft darauf nicht gut, es ist hart und durchgelegen. Ich kann da kaum ein Auge zutun.« Sie prüfte aus den Augenwinkeln, wie Amy reagierte. Das leichte verräterische Zucken um ihren Mund zeigte Libby, dass sie das Richtige gesagt hatte.

George sah Libby ungläubig an, aber dann fand er die Sprache wieder. »Na ja, sie kann doch bei mir unterkommen. Mir macht es überhaupt nichts aus, auf dem Sofa zu schlafen.«

»George, du schnarchst«, schwindelte Libby unverfroren. »Du würdest sie vom Schlafen abhalten.«

»Dann schläfst du eben bei mir auf dem Sofa, und ich in deinem Bett.« Er ließ ums Verrecken nicht locker.

»Auf Chenille reagiert mein Asthma«, wehrte Libby weiter ab. »Im Sitzen geht es, aber liegen könnte ich nicht darauf.«

»Du hast doch gar kein Asthma.«

»Nur ein schwach ausgeprägtes.«

Seb rollte genervt die Augen. »Ich hole dir Schmerztabletten, Amy«, murmelte er.

Libby schmunzelte, als er das Zimmer verließ. Er hatte längst kapiert, was sie im Schilde führte. Nur George war leider etwas schwer von Begriff.

»Ich gebe dir ein Laken, das du drauflegen kannst«, legte er nach.

»Chenille dringt trotzdem durch.«

Amy presste die Lippen zusammen und kicherte in sich hinein.

»Was machen wir denn dann? Hier kann sie doch nicht bleiben.« George schüttelte gereizt Amys Kissen auf. »Seb will nur nicht unhöflich erscheinen, deshalb soll Amy hierbleiben. Aber sie muss umsorgt werden von Menschen, die ihr nahe sind.«

Libby stichelte: »Warum guckst du nicht, ob Seb Hilfe braucht?«

»Beim Tablettenholen? Damit wird er wohl klarkommen.«

»Menschenskind, George, ich möchte mal mit Amy unter vier Augen reden.«

»Ach so ... tja, ich komme gleich wieder.« Er funkelte sie giftig an und verschwand.

Libby wandte sich wieder Amy zu. »Du weißt, dass du bei mir willkommen bist. Ich würde dich von vorn bis hinten bedienen, wie eine Königin.«

»Schon klar, aber mir geht es gut hier.« Amy lächelte dankbar, und Libby lächelte zurück.

»Dir geht es auch wirklich gut, ja?«

»Er liebt mich, Lib.«

»Ich meinte die Wunden und Schrammen.«

»Ach so, ja, die tun schon ganz schön weh, aber es ist schon gut, danke.«

Libby nahm ihre Hand. »Er liebt dich, sagst du?«

»Gesagt hat er es noch nicht, aber er hat mich geküsst. Ganz zärtlich, diesmal war es nicht nur sexuelles Verlangen wie beim letzten Mal. Er liebt mich, das weiß ich.«

Libby freute sich riesig für sie. »Warte mal. Was heißt ›beim letzten Mal‹?«

»Neulich abends. Aber der Ehrlichkeit halber muss man sagen, es hat lange auf sich warten lassen.«

»Da musst du deinen Genesungsprozess wohl ein gutes Stück in die Länge ziehen.«

»Ich könnte Unterstützung gebrauchen beim Baden und Anziehen.«

Libby lachte laut, gerade als Seb und George wiederkamen.

»Also Amy ist ziemlich erschöpft, wir sollten ihr ihren Schlaf gönnen.« Amy gähnte vernehmlich. »Sollen wir dir etwas zum Anziehen oder etwas anderes aus deinem Haus holen?«

»Nein. Seb hat unterwegs schon angehalten, als wir aus dem Krankenhaus kamen, und mir geholfen, ein paar Sachen zusammenzupacken.«

»Sieht aus, als hätte er an alles gedacht.« Libby schob den immer noch finster blickenden George aus dem Zimmer. »Wir schauen morgen wieder vorbei.«

* * *

Auf der Straße fuhr George Libby ungehalten an: »Was hat das alles zu bedeuten? Dass du so egoistisch bist, wusste ich gar nicht.«

»Mensch, George, du bist auf einem Auge blind. Meinst du wirklich, ich würde Amy ohne guten Grund der Obhut ihres Chefs überlassen?«

»Du hast ja offenbar einen guten Grund: ›Mein Sofa ist durchgelegen, ich habe Asthma‹.«

»Gib mir Bescheid, wenn der Groschen fällt, ja? Bis dahin denk ruhig weiter, ich sei eine selbstsüchtige, herzlose Zicke.«

Schweigend lief George neben ihr her. Die arme Amy, die ihrem Chef nicht auskam. Seb war ja ein feiner Kerl, für jeden hätte er sich ins Zeug gelegt, aber heute früh hätte er sich sicher noch nicht träumen lassen, dass sich jemand bei ihm einnistete. Er hatte wahrscheinlich seine Hilfe angeboten und nicht damit gerechnet, dass Amy darauf eingehen würde. Warum hatte sie das bloß gemacht? Wenn sie sich beim Anziehen helfen lassen wollte, wäre Seb sicher nicht der Richtige. Amy wäre es schrecklich peinlich, wenn Seb ihr den BH und den Schlüpfer anziehen würde. Und Seb wäre es genauso peinlich. Die letzte Frau, die mit ihm zusammen war, war Marie gewesen. George musste sich eingestehen, dass es für Seb schön war, Gesellschaft zu haben, einen Gesprächspartner außer Jack. Er konnte für Amy kochen, sie konnten zusammen essen, und Amy würde zur Abwechslung von einem Menschen umsorgt werden, wo sie doch daran gewöhnt war, alles allein zu machen. Aber warum wollte Libby nicht, dass Amy bei ihr wohnte? Hätte Libby einen Unfall gehabt, hätte George darauf bestanden, dass sie bei ihm bliebe, oder er hätte in ihrer Wohnung übernachtet, um dort nach ihr zu schauen. So war das nun mal unter Freunden. Obwohl es noch ein anderes, verborgenes Motiv gab, warum Libby bei ihm wohnen sollte: wäre sie bei ihm, vierundzwanzig Stunden am Tag, wäre das der Himmel auf Erden, und …

»Ach herrje –«, brach es mit einem Mal aus George hervor.

»Na endlich. Das hat ja lange gedauert«, meinte Libby.

»Amy mag Seb?«

»Ich bin mir ziemlich sicher, das beruht auf Gegenseitigkeit.«

»Seb mag Amy?«, fragte George mit großen Augen. »Aber seit Maries Tod hat er nie mehr eine Frau gehabt.«

»Na, dann wird es höchste Zeit. Sie liebt ihn, George, schon seit Langem, aber ich habe immer gedacht, von seiner Seite aus ist da nichts. Amy hat das Gegenteil behauptet. Nun sieht es so aus, als ob er sie auch liebt. Vielleicht hat ihn der Autounfall zur Besinnung gebracht.«

George lächelte. Amy mit Seb zusammen, das gefiel ihm.

»Aber sag bloß keinen Mucks, zu niemandem. Judith wäre sicher nicht erbaut, wenn sie das rauskriegt. Und den beiden gegenüber erwähnst du es lieber auch nicht. Jedenfalls, solange sie nicht selbst darüber sprechen möchten. Wir müssen ihnen Zeit geben, ihre Angelegenheiten selbst zu regeln. Wenn wir uns einmischen, bringen wir alles ins Wanken, bevor es in trockenen Tüchern ist.«

»Ein durchgelegenes Sofa und Asthma sind wohl keine Einmischung?«

»Nein, damit helfen wir dem Schicksal nur ein bisschen auf die Sprünge.«

George atmete auf. Sich Libby als Egoistin vorzustellen wäre ihm unerträglich gewesen.

»Willst du immer noch heute Abend mit mir ausgehen? Oder hast du es dir anders überlegt, weil ich so egoistisch bin?«

»Ich mache das trotzdem mit dir. Wir können ja nicht pausenlos ohne Fehler sein. Wenn du dich mir anschließt, hast du ein Vorbild zum Nacheifern.«

Er stutzte, als er sah, wie Libby beschämt den Blick abwandte.

»In mancherlei Hinsicht sogar«, murmelte sie.

»Was?«

»Dann bis halb sieben.« Libby lächelte ihm zu und schloss die Wohnungstür hinter sich.

* * *

Seb hatte Sally und Mandie herbeibeordert, damit sie an der Bar aushalfen, solange er sich um Amy kümmern musste. Normalerweise hätte er Judith gebeten, wenn die Bedienungskräfte knapp waren, aber er konnte sie wohl kaum anrufen und um Hilfe bitten und sich dann oben im Schlafzimmer um Amy kümmern. Das wöchentliche Abendessen bei ihr hatte er bereits unter dem Vorwand abgesagt, dass etwas dazwischengekommen sei; er hoffte inständig, dass sie keinen Verdacht schöpfte.

Außer George, Libby und seinem Küchenchef Gavril, der Zeuge gewesen war, wie Amy durch die Hintertür ins Haus gebracht wurde, wusste keiner davon, dass Amy in der oberen Etage logierte. So sollte es auch bleiben. Das ging niemanden etwas an, und ehrlich gesagt musste er erst einmal selbst aus allem schlau werden, bevor er es an die große Glocke hängte.

Sie schlief jetzt in seinem Bett, den Kopf zur Seite gedreht, das schwarze Haar wie ein Satinschal auf der bloßen Schulter. Sie war eine schöne Frau. Fast hätte er sie heute verloren, ohne ihr gesagt zu haben, was er für sie empfand.

Es war nicht nur körperliches Begehren und das Verlangen, mit ihr zu schlafen, da durfte er sich nichts vormachen. Als er heute so Angst um sie hatte, als er das ganze Blut sah, das sich später als Erdbeersaft entpuppte, waren seine Gefühle wie Wogen über ihm zusammengeschlagen. Danach verwandelten sich diese Emotionen in ungeheure Erleichterung und Euphorie, dass Amy noch am Leben war. Er hatte eine zweite Chance bekommen, die ihm mit Marie nicht vergönnt gewesen war. Mit jeder Faser seines Körpers wünschte er sich, diese Chance zu ergreifen und aus seinem Leben das Beste zu machen, solange er die Gelegenheit dazu hatte. Das Leben war begrenzt und letztendlich ungerecht, folglich musste er es heute und jetzt leben und sich nicht mit Zukunftsängsten herumschlagen. Seit Maries Tod hatte er nicht mehr nach vorn gesehen, sondern sich immer nur nach dem Sensenmann umgeschaut. Jetzt wollte er eine Zukunft mit Amy … aber es schauderte ihn: Heute war sie dem Tod von der Schippe gesprungen – ob sie das nächste Mal auch so viel Glück hätte? Es war hirnverbrannt, sich immerfort zu ängstigen, dass man einen lieben Menschen verlieren könnte, aber der Schmerz bei Maries Verlust war so mächtig gewesen, dass er davor zurückschreckte, ihn erneut in Kauf nehmen zu müssen. Er wusste aber auch, dass er vor Amy nicht weglaufen würde.

Sie reckte ihre Glieder und setzte sich auf.

»Aua, au«, stöhnte sie leise vor sich hin.

»Was hast du vor?«, fragte er finster, und Amy zuckte zusammen.

»Ich wusste gar nicht, dass du hier bist.«

»Das merke ich schon. Warum willst du aufstehen?«

Sie erhob sich schwankend, und er eilte um das Bett herum zu ihr.

»Ich habe keine Lust, dich ans Bett zu fesseln, aber du musst dich ausruhen.« Sie trug ein langes Satinnachthemd, das sich appetitlich an Hüften und Brüste schmiegte, sie sah zum Anbeißen aus. Kaum zu glauben, selbst in diesem Aufzug war sie wunderschön.

»Ich muss mal aufs Klo, Seb, und etwas zu essen brauche ich auch.« Sie schlurfte zur Tür.

»Ja, ich helfe dir zur Toilette, und –«

»Nein, das machst du nicht, ich bin noch nicht bereit, mir von dir den Hintern abwischen zu lassen. Wo wir noch nicht einmal miteinander geschlafen haben.«

»Ich meinte doch bloß, ich begleite dich über den Flur.« Er legte ihr den Arm um die Taille und genoss es, dass er einen Grund dafür hatte. »Und dann koche ich dir ein Süppchen.«

Auch sie legte ihm den Arm um die Taille und lehnte sich an ihn. »Musst du nicht in deinem Pub nach dem Rechten sehen? Du kannst doch nicht tagelang hier oben herumlungern und aufpassen, wie ich schlafe. Irgendwie ist mir das auch unheimlich.«

»Den Spanner wollte ich nicht spielen, ich habe doch bloß mal nachgeschaut, ob alles okay ist bei dir. Und zufällig bist du da gerade wach«, flunkerte er. Genau genommen hatte er eine geschlagene Viertelstunde mit seiner Observierung zugebracht.

Sie kamen an einem kleinen Zimmer vorbei, in dem ein einzelnes Bett stand, hastig zurechtgemacht.

»Schläfst du hier heute Nacht?«

Er nickte.

»Das ist doch verrückt, du passt da gar nicht rein. Stattdessen kann ich doch da schlafen.«

»Nein, es ist wirklich etwas unbequem, glaub mir. Zur Toilette geht es übrigens hier durch.«

»Dann schlaf doch im selben Bett, in dem ich schlafe.«

Er wollte protestieren, kam aber nicht dazu.

»Ich verspreche dir, dass ich dich in der Nacht nicht belästige, außerdem ist das Bett riesig, wir können uns beide darin breitmachen, ohne einander zu berühren.«

»Du magst dich vielleicht unter Kontrolle haben, aber ich kann keinesfalls neben dir liegen und dich nicht anfassen.«

Sie reckte sich ein wenig und schlang ihre Arme um seinen Hals. Automatisch wanderten seine Hände zu ihrer Taille. Sie presste sich an ihn, ihre Lippen waren nur wenige Zentimeter von seinen entfernt. »Dann fass mich doch an.«

Ihm wurde ganz anders. »Dir gefällt dieses Spielchen, oder?«

»Ja, jede Sekunde davon! Und hätte ich nicht gerade solche Schmerzen, würde es mir noch viel besser gefallen.«

Er gab ihr einen Kuss auf die Stirn, die einzige Stelle, die ihn nicht in Gefahr brachte, sich völlig gehen zu lassen.

»Gut, also wenn das alles ist, was du zu bieten hast, dann gehe ich jetzt aufs Klo, und du kannst Gavril besuchen und mit ihm das Süppchen für mich kochen.«

Er hielt sie immer noch an sich gedrückt, das Gesicht in ihrem Haar vergraben. »Ich bin durchaus selbst in der Lage, eine Suppendose zu öffnen.«

»Das glaube ich dir sogar, aber ich möchte gern etwas von dem Lauch und den Kartoffeln, die er kochte, als wir kamen – ich bin anspruchsvoll, das wirst du noch merken.«

Er ließ sie los. Sie lächelte ihn verführerisch an, als sie die Badezimmertür hinter sich zumachte. Mit dieser Frau hatte er sich etwas angetan. Aber er kostete jeden Augenblick mit ihr aus.

***

Judith saß am Computer. Sie war verärgert, weil Seb das Abendessen abgesagt hatte, ohne ihr zu erklären, warum. Sie hatte vorgehabt, mit ihm über Marie zu sprechen, dass er nach vorn sehen und sich nicht ihr, Judith, verpflichtet fühlen solle. Sie wollte ihm die Pläne für ihre Weltreise anvertrauen. Und sie wollte mit ihm über Amy sprechen, ihm ausreden, die Sache mit ihr weiter zu verfolgen, falls es auf mehr als diesen einen Kuss hinausliefe. Was sollte sie nur tun, um Seb von Amy abzubringen. Vielleicht musste er einfach mit der Tatsache konfrontiert werden, dass sie sich prostituierte; er hatte zumindest ein Recht darauf, es zu erfahren.

Da sie an diesem Abend keine anderen Verpflichtungen hatte, gestattete sie sich, sich über Überseekreuzfahrten zu informieren. Türkisgrünes Wasser, goldene Strände, stolze Wolkenkratzer, prachtvolle Kathedralen, malerische Cottages, pompöse französische Villen, gezackte Bergspitzen, smaragdgrüne Regenwälder, himmelhohe Wasserfälle schwebten ihr von den Internetseiten entgegen und überwältigten ihre Sinne. Sie hatte eine Kreuzfahrt ausfindig gemacht, bei der man in hundert Tagen sämtliche Sehenswürdigkeiten dieser Welt abklapperte. Das kostete eine Stange Geld, war aber noch erschwinglich. Außerdem gab es einen Preisnachlass, da die Fahrt in vier Wochen begann und die restlichen Kabinen an den Mann gebracht werden sollten. Schon eine halbe Stunde schob sie die Entscheidung vor sich her, ob sie diese Kreuzfahrt buchen sollte. Wenn sie auf Reisen ginge, wäre Seb von seinen Verpflichtungen ihr und Marie gegenüber entbunden. Und sie selbst hätte die Chance, etwas zu erleben, was sie in ihrem ganzen Leben noch nicht erlebt hatte, Dinge zu unternehmen, die auch Marie gern unternommen hätte, wozu sie aber keine Gelegenheit gehabt hatte. Judith wäre erlöst von dem ständigen Einerlei in White Cliff Bay, sie könnte Bücher nach ihrem eigenen Geschmack lesen, ohne dass jemand sie dafür verurteilte, sie könnte Menschen kennenlernen, Freundschaften schließen.

Gerade als sie die Taste »Jetzt buchen« angeklickt hatte und ihre persönlichen Daten eingeben wollte, da klopfte es an der Haustür.

Zu ihrer Überraschung war es Dave Wilson mit seiner hochschwangeren Frau Kat.

»Hallo«, begrüßte Judith sie, etwas durcheinander.

»Hi«, gab Kat zurück. Sie wirkte wie ein aufgescheuchtes Huhn. »Wissen Sie, wo Amy ist?«

Schon bei der Nennung von Amys Namen sträubten sich Judiths Nackenhaare. »Nun ja, ich denke, sie ist im Pub. Wenn Seb seinen freien Tag hat, arbeitet sie immer.«

»Nein, sie hatte heute einen Autounfall. Dave hat ihren Wagen mit dem Traktor abgeschleppt.« Sie zeigte hinter sich, wo der zu Schrott gefahrene fahrbare rote Untersatz auf der Straße stand. »Wir haben ihn hergebracht und wollten nur mal wissen, ob es Amy gut geht, aber sie macht die Tür nicht auf, ich mache mir Sorgen um sie. Haben Sie vielleicht einen Zweitschlüssel?«

Judith war bestürzt. Wie sehr sie auch Amy verachtete, so wünschte sie doch niemandem das, was Marie durchgemacht hatte.

»Und geht es ihr einigermaßen?«

»Nun ja, Seb meinte, schon«, antwortete Dave mit besorgtem Gesichtsausdruck.

»Warum … wieso Seb … War er denn dabei? Wie geht es ihm denn?«

»Seb war im Pub, als sie ihn aus dem Auto anrief. Er drehte total durch, so etwas habe ich noch nicht erlebt. Leichenblass war er, er hat mich angebrüllt, ich solle einen Krankenwagen rufen, dann hat er mich an die Bar gestellt und ist losgestürmt. Stunden später kam er wieder und meinte, Amy sei ganz gut drauf, sie habe nur ein paar Schnittwunden und Kratzer abbekommen und dazu eine leichte Gehirnerschütterung, aber …« Dave wies schulterzuckend auf Amys Haus.

»Da irren Sie sich«, erscholl Marys dünnes Stimmchen von nebenan. Judiths Nachbarin war die übelste Tratschtante, die Judith je über den Weg gelaufen war. »Seb und Amy sind am späten Nachmittag aus dem Krankenhaus gekommen, so um vier etwa. Sie sah elend und leidend aus. So wie sie angeschlichen kam, denke ich, sie war ganz schön übel zugerichtet. Sie sind zehn Minuten im Haus verschwunden, dann kamen sie wieder raus, er trug eine Tasche für sie, und sie sind wieder in sein Auto gestiegen und weggefahren. Seitdem war sie nicht wieder da.«

Judith war außer sich. Nicht Seb und Amy. Wohl würde er sich um seine Angestellten, seine Freunde Sorgen machen, wenn sie einen Unfall hätten, aber so mir nichts, dir nichts den Pub im Stich lassen, das war undenkbar. Also mit Amy ins Krankenhaus, und dann – wohin? Wo trieb sich Amy jetzt herum? In seinem Bett, demselben, das er mit Marie geteilt hatte? Judith wurde übel.

»Ich schätze mal, Seb hat sie zu Libby oder George gebracht«, meinte Kat.

Ja, so war es sicher, Amy logierte bei ihrer Freundin Libby.

»Das glaube ich eher nicht«, fiel Mary frohlockend ein. »Mein Peter hat Libby und George in den Pub eilen sehen, sie sind so um halb fünf die Treppe raufgegangen und zehn Minuten später wieder runtergekommen. George mit kummervoller

Miene, Libby dagegen ziemlich aufgekratzt. Ich wette, Amy ist bei deinem Seb eingezogen.« Begeistert gab Mary diese Meldung an Judith weiter.

»Ja, das ergibt dann einen Sinn«, meinte Kat, an Dave gewandt. »Du meintest doch, Seb hat schon lange ein Auge auf Amy geworfen.«

Mit ungutem Gefühl sah Dave Judith an. »Ach wo, das habe ich nie behauptet.«

»Klar doch«, beharrte Kat aufgebracht.

»Zum Teufel, nein. Die Schwangerschaft hat dir ein bisschen das Gehirn durchgeschüttelt, meine Liebe. Seb mag Amy nicht.«

»Oh doch.« Mary grinste über alle vier Backen. »Das sieht doch jeder, dass die zwei völlig ineinander verschossen sind. Man munkelt ja, sie schlafen miteinander, schon seit Amy im Pub arbeitet. Es wird auch Zeit, finde ich.«

Judith drehte sich auf dem Absatz um und schlug krachend die Tür hinter sich zu.

Sie marschierte zu ihrem Computer und schaltete ihn aus. Kam gar nicht infrage, dass sie jetzt eine Weltreise antrat, sie konnte Seb nicht in den Klauen dieses Flittchens zurücklassen.

* * *

»Komm schon, George, wir sind spät dran«, drängte Libby und stürmte los, an *The Pilchard* vorbei die abschüssige Straße hinunter in Richtung Marktplatz. George hielt mit ihr Schritt, sein dunkelblauer Mantel flatterte wie Batmans Umhang um ihn herum.

Plötzlich rief Suzanna von der Apotheke quer über die Straße Libby etwas zu, sodass sie in ihrem Lauf innehielt.

Eilig kam Suzanna auf sie zu getippelt. Libby musste lächeln. Suzanna war ganz bestimmt schon Mitte achtzig, was offenbar ihren Bewegungsdrang nicht bremste. Libby hatte sie schon oft dabei beobachtet, wenn sie im Städtchen wie ein junges Huhn ihren Enkeln hinterherjagte. Suzanna sah George flehend an und wandte sich darauf an Libby.

»Darf ich mal unter vier Augen mit Ihnen reden?«

»Ich warte da drüben auf dich«, sagte George und lief schon voraus.

Verschwörerisch förderte Suzanna ein Exemplar von Libbys jüngstem Buch aus ihrer Tasche zutage, als wäre es Schmuggelware. Die ganze Stadt kannte die echte Libby, aber man wusste auch, dass sie unter einem Pseudonym schrieb.

»Ich hatte darauf gehofft, dass ich Sie mal zufällig treffe, das Buch schleppe ich schon seit Tagen mit mir herum. Könnten Sie mir ein Autogramm hineinschreiben?« Suzanna sagte das im Flüsterton und sah sich um, ob jemand zusah. Libby fand es amüsant, dass Vertreterinnen der älteren Generation verschämt herumdrucksten, wenn es um Libbys Bücher ging. Es waren doch keine Sexromane, weit entfernt von Peitschenhieben und Handschellen wie in »Fifty Shades of Grey«. In Libbys Liebesszenen konnte es auch mal deftig werden, aber im Prinzip ging es eher romantisch zu.

»Na klar«, sagte Libby, zückte einen Stift und signierte das aufgeschlagene Buch. Dann gab sie es zurück.

»Vielen Dank, meine Liebe.« Suzanna verstaute das Buch wieder in ihrer Tasche. »Wie ich höre, sind Sie und George jetzt ein Paar?«

Wo um alles in der Welt hatte sie das her? In White Cliff Bay blieb eben nichts geheim.

»Ach nein, eigentlich nicht … Er … Wir … Er ist mir behilflich bei meinem nächsten Buch. Es geht mehr um die Recherche dafür.«

»Ja, natürlich, meine Liebe, aber wenn man Recherchen betreibt, wie man Liebschaften einfädelt, dann muss man schon aufs Ganze gehen. Sie sollten auch herausfinden, wie er im Bett ist. Ganz bestimmt vermittelt Ihnen das viel Inspiration.«

Mit einem Lächeln im Gesicht ging Suzanna davon und überließ Libby ihren Überlegungen, wie sie es überhaupt anstellen sollte, George die Idee von platonischem Sex nahezubringen.

Sie verfiel wieder in Laufschritt und joggte die Straße hinunter zu George, doch unterwegs kam ihr ein Mann in die Quere, der aus einem Geschäft trat. Sie machte einen Schlenker um ihn herum, rutschte auf dem vereisten Boden aus und landete genau vor seinen Füßen auf dem Hosenboden.

»Oje, alles in Ordnung mit Ihnen?«, erkundigte sich der Mann erschrocken. Er reichte ihr seine große Hand und zog sie hoch. Ein Riese war er, ohne Zweifel der längste Kerl, den Libby je zu Gesicht bekommen hatte. Außerdem sah er gut aus und hatte wunderschöne hellgraue Augen und lange Wimpern.

Libby spürte mit einem Mal, dass ihr die nasse Hose am Hintern klebte, womöglich bekam sie auch noch blaue Flecken; ihr ganzer Stolz war beim Teufel. Das war kein rosiger Start für das geplante Date mit George.

Zu dem Mann gesellte sich ein blonder Teenager, der sie spöttisch anschaute. Eine Sekunde später kam auch George hinzu.

»Alles okay?«, fragte der Mann noch einmal.

Libby nickte. »Danke, ja. Entschuldigen Sie, dass ich Sie fast umgerannt hätte.«

»Komm, Libby, wir sind spät dran«, drängelte George und legte ihr mit einem stechenden Seitenblick zu dem ritterlichen Helfer besitzergreifend den Arm um die Schulter.

Sie steuerten ihr Ziel an, hinter sich hörte Libby das Mädchen lachen. »Mensch, Dad, die Frauen schmeißen sich dir vor die Füße.«

»Alles in Ordnung?«, fragte George leise.

»Ja, alles gut.«

»Ich hätte dich nie für so ein ›Sie fällt vor jedem Kerl in Ohnmacht‹-Herzchen gehalten.«

Libby lachte. »Und ich hätte dich nie für so einen ›Er wird eifersüchtig, wenn die Alte mit einem Kerl redet‹-Typen gehalten.«

George sah sich nach dem Mann um. »Der sieht aus, als wäre er direkt einer dieser scheußlichen Klamottenreklamen für *Gap* entsprungen.«

»Ich stehe nicht auf große Männer«, sagte Libby. »Mehr auf Männer mit Locken und einem boshaften Humor.«

»Wirklich?«

»Ganz genau«, neckte sie ihn. Ein Lächeln umspielte Georges Mundwinkel, als sie eine Bäckerei betraten.

Linda Forbes, die zusammen mit ihrer Tochter Polly den Laden führte, hatte ihren Vortrag schon begonnen; sie schlichen sich also an einen Tisch ganz hinten, in der Hoffnung, dass ihre Verspätung nicht weiter auffiel.

»Was machen wir hier?«, fragte George flüsternd Libby, während Linda schon die Zutaten durchsprach, die vor ihnen auf dem Tisch ausgebreitet waren. Sie versicherte allen Anwesenden, dass sie das ausgedruckte Rezept ausgehändigt bekämen, bevor sie nach Hause gingen.

»Wir machen Mince Pies.«

»Ich kann Mince Pies machen, eine Hackfleischdose, eine Rolle Fertigteig, fertig ist der Lack. Oder du kaufst gleich einen Sechserpack *MrKiplings.* Die sind unübertroffen.«

»Wir fangen mit der Zubereitung bei null an«, raunte Libby George zu. Schon bat sie das Paar vor ihnen, ruhig zu sein.

Als George weitersprechen wollte, hielt Libby ihm den Mund zu.

»Sie können also beliebig viel oder wenig von den Zutaten nehmen, die Sie vor sich sehen, und daraus das Hackfleisch bereiten«, erläuterte Linda. »Auf den laminierten Blättern auf Ihren Tischen gibt es Vorschläge dazu, aber in Wahrheit sind es ja *Ihre* Mince Pies, also tun Sie das, was Sie mögen, in die Pfanne, lassen es etwa zehn Minuten köcheln, bis sich die Zutaten verbinden und zusammenpappen.«

An den einzelnen Tischen folgte nun allgemeines Gemurmel darüber, wie man die genannten Methoden und Zutaten anzuwenden gedachte. Libby nahm die Hand von Georges Mund.

»Los geht's also … und für die, die zu spät gekommen sind –« Linda bedachte Libby und George mit einem tadelnden Blick. »Sie sollten sich vielleicht zunächst die Hände waschen.«

Libby stieg die Schamesröte ins Gesicht, als sich die versammelte Zuhörerschaft nach ihnen umdrehte. Einige Leute schüttelten befremdet den Kopf. Schnellstens verdrückten sich die beiden in die Toilette und taten, wie geheißen. Als sie zurückkamen, war die ganze Truppe bereits vergnügt damit beschäftigt, voller Hingabe die Zutaten in ihre Pfannen zu schütten.

»Und was nehmen wir, George?«, fragte Libby und krempelte sich die Ärmel hoch.

George musterte feierlich die Zutaten, die in Glasschälchen auf ihrem Tisch standen. »Nun ja, Korinthen, Sultaninen, die sind wahrscheinlich unverzichtbar.« Damit nahm er die zwei Schälchen und kippte ihren Inhalt in die Pfanne.

»Brandy?« Libby hielt ihm ein kleines Gefäß vors Gesicht.

George nahm es ihr ab und goss eine kleine Menge, höchstens einen Teelöffel voll, in die Pfanne. Libby lachte, nahm ihm das Gefäß ab und schüttete den Rest dazu.

Beschwingt fragte George: »Sollen wir einfach den ganzen Mist reinhauen und mal gucken, was daraus wird?«

Libby nickte. Sie ließen die klein geschnittenen Äpfel, die Orangenzesten, den Zucker, den Apfelsaft, den Zimt und die Nelken, alles bis zum letzten Krümel, in die Pfanne wandern und kicherten wie Erstklässler. Dann stellten sie die Pfanne auf den kleinen Campingkocher, der in der Mitte des Tisches stand, drehten die Temperatur hoch und reckten die Hälse, um die Mixtur im Blick zu behalten. Wie die Hexen in »Macbeth«, schoss es Libby durch den Kopf.

Linda, die bei einem Kontrollgang zwischen den Tischen die Lage inspizierte, kam auch zu Libby und George. »Oh, Sie sind schon beim Kochen. Welche Zutaten haben Sie denn gewählt – mehr die Äpfel oder mehr die Orangen?«

Libby warf George einen schuldbewussten Blick zu. Hätten sie sich für das eine oder das andere entscheiden sollen? Linda folgte den Blicken der beiden auf die leeren Schüsselchen. »Sie haben wohl alles benutzt?«

George nickte zögernd.

»Sogar alle Nelken? Nur einen halben Teelöffel hätten Sie davon nehmen sollen«, wies Linda, ganz entgeistert, die beiden zurecht.

»Wir mögen es gern kräftig«, hielt Libby dagegen. Sie musste fast lachen. Aus ihren Mince Pies würde kein Hochgenuss werden. Die Nelken begannen bereits ihr intensives Aroma zu entfalten.

Linda lachte. »Gut, dann erinnern Sie mich daran, dass ich bestimmt nicht von Ihrem Hackfleisch probiere, wenn es fertig ist. Rühren Sie es ständig um, damit es sich nicht am Boden festsetzt, inzwischen können Sie auch schon mit dem Teig anfangen. Das Rezept liegt bei den Zutaten auf dem Tablett.«

Linda machte sich davon, als die Nelken immer intensiver rochen, und Libby und George husten mussten.

»Ob wir uns vielleicht bei dem Teig mehr an die Vorgaben halten?«, schlug George vor.

Libby zuckte die Schultern. »Ja, wäre wohl besser.«

Sie maßen sorgfältig die trockenen Zutaten ab und fügten die Butterstückchen hinzu.

»Jetzt müssen wir die Hände ins Mehl und den Zucker tauchen und die Butter unterkneten, stimmt das?«, fragte George etwas angewidert mit Blick auf die Butter.

»Ja, Mann, das macht doch Spaß.«

Libby begann, die Butter mit den Händen unterzukneten. George machte es ihr nach; es war ihm anzusehen, dass er das nicht allzu prickelnd fand.

Sie lachte ihn aus. »Das sind doch nur deine Hände, die wäschst du dir hinterher einfach, schließlich ist es nicht das Gesicht.«

Ohne Vorwarnung fuhr sie George mit den Händen ins Gesicht und strich ihm mit den butterverschmierten Fingern über die Wangen. Fassungslos starrte er sie an. Blitzartig ließ er seine Hände, die in der Teigschüssel vergraben waren, in die Höhe schnellen und schnipste Libby eine Wolke Mehl ins Gesicht.

Andere Paare, die um sie herumfuhrwerkten, funkelten sie missbilligend an, als Libby gackerte und kreischte.

»Du bist ein richtiger Kindskopf, George Donaldson. Das erzähl ich deiner Mum, warte nur.«

George lachte, er schämte sich nicht die Spur für sein Verhalten.

Gleichzeitig mit ihm versenkte Libby die Hände wieder in der Schüssel und behielt ihn argwöhnisch im Visier, auf einen Vergeltungsschlag gefasst. Nur kurz berührten sich ihre Fingerspitzen, und George wechselte schnell einen Blick mit ihr.

»Weißt du, unsere Mince Pies werden wie Erbrochenes schmecken.«

»Das wahrscheinlich, aber dann haben wir eine unvergessliche Erinnerung mehr.«

George sah sie an. »Wir sind ein gutes Team, oder?«

Sie lächelte, ihr war warm ums Herz. »Oh ja.«

Als er die Butter unter den Teig knetete und sie ihm dabei zusah, bekam sie einen Kloß im Hals. Noch ignorierte sie das Ziehen in ihrer Brust, aber allmählich, so viel stand fest, erlag sie Georges Charme.

* * *

Der Lärm im Pub unten war vor einer Stunde abgeebbt, kurz darauf hatte Seb nach Amy geschaut und sich vergewissert, dass sie nichts mehr brauchte, bevor er selbst schlafen ging. Sie verzichtete darauf, ihm zu sagen, dass sie ihn brauchte. Aber sie war noch wach und ließ den Blick zum wolkenlosen Himmel schweifen, der mit Tausenden von funkelnden Sternen bedeckt war. Nach der mickrigen Größe seines Betts zu urteilen, das sie vorher in Augenschein genommen hatte, konnte er bestimmt auch nicht einschlafen. Es war seltsam, so nahe beieinander und doch so fern voneinander zu sein. Wie konnte er sie küssen und dann nichts weiter tun? Das mit Judith war ihr begreiflich – nach Maries Tod hatte sie für Normalität gesorgt, und dann hatte er es an ihr wiedergutgemacht, als es ihr schlecht ging. Sie standen einander nahe, das war Amy klar. Auch sie wollte Judith nicht wehtun. Sie verstand auch Sebs Trauer. Ihr eigener Vater war vor zehn Jahren gestorben, der Kummer hatte sie schier zerrissen, aber eben darum sollte man die Zeit, die man zusammen hatte, genießen, solange es ging. Es hatte keinen Sinn, einander aus dem Weg zu gehen, wenn man sich liebte. Wahre Liebe war so rar, und wenn sie da war und man zudem das Glück hatte, wiedergeliebt zu werden, dann sollte man mit beiden Händen danach greifen und nicht davor weglaufen.

Sie stand langsam auf, machte einen Schritt über Jack hinweg, der neben dem Bett lag und laut schnarchte, und trat andächtig ans Fenster. Sie betrachtete die Aussicht, dann öffnete sie das Fenster, um das Meeresrauschen zu hören. Sie hockte sich auf das Fensterbrett, steckte den Kopf hinaus und spürte die feuchte und salzige Luft auf ihrem Gesicht.

»Du solltest lieber nicht rauchen, Amy Chatwick, mein Pub ist eine Nichtraucherkneipe«, ertönte eine raue Stimme hinter ihr.

Sie zog den Kopf wieder ein, drehte sich schmunzelnd um und wartete, bis sich die Augen an die Dunkelheit gewöhnt hatten. »Kannst du nicht anklopfen? Ich könnte doch nackt sein.«

»Das habe ich gemacht, aber du hast es offenbar nicht gehört.« Sebs hoch aufragende Gestalt zeichnete sich als Schatten ab. »Ein bisschen habe ich ja darauf gehofft, dass du nackt bist.«

Sie hüpfte vom Fensterbrett hinunter und zuckte vor Schmerz kurz zusammen. Schon stand Seb vor ihr und hielt sie umschlungen. Sie legte ihren Kopf an seine Schulter.

»Und was hättest du gemacht, wenn ich nackt gewesen wäre?«

Er sog tief die Luft ein. »Wer weiß. Ich hätte den lieben Herrgott um Stärke angefleht, dass ich widerstehen kann.«

»Was denkst du, wie lange wir das noch durchstehen? Die Sache zwischen uns wird sich nicht von selbst erledigen.«

»Ich weiß schon, aber …«

»Weshalb bist du gekommen?«

»Ich konnte nicht schlafen, ob es am harten Bett liegt oder an der Tatsache, dass du gerade mal zehn Meter entfernt von mir schläfst, das weiß ich nicht …«, seufzte er. »Amy, dass ich dich heute um ein Haar verloren hätte, hat mir einen gehörigen

Schreck eingejagt. Ich stehe immer noch unter Schock. Ich möchte dich noch eine Weile in den Armen halten.«

»Du willst einzig und allein in deinem eigenen Bett schlafen, das In-den-Armen-Halten ist eine hohle Ausrede.«

Er löste sich von ihr und legte sich aufs Bett, genau dorthin, wo sie soeben noch gelegen hatte. »Ich will das Beste von beidem – in meinen gemütlichen Federn liegen und eine schöne Frau in den Armen halten.«

Sie betrachtete ihn kritisch. Wollte er sie absichtlich foltern? Sie hätte neben ihm im Bett liegen können, ihn umarmen, aber keinen Sex mit ihm haben.

»Kommst du hierher neben mich, Frau?«

Sie seufzte und schlüpfte an seine Seite, wo er ihr nur einen schmalen Rand gelassen hatte. Nach kurzem, vorsichtigem Rumrutschen legte sie ihren Kopf auf seine Brust, und er legte den einen Arm um sie, mit der anderen Hand streichelte er ihr Haar. Und wenn sie anfangs auch gemeint hatte, nie einschlafen zu können, gelang es ihr zu guter Letzt doch, eingehüllt in die Umarmung des Mannes, den sie liebte, und zehn Minuten später schnarchte sie leise vor sich hin.

Kapitel 12

Amy stand im Badezimmer und versuchte umständlich, ihr Nachthemd auszuziehen. Heute früh beim Aufwachen war sie steifer gewesen und hatte stärkere Schmerzen als gestern gehabt. Jetzt bekam sie kaum die Arme hoch, um sich das Nachthemd über den Kopf zu ziehen.

Es war früh am Morgen. Seb schlief noch. Sie musste baden, vielleicht verschaffte es ihr Erleichterung bei ihren Verspannungen und Beschwerden.

Wie sonderbar war es gewesen, in Sebs Armen aufzuwachen, den Kopf auf seiner Brust, als hätten sie eine tolle, leidenschaftliche Liebesnacht hinter sich. Es kostete schon einige Selbstbeherrschung, so nah bei ihm zu sein, aber sich ganz zurücknehmen zu müssen. Auch deshalb war sie zeitig aus dem Bett geflüchtet; Seb hatte anscheinend mehr Willensstärke. Jedenfalls hielt sie es nicht aus, neben ihm zu liegen, ohne ihn anfassen.

Stöhnend versuchte sie es noch einmal mit dem Nachthemd. Die Arme versagten ihren Dienst, es tat so weh.

Da ging plötzlich die Tür auf, und Seb blieb verwirrt auf der Schwelle stehen.

»Was machst du da?«

»Ich versuche, das Nachthemd auszuziehen, aber es geht nicht, die Arme tun so weh.«

Er holte tief Luft und kam ein Stück näher. »Ich helfe dir.«

»Ich, äh …«, druckste sie, aber schon zog er das Nachthemd über ihre Hüfte und ließ es sachte und behutsam über ihren Kopf gleiten. Es fiel ihm aus den Händen. Amy stand nun nackt vor ihm, ganz nah, sie konnte seine Hitze spüren, seinen schweren Atem hören. Mit den Hüften berührten sie einander fast. Sie schob sich noch näher an ihn heran und küsste ihn. Ganz kurz nur begegneten sich ihre Lippen, aber dann kehrte er sich schleunigst ab, suchte das Weite und schloss eiligst hinter sich die Badtür.

* * *

Libbys Finger huschten so geschwind über die Tastatur, dass sie sich nicht gewundert hätte, wenn Rauch aufgestiegen wäre.

Nach ihrem phänomenalen Date mit George gestern Abend, den Albernheiten in der Bäckerei und dem anschließenden wundervollen Spaziergang über den mondbeschienenen Strand von Silver Cove hatte sie nur schwer einschlafen können, hartnäckig kreisten ihre Gedanken um George. Deshalb war sie aufgestanden, hatte den Laptop angeschaltet und sich ans Schreiben gemacht, erst um drei Uhr in der Früh war sie ins Bett gekrochen.

Jetzt war sie schon seit einigen Stunden wieder auf den Beinen, es hatte sie aus dem Bett getrieben, noch bevor Alex' und Rosies Schlafstatt über ihr zu quietschen anfing. Langsam tat ihr der Rücken weh.

Sie stand auf und streckte sich. Da kam George herein.

»Morgen!«, strahlte sie ihn an.

»He, ich habe dir ein Angebot zu unterbreiten. Einen Vertrag, wenn du so willst«, sagte er bierernst, doch verriet sein

Augenzwinkern den Schalk, der ihm im Nacken saß, während er mit einem Papier herumwedelte, das wie etwas Offizielles aussah.

»Brauche ich meine Agentin, um mir das anzusehen? Normalerweise studiert sie jeden Vertrag bis aufs i-Tüpfelchen.«

»Ich glaube nicht, dass wir Außenstehende hinzuziehen müssen, jedenfalls noch nicht.«

»Gut, ich mache uns mal Tee, dann können wir das im Konferenzsaal durchsprechen.«

George nickte zustimmend und saß schon startklar am Esstisch, als Libby mit zwei dampfenden Teetassen aus der Küche kam.

Sie reichte ihm eine davon und setzte sich ihm gegenüber.

»Im Interesse unseres Wettbewerbs um das beste Date habe ich mir mal die Zeit genommen und eine Checkliste von Regeln für ein perfektes zweites Date aufgestellt. Für jede erfüllte Regel kriegt man einen Punkt.«

»Moment mal, das sind also deine Kriterien für ein perfektes zweites Date – und meine?«, fuhr ihm Libby in die Parade.

»Na ja, du kannst dir das Regelwerk zu Gemüte führen, und wenn du etwas ergänzen oder verändern willst, dann handeln wir die Konditionen aus.«

Sie nahm sich die Liste vor.

> **1. Geschenk** – im Normalfall in Form von Blumen am Anfang des Treffens, möglich aber auch in Form von Marsriegeln oder ähnlichen Süßwaren.
> **2. Essen** – in Form einer durch einen der Partner gekochten oder zubereiteten oder in einem Restaurant oder Pub käuflich erworbenen Mahlzeit.

3. Gespräch – Das Date sollte genug Zeit, mindestens dreißig Minuten, für ein Gespräch beinhalten. Dabei soll es nicht um das erste Haustier oder das dunkelste Geheimnis des Partners gehen, sondern allein darum, eine Wohlfühlatmosphäre zu schaffen. Redezeit maximal eine Stunde.

4. Das Besondere – Keinesfalls sollte beim Date ins Kino, zum Kegeln oder in den Pub gegangen werden, es sei denn, die Lokalität fällt unter Regel zwei, siehe oben. Falls der Pub zum Zweck des Essens ausgewählt wurde, sollte er nur eine gewisse – keinesfalls die gesamte – Zeit des Dates beanspruchen. Bei dem Besonderen muss es sich um etwas handeln, was die Teilnehmenden zuvor noch nicht gemacht haben.

5. Spaß – Beide Teilnehmer des Dates müssen, wenn dieser Punkt vergeben werden soll, an der Sache Spaß haben. Mit Spaß ist etwas Unterhaltsames und Vergnügliches gemeint. Aus diesem Grund müssen beide Teilnehmer über eine Zeitspanne von mindestens zehn Prozent der gesamten Dauer des Dates einen freudigen Gesichtsausdruck zeigen. Wenn das Date vier Stunden dauert, dann beträgt die erforderliche Lächelzeit vierundzwanzig Minuten. Die Teilnehmer brauchen nicht gleichzeitig zu lächeln.

6. Romantische Gesten – können in Form von Händchenhalten, Knuddeln, einem Kuss oder einem dem Partner um die Schultern gelegten Arm vollzogen werden.

7. Romantische Augenblicke – sind möglich in Form eines Sonnenunterganges oder überwältigenden Ausblicks. Üblicherweise gelten sie als Augenblicke, bei denen es einem den Atem verschlägt. Mindestdauer: ein Augenblick.

8. Extras – Die Augenblicke, die sich ungeplant im Laufe des Tages ergeben. Diese Augenblicke messen sich an der Herzfrequenz der Teilnehmenden. Beispielsweise ein Lächeln, das Herzflattern verursacht, oder eine zufällige Berührung, die für Gänsehaut sorgt. Der Augenblick, wenn man dem Partner tief in die Augen sieht und einem schlagartig klar wird, dass man mit dieser Person den Rest des Lebens verbringen will. Mindestens ein solches Extra.

9. Nacktheit – Ganzkörperentblößung oder teilweise Entblößung ist zulässig.

10. Schmutziger Sex – kann stattfinden auf dem Tisch, unter der Dusche, auf dem Sofa, auf dem Fußboden, im Auto oder unter freiem Himmel. Das Vom-Leib-Reißen der Kleider ist eine Grundvoraussetzung, also sollte man vorzugsweise abgetragene Sachen anhaben, deren Zerfetztwerden nicht für Verstimmung sorgt.

Libby lachte sich scheckig. »Bei dieser Liste ist wirklich an alles gedacht!«

George nickte, seine Mundwinkel zuckten. »Ich wollte eben die Anforderungen klar herausarbeiten.«

»Das hast du bestens hingekriegt.« Sie vertiefte sich noch einmal in die Liste. »Das mit der Plauderei gefällt mir besonders, dass höchstens eine Stunde gequasselt werden darf. Wir wollen ja kein unangenehmes Schweigen.« Sie las weiter. »Wie kann Sex unter der Dusche schmutzig sein?«

»Weiß ich auch nicht. Irgendwo muss der schmutzige Sex ja stattfinden.«

»Dann hätte ich folglich nur dann zehn Punkte für das gestrige Date eingeheimst, wenn ich mit dir geschlafen hätte?«

»Genau.«

»Also kriegst du für dein Date auch maximal neun Punkte.«

»Das weißt du noch gar nicht. Du hast das Date ja noch nicht durchgezogen. Von meinem Date heute Abend bist du vielleicht so hin und weg, dass du am Ende geradewegs mit mir ins Bett springst. Man kann nie wissen, Lib, vielleicht gibt es so einen gewissen Moment, von dem du dich davontragen lässt.«

»Gut, das kann ich nicht ausschließen.«

»Genau das will ich sagen: Bleib für alles offen.«

»Wie viele Punkte hätte ich also gestern bekommen? Ich habe dir sogar den Marsriegel spendiert, unterwegs im Zeitungsladen.«

»Richtig, darum steht das auch auf der Liste.« George nahm die Liste wieder an sich und rechnete kurz im Kopf. »Keine Nacktheit, kein Sex, aber sonst war's das volle Programm.«

Libby lächelte beim Gedanken an die »Extras«. Hatte sie bei ihm ein Herzflattern ausgelöst? Die Umarmung am Strand – hatte ihm das genauso viel bedeutet wie ihr?

»Und wie viele Punkte würde ich für mein Inseldate bekommen?«

»Nun ja, auch wenn ich mir die Seele aus dem Leib gewürgt habe und uns beinahe das Unwetter zur Strecke gebracht hätte, war es eine der schönsten Unternehmungen zu zweit, die ich je erlebt habe. Am Ende konnten wir auch noch mit Nacktheit aufwarten, also neun Punkte, aber wir haben uns ja abgestimmt, dass das Inseldate nicht als zweites Date zählt. Ich muss dir heute Abend erst Punkte für dein offizielles zweites Date geben.«

»Wie lange wollen wir denn dieses Training durchziehen?«, fragte George. Libby rutschte das Herz in die Hose.

»Macht es dir denn keinen Spaß? Dann können wir damit aufhören.«

George war beunruhigt. »Nein, natürlich macht es mir Spaß. Bis jetzt kann ich nicht meckern. Ich frage mich nur, wie weit wollen wir es damit treiben? Dann könnten wir auch noch das Heiraten und im nächsten Jahr das Kinderkriegen üben.«

Libby lachte. »Wie wäre es, wenn wir an Heiligabend das Finale ansetzen. Es gibt doch den Weihnachtsball, noch romantischer geht es gar nicht. Am ersten Feiertag marschierst du geradewegs zu Giselle und bittest sie, mit dir auszugehen. Du bist jetzt doch eroberungstechnisch so versiert, es ist mir unbegreiflich, warum du so Angst davor hast, Giselle anzusprechen. Sie kann froh sein, wenn sie dich abkriegt.«

»Das ist lieb von dir, Lib, aber mit dir ist es anders. Wenn ich mit Giselle zusammen wäre, dann würde ich mich ständig selbst überwachen. Sollte ich sie jetzt bei der Hand nehmen – und wenn ich Schweißhände habe? –, oder lege ich ihr den Arm um die Schulter, essen wir zu Mittag Fish and Chips, oder hätte sie lieber was Nobleres? Würde sie lieber in eine Salatbar gehen? Und warum guckt sie alle naslang auf die Uhr, langweilt sie sich, was geht in ihr vor, was soll ich zu ihr sagen? Habe ich Körpergeruch, oder rieche ich aus dem Mund? Soll ich sie küssen, und was, wenn der Kuss nicht gut ist? Wohin mit meinen Händen? Soll es ein Zungenkuss sein, und wie lange muss er dauern? Bei dir flutscht das alles, da zweifle ich nichts im Nachhinein an. Bei Giselle wäre ich nicht so locker. Ich wäre ein einziges schwitzendes Nervenbündel. Deshalb habe ich so Schiss.«

»Das alles meinst du im Ernst?«

Er nickte.

Ihr Herz flog ihm zu. »Du zerbrichst dir zu viel den Kopf, George, tu das, was du möchtest. Wenn es ihr mit dir nicht gefällt, dann wird sie es dir zu verstehen geben, aber wenigstens geht sie mit dem echten George aus, nicht mit dem, den du nur spielst. Wenn du sie nicht bei der Hand nimmst oder küsst, weil du dich vor ihrer Reaktion fürchtest, dann könnte sie fälschlich daraus schließen, dass du keine Zuneigung für sie empfindest und nicht so viel für sie übrighast. Sei einfach du selbst.«

»Okay, aber was wird aus der Küsserei? Der erste Kuss ist entscheidend, da gehen manche Paare schon auseinander.«

»Stimmt, aber als Kat Big Dave kennenlernte, da soll es sich angefühlt haben, als hätte sie eine Eidechse geküsst, aber inzwischen hält es schon fünf Jahre. Wenn Giselle dich wirklich mag und nur der Kuss nicht richtig hinhaut, dann wird sie dir mit Zartgefühl beibringen, wie sie es gernhat.«

»Mit Zunge oder ohne Zunge?«

»Kommt drauf an. Beim ersten zarten Kuss ohne, wenn es ein leidenschaftlicher Kuss ist, dann mit, würde ich sagen, aber es gibt Frauen, die keine Zungenküsse mögen. Lass sie die Führung übernehmen, und wenn dir daran liegt, dann probier es mal vorsichtig mit der Zungenspitze und schau, wie sie darauf anspricht.«

»Okay, und wohin tu ich meine Hände?«

»Dorthin, wo du dich mit ihnen wohlfühlst. An die Seiten, das ist immer schön, das Gesicht umfassen kann auch gut sein. Eine Hand im Nacken auch, das ist eine sehr erogene Körperstelle.«

»Hintern?«

»Klar, manch einer gefällt es, wenn sie da ein bisschen getätschelt wird, aber nicht kneifen, nicht beim ersten Date, das wäre verfrüht. So was kommt später dran, wenn ihr euch aneinander gewöhnt habt.«

»Gut zu wissen, tja … und was ist mit schmutzigem Sex? Gehört der schon dazu?«

»Was?« Libby nippte am Tee.

»Auch da brauche ich Hilfe, Lib.«

Sie musterte ihn skeptisch. Sex würden sie nicht etwa auch noch ausprobieren wollen, oder? So perplex sie über dieses Ansinnen war, so verführerisch kam ihr diese Idee mit einem Mal vor.

* * *

Seb war unten im Pub, stieß mit dem Queue die weiße Kugel an die Bande und stieß sie erneut, als sie zurückgerollt kam.

Es würde noch Stunden dauern, bis der Pub öffnete.

Er hörte ein Geräusch hinter sich, drehte sich um und erblickte Amy im Morgenmantel, ihre Haare waren nass vom Duschen. Er wandte sich wieder dem Billardtisch zu und stützte die Hände darauf.

»Ich werde ein paar Tage zu Libby ziehen. Ich schaffe das nicht, ich dachte, es könnte ganz lustig werden, aber es ist die Hölle.« Er hörte sie näher kommen. Sie stellte sich neben ihn und lehnte sich mit dem Rücken an den Billardtisch.

Er kämpfte mit sich. Dann rückte er mit der Sprache heraus. »Ich will nicht, dass du gehst.«

»Es ist uns beiden doch klar, dass es so nicht funktioniert. Ich kann nicht hier sein und dich weder berühren noch mich von dir berühren lassen. Das macht mich verrückt.«

»Da stimme ich dir zu. Ich kann dich auch nicht um mich haben, ohne dich anzufassen.«

»Also findest du ebenfalls, ich sollte verschwinden.«

Er drehte sich zu ihr, umfasste mit einer Hand ihre Taille und zog sie an der Tischkante entlang zu sich heran, bis sie genau vor ihm stand. Sie sah ihn argwöhnisch an.

»Ehrlich gesagt, habe ich gerade mit dem Gedanken gespielt, dich zu berühren.« Damit fuhr er mit der Hand unter ihren Morgenmantel und rieb mit dem Daumen eine ihrer Brustwarzen.

Zu seiner Überraschung schlug sie seine Hand weg. »Mach mich nicht an. Du kannst mich haben, das weißt du, aber mach mich nicht scharf mit dem, was möglich wäre. Das ist nicht fair. Entweder kriegst du alles oder gar nichts.«

Die Glut des Begehrens verzehrte ihn förmlich. Er öffnete ihren Morgenmantel. »Dann nehme ich alles.«

***

»Sex?«, fragte Libby. »Dabei soll ich dir helfen?«

George nickte. Diesen Brocken musste sie erst einmal verdauen. »Wie stellst du dir das vor? Wir gehen ins Schlafzimmer, wälzen uns stundenlag zwischen den Laken, und dann gibt es Note eins bis zehn?«

»Nein, natürlich nicht so.«

Libby verspürte eine unerwartete Enttäuschung.

»Bloß ein paar Tipps brauche ich. Worauf stehen die Frauen heutzutage so?«

»Da kann ich dir nicht helfen, körperliche Liebe ist nun mal etwas ganz Privates. Keine Ahnung, wie es Giselle im Bett gern hätte. Manche mögen es hart und ungezügelt, andere weich und sanft, manche liegen gern oben, andere haben es lieber, wenn der Mann obendrauf liegt. Manche mögen Oralsex, andere können das nicht ausstehen, die einen lieben Analsex oder Sex unter der Dusche, gegen die Wand gepresst, auf dem Küchentisch, auf der Treppe, draußen, drinnen, irgendwo, wo man in flagranti erwischt werden kann …«

George wich die Farbe aus dem Gesicht, er wurde von Panik erfasst.

»… Und wenn man diesen Magazinen Glauben schenken darf, dann fahren einige auch auf ganz verzwickte Stellungen ab – Kobra, Elefant, Palme, Krabbe, Waage …«

»Moment, warte mal, reden wir noch über Sex?«

Sie lächelte über seine Naivität und nickte. »Deine Giselle steht vielleicht auf Peitsche, Handschellen und Sklavenmaske, was weiß ich.«

Er stöhnte. »Was ist falsch an der altbewährten Missionarsstellung? Okay, okay, du machst ja einen relativ normalen Eindruck – wie hast du es denn gern?«

Sie schmunzelte über das Etikett »relativ normal«. »Ich schätze mal, ich bin tatsächlich altmodisch, Liebe ist für mich nun mal etwas sehr Intimes. Viele Menschen schließen die Augen beim Sex, warum, weiß ich nicht. Vielleicht stellen sie sich vor, sie lägen bei jemand anderem? Ich hab die Augen immer auf und will dem anderen in die Augen sehen. Die Position ist mir egal, ich möchte nur richtig umarmt und von Kopf bis Fuß gestreichelt und geküsst werden. Sex muss für mich schön und zärtlich und sanft sein«, erklärte sie, den Blick sehnsuchtsvoll in die Ferne gerichtet.

»Klingt ideal«, sagte George.

»Ich wette, Sex mit dir ist gut, du fühlst dich in deine Partnerin hinein und erspürst, was für ein Typ sie ist.«

Zunächst schwieg er beklommen, dann lachte er auf, und Libby kam es so vor, als wollte er damit seine Nervosität vertreiben.

»Was magst du denn so im Bett?«, fragte Libby.

Er holte tief Luft und straffte den Rücken, als er antwortete. »Tja, weißt du, dass ich bisher nur mit einer einzigen Frau zusammen war?«

Sie lächelte, weil sie das so berührte.

»Ja, lach nicht. So ist es nun mal. Josie war meine Jugendliebe, wir waren schon mit sechzehn ein Pärchen. Geheiratet haben wir mit zwanzig, und geschieden wurden wir mit achtundzwanzig. Danach hat es keine andere mehr gegeben.«

»Wie war es denn mit Josie im Bett, bevor sie dich betrog? Ich wette, es war schön, Sex mit der Frau, die du geliebt hast.«

»Meiner Meinung nach war Sex der Grund dafür, dass es auseinanderging«, seufzte er. »Als wir uns kennenlernten, waren wir beide total unbedarft. Zuerst haben wir nur rumgefummelt, später wurde es dann sehr schön. Ich habe sie in den Armen gehalten, sie geküsst und unter mir gespürt, ihre Wärme an meiner Haut, es war wie im siebten Himmel. Und zu erleben, wie sie kam und vor Lust verging, die ich ihr bereitete, das war ein tolles Gefühl.«

Libby lächelte.

»Sie verlor aber allmählich die Lust daran. Eigentlich hat sie nie die Initiative ergriffen, immer war ich es, der auf Sex aus war. Aber mit der Zeit wollte sie es gar nicht mehr. Am Anfang kam ich damit klar, ich wünschte mir ja, dass sie glücklich war. In vielerlei Hinsicht ging es uns miteinander gut, vielleicht kam es nicht nur auf Sex an. Dann stellte sich aber heraus, dass sie sich ihren Sex woanders holte, bei Chase Kent nämlich, einem Typen, der so sexy war wie kein anderer, der mir je begegnet ist. Ich bin nicht schwul, wie du weißt, aber es entging mir nicht, wie umwerfend er aussah. Bei unserer Trennung bemerkte sie, Sex mit Chase sei deshalb so toll, weil er so unerschrocken alles ausprobierte. Dann zählte sie genau das auf, was du vorhin angeführt hast, Sex unter der Dusche, im Garten, am Strand, die ganze Palette hatten sie drauf. Sie hatte mir gegenüber nie auch nur angedeutet, dass sie unseren Sex langweilig fand. Im Gegenteil, wir hatten uns sogar einmal gemeinsam so einen Pornofilm reingezogen, in dem die Pärchen es in allen Positionen und an jedem erdenklichen Ort miteinander trieben. Ich habe Josie vorgeschlagen, wir könnten doch mal einiges davon ausprobieren. Sie lachte aber nur und meinte, Liebe sei doch eigentlich anders, und die meisten Stellungen erachtete sie als regelrecht unbequem. Sie sei zufriedener mit normalerem Geschlechtsverkehr. Hätte sie was anderes geäußert, hätte ich es mal mit was anderem versucht, gern hätte ich die ganzen Turnübungen exerziert, wir hätten uns gemeinsam damit vertraut machen können. Aber ich dachte, sie habe kein großes Interesse an Sex, und wollte sie zu nichts drängen. Ich wollte nur ihr Glück. Als ihre Affäre ans Licht kam, war ich total am Boden. Nicht nur, weil sie mich betrogen hatte, sondern auch, weil ich im Bett so schlecht gewesen sein sollte, dass es Josie in fremde Arme getrieben hatte.«

»Ach George, so darfst du nicht denken, du kannst sexuell nur dazugewinnen, wenn die Frau, mit der du zusammenlebst, mit dir gemeinsam wächst. Da dir allein an ihrem Glück gelegen war und sie nicht den Mund aufgemacht hat, hättest du wohl nichts verändert, oder?«

»Lib, alles gut und schön, aber wenn du mir Möhrensuppe kochst und ich dich dafür über den grünen Klee lobe, dann machst du mir doch nicht jedes Mal, wenn ich auftauche, Möhrensuppe, oder? Du würdest es mal mit Tomatensuppe versuchen, das nächste Mal mit Zwiebelsuppe. Josie hat Tag für Tag ihre Möhrensuppe gekriegt. Kein Wunder, dass sie sich woanders umgeschaut hat. Sie war des Ganzen überdrüssig.«

»Sie hätte den Mund aufmachen sollen, Männer können keine Gedanken lesen. Ehrlich gesagt, meine Erfahrungen mit Männern sagen mir, dass sie dafür nicht subtil genug sind.«

»Na ja, jedenfalls habe ich seitdem Sex ein bisschen von mir her geschoben. Was denn, wenn die nächste Frau, mit der ich zusammen bin, mich genauso langweilig findet? Wenn ich tatsächlich eine Niete im Bett bin?«

»Das bist du nicht. Du bist lieb und einfühlsam, ich bin sicher, dass du genauso bist, wenn du mit einer Frau schläfst.

Jede Frau wird das honorieren. Die Raffinessen kannst du später noch nachschieben.«

»Aber wenn Giselle auf so was Verschrobenes abfährt? Wenn sie im Eifer der Leidenschaft schreit: ›He, Großer, mach die Kobra mit mir!‹ – Was soll ich dann tun?«

Libby lächelte, als sie das Wort »Großer« hörte. »Dann musst du ihr ganz unverblümt sagen: ›Klingt interessant, aber du musst die Führung übernehmen, ob ich mich damit auskenne, weiß ich nicht.‹«

»Hält sie mich dann nicht für einen Blindgänger?«

»Ach wo, ihr wird es gefallen, dich nach ihrer eigenen Giselle-Manier anzuleiten.«

George machte eine skeptische Miene.

»Pass auf.« Libby stand auf. »Wenn dich das so umtreibt, dann wirf doch mal einen Blick hier hinein.« Sie trat vor das Bücherregal und holte aus dem unteren Fach einen Packen Zeitschriften. »In dieser hier führen sie die Stellung der Woche vor, inklusive Schritt-für-Schritt-Anleitungen, und in dieser findet man Ratschläge, wie er sie im Bett befriedigen kann, und hier Tipps, wie sie ihn befriedigt – auch sie sollte ihn glücklich machen, es geht ja nicht nur darum, dass die Frau befriedigt wird. Und hier gibt es Hinweise für guten Oralsex, den viele Frauen mögen, wenn sie damit bedacht werden. Ach, und in dieser Ausgabe sind ein paar verrückte Stellungen erläutert, eine davon mit so einer Art Flaschenzug, an dem die Dienerin die Frau auf den Penis des Mannes herunterhievt.«

Verstört nahm er ihr den Stoß Zeitschriften aus der Hand.

»Wenn dir das nicht reicht, dann lies mal ein paar erotische Romane. Zum Beispiel ›Belinda und Ballermann‹ oder ›Sex am Strand‹ – gerade der bietet sich an, da gibt es eine Sexszene auf der Hängematte, bei der es richtig abgeht.« Ihre Hand schwebte über dem Stapel von Büchern, die sie selbst geschrieben hatte. Bislang hatte sie sie George nicht zeigen wollen, weil er das wahre Ich kannte, das sich hinter der Autorin verbarg; sie wollte verhindern, dass er herausfand, hinter wem sie sich vierzehn Jahre lang versteckt hatte. Es waren keine Pornos, aber es gab erotische Szenen, die sich George als schonende Einführung in die Erotik zu Gemüte führen konnte. »Versuch es mal mit denen hier: ›Die Sturmnacht‹, ›Après-Ski‹ und ›Cocktails auf dem Eis‹.«

George berührte die Bücher vorsichtig, als könnten sie jeden Moment in die Luft gehen. »So was liest du?«

Sie lächelte. »Ich schreibe so was.«

Er wollte seinen Ohren nicht trauen. »Du schreibst Pornos?«

»Nein, es sind keine Pornos, es geht nur um körperliche Liebe, das ist was ganz anderes. Die oberen drei hier sind von mir. Am Tag bin ich Libby Joseph, nachts Eve Loveheart.«

»Pornos?«, stammelte er wieder. »Du hast mir gerade weisgemacht, dass du gern kuschelst und zärtlich küsst, dabei schreibst du dieses Zeug.«

Sie zuckte mit den Achseln. »Es hat ja nichts mit der Wirklichkeit zu tun, Sex ist ja eigentlich anders, das ist ja nur Fake.«

»Aber die Frauen lesen diesen Mist, und wir armen Schweine werden entsprechend an die Kandare genommen. Das ist Werbebetrug.«

»Frauen wissen, dass die sexuellen Eskapaden ausgedacht sind. Und die meisten haben gar keine Lust auf so was.«

George blieb eine Weile stumm, den Blick starr auf die Bücher gerichtet, die sie ihm in die Hand gegeben hatte. Dann erhob er sich. »Also ich verdünnisiere mich, ich will dich nicht weiter vom Arbeiten abhalten. Danke für … das hier«, fügte er hinzu und drückte seine unzüchtige Lektüre an sich. »Bis später.«

Sie nickte und sah ihm sehnsüchtig hinterher. Mit ihm Sex zu haben, dachte sie, das wäre ein Traum.

***

Amy krallte sich an Seb fest, ihre Schreie erfüllten das Billardzimmer, ihr Körper bäumte sich in seiner Umarmung auf. Dieser Mann hatte geschickte Hände. Am Anfang hatte er sie geküsst, nur geküsst, nichts weiter, aber dann gingen seine Hände auf Erkundung, streichelten und fanden treffsicher die Stellen, an denen sie schwach wurde. Er hatte sie auf den Rand des Billardtisches gehoben, und als er in einem innigen Kuss mit ihr verschmolz, streichelte er genau den Punkt, wo Verlangen und Begehren ausgelöst wurden und ihren Körper erbeben ließen. Sie hatte sich eigentlich gewünscht, dass sie beim ersten Mal gemeinsam kommen und gleichzeitig Lust empfinden würden. Aber als sie, an ihn geklammert, Lustschreie ausstieß, war Seb noch vollständig bekleidet.

»Leg dich hin«, befahl er ihr wie aus weiter Ferne.

»Ich glaube, ich kann mich nicht rühren«, japste sie, den Mund an seinem Ohr.

Er befreite sich aus ihrer Umarmung und fing an, sich vor ihr auszuziehen.

Ihr Herz klopfte noch mehr, sie wendete den Blick ab, aber gleich darauf ihm wieder zu. Zu lange hatte sie gewartet, als dass sie jetzt auf dieses Vergnügen verzichten wollte. Er hatte einen schönen Körper, straff, muskulös, und war hochgewachsen.

Nun rückte er wieder an sie heran, schob ihre Schenkel auseinander und drängte sich dazwischen.

»Ich dachte, im Liegen ist es besser für dich, aber zur Not machen wir es so«, sagte er, ihr tief in die Augen blickend, und umfasste ihre Hüften.

Lächelnd legte sie sich hin, er stieg auf den Tisch und legte sich auf sie. Dann bedeckte er sie mit Küssen, sein Mund wanderte zum Hals, zu ihren Brüsten, sie spürte seine heiße Zunge überall. Dann verschloss er ihr den Mund mit seinen

Lippen und drang in sie ein, schnell und heftig. Sie fegte mit einem Arm ein Glas um, das auf dem Tisch abgestellt war. Klirrend zersplitterte es auf dem Boden. Seb stieß wieder in sie und löste kurz die Lippen von ihrem Mund.

»Das zieh ich dir vom Lohn ab«, knurrte er.

»Das juckt mich nicht«, gab sie lachend zurück, und er lächelte verschmitzt, bevor er sie erneut küsste.

* * *

Amy beobachtete durch die Vorhänge im oberen Stock des Pubs, wie Judith unten an die Tür klopfte. Auch wenn Seb sich Mühe gab, nichts nach außen dringen zu lassen, hatte es sich schon wie ein Lauffeuer herumgesprochen, dass sie sich bei ihm aufhielt. Offenbar gefiel Judith das ganz und gar nicht, und nun stand sie vor der Tür und wollte Seb das mitteilen. Eigentlich, dachte Amy, sollte sie vollkommen nackt hinuntergehen und ihr die Tür öffnen. Auf diese Weise würde sie ein für alle Mal mit sämtlichen irrigen Wunschvorstellungen, die durch Judiths Oberstübchen geisterten, aufräumen. Jedem Deppen wäre bei Amys Anblick klar gewesen, dass sie soeben Sex gehabt hatte, fantastischen, unvergleichlichen Sex, und zwar ausgerechnet auf dem Billardtisch. Sie umgab immer noch dieses gewisse Leuchten.

Bei dem Gedanken an Seb umspielte ein Lächeln ihren Mund. Nein, nicht einmal Judiths wütendes Klopfen würde ihr die Stimmung verderben.

* * *

Judith war schon wieder auf dem Rückweg durch White Cliff Bay, da erblickte sie Seb mit einem Einkaufsbeutel und einem Blumenstrauß. Es war nicht schwer zu erraten, für wen die

Blumen gedacht waren; betroffen riss er die Augen auf, als Judith ihn damit erwischte.

»Seb, gerade wollte ich dich besuchen, hast du ein Viertelstündchen übrig für eine Tasse Tee und ein Stück Kuchen?«

»Natürlich. Ist alles gut bei dir?« Er betrat mit ihr Lindas Bäckerei. Der überwältigende Duft von Mince Pies und Ingwerkuchen hing in der Luft. Das ganze Städtchen war in Weihnachtsstimmung, nur Judith konnte nichts an den Feiertagen finden, was sie des Feierns für würdig befand. Seb bestellte Tee, und sie ließen sich an einem Tisch nieder.

»Es geht um Amy … Ich …«

Seb seufzte. »Warum hasst du sie so?«

»Ich …« Diese Direktheit und sein abwehrender Tonfall brachten sie aus dem Konzept. So viel wollte sich Judith von der Seele reden. Er sollte wissen, dass sie nicht deshalb gegen eine Verbindung mit Amy war, weil dadurch Maries Andenken in den Schmutz gezogen würde, sondern weil sie nur Sebs Bestes wollte. Und Amy konnte ihm das nicht geben.

»Liebst du sie?«

Judith hatte nun endlich Sebs volle Aufmerksamkeit, aber aus seinem lodernden Blick wurde sie nicht schlau.

»Nein.«

»Schläfst du mit ihr?«

»Nein.«

Sie bezweifelte stark, dass er die Wahrheit sagte, und das traf sie zusätzlich.

»Ich denke, du solltest dich nicht mit ihr einlassen.«

Er legte seine Hand auf ihre. »Ich weiß, dass es dir zugesetzt hat, als ich sie neulich geküsst habe, ich verstehe auch, dass es für dich schwer zu verkraften ist, wenn ich mein Leben weiterlebe. Ich möchte nichts tun, was dich verletzt, aber mit wem ich zusammen bin, das geht nur mich etwas an.«

»Amy ist nichts für dich, das musst du doch einsehen.«

»Warum ist sie denn nichts für mich?«

»Nun gut, es gibt eine Menge Gründe, aber der schlimmste ist, dass sie eine Nutte ist.«

Er starrte sie begriffsstutzig an, brach aber gleich darauf in Lachen aus. »Judith, das ist doch lächerlich. Du hasst sie, klar, aber du kannst keine Gerüchte über sie in die Welt setzen. Ehrlich gesagt, habe ich mehr von dir erwartet als –«

»Ich lüge nicht«, fuhr sie auf. »Dass ich dieses Mädchen nicht riechen kann, gebe ich zu. Nach allem, was ich erlebt habe – was ihr Neffe mit meinen Gartenzwergen angestellt hat, ohne dass sie ihn daran hinderte, und wie sie mich vor meinem Besuch kompromittierte, als sie nackt durch den Garten rannte und dann als Penis verkleidet, und was sie Philippe angetan hat –, nach all dem halte ich dieses Weibsstück für widerwärtig. Aber so eine Anschuldigung würde ich mir nicht einfach ausdenken.«

Seb blieb das Lachen im Halse stecken. »Wie kommst du darauf, dass sie eine Nutte ist?«

»Jeden Dienstagvormittag taucht Jackson Cartwright bei ihr auf. Sie öffnet ihm die Tür, sie hat nur den Morgenmantel an, sie gehen nach oben, dort zieht sie die Schlafzimmervorhänge zu, und nach einer Stunde geht er wieder und bezahlt sie an der Tür. Manchmal hält sie sich nicht einmal damit auf, die Vorhänge zuzuziehen. Ich habe gesehen, wie sie vor ihm nackt durchs Zimmer läuft. Ich meine, direkt beim Sex habe ich sie nicht beobachtet, aber es liegt auf der Hand, was da abgeht.«

Sebs Miene war jetzt abzulesen, dass er verletzt und wütend war. Das hatte Judith nicht beabsichtigt, aber er hatte ein Recht darauf, die Wahrheit zu erfahren.

»Es tut mir leid«, sagte sie leise.

»Ich muss los. Der Pub macht in einer Stunde auf, es ist noch einiges zu tun.«

Judith sah ihn davonschreiten, mit angespanntem Körper, und fühlte sich erleichtert.

* * *

Seb fuhr in den Pub, mit den Gedanken war er jedoch ganz woanders. Amy hatte eine Vergangenheit, ihm war klar, dass es andere Männer vor ihm gegeben hatte, aber dass sie sich verkaufte … Sie hatte mehrere Jobs, um sich über Wasser zu halten – war auch Prostitution dabei? Er war immer davon ausgegangen, dass sie nicht in Geldnöten war. Ansonsten hätte sie auch mehr Schichten übernehmen können. Allmächtiger, er hätte ihr doch mehr zu tun gegeben, wenn sie Geld brauchte.

Er stellte das Auto auf dem kleinen Parkplatz ab und stieg aus, einen scheelen Blick zum Schlafzimmerfenster werfend. Vielleicht hatte Judith das Ganze in den falschen Hals bekommen. Aber was sollte Amy sonst zusammen mit einem Typen, der ihr hinterher Geld gab, nackt im Schlafzimmer anstellen? Ihm wurde übel, wenn er an diesen Jackson dachte. Mit Todesverachtung sah er vor sich, wie er Amy vögelte und sie dafür bezahlte, Schindluder mit ihr trieb und ihre Geldnot ausnutzte. Er kannte Jackson – nicht sehr gut, aber gut genug, um ihn bisher für einen anständigen Kerl gehalten zu haben. Da hatte er sich offenbar geirrt.

Er stellte fest, dass Sally den Pub bereits geöffnet hatte; sie hatte einen Schlüssel und konnte aufschließen, wenn er nicht da war. Jack beobachtete sie aufmerksam. Wahrscheinlich hatte Sally eine Packung Chips aufgerissen und ihm ein paar davon heimlich zugesteckt.

»Könntest du ein Weilchen auf den Laden aufpassen?«, bat Seb. Er stand am Fuß der Treppe. »Ich muss ein paar E-Mails schreiben und einige Telefonate wegen der Vorräte erledigen.«

»Ja klar, mach nur«, stimmte sie zu und fuhr fort, in ihrer eleganten geneigten Schrift die Tagesangebote auf die Tafel zu schreiben.

»Und hör auf, ihm Chips zu geben.«

Sally drehte sich lachend um. »Ertappt.«

Seb ließ seinen Blick kurz auf ihr ruhen, als sie sich schon wieder weggedreht hatte. Sie war ein hübsches Ding, jung, straffe Haut, blondes Haar. Ein bisschen hatte sie ihn zumindest äußerlich an Marie erinnert, als er sie zum ersten Mal sah. Wie viel einfacher wäre es gewesen, wenn er sich in Sally statt in Amy verliebt hätte. Warum ließ einen die Liebe, wenn sie das Herz mit ihrem tückischen Netz einfing, lästigerweise so blind werden für die Probleme, die sie nach sich zog?

Er stieg die Treppe hinauf und fand Amy in seinem Bett schlafend vor. Die gestrigen Ereignisse hatten mehr an ihr gezehrt, als er vermutet hatte, ihr Körper brauchte Zeit für die Genesung. Er lächelte vor sich hin; es konnte auch möglich sein, dass er selbst Amy etwas überstrapaziert hatte.

Sachte rüttelte er sie wach. Sie blinzelte und sah ihn lächeln.

»Ich muss mit dir reden«, sagte er und setzte sich auf einen Stuhl etwas abseits von ihr. So käme er nicht gleich wieder in Versuchung, sie zu berühren.

Bestürzt setzte sie sich auf und hielt sich die Bettdecke vor die Brust. »Sag mir bitte nicht, dass das heute Morgen nur eine einmalige Sache war und nie wieder vorkommt, das würde ich nicht überstehen.«

»Ich hoffe nicht. Hör mal … du bist die Erste seit Marie, sonst hat es keine Frau für mich gegeben, das weißt du, ja?«

Sie nickte verwirrt.

Er seufzte. »Und ich habe mich in dich verliebt.«

»Ich liebe dich auch, das weißt du«, bestätigte sie mit einem leichten Stirnrunzeln.

»Nun ja, davon war ich ausgegangen … Dass du andere Männer hattest, war ja klar, aber …«

»Es gab keinen anderen, seit ich mich in dich verliebt habe, das war schon vor einem halben Jahr.«

Er biss sich auf die Zunge. Seit einem halben Jahr also schon. Er hatte sich ihr stets verweigert, aber sie hatte nicht aufgegeben und sich nach keinem anderen umgeschaut.

»Ich will damit sagen, ich hoffe inständig, wenn wir zusammen sind, gibt es keinen anderen Mann für dich.«

Der Schatten einer Kränkung huschte über ihr Gesicht. »Ich würde doch nie … in meinem Leben habe ich hin und wieder einen Mann kennengelernt, aber ich bin doch nicht wahllos mit irgendeinem ins Bett gegangen. Wenn ich einen festen Partner habe, hintergehe ich ihn doch nicht. Das käme niemals infrage.«

»Klar, für so eine hätte ich dich auch nie gehalten. Aber verzeih mir …« Es war so verzwickt. Er konnte ihr doch nicht die Pistole auf die Brust setzen und sie rundheraus fragen, ob sie eine Nutte sei. Er glaubte es ja auch nicht, es war eine lachhafte Anschuldigung, aber was trieb sie da nackt in ihrem Schlafzimmer mit diesem Kerl, der dafür Geld lockermachte?

»Tust du es … für Geld?«

Sie zog Schutz suchend die Knie ans Kinn, offensichtlich hatte er ins Schwarze getroffen.

»Was ist denn nur los mit dir? Heute früh hast du dich noch über mich hergemacht und konntest gar nicht genug von mir kriegen. Jetzt hast du Angst, mich zu berühren, und hältst dich fern von mir, als wäre ich ansteckend, und verhörst mich, ob ich herumhure und es für Geld tue. Mit wem hast du geredet?« Da hellte sich ihr Gesicht auf. »Aha, Judith hat dir von Jackson erzählt, oder? Hat sie dir eingeflüstert, dass ich eine Nutte bin?«

»Ja.«

»Und du willst wissen, ob das stimmt?«

Er sagte keinen Ton, sein Schweigen war beredt genug.

Dass sie sich schwer beleidigt fühlte, stand Amy ins Gesicht geschrieben, und das traf ihn; im Handumdrehen schlug ihre Stimmung jedoch in Zorn um. Sie schnellte aus dem Bett, nackt, wie sie war, sammelte ihre Siebensachen ein und stopfte sie so rabiat in ihre Tasche, dass sie am Reißverschluss aufplatzte.

»Amy, was hast du vor?«

»Na, was denkst du denn, was ich vorhabe? Ich haue ab. Ich teile nicht das Bett mit einem, der mich verachtet und auf meinen Gefühlen herumtrampelt.«

Er schoss in die Höhe und kam zu ihr, um sie von ihrem Vorhaben abzubringen, aber sie stieß ihn von sich, als er sich ihr näherte.

»Amy, bitte hör auf, das ist doch albern! Sprich mit mir!« Er fasste sie am Handgelenk, aber sie riss sich los. Als er sie daraufhin bei den Schultern packte und sie zu sich drehte, sodass er ihr ins Gesicht sehen konnte, erblickte er Tränen in ihren Augen. Außer bei ihrem gestrigen Autounfall hatte er sie noch nie weinen sehen. »Dann sag mir doch endlich, was ich falsch verstanden habe.«

»Nein, ich sage gar nichts, mach dir deinen eigenen Reim darauf, aber das hast du ja sicher mit Judiths Hilfe schon längst getan. Ich habe mitbekommen, wie sie mich scheel anguckt, wenn Jackson aus dem Haus geht, ich weiß genau, was sie sich denkt. Ich bin eine Schlampe, du hast mit einer Schlampe gevögelt, und jetzt willst du wissen, wie viel ich dir berechne für unser morgendliches Schäferstündchen. Tja, das kann ich dir sagen, Schätzchen, diesmal geht es aufs Haus.«

Damit stieß sie ihn empört von sich weg, schlüpfte in ein knielanges blaues Wickelkleid und band es eilig zu.

»Was soll ich denn in drei Teufels Namen von der Geschichte halten, Amy? Woche für Woche stattet dir so ein Kerl einen Besuch ab, du verschwindest mit ihm eine Stunde lang im Schlafzimmer, spazierst dort nackt herum, und er ist mit von der Partie, und danach gibt er dir Geld.«

Sie setzte sich auf die Bettkante und zog sich ein Paar kniehohe schwarze Lederstiefel an. Es erregte ihn ungeheuer: ihre Wut, ihre Nacktheit unter dem Kleid, und nun noch diese Stiefel – hatte sie eine Ahnung, was sie ihm antat?

»Du müsstest mir vertrauen. Wenn du mich lieben würdest, dann würdest du mir vertrauen.«

»Du hast mir nichts in die Hand gegeben, was Vertrauen aufbaut. Du hast mir nichts erklärt. Wenn du mir sagst, dass du keine Nutte bist, dann glaube ich dir. Noch besser wäre es, wenn du mir erklärst, was Jackson Cartwright in deinem Schlafzimmer zu suchen hat, während du unbekleidet dort herumläufst, dann kann ich dir vertrauen.«

Sie erhob sich. »Ich habe dir gesagt, im letzten halben Jahr hat es keinen anderen Mann gegeben, noch länger sogar. Keiner hat mich geküsst oder angefasst, seit ich in dich verliebt bin. Darin inbegriffen die, die dafür zahlen würden. Aber das genügt dir ja nicht …«

»Genug davon.« Allmählich verlor er den Boden unter den Füßen, er wollte sie doch nicht verlieren …

Sie bedachte ihn mit einem verächtlichen Blick und stolzierte an ihm vorbei, die letzten Sachen zusammenraffend. »Ich lasse mich auf keine Beziehung mit einem Flegel ein, der mich so gering schätzt.«

Als sie an ihm vorbeiging, griff er nach ihrer Hand. »Es tut mir leid, wirklich. Ich vertraue dir. Wahrscheinlich hatte ich Angst, dass das zwischen uns dir nicht so viel bedeutet wie mir.«

Einen Augenblick lang starrte sie ihn an, dann nahm sie seine Hand, die sie noch immer am Handgelenk hielt, und hielt sie an ihr Herz, wo es laut pochte. »So viel bedeutest du mir.«

Er beugte sich hinunter und küsste sie auf die Brust, zwischen seinen Fingern, dann hob er den Kopf und wollte sie auf die Lippen küssen, aber sie fuhr mit dem Finger dazwischen und legte ihn an seinen Mund.

»Verzeih mir.« Ihm fiel ein Stein von der Seele, als er den Zorn in ihren Augen abebben sah. Er legte die Arme um sie. »Überleg doch mal, wenn du in mein Schlafzimmer kämst, und du würdest mich dort erblicken, wie ich nackt um ein Mädchen herumtänzele, würdest du das weglächeln und wieder hinausgehen? Und wenn du mich obendrein dabei ertappen würdest, wie ich dem Mädchen Geld gebe, würdest du auch das noch mit einem Lächeln quittieren?«

»Ich würde dir vertrauen«, antwortete sie, nun schon ruhiger und entspannter.

»Du würdest nie danach fragen, einfach so tun, als wäre nichts gewesen? Das war ja schließlich alles, was ich getan habe – ich habe nachgefragt, ich habe dir keinen Vorwurf gemacht.«

»Nein, ich würde nicht fragen.«

Er zog eine spöttische Grimasse. »Unsinn.«

Sie wendete den Blick ab, damit er sie nicht beim Schmunzeln ertappen konnte, aber zu spät.

»Okay, ich würde erst sie umbringen, dann dich, die Fragen würde ich erst später stellen.«

Er lachte.

Sie sah ihn wieder an und seufzte. »Ich möchte jetzt nicht erklären, was es mit Jackson auf sich hat. Ich will bei dir nicht diese Abscheu sehen, die mir immer bei Judith entgegenschlägt. Wenn ich dir bloß die Fakten erzähle, wird das der Sache nicht gerecht. Aber ich werde dich aufklären. Am Samstagnachmittag um vier Uhr im Rathaus von White Cliff Bay.«

Er zog verständnislos die Augenbrauen zusammen.

»Vertrau mir.«

»Heißt das, dass du bei mir bleibst?«

Sie schlang ihm die Arme um den Hals. »Was bietest du mir an, wenn ich bleibe?«

Er fuhr mit den Händen auf ihren Rücken und löste entschlossen die Schleife, die das Kleid zusammenhielt. Dann schob er es von ihren Schultern und ließ es auf den Boden gleiten. »Alles, was du willst.«

Sie küsste ihn. Er schob sie sacht an die Wand und fuhr mit den Händen über ihre Schenkel.

»Alles?« Sie öffnete die Knöpfe an seinem Hemd.

»Alles, aber ich stelle eine Bedingung.«

Sie schloss die Augen, während er ihren Körper erkundete. »Mhm, und die wäre?«

»Du behältst die Stiefel an.«

Sie lachte auf, doch das Lachen verging ihr sogleich, als er mit den Händen die eine Stelle fand, bei deren Berührung sie heute Morgen so laut aufgeschrien hatte.

* * *

George saß wie auf Kohlen. Dies war nun das vierte Date mit Libby, wenn auch technisch gesehen erst das zweite – oder war es das dritte, da die zauberhafte Inseltour offiziell nicht zählte? Egal, er hätte wetten können, dass ein Kuss dabei herauskäme. Den ganzen Tag kreisten seine Gedanken darum. Sie hatten sich an den Händen gehalten, er hatte ihr die Tür aufgehalten, er hatte sie in die Arme genommen, mit ihr getanzt, all das gemacht, was zu einem Abend zu zweit gehört, nur ein Kuss war nicht dabei. Also musste das heute Abend passieren.

Er hatte überlegt, sie um einen Kuss zu bitten, natürlich nur im Rahmen seiner Recherchen. Sie konnte ihm ja eine Note zwischen eins und zehn geben. Aber die Möglichkeit, dass sie ihm die Bitte abschlug und er sich lächerlich machte, hielt ihn davon ab.

Deshalb war er darauf verfallen, einen erotischen Augenblick herbeizuführen, in dem er im Falle eines echten Dates einen Kuss wagen könnte. Im Nachhinein konnte er ihn zu einem Recherchekuss herunterspielen, wie er im Probedurchlauf für ein Date schon mal vorkäme; man konnte den Kuss mit einem Schulterzucken abtun. Der Haken an seinem Plan war, dass es vielleicht gar keine erotischen Augenblicke gab.

Deshalb hatte er beschlossen, seinen Vorsatz mit dem Kuss sofort in die Tat umzusetzen, wenn sie ihn holte. Er würde sie begrüßen wie sonst auch bei einem Date und sie küssen. Aber jetzt, da es beschlossene Sache war, war er ein einziges Nervenbündel, er hatte feuchte Hände, sein Herz raste. Wenn er nun ganz lausig küsste? Andererseits würde sie ihm, wenn er sich zu dumm anstellte, auf die Sprünge helfen und ihm beibringen, wie er es anstellen musste, damit es ihr gefiel, und das hieße, dass sie sich weiter küssten.

Er würde sie packen, küssen und …

Da kam Libby.

Hastig wischte er seine Handflächen an der Hose ab und öffnete ihr die Tür. Sie stand vor ihm, machte eine Geste in Richtung ihrer Wohnungstür und wollte gerade etwas sagen, da beugte er sich zu ihr und verschloss ihr den Mund mit einem Kuss.

Kapitel 13

Libby wusste nicht, wie ihr geschah; als George sie küsste, drang nur ein brummender Laut aus ihrer Kehle nach oben. Die Frage schoss ihr durch den Kopf, ob das so war, wenn man in Ohnmacht fiel. Das Gehirn schaltete sich aus, ihre Gedanken waren wie weggeblasen, sie nahm nichts mehr wahr als seine heißen Lippen, die sich auf ihre pressten, seine Hände, die ihr Gesicht umfassten. Ihre Hände wanderten automatisch um seinen Körper herum, ihr Herz schlug bis zu den Ohren. Aber genau in dem Augenblick, als sich das Gedankenkarussell wieder zu drehen begann, als ihr Mund mit seinem eins wurde und sie mit der Zunge in seinen Mund vorstieß, löste er sich von ihr.

»Hi«, sagte er schüchtern, ihr Gesicht noch zwischen den Händen haltend.

»Hi«, gab sie den Gruß zurück, ganz durcheinander. Ein kindisches Grinsen breitete sich auf ihrem Gesicht aus. Sie konnte nichts dagegen tun, räusperte sich nur und suchte nach Worten, aber ihr fiel absolut nichts ein. »Hi«, wiederholte sie in Ermangelung besserer Ideen.

»War das gut?«, wollte George wissen, die Augen erwartungsvoll aufgerissen.

»Was?« Ihr hatte irgendetwas auf der Zunge gelegen, aber das war ihr auch schon wieder entfallen.

»Als Auftakt für unser Date – war der Kuss zu früh? Zu intim?«

Langsam kam sie wieder zu klarem Verstand. »Unser Date, ja … ich … ich …, nein, das zweite Date wäre schon der richtige Zeitpunkt für den ersten Kuss. Vielleicht nicht sofort am Anfang, eher als Ausklang. Wenn du dich gleich so ranmachst, dann wird aus dem Date wahrscheinlich nichts, ich würde dich gleich in deine Wohnung zurückschubsen und auf dem Sofa über dich herfallen.«

Sie fasste sich wie zufällig an die Lippen. Oh Gott, sie musste sich von ihm losreißen, um genau das zu verhindern.

»Echt?«, freute er sich. »Und … meine Technik?«

Ja, wie war seine Technik eigentlich? Libby war ja so überrumpelt, dass sie erst zur Besinnung kam, als alles vorbei war. Sie sehnte sich nach mehr, das spürte sie. Beim nächsten Mal würde sie diesen Kuss gebührend erwidern und nicht wie ein Mondkalb dastehen.

»Ich äh … glaube, der Kuss hat nicht lange genug gedauert, als dass ich das einschätzen könnte«, antwortete sie ausweichend, mit einem Mal hoffend, er werde es ein zweites Mal versuchen.

Zu ihrer maßlosen Freude kam er ihr wieder ganz nahe, um sie zu küssen, da erhaschte sie einen flüchtigen Blick auf blondes Haar im Treppenhaus: Giselle.

Schnell schob Libby George von sich, ehe Giselle sie beide sah. Er machte ein langes Gesicht, doch dann bemerkte auch er, wie Giselle, ihnen zulächelnd, die Stufen hinaufstieg. Libby wollte um jeden Preis verhindern, dass das Flirttraining Georges Chancen bei Giselle zunichtemachte, auch wenn der innere Schweinehund ihr einflüsterte, wie schön es wäre, wenn es mit ihr selbst und George kein Ende nähme. Heiligabend stand vor der Tür, noch vier Tage, dann wären ihre Übungsstunden abgehakt, und sie würde ihren besten Freund an die Frau da oben abtreten müssen. Wie ein Keulenschlag traf sie die Einsicht, dass sie mit George einen Großteil ihrer selbst aufgäbe.

Giselles Tür im ersten Stock fiel ins Schloss.

»Sollen wir …?« George machte den Eindruck, als wüsste er nicht, ob jetzt ein Kuss auf dem Plan stand oder nicht. Der entscheidende Augenblick war aber verflogen.

»Warte doch mal ab, ob dich heute Abend der richtige Moment erwischt, von dem du dich davontragen lässt, wie du es so schön beschrieben hast. Dann schlägst du zu. Und ich gebe dir eine Note von eins bis zehn.«

»Und möglicherweise, sollte sich der richtige Moment im Skizentrum einstellen, könnten wir nach Hause gehen und … das Küssen später üben.«

Libby freute sich über Georges neu aufkeimendes Selbstvertrauen. Noch vor einer Woche hätte er keinen Kuss gewagt und ebenso wenig eine entsprechende Übungsstunde ins Auge gefasst.

»Schon möglich«, stimmte sie verhalten zu.

Wenn sie ehrlich zu sich selbst war, dann wusste sie nicht, wie weit sie es mit ihrem Training noch treiben sollten. Noch nie hatte sie ihr Herz verloren. Aber sie war auch noch nie an einen Mann geraten, der solche Gefühle in ihr geweckt hatte. George kam ihr nicht mehr nur wie ein Freund vor, er war mehr als das. Sie war ganz erfüllt von ihm. Sie wollte ihn berühren und von ihm berührt werden, nicht nur mit ihm schlafen – obwohl sie sich auch danach sehnte, aber zu gern wollte sie ihn umarmen und von ihm umarmt werden. Am liebsten hätte sie jede freie Minute mit ihm verbracht. Wenn sie mit George zusammen war, regte sich nicht ihre übliche Angst, ob sie genug Vertrauen hätte, das Leben mit ihm zu teilen. Jeder gefühlvolle Augenblick mit ihm brachte sie dem Verliebtsein einen Schritt näher. Wären sie und George, wenn sie in White Cliff Bay bliebe, am Ende immer noch nichts als gute Freunde? Hatte er überhaupt ein größeres Interesse an ihr? Und wenn nicht, würde sie es dann verkraften, George mit Giselle losziehen zu sehen?

Georges Stimme riss sie aus ihren Gedanken. »Wir sollten losgehen, sonst kommen wir wieder zu spät.«

* * *

Libby sah von oben zu, wie George den Abhang heraufkletterte und sich den Schnee aus den Haaren schüttelte. Obwohl er jedes Mal am Fuß des Hangs vom Schlitten gesegelt war, blieb sein breites Grinsen unverwüstlich. Libby spürte ein heftiges Verlangen, ihn zu umarmen. Ganz im Sinne ihres heutigen Dates warf sie ihm die Arme um den Hals und schmiegte den Kopf an seine Brust. Ohne zu zögern, umarmte er sie auch.

Er wollte auf Nummer sicher gehen, dass kein Punkt auf der Liste ausgelassen wurde. Er hatte Libby ein Geschenk in Gestalt eines Teddybären mit Skianzug und Skibrille überreicht, musikalisch untermalt von seinem »Fünf Tage vor Weihnachten«-Lied, und im Anschluss alles in Libbys Schließfach gestopft. Vor der ersten Schlittenfahrt hatten sie sich eine Portion Pommes frites geteilt, und was den Bewertungspunkt betraf, in dem die Rede davon war, dass man dem Partner in die Augen sieht und einem klar wird, dass man mit ihm das ganze Leben verbringen will, so wusste sie, dass sie da bereits angekommen war.

»Danke für den Abend, ich finde ihn einfach toll«, sagte Libby.

George drückte ihr einen Kuss auf die Stirn. »Ich auch. Letzter Durchgang. Fahren wir zusammen auf einem Schlitten runter?«

»Sind wir nicht zu schwer?«

Er zuckte die Achseln. »Das macht doch Spaß.«

Sie nickte. Er setzte sich hinten auf den Schlitten und sie sich vor ihn zwischen seine Beine. Er schlang die Arme um sie, und dann stießen sie sich mit den Füßen ab. Sie rasten hinunter, und durch das Extragewicht gewannen sie an Tempo. So eine rasante Schlittenfahrt hatte Libby noch nie erlebt.

Sie lachte und kreischte, doch urplötzlich wurde daraus ein Angstschrei, als sie auf einen Schneebuckel zurasten und nicht mehr bremsen konnten. Der Schlitten erreichte den Fuß des Buckels, raste die schanzenartige Anfahrt hinauf und machte auf der anderen Seite eine Bruchlandung. Libby fand sich im weichen Schnee wieder, und eine Sekunde später landete George auf ihr.

Verdeckt von dem Buckel, unter einem Poster, das für Skiunterricht warb, sah Libby lächelnd zu ihrem Freund hoch.

»Alles in Ordnung bei dir?«, fragte er, strich ihr sanft das Haar aus dem Gesicht, machte aber keine Anstalten, sich von ihr hinunterzubewegen.

Sie nickte, und ehe sie antworten konnte, küsste er sie. Dieses Mal war sie darauf vorbereitet, hatte sie doch den zärtlichen Blick bemerkt, der dem Kuss vorausging. Er schmeckte einfach himmlisch, sein Mund war weich, und sein wundervoller Geruch stieg ihr zu Kopf. Sie schlang die Arme um seinen Hals und spielte mit seinen Locken. Doch noch ehe sie diesen Augenblick richtig genießen konnte, hüstelte jemand neben ihnen diskret, worauf die beiden sich eiligst voneinander lösten. Eine der beiden Aufsichtspersonen grinste sie amüsiert über den Buckel hinweg an.

»Verzeihung, wenn ich Sie unterbreche, wir wollen Feierabend machen. Auch wenn Sie anscheinend ganz gern über Nacht hier eingeschlossen bleiben wollen, kann es nach einem Weilchen ganz schön eisig werden.«

Schnell rappelte sich George auf und reichte Libby die Hand.

»Gehen wir nach Hause?«

Libby nickte. Sie trotteten zum Ausgang. Libbys Lippen schmeckten immer noch nach George. Jetzt gab es wirklich kein Zurück mehr.

***

Auf dem Rückweg vom Skizentrum fuhren sie durch White Cliff Bay. Es war schon spät, es schneite, die Straßen waren nahezu verwaist.

Libby saß still neben George. Seit dem Kuss hatte sie kein Wort über die Lippen gebracht, weshalb er sich schon den Kopf zerbrach, ob er ihn sich lieber hätte verkneifen sollen. Sie hatte seinen Kuss erwidert, daran gab es nichts zu rütteln, und offenbar hatte es ihr genauso gefallen wie ihm. Aber sie hatten es übertrieben, die Grenzen des freundschaftlichen Umgangs überschritten, sodass sie nicht mehr klar unterscheiden konnten, was Training und was Realität war.

»Guck mal!«, rief Libby plötzlich und riss ihn aus seinen Gedanken.

Am Straßenrand verfrachtete ein Mann zwei lebende Rentiere in einen Pferdeanhänger. Daneben stand ein großer Schlitten.

»Ach ja, ich habe davon gehört, dass jemand hier Rentierschlittenfahrten anbietet«, meinte George, dankbar, dass sie den Gesprächsfaden wieder aufgenommen hatte; gleichzeitig war er ein wenig enttäuscht, dass Libby den Schlitten entdeckt hatte, weil es die Überraschung kaputt machte, die er für einen der nächsten Tage ins Auge gefasst hatte.

Vorwurfsvoll drehte Libby den Kopf zu ihm. »Und das hast du mir nicht erzählt?«

Er wiegelte lachend ab. »Ist doch Kinderkram. Aber wenn du willst, machen wir daraus ein Date.«

»Das wäre fantastisch.«

Während sie den Hang hinunter nach Hause fuhren, machte sich wieder ein unbehagliches Schweigen zwischen ihnen breit. Sie stellten das Auto ab und gingen zu ihrem Wohnblock.

»Kommst du auf einen Film mit zu mir?«, schlug George vor, in der vagen Hoffnung, wieder zu ihrem vertrauten Umgang zurückzufinden.

Libby gähnte gekünstelt. »Ehrlich gesagt, bin ich hundemüde, ich melde mich morgen bei dir.«

Sie winkte ihm Gute Nacht, verzog sich in ihre Wohnung und ließ George gekränkt und durcheinander im Hausflur stehen. Da hatte er sie nun geküsst und wurde zum Dank von ihr fortgestoßen.

* * *

Ohne Eile befreite sich Seb aus Amys Armen und zog sich an. Er hatte sie davon überzeugen können, dass sie sich für heute krankmeldete. Deshalb schlief sie noch in seinem Bett, statt wie sonst schon auf den Beinen zu sein. Das fand er sehr schön. Im Schlaf hatte er sie an sich gedrückt, neben ihr war er auch aufgewacht. An den Gedanken, nach einem Spaziergang mit Jack zurückzukommen und wieder mit ihr zu schlafen, daran hätte er sich gut gewöhnen können.

Er setzte sich hin und betrachtete sie.

Ein Rest von Angst war da immer noch in irgendeinem Winkel seines Herzens, aber als er mit Amy zusammen war, verflog sie restlos. Bis jetzt wussten nur drei, vier Personen von ihrer Beziehung, und solange er sie geheim hielt, schien sie ihm auch geschützt. Solange er für sich behielt, wie sehr er sie liebte und wie wichtig sie ihm war, konnte niemand sie ihm nehmen. Er rieb sich das Gesicht und seufzte, weil das Schicksal ihm so arg mitgespielt hatte. Der Verlust Maries hatte sein Leben so gründlich durcheinandergebracht.

Konnte er eine Zukunft gemeinsam mit Amy in Angriff nehmen, oder würde er sich immer nach dem Tod umschauen?

Plötzlich klingelte sein Handy auf der Kommode neben dem Bett. Schnell langte er danach, um Amy nicht aufzuwecken. Aber es war bereits zu spät, Amy schlug erschrocken die Augen auf.

Er warf einen Blick auf die Nummer, es war seine Schwester. Panik erfasste ihn – warum rief sie ihn so früh am Morgen an? Nicht nur Amy musste mit seinen Ängsten leben, die Hauptlast trug seine Familie.

Er meldete sich und hörte es kichern. Er erkannte die Stimme sofort und seine Ängste verschwanden, zumal er sich darauf besann, welcher Tag heute war.

»Onkel Seb, ich bin's«, sagte seine Nichte Angel mit hellem Stimmchen.

Er setzte sich auf die Bettkante, neben Amy, und lehnte sich an das Kopfteil. »Hallo Angel, ich gratuliere dir zum Geburtstag!«

Amy streckte sich, nahm ihr eigenes Handy zur Hand und las eine E-Mail.

»Vielen Dank für das Geschenk, es ist ganz toll«, sagte Angel.

»Schön, dass es dir gefällt.«

Neben sich sah er Amy lächeln, die anscheinend eine gute Nachricht bekommen hatte.

»Es bläst Schneeflocken vom Handgelenk wie Elsa. Und mit der Krone komme ich mir wie eine echte Prinzessin vor.«

»Du bist ja schließlich auch eine. Prinzessin Angel, ich verneige mich vor dir und mache einen Knicks, wenn ich dich sehe.«

Angel brach in Kichern aus. »Sonst verwandle ich dich vielleicht in einen Schneemann.«

»Aber echt? So kannst du mit deinem Lieblingsonkel nicht umspringen.«

»Kommst du heute zu meiner Geburtstagsparty? Es gibt Wackelpudding und Eis und Schokokuchen mit Zuckerblümchen drauf.«

»Ich liebe Wackelpudding und Eis, ohne das könnte ich nicht leben.«

»Spielst du mit uns ›Päckchen auspacken‹?«

Er lächelte. »Na klar.«

Er merkte, dass Amy sein Telefonat mit fröhlicher Miene verfolgte.

»Ich habe dich lieb, Onkel Seb. Bis später!«

»Ich dich auch, Angel.«

Er beendete das Gespräch und sah der strahlenden Amy in die Augen.

»Was ist?«

»War das deine Nichte?«

»Ja. Angel.«

»So ein schöner Name. Ist sie an Weihnachten zur Welt gekommen?«

»Ich glaube, den Namen hat sie deshalb bekommen, weil ihre Eltern schon die Hoffnung aufgegeben hatten, ein Kind zu bekommen. Meine Schwester Rebecca hatte fünf Fehlgeburten vor der Schwangerschaft mit Angel. Es ist mir schleierhaft, woher sie den Mut nahm, es weiter zu versuchen, nachdem sie jedes Mal so fürchterlich gelitten hat.«

»Wenn du dir etwas ganz sehnlich wünschst, was dir wichtiger ist als die Luft zum Atmen, dann hältst du daran fest und schiebst alle Bedenken beiseite.«

Er sah ihr fest in die Augen und wusste, dass sie recht hatte. Für einige Dinge lohnte es sich zu kämpfen.

»Was hat dich bei deiner E-Mail so zum Strahlen gebracht?«

»Du weißt doch, dass ich mich für die Krebsaufklärung engagiere, oder? Tja, am Mittwoch musste ich als Penis vermummt die Leute auf Hodenkrebs aufmerksam machen und sie für Kontrolluntersuchungen sensibilisieren. Ich musste die Männer umarmen und ihnen Faltblätter in die Hand drücken.«

Diese Vorstellung amüsierte ihn sehr.

»Als ich einem Typen hinterherstapfte, bin ich gestolpert und habe ihn mit zu Boden gerissen, meine Haare blieben in seiner Gürtelschnalle hängen, er konnte nicht flüchten. Er hat Blut und Wasser geschwitzt, als der Riesenpenis ihm so auf die Pelle rückte. Jedenfalls ist er nach Hause gestürmt und hat es seiner Frau erzählt. Die hat ihm daraufhin in den Ohren gelegen, worauf er denn noch warte, das sei ein Zeichen des Himmels, er solle endlich zur Vorsorge gehen. Sie ist Ärztin im St. Mary's, dieser Privatklinik am Rand von Port Cardinal, sie hat ihn noch am selben Tag zur Untersuchung geschleppt. Er hat sich ziemlich geschämt, weil die Untersuchung von derselben jungen Frau vorgenommen wurde, die bei seiner Hochzeit Brautjungfer gewesen war. Seine Frau jagte ihn durch sämtliche Tests, selbst ihre Freundin fand das etwas übertrieben, aber tatsächlich wurden Spuren von Krebs entdeckt, ganz winzige, nur einige Zellen. Er war am Boden zerstört, aber da der Krebs im Frühstadium erkannt wurde, kann er wahrscheinlich mit einer Operation problemlos entfernt werden. Er wird jetzt mit der Ärztin die Optionen besprechen, aber sie sind zuversichtlich, was die Prognose betrifft. Er hat Mia gemailt und sich bedankt, und die hat es mir weitergeleitet. Er hat es mir zu verdanken, dass der Krebs nicht unentdeckt und jahrelang unbehandelt bleibt. Ich habe also etwas bewirkt, das ist ein erhebendes Gefühl.«

Seb sah ihre aufgekratzte Miene, seine Liebe zu ihr wärmte ihm das Herz. Er beugte sich zu ihr, nahm ihr Gesicht in die

Hände und küsste sie zärtlich. »Du bewirkst etwas, ja, nicht nur bei deinem Krebsengagement, auch bei deinen Freunden und bei mir. Du heilst mich und stärkst mich.«

Sie lächelte ihn liebevoll an.

»Ich weiß, du hast heute Nachmittag etwas im Rathaus vor, aber kannst du dir vorstellen, um die Mittagszeit herum bei einem Kindergeburtstag vorbeizuschauen? Es wird ein gehöriges Tohuwabohu geben, aber meine Schwester macht die beste Götterspeise und das beste Eis, und ich würde mich wirklich freuen, wenn du sie kennenlernst.«

»Sehr gern. Du gehst so liebevoll mit deiner Nichte um. Euer Telefonat hat mich richtig beschwingt.«

Er lächelte traurig. »Ich habe immer Kinder haben wollen. In diesem einen Punkt waren Marie und ich uns nicht einig: Ich wollte, sie wollte nicht. Sie meinte, sie sei zu jung dazu. Und jetzt … ist es zu spät.«

»Es ist nicht zu spät. … Nun ja, für dich und Marie schon, aber für dich nicht – du kannst noch Kinder haben. Wir könnten Kinder haben … eines Tages.«

»Ich weiß nicht, ob ich dir das geben kann. Mich ängstigt die Vorstellung, dass ich dich verlieren könnte oder dass du das Baby verlieren könntest. Nicht einmal den Gedanken daran ertrage ich.«

Amy setzte sich rittlings auf seine Knie und sah ihm tief in die Augen.

»Niemand weiß, was die Zukunft bringt, eben darum müssen wir die Gegenwart genießen. Das Leben ist da, um gelebt zu werden, für Wackelpudding und Eis und gemeinsame Zeit mit denen, die uns nahe stehen, für Spaziergänge am Strand mit einem fetten Retriever, zum Tanzen im Regen, zu wildem Sex und dazu, hier und da etwas Gutes zu bewirken, damit jede Sekunde zählt. Für uns ist das alles neu, ich verstehe auch, dass du Angst hast, aber du musst erwachsen werden und darfst jetzt nicht kneifen. Wenn wir zusammenleben, dann werden wir auch Kinder haben, damit musst du dich abfinden. Wenn du das nicht kannst, dann sag es mir. Du kannst dein Leben nicht immer im Schatten verbringen aus Angst vor der Sonne. Und ich werde auch nicht so leben.«

Seb schluckte den Kloß hinunter, der ihm in der Kehle steckte. Er durfte Amy nicht gehen lassen, wo er sie doch gerade erst gefunden hatte. Er wollte das Thema wechseln, nicht mehr von seiner Angst reden, sie zu verlieren – diesmal allerdings nicht an den Tod, sondern wegen seiner eigenen dummen Verbohrtheit.

»Hast du noch mehr Weisheiten auf Lager, die du mir mitteilen möchtest?«

»Das Leben besteht aus lauter Binsenweisheiten. Du wirst geboren, du stirbst, und dazwischen versuchst du so viel herauszuschlagen wie möglich.«

»Erzähl mal etwas mehr über den scharfen Sex, den wir haben könnten.«

Sie lächelte. »Ich bin so froh, dass ich mit dir die nächsten Tage verbringen kann. In vier Tagen ist Weihnachten, das möchte ich gern mit dir feiern. Danach musst du eine Entscheidung treffen, wie es mit uns weitergeht, und dir definitiv darüber klar werden, wie viel dir an unserer gemeinsamen Zukunft liegt.«

Sie küsste ihn, und wieder verflog Sebs Angst. Er brauchte Amy in seinem Leben. Er musste nur seinen Mut zusammennehmen, um nach dem zu greifen, was das Leben ihm jetzt vor die Nase hielt.

* * *

Als Libby aufwachte, roch es nach Bacon, und sie lächelte liebevoll, als sie an George dachte. Seltsam war es schon, sich nach einer so langen Anlaufzeit in den besten Freund zu verlieben. Sie hatte sich bisher noch nie verliebt, sie hatte es nicht zugelassen, doch irgendwie hatten sich ihre Gefühle für George heimlich, ohne dass sie es bemerkte, an sie herangeschlichen. Noch immer war sie sich nicht im Klaren darüber, wie sie damit umgehen sollte und ob ihre Gefühle erwidert wurden. Konnte sie in White Cliff Bay bleiben, falls George ihr einen Korb gab, und dabei zusehen, wie er sich statt mit ihr mit Giselle vergnügte? George spielte die größte, aber keineswegs einzige Rolle bei ihrem Wunsch, zu bleiben. Amy und Kat waren die ersten Freundinnen, die sie je hatte, auch die Beziehungen zu den anderen Bewohnern des Städtchens waren anders als die, die sie von früher kannte. Zu gern wäre sie hiergeblieben, nur diese George-Affäre war so schrecklich vertrackt, obwohl das gar nicht so zu sein bräuchte.

Sie stand auf, warf sich den Bademantel um und schlurfte in die Küche, wo George gerade überdimensionierte Brotscheiben mit Schinken belegte.

»Das sieht gut aus«, freute sich Libby und folgte ihm ins Wohnzimmer.

»Tja, ich dachte …« Er brach seinen Satz ab, und Libby wusste, dass er immer noch seiner Erinnerung an den Kuss von gestern Abend nachhing. Auch sie hatte an nichts anderes gedacht.

Sie setzte sich ihm gegenüber, und er beobachtete sie wachsam.

»Zwischen uns ist doch alles in Ordnung?«, fragte er.

»Natürlich.«

Er rieb sich den Nacken. »Ist dir seltsam zumute wegen dieses Kusses?«

Nein, eigentlich nicht. Der Kuss war nicht zu überbieten. Seltsam fand sie es eher, weil sie sich langsam, aber sicher in ihren besten Freund verliebte, der in sorgloser Unwissenheit dahinlebte.

Sie langte über den Tisch und nahm seine Hand. »Mir ist nicht deswegen seltsam zumute. Ich grübele nur darüber nach, ob er dir etwas anderes bedeutet als mir.«

Er starrte sie entgeistert an, ohne etwas zu erwidern. Sie ließ seine Hand los und richtete ihre Aufmerksamkeit auf das Sandwich.

»Wir bleiben doch immer Freunde, ja, George? Egal, was passiert zwischen uns oder dir und Giselle oder einer anderen, ob ich weggehe oder hierbleibe, oder?«

Er schüttelte den Kopf. »Ich will dich nicht verlieren.«

Sie nickte beruhigt. Sie musste sich nur endlich irgendwann ein Herz fassen und ihm ihre Gefühle erklären.

Er beschäftigte sich mit dem Essen, und Libby ließ den Blick aus dem Fenster schweifen, vor dem winzige Schneeflocken wirbelten. Draußen stand ein schwarzes Motorrad, eine schicke Oldtimer-Honda-Shadow.

»Wem gehört das Motorrad?«, fragte Libby.

»Ich glaube, Giselle.«

Klar.

»Eine Frau auf dem Motorrad ist cool, richtig geil«, meinte George.

»Ich bin mal Motorrad gefahren«, sagte Libby. Sogleich überfiel sie der Gedanke, ob sie denn nun mit Giselle um seine Gunst wetteifern müsste. »Eine rote Ducati.«

George sah überrascht auf. »Du hattest mal eine Ducati?«

»Ja, das war mein ganzer Stolz, eine rot glänzende wilde Maschine. Bis ich einen Unfall hatte, Totalschaden.« Sie schob den Bademantel ein Stück von der Schulter und zeigte George eine blasse silbrige Narbe und dann ähnliche, aber größere Narben am Ellbogen und am Knie.

»Ein Schaf lief auf die Straße, beim Ausweichen bin ich über den Asphalt geschlittert. Das Schlimmste war, dass ich im Dunklen verletzt mitten auf der Straße lag. Ich hatte mir das Schlüsselbein und zwei Rippen gebrochen und konnte mich vor Schmerzen nicht rühren, das Motorrad war von der Straße irgendwohin gesegelt, und da sah ich das Auto kommen. Ich sah, wie die Scheinwerfer um die Kurve gerast kamen, der Fahrer würde mich erst sehen können, wenn es zu spät wäre. Gleich würde er mich überrollen, ich war vollkommen ausgeliefert. Das kalte Grausen überfällt einen, wenn man weiß, das letzte Stündlein hat geschlagen. Zum Glück hat er mich doch noch in letzter Sekunde wahrgenommen und das Steuer herumgerissen. Auch er ist gerade noch mit einem blauen Auge davongekommen, ich hatte ziemliche Schuldgefühle. Nur das blöde Schaf blieb unversehrt. Jedenfalls habe ich danach das Motorradfahren aufgegeben und mir ein Auto zugelegt. Ich vermisse es aber ein bisschen. Eines Tages kaufe ich mir vielleicht wieder eins.«

»Weißt du, Libby, wenn du vom Pferd fällst, musst du gleich wieder aufsitzen.«

»Das mag stimmen, aber mir ging schon ein bisschen die Muffe …«

»Gerade deshalb musst du es so machen, du kannst nicht durchs Leben gehen, und ständig sitzt dir dieses ›Was wäre wenn‹ im Nacken.«

Sie sah ihn betroffen an und nickte. Er hatte ins Schwarze getroffen, nicht nur in diesem Punkt.

Da summte sein Handy, er kramte es aus der Tasche.

»Meine Mum«, sagte er und zeigte auf das Display. »Sie schickt mir eine SMS als Erinnerung, dass ich ihr angeboten habe, ihr heute Vormittag beim Ausräumen des Dachbodens zu helfen. Nun ja, ›ich habe angeboten‹ ist etwas übertrieben, ›ich wurde genötigt‹ trifft es besser. Ich gehe mal los, sehen wir uns um vier vor dem Rathaus?«

Sie nickte und sah ihm hinterher. In diesem Moment beschloss sie, ihm reinen Wein einzuschenken, sobald sie wieder aus dem Rathaus rauskämen.

* * *

Judith hatte gerade schwungvoll die schmutzigen Teller in die Spülmaschine geräumt, da klopfte es an die Tür. Gerüchten zufolge hielt sich Amy immer noch im Pub auf, folglich steckten sie und Seb noch immer buchstäblich unter einer Decke, obwohl Judith Seb darüber aufgeklärt hatte, dass Amy eine Nutte war. Sie knallte die Klappe des Geschirrspülers zu und marschierte zur Haustür. Überrascht sah sie Verity Donaldson vor sich.

»Judith, wie geht es dir? Hast du gerade viel zu tun?«

»Mir geht's gut, komm rein, willst du einen Tee?« Judith führte sie in die Küche und machte sich daran, Tee zu kochen. Verity fischte sich bereits ein Plätzchen mit Schokosplittern aus der Keksdose.

»Wie geht es dir denn wirklich?«, hakte sie nach und nahm Judith die Teetasse ab.

»Ich gehe davon aus, dass du das mit Seb und Amy schon weißt? Ganz White Cliff Bay ist sicher schon im Bilde.«

»Ja, schon.« Verity stippte das Plätzchen in den Tee. »Warum macht dir das so zu schaffen? Ich dachte, du wärest froh, wenn er endlich wieder sein Glück findet?«

»Ja, natürlich, aber …« Judith kämpfte mit sich. »Seb und Marie wären jetzt neun Jahre verheiratet und hätten Kinder, und irgendwie kommt es mir unheimlich vor, dass er die jetzt mit einer anderen Frau haben könnte. Ich selbst komme sicher nie über Maries Tod hinweg und fände es irgendwie nicht richtig, wenn Seb das könnte. Als Alan, Maries Vater, starb, wusste ich, dass ich mich nie mehr auf einen anderen Mann einlassen würde, und so war es auch. Ich … sträube mich einfach dagegen, dass Seb sie vergisst. Dass er mit Amy das Leben lebt, das er mit Marie nicht hat, das scheint mir nicht fair.«

Sie schaute Verity an, die am Tee nippte. Was in drei Teufels Namen hatte diese Person nur an sich, dass sie ihr ihre geheimsten Gedanken entlockte? Und auch mit ihrer Meinung nicht hinterm Berg hielt.

»Fair wem gegenüber? Ist es fair, dass Sebs Leben aufhört, nur weil das von Marie aufgehört hat? Er hätte doch auch sterben können. Denkst du, Marie hätte es so für ihn gewollt? Denkst du, Alan hätte das für dich gewollt? Glaubst du allen Ernstes, Seb hört eines Tages auf, Marie zu lieben. Und dass man nicht zwei Menschen gleichzeitig lieben kann?«

Nun, das war einen Deut zu ehrlich.

»Er liebt Amy doch nicht, wie könnte er? Sie hat nichts mit Marie gemeinsam.«

»Du glaubst also, es gäbe nur einen einzigen Typ, der einen anzieht, und dass man Einfluss darauf hat, wo die Liebe hinfällt?«

»Aber sie ist die Niedertracht in Person.«

»Wirklich? Wenn ich mich so an Marie erinnere, dann finde ich die beiden gar nicht so unterschiedlich.«

Judith ballte die Hände in ihrem Schoß.

»Marie hat früher oft den Sommer hier bei deiner Schwester Alice verbracht. Sie war so ein kleiner Unglücksrabe, ungeschickt, immer geriet sie in die Bredouille. Sie hat um ein Haar Alices Hund um die Ecke gebracht, als sie beim Putzen von Alices Auto aus Versehen die Handbremse löste. Sie hatte ein großes Herz. Ich weiß noch, wie sie für meine liebenswerte alte Mutter, als die noch lebte, den Rasen mähte, und die Hunde von ein paar alten Leutchen ausführte. Das war nicht viel anders als das, was Amy heute für die alten Damen am anderen Ende von White Cliff Bay tut. Marie hat hier an den meisten Samstagen Geld für die Hilfsorganisation zur kostenlosen tiermedizinischen

Versorgung gesammelt, sie hat Kuchen verkauft und ist mit der Spendenbüchse rumgezogen. Weißt du, dass Amy freiwillig bei der Ortsgruppe der Wohltätigkeitsorganisation zur Krebsaufklärung mitarbeitet? Mittwochs sammelt sie Geld, teilt Broschüren aus oder steigt – wie letzte Woche – in ein Peniskostüm, mit dem auf die Gefahren von Hodenkrebs aufmerksam gemacht werden sollte.«

»Nein, das wusste ich nicht«, gab Judith beschämt zu. Daran war Alan gestorben, als der Krebs schon auf die Prostata übergegriffen hatte. Wenn sie ihn früher erkannt hätten …

»Und Marie hatte auch so einen lästerlichen Humor. Als sie einmal im Winter zu Besuch kam und der Strand zugeschneit war, baute sie einen ganzen Trupp Schneemänner mit Riesenschwänzen. In der Bibliothek hat sie Klarsichtfolie über die Kloschüsseln gespannt und in Alices Café die Zuckerdosen mit Salz gefüllt. Ich weiß auch noch, wie sie einmal bei einer Wasserschlacht mit hiesigen Kindern Kondome als Wasserballons benutzt hat. Sie hätte sich sicher diebisch gefreut, wenn sie erlebt hätte, was Amys Neffe letztes Jahr mit deinen Gartenzwergen angestellt hat.«

Judith rutschte ungemütlich auf ihrem Stuhl hin und her. Verity irrte sich nicht; Marie hatte einen ausgefallenen Sinn für Humor gehabt. Sie hatte Judith oft zum Lachen gebracht. Hatte sie seit Maries Tod das Lachen ganz und gar verlernt?

»Vielleicht zieht uns ein bestimmter Typ an, aber nicht äußerlich, sondern von der Persönlichkeit her. Selbst wenn Amy anders als Marie ist, ist es denn nicht besser, wenn Seb nicht einem Klon von Marie hinterherläuft? Wenn er das täte, hätte er bei jedem Kuss und bei jedem Blick in ihr Gesicht Marie im Hinterkopf. Wie soll es denn je mit ihm weitergehen, wenn die Person an seiner Seite nur eine Kopie von Marie ist?«

»Sie ist eine Nutte.« Judith verschoss ihr letztes Pulver, um Verity auf ihre Seite zu ziehen.

»Ja, ich weiß, dass du das denkst. Ich schätze, die Wahrheit zu erkennen wird dir nicht leichter fallen, als bei der Annahme zu bleiben, sie sei Prostituierte. Aber wenn du wirklich wissen willst, was Jackson Cartwright das letzte Jahr hindurch mit Amy getrieben hat, dann solltest du heute Nachmittag ins Rathaus von White Cliff Bay gehen. Etwa um vier. Ich komme auch, du siehst mich dort.«

»Ich bin nicht prüde, Verity. Ich bin so aufgeschlossen wie jede andere, aber ich denke eben nicht …«

»… dass Amy gut genug für Seb ist, das habe ich schon kapiert. Aber meiner Meinung nach musst du die Entscheidung Seb überlassen. Es passiert selten, dass wir zweimal im Leben die Gelegenheit bekommen, zu lieben, ich finde es nicht anständig, wenn du dich Sebs neuer Chance in den Weg stellst.«

»Ich will doch nicht … Ich …«

»Hör mal, ich mache mich jetzt lieber vom Acker, ich sehe, dass ich dir die Stimmung verderbe, das will ich nicht. Ich habe dir diese Prospekte mitgebracht.« Sie holte einen Stoß bunter Hochglanzprospekte aus ihrer Tasche. »Im Januar mache ich mit einer kleinen Gruppe eine Kreuzfahrt, und ich dachte, dass du vielleicht mitkommen möchtest. Du brauchst dich nicht gleich zu entscheiden, blättere das erst mal durch. Ich habe die Seiten markiert, auf denen die Reisen stehen, die unsererseits infrage kommen. Also vielleicht bis später im Rathaus. Danke für den Tee, ich weiß ja, wo es rausgeht.«

Judith sah ihr hinterher. Ihr war nicht ganz wohl in ihrer Haut. Verity war bestimmt aufrichtig, so viel musste sie ihr zugestehen. Sicher hatte sie nicht den Trost und Rat im Gepäck, auf den Judith gehofft hatte, als sie ihr die Tür aufmachte. Aber Verity hatte sie als die Böse hingestellt, was ihr nicht gefiel.

Sie blätterte die Reiseprospekte durch. Vielleicht war die Zeit reif, dass sie White Cliff Bay wenigstens mal vorübergehend den Rücken kehrte und Seb sich selbst überließ.

Sie schaute auf die Armbanduhr. Vielleicht sollte sie doch zum Rathaus gehen und sich selbst überzeugen, um was da so viel Wirbel gemacht wurde.

* * *

Nachdem George im Speicher seiner Mutter etliche Kisten mit Unterlagen ausgemistet hatte, die sich als Kontoauszüge entpuppt hatten und älter als er selbst waren, fuhr er ins Zentrum. Er musste noch bei Matt vorbeischauen, bevor er sich mit Libby traf. Beim Poker am letzten Sonntag hatte Matt ihn um eine Anzeige für sein Schmuckgeschäft gebeten. Heute wollte ihm George den ersten Entwurf zeigen.

Als er um die Ecke bog, erblickte er am Straßenrand ein Fahrzeug mit eingeschalteter Warnblinkleuchte, ein Oldtimercabriolet der Marke MG Roadster in britischem Renngrün. Er kannte das Auto nicht und nahm deshalb an, es gehörte einem Touristen.

Als er an die Seite fuhr, um seine Hilfe anzubieten, erblickte er neben dem Auto eine bildhübsche Frau, die ihrem Handy verzweifelt ein Signal zu entlocken versuchte.

Der Zauderer in ihm wollte am liebsten weiterfahren. Mit hübschen Frauen tat er sich meist schwer, bei Giselle hatte er sich auch nicht gerade mit Ruhm bekleckert. Er wollte sich nicht zum Affen machen, aus dem Auto steigen und diese Frau mit offenem Mund anstarren. Sie hätte ihn für einen Volltrottel gehalten. Oder für einen Axt-Mörder.

Der Gentleman in ihm wollte eine Frau – unabhängig davon, ob schön sie war –, nicht im Regen beziehungsweise am Straßenrand stehen lassen.

Er würde das schon hinbekommen. Libby meinte doch immer, wie nett und freundlich er sei und dass jede Frau sich glücklich schätzen könne, wenn sie mit ihm ausginge. Er konnte also seine Hilfe anbieten, ohne wie ein komischer Kauz zu wirken.

Er musste sie nur fragen, ob sie etwas bräuchte. Total einfach, eine Lappalie. Eine Kleinigkeit … Warum nur hämmerte sein Herz so gegen seine Brust?

Er holte tief Luft und stieg aus.

Kapitel 14

Amy lief nervös im Rathaussaal hin und her. Jackson hatte bewusst diese Tageszeit gewählt, weil parallel dazu im städtischen Festzelt der Riesenlebkuchenhaus-Wettbewerb angesetzt war. Jackson war nicht scharf auf zu viel Publikum, und Amy stimmte ihm zu. Wenn nun aber gar keiner käme? Oder – noch schlimmer – wenn gleich alle herbeigeströmt kämen? Würde ihr dieselbe Entrüstung entgegenschlagen, die sie von Judith kannte? Würden die eher einfach gestrickten Leute sie aus ihrem friedlichen Städtchen jagen, ohne dass sie Zeit hätte, ihre Koffer zu packen? Die alles entscheidende Frage aber war: Was würde Seb dazu sagen?

Da kam Conrad auf sie zu, ein gut aussehender dunkelhäutiger Mann mit dem angenehmen Singsang seiner südafrikanischen Herkunft.

»Lauf nicht immer auf und ab, Amy, du trittst noch Löcher in den Boden.«

»Sind die Bilder okay, Conrad?«

»Sehr schön, aber ich bin auch so stolz auf Jackson. Ich glaube, nichts, was er tut, könnte mir nicht gefallen.«

Sie nahm lächelnd seine Hand und drückte sie. »Er ist ein Glückspilz, dass er dich hat.«

Conrad blickte sie an. »Nein, der Glückspilz bin ich. Wir lassen uns durchs Leben treiben und treffen unterwegs auf Menschen, mit denen wir Freude teilen. Aber dass ich den Seelenverwandten gefunden habe, den einen, mit dem ich immer zusammen sein möchte, das ist ein Glücksfall. Wenn du ihn findest, Amy, wenn du die große Liebe findest, dann halt sie mit beiden Händen fest, lass sie nicht los.«

Sie blickte auf die andere Seite des Saals, wo Jackson so wie sie auf und ab lief. Nun konnte sie nur hoffen, dass Seb auch so dachte.

* * *

Libby stand vor dem Rathaus und wartete auf George. Es schneite leicht, winzige Flöckchen wirbelten durch den nachmittäglichen Himmel. Eine Menge Leute waren bereits an ihr vorbei hineingegangen: die drei alten Damen aus den Flower-Cottages, für die Amy die Gartenarbeit erledigte, Verity und Bill, die Eltern von George, Georges Onkel Bob, Polly aus der Bäckerei, Kat und Dave sowie eine Handvoll Leute, die Libby nicht kannte. Ganze Völkerscharen zog es heute zum Wettbewerb um das schönste Riesenlebkuchenhaus, wahrscheinlich hatte Jackson diese Zeit ausgesucht, damit die Menschen sich nicht im Rathaus tottrampelten. Libby war aber auch ein bisschen traurig, dass sie den Wettbewerb nicht miterlebte, der klang sehr amüsant. Ob sie wohl im nächsten Jahr dabei sein würde?

Sie sah, wie George ihr von der gegenüberliegenden Straßenseite aus aufgeregt Handzeichen machte und gleich darauf in Matts Schmuckgeschäft verschwand.

Der Schmuck bei Matt war etwas ganz Besonderes, alles handgemacht, Einzelanfertigungen, einige waren schlicht und elegant, andere waren moderne, rätselhaft ineinander verflochtene Gebilde aus Gold mit eingearbeiteten Edelsteinen. Jedes Stück war irre teuer. Bei den Touristen erfreuten sich die Kostbarkeiten trotzdem regen Zuspruchs.

Libby sah auf die Uhr; sie müsste in einer Minute allein ins Rathaus gehen, sonst würde Amy sie erschießen.

Aber da ließ sich George endlich wieder blicken. Er schoss aus dem Geschäft heraus, rannte über die Straße auf sie zu und gab ihr einen Kuss auf die Wange – eine Überraschung für sie, denn normalerweise war das nicht ihre Art, sich zu begrüßen.

»Ich habe eine Verabredung, Libby, mit der schönsten Rothaarigen, die mir je begegnet ist, eine richtige Venus. Sie hat Klasse, ist dazu fröhlich und nett, und sie möchte mit mir ausgehen. Hier, ich habe was für dich, aber lass uns lieber erst mal reingehen.« Er redete ohne Pause, reichte ihr ein Papiertütchen, nahm sie kurz entschlossen an der Hand und eilte mit ihr die Stufen hinauf.

»Warte mal, George, du hast eine Verabredung? Mit wem denn? Wo hast du sie kennengelernt?« Libby hatte ihre liebe Not mit der Enttäuschung, die sie plötzlich überkam. Hastig hatte sie das Papiertütchen, in dem sie der Form und Größe nach einen Riegel Toffee vermutete, in ihre Handtasche gestopft, ehe sie hinter George die Rathausstufen hochlief.

»Pst, es geht gerade los«, mahnte George.

* * *

Libby starrte wie gebannt auf das ergreifende Gemälde von Amy, das sich vor ihren Augen präsentierte: Sie war zum Weinen schön. Amy sah atemberaubend aus. Von den zwölf Akten und Halbakten von Amy, die die Wände des Saals schmückten, war dieser hier auf Anhieb Libbys Favorit.

Jackson hatte zunächst eine Rede über die Bilder gehalten, darüber, wie seine Muse ihn inspiriert habe. Nun aber wollte jeder wissen: Wer war die Frau auf den Bildern? Elf Gemälde zeigten Amy aus verschiedenen Blickwinkeln, doch keines ließ ihr Gesicht erkennen. Auch dort, wo sie den Betrachter anzublicken schien, war ihr Gesicht teilweise hinter einem schwarzseidenen Vorhang aus Haaren verborgen. Amy hatte zwar befürchtet, wenn Jackson ihre Identität durch das Haar im Ungewissen halten wollte, dann gäben ihr die Gemälde einen schaurigen Touch wie bei dem Mädchen in dem Horrorfilm »Ring«. Aber auf jedem Bild ließ die wilde Mähne sie wunderschön aussehen.

Ein Bild hieß »Warten« und gab Amy von hinten wieder, nackt, aus dem Fenster blickend. Auf einem anderen mit dem Titel »Sonntagmorgen« lag sie zusammengerollt, mit einem Buch auf dem Bett. Die andere Seite des Betts war benutzt, wie man deutlich erkennen konnte, und zwei Sektgläser standen auf dem Nachttisch. Libby gefiel dieses Gemälde besonders; auch wenn man den Titel des Buchs nicht erkennen konnte, war es zweifellos einer von ihren Romanen.

Auf einem weiteren Bild sah man Amy in ein Handtuch gewickelt auf dem Bett sitzen, sie trocknete sich das Haar, während sich hinter ihr unter dem aufgetürmten Bettzeug die Silhouette eines schlafenden Mannes abzeichnete. Auf einem anderen Gemälde war Amy beim Ankleiden, gesehen aus dem Blickwinkel des im Bett liegenden Mannes, dessen Hand mit einem Träger ihres Satinnachthemds spielte.

Zwei Gemälde hingen nebeneinander, das eine stellte Amy dar, wie sie hochschwanger und vollkommen nackt im Spiegel ihren beträchtlichen Bauch bewunderte, das andere zeigte eine stillende Amy mit einem süßen pausbäckigen Baby im Arm, das Amys Finger umklammert hielt und mit den Beinchen strampelte.

Aber Libbys Lieblingsbild, vor dem sie nun stand, war das letzte, das Jackson gemalt hatte. Bild Nummer zwölf gab Amys

Identität preis und zeigte ihr vollständiges Gesicht; sie lag im Bett unter einem dünnen Laken, das ihren – wie unschwer zu erkennen war –nackten Körper bedeckte. Ihr Haar war zerzaust, sie stützte sich auf einen Ellbogen und lachte unbeschwert. In ihren Augen spiegelte sich deutlich der Umriss eines Mannes. Sie sah fabelhaft aus.

»Und was meinst du dazu?«, fragte Amy hinter ihr.

Libby riss den Blick von diesem meisterlichen Werk los und drehte sich um. »Amy, du bist so schön, diese Gemälde, jedes davon, ist … unglaublich. Ich fasse es nicht, dass du so etwas machst, ohne mir einen Ton zu verraten.«

»Nun ja, es gibt Zeitgenossen, die weniger Verständnis dafür aufbringen, wenn ein Modell nackt posiert.« Sie zuckte mit den Schultern und sah sich um.

Auch Libby ließ den Blick durch den Saal schweifen; wie es aussah, schienen auch alle anderen begeistert. Verity, Bill, Bob, die alten Damen von den Flower-Cottages, alle bestaunten sie die Gemälde. George stand gerade vor dem mit der schlafenden Amy, auf dem ihr das Haar vor dem Gesicht hing und der Mund leicht geöffnet war. Zweifellos war er voller Bewunderung.

Libby schaute in die andere Richtung und war ganz überrascht, als sie Judith vor dem Bild »Sonntagmorgen« erblickte.

»Na so was«, sagte Libby ungläubig.

»Ja, erstaunlich. Ich bin mir nicht sicher, was sie hierher getrieben hat. Ganz bestimmt will sie mir keine Schützenhilfe leisten. Ich schätze, ihre Neugier hat gesiegt. Ich geh mal, ich muss mich noch bei mehreren Leuten bedanken, bevor sie wieder gehen.«

Libby sah Amy hinterher, die auf Verity zuging, und schaute dann wieder zu George, denn die Neugier gewann nun auch bei ihr die Oberhand. Sie trat auf ihn zu.

»Na komm schon, George Donaldson, raus mit der Sprache.«

Er drehte sich zu ihr und musste lächeln. »Ich weiß nicht, wovon du redest«, erwiderte er mit Unschuldsmiene.

»Doch, das weißt du ganz genau. Dein Date?«

»Libby, sie ist einfach zauberhaft, sie heißt Cerys Andrews und arbeitet in Apple Hill, da hat sie einen Blumenladen …«

»Moment, wo bist du ihr begegnet? Zuletzt hattest du doch bei deiner Mutter den Dachboden ausgeräumt. Hat diese Lady dir dort zwischen den Spinnweben aufgelauert?«

»Sie hatte einen Platten auf der Straße, die ich immer entlangfahre, wenn ich von meiner Mutter komme und nach Apple Hill will. Ich habe angehalten und meine Hilfe angeboten.«

»Ganz der Gentleman.«

»Na, ich kann sie doch nicht hilflos stehen lassen. Jedenfalls haben wir beim Reifenwechsel miteinander geredet, die Unterhaltung lief wie geschmiert. Als ich fertig war, fragte sie, ob wir uns verabreden wollen. Kannst du dir das vorstellen, Lib? Das hat sie wirklich gefragt.«

»Ja, vorstellen kann ich mir das sehr gut. Ich sag's ja immer, du bist ein total sympathischer Mensch.«

Libby hätte sich in den Hintern beißen können. Warum hatte sie George nicht gleich, als sie sich sicher war, gestanden, dass sie in ihn verknallt war? Warum hatte sie es hinausgezögert? Hatte sie Angst vor Zurückweisung oder vor einer Verpflichtung? Vielleicht auch davor, hierbleiben zu müssen. Egal, jetzt war der Zug abgefahren. Immer wieder hatte sie George bekniet, sich mit einer Frau zu verabreden, und selbst wenn es nicht Giselle war, konnte sie es ihm nicht verübeln, dass er eine andere aufgegabelt hatte; schließlich hatten sie es zusammen wieder und wieder durchexerziert.

»Erst wollte ich mich damit rausreden, dass ich noch nicht so weit sei, aber ich habe über unsere Verabredungen nachgedacht, du meintest ja, dass sie hervorragend gelaufen sind, tja …« Verlegen kratzte er sich am Kopf. »… und du meinst doch, ich sei ein netter Kerl. Da habe ich mir ein Herz gefasst.«

Er war so aufgeregt, dass Libby gar nicht anders konnte, als seine Freude zu teilen. »Das ist toll, George, ich freue mich für dich. Wann ist denn der große Tag?«

»Morgen. Ich gehe mit ihr in den *Kirschbaum*, wo wir beide schon geübt haben.«

»Morgen hast du doch deinen Pokerabend.« Sie fühlte sich stellvertretend für die Pokerbrüder vor den Kopf gestoßen.

»Ach, das kapieren die Jungs schon.«

»Na gut, dann musst du eben deinen Date-Wettbewerb mit ihr praktizieren.« Sie wandte den Blick zu ihrer Tasche und wühlte darin nach dem Stück Toffee, das sie jetzt dringend benötigte.

»Ja, könnte ich machen«, sagte er mit leisem Zweifel in der Stimme.

»Was?«

»Nun ja, es kommt mir ein bisschen absurd vor.«

Libby guckte zwar jetzt auf das Gemälde vor ihr, aber nur, weil sich kein anderes Objekt anbot. Eigentlich sah sie durch das Bild hindurch, getroffen von Georges Worten.

Irgendwie spürte er, dass es in ihr arbeitete. »Lib, mit dir zusammen ist das ganz anders, da bin ich ganz ich selbst, wir können herumalbern und verrücktes Zeug anstellen, du bringst mich so oft zum Lachen. Ich treibe gern Unfug mit dir, aber Cerys ist eben …«

»Anspruchsvoller, erwachsener«, suggerierte sie und wühlte weiter in ihrer Tasche herum.

»Libby Joseph, okay, wenn du es auf den Punkt bringen willst, dann ja, sie ist nicht so albern wie du, ein bisschen …

erwachsener. Aber weißt du, ich mag das Alberne und den Spaß, den wir beide haben. Das möchte ich auch in einer Beziehung nicht missen. Wenn ich noch einmal heirate, dann unbedingt jemanden, mit dem ich herumalbern kann, so wie mit dir. Aber ich sollte ihr eine Chance geben, stimmt's? Das mit dem Spaß kann später noch kommen, sobald wir uns besser kennen. Ich möchte bei ihr einen guten Eindruck machen. Wenn ich ihr da sofort beim ersten Date einen Bogen Papier in die Hand drücke, bei dem es um wilden Sex und teilweise oder komplette Nacktheit geht, schlage ich sie gleich in die Flucht.«

Wohl wahr, dachte Libby. »Das kann ich nachvollziehen, aber du musst auch du selbst bleiben. Wenn sie sich in dich verliebt, dann bitte in den echten George, den fröhlichen, kindischen, nicht in den, der ihr als Ideal vorschwebt.«

»Stimmt, Lib, aber lass mich doch erst mal das erste Date hinter mich bringen. Wenn ich eine flotte Unterhaltung einfädeln kann und sie Lust auf einen zweiten gemeinsamen Abend hat, dann könnte ja der Spaßfaktor ins Spiel kommen.«

Sie nickte. Endlich wurde sie in den unergründlichen Tiefen ihrer Tasche fündig und zauberte den Toffeeriegel hervor, den George ihr vorhin zugesteckt hatte.

»Das hast du noch gar nicht ausgepackt?«, fragte er leicht verstimmt.

»Nein, diese Aktgemälde von Amy haben mich vollkommen in Beschlag genommen. Möchtest du ein Stückchen?«

»Was?«

Sie öffnete das Tütchen, aber darin fand sie ein schwarzes Samtetui. Sie verstand die Welt nicht mehr. »Was ist das denn?«

»Ach, ich bin rein zufällig darauf gestoßen und habe gleich an dich gedacht«, sagte er wie nebenbei und richtete den Blick wieder auf das Gemälde.

Sie holte das Etui heraus, immer noch verwirrt. Irgendwie rechnete sie auch jetzt noch mit Toffees, aber als sie das Etui aufklappte, blieb ihr Herz stehen. Darin fand sie einen auf schwarzen Samt gebetteten, mit Edelsteinen besetzten kleinen Seestern an einem Goldkettchen. Seine Arme waren leicht gekrümmt, als wäre er aus einem starken Gezeitenstrom gefischt worden, und mit verschiedenfarbigen Steinen versehen. Er war zauberhaft.

Aber nein, das war ganz und gar nicht gut, wo sie doch schon hoffnungslos ihr Herz an George verloren hatte. Offenbar erwiderte er ihre Gefühle nicht, schließlich hatte er umstandslos vom Kuss am letzten Abend auf ein Date mit Cerys umgeschaltet. Trotzdem war diese Geste sehr, sehr rührend.

»Gefällt er dir?«

Aufgewühlt sah sie ihn an. »Er ist … wunderschön. Hast du den von Matt?«

»Ja, ich habe ihm das Skript für den neuen Werbetext vorgelegt, da sah ich das Seesternchen und dachte sofort an dich. Weißt du noch, als wir letzte Woche den Strand entlanggewandert sind und den Seestern gefunden haben und du meintest, dass du sie magst, weil sie wie an Land gespülte Zauberwesen sind?«

Es gab ihr einen Stich. Daran erinnerte er sich also noch? Sie selbst hatte es fast vergessen. Das machte alles noch schlimmer.

Sie betrachtete den Seestern und fuhr mit dem Finger über einen seiner Arme. »Aber … so etwas ist doch richtig teuer.«

»Ach, schon gut. Das ist dein Vier-Tage-vor-Weihnachten-Geschenk. Außerdem bin ich dir etwas schuldig wegen der Ratschläge für die romantischen Abende. Auf ein Date mit Cerys hätte ich mich nicht einlassen können, hättest du mir nicht den Rücken gestärkt. Du hast mir klargemacht, dass ich auch etwas zu bieten habe – dafür wollte ich dir danken.«

Libby sah ihn an und berührte sein Gesicht. »Was du zu bieten hast, George Donaldson, ist beträchtlich. Du bist einer der wunderbarsten Menschen, die ich kenne.«

Er lief rot an. »Na, dann häng's dir um.«

Er nahm das Kettchen behutsam aus dem Etui und bedeutete Libby, sich umzudrehen. Er legte ihr die Kette um den Hals, und sie hob das Haar schwungvoll in die Höhe, sodass er die Kette im Nacken schließen konnte. Er hatte ein wenig zu fummeln, Libby kroch dabei eine Gänsehaut über den Rücken. Das war gar nicht toll.

Der Anhänger schmiegte sich perfekt in ihre Halskuhle. Im Spiegelbild der Glastür konnte sie bewundern, wie schön er an ihr aussah. Sie sah hinter sich George stehen, seine Hände auf ihren Schultern.

»Danke«, sagte sie leise.

* * *

Die letzten Besucher verließen das Rathaus. Nur Amy stand noch in der Mitte des Saals wie bestellt und nicht abgeholt. Kat und Dave gingen auf sie zu, um sich zu verabschieden.

»Amy, du kannst wirklich stolz sein, diese Bilder sind einmalig«, sagte Kat bewundernd und drückte sie.

»Ja, besonders das, wo du als Schwangere gemalt bist. Da siehst du so süß aus. Fast so wie meine Frau«, meinte Big Dave und streichelte Kats Bauch.

Kat sah ihn strahlend an. Dave legte ihr einen Arm um die Schultern und führte sie hinaus.

Amy schaute sich nach den letzten Besuchern um. Seb war noch nicht aufgekreuzt. Sie hatte ihn bei der Kinderparty zurückgelassen, und er hatte versprochen, nachzukommen, aber seit der Eröffnung der Ausstellung vor einer Stunde hatte er sich nicht blicken lassen. Da nahm sie Judith wahr, die vor dem Bild »Warten« stand.

Sie fasste sich ein Herz und trat auf sie zu.

»Du bist natürlich die Einzige hier in diesem Raum, die weiß, was auf diesem Gemälde fehlt«, sagte sie und stellte sich neben Judith.

Judith, die keine Lust hatte, mit ihr zu reden, sah sie nur kurz an und wandte den Blick wieder dem Bild zu.

Amy tat einen Schritt nach vorn und zeigte auf ihren Hintern auf dem Bild. Judith verzog die Mundwinkel zu einem winzigen Schmunzeln, was Amy überraschte.

»Ich habe Jackson gebeten, meine Haitätowierung wegzulassen, und er hat mir zugestimmt, dass sie tatsächlich nicht ins Bild passt, so wie er es sich vorstellte.«

Judith schlug die Augen nieder und zupfte beschämt an einem losen Faden an ihrer Handtasche herum. »Es tut mir leid, dass ich dich eine Nutte geschimpft habe.«

»Schon gut.« Amy sah sie forschend an. »Und mir tut es leid, wenn ich dich mit dem einen oder anderen verärgert habe. Ich wollte dir nicht wehtun. Ich bin ungeschickt und ziehe das Unglück an, auch rings um mich her, denk mal daran, wie dein Schuppen meinetwegen Feuer fing. Es tut mir auch leid, wie mein Neffe mit deinen Gartenzwergen umgegangen ist und dass Philippe ganz lila wurde, als ich ihn vom Baum retten wollte. Ich bin eine Nervensäge und habe keine Manieren, verzeih mir auch, dass ich nackt durch meinen Garten und als Schwanz durch deinen gegeistert bin. Es tut mir wirklich sehr, sehr leid, dass ich dich so verärgert habe. Das wollte ich wirklich nicht. Ich will übrigens umziehen.«

»Meinetwegen etwa?«, fragte Judith leise.

»Mir ist klar geworden, dass ich eine grässliche Nachbarin bin, und das wollte ich nie sein.«

Judith trat von einem Fuß auf den anderen, sie wusste nicht, was sie darauf erwidern sollte. Auch damit hatte Amy nicht gerechnet. Sie hatte vermutet, Judith werde Freudensprünge machen.

»Und Seb? Seid ihr zwei nicht … Liebst du ihn denn nicht?«

Die bloße Erwähnung seines Namens elektrisierte Amy.

»Ich liebe ihn, ich habe noch nie jemanden so geliebt.«

»Und liebt Seb dich auch?«

»Ich … kann nicht für ihn sprechen. Das tue ich auch nicht.« Sie konnte Judith auf keinen Fall offenbaren, was zwischen ihnen passiert war; sie würde Seb nicht verraten.

Judiths Blick irrte über ihre Schulter, und sie presste grimmig ihre Kiefer aufeinander. »Nun, dass er hier anwesend ist, spricht natürlich Bände.«

Amy wirbelte herum und erblickte Seb im Eingang, er sah Amy und lief auf sie zu, blieb aber stehen, als er Judith hinter Amy erspähte.

Am liebsten wäre Amy ihm entgegengeflogen, aber Judiths Anwesenheit hielt sie zurück.

Seb machte einen verlegenen Eindruck; sicher hatte er Judith hier nicht erwartet. Judith schien es, nach ihrem versteinerten Gesichtsausdruck zu urteilen, ähnlich zu ergehen. Keiner der beiden rührte sich, man hätte die Luft zwischen ihnen schneiden können.

Bis George dazwischenfunkte. Mitten durch die aufgeladene Atmosphäre hindurch trat er auf Seb zu und begrüßte ihn wie den verlorenen Bruder, nahm ihn beim Arm und führte ihn zu dem Gemälde, das am weitesten entfernt von Amy und Judith hing. Amy hätte George knutschen können. Bis ihr aufging, dass es sich um das Bild handelte, auf dem sie sich nach einer leidenschaftlichen Liebesnacht ankleidete. Das war nun für beide zu viel des Guten. Auch die anderen Bilder im Saal waren, wenn sie es recht bedachte, nicht gerade dazu angetan, erregte Gemüter zu besänftigen.

Wie würde Seb auf ihr nacktes Posieren reagieren? War er davon abgestoßen?

Sicher spürte er beim Betrachten der Bilder Judiths glühenden Blick im Nacken, denn er trat schnell zum nächsten Gemälde, auf dem Amy an einem Sonntagmorgen im Bett lag. Amy hielt es für ein gefahrloseres Motiv.

George war es peinlich, gemeinsam mit einem Mann, der sichtlich vertrauter als er im Umgang mit dem dargestellten Objekt war, die Akte zu betrachten. Er schwafelte laut über die feinen Pinselstriche und Postmoderne.

Seb stand jetzt auf der Seite, wo Judith und Amy ihn beim Betrachten der Kunstwerke im Profil sehen konnten. Falls er sich bemühte, eine gleichgültige Miene aufzusetzen, gelang ihm das schlecht. Ihm stand ehrfürchtige Bewunderung ins Gesicht geschrieben.

Amy schaute kurz zu Judith, die weiter auf Seb starrte, die Augen zu Schlitzen verengt.

Dann postierte sich Seb vor die Bilder mit der Schwangerschaft und dem Stillen, und da geschah etwas: Er streckte die Hand aus, um das Bild mit der stillenden Amy zu berühren. Jackson wäre ausgerastet, wäre er nicht genau in diesem Moment von Conrad abgelenkt worden. Seb berührte das Köpfchen des Babys, es schien, als würden ihm gleich Tränen in die Augen steigen.

Amy machte unwillkürlich einen Schritt auf ihn zu, aber der Gedanke an Judith ließ sie innehalten, und sie schaute sich um. Judith war blass geworden und sah verbittert aus, ihre Augen waren feucht. Aber Amy irrte sich, wenn sie dachte, sie weinte wegen Seb, denn Judith drehte sich brüsk um und verließ den Saal.

Amy schaute ihr hinterher und überlegte, ob sie wohl wiederkäme; dann lief sie quer durch den Saal zu Seb.

Er zog sie an sich und hielt sie fest umschlungen.

Sie nahm sein Gesicht in die Hände. »Was ist los?«

Er zeigte auf das Gemälde, auf das Baby. »Das wünsche ich mir, Amy. Eine Familie mit dir.«

»Das wünsche ich mir auch.«

Seb schaute über ihre Schulter das Bild an. »Und auch das wünsche ich mir, mehr als alles andere.«

Sie drehte sich um und sah das Gemälde, auf dem sie so offen lachte.

»Ich möchte mit dir fröhlich sein. Als ich dich heute mit Angel beim Kindergeburtstag sah, wie du mit ihr getanzt hast, habe ich mich über deine Fröhlichkeit gefreut. Ich wünsche mir Wackelpudding und Eis und Spaziergänge am Strand von Silver Cove und guten Sex. Ich wünsche mir …«

Er nahm Amy bei der Hand und zog sie zum Notausgang, stieß die Tür auf und zerrte sie hinaus in den kleinen Hof, wo es in dicken Flocken schneite. An dem ausgeblichenen steinernen Springbrunnen in der Mitte prangten Eiszapfen, die im Mondlicht funkelten. Seb nahm Amy in die Arme und bewegte sich kreisend mit ihr durch den Hof.

Amy lachte. »Was machen wir hier?«

»Wir tanzen im Regen.«

»Es schneit aber.«

»Ist doch fast dasselbe.«

Sie legte den Kopf an seine Brust und ließ sich von ihm durch den Hof wirbeln.

»Ich liebe dich und möchte mein Leben mit dir teilen«, sagte Seb.

Ein Lächeln breitete sich über ihrem Gesicht aus. »Das trifft sich gut, ich liebe dich nämlich auch.«

Er neigte den Kopf und küsste sie im Mondlicht. Alles andere verblasste, es gab nur sie beide, das allein zählte.

Als er sie schließlich losließ, rang sie nach Atem. Wieder lehnte sie sich an ihn, um sich zu fangen.

»Ich will dich nicht verlieren, Amy, um nichts in der Welt«, gestand er ihr. Sie schob den Kopf in den Nacken, um ihn anzuschauen.

»Ich möchte aber auch Judith nicht verletzen …«

»Ich rede mit ihr, aber ich werde nicht zum zweiten Mal in meinem Leben die Frau hergeben, die ich liebe. Ich liebe dich, Amy, ich möchte dich heiraten und ein Kind mit dir haben. Nichts wird das verhindern können.«

Sie lächelte, und er küsste sie wieder.

* * *

George saß bei der Heimfahrt mit Libby schweigend am Steuer. Was hatte er sich nur gedacht – er war doch gar nicht in Form, sich auf ein Rendezvous mit einer wildfremden Frau einzulassen. Er bezweifelte, ob er so einer Unternehmung jemals gewachsen wäre. Aber viel verheerender war, dass die Einzige, mit der er gern ausgegangen wäre, neben ihm saß.

»Bist du nervös wegen deines Dates?«, fragte Libby.

»Ja, schon, mir wird jetzt erst bewusst, was ich da eingefädelt habe. Ehrlich gesagt, verspreche ich mir nicht viel davon. Wer gleich mit der Tür ins Haus fällt, muss entweder ganz schön auf dem Schlauch stehen oder einen Haufen Probleme am Hals haben. Ich habe das dumme Gefühl, dass das nicht gut endet.«

»Du selbst hast doch zu dem Treffen Ja gesagt. Was meinst du, was sagt das über dich aus?«

»Ich weiß genau, dass ich Probleme habe, Lib, ich kannte vorher ja nur eine einzige Frau. Ich hatte seit Ewigkeiten keinen Sex mehr, und der war damals auch so mies, dass meine Exfrau sich in fremde Arme getrieben fühlte.«

Er seufzte. Das eigentliche Problem bestand darin, dass er seit einem halben Jahr in seine beste Freundin verliebt war und darauf hoffte, dass sie irgendwann seine Gefühle erwiderte.

»Klar, wir haben alle an irgendetwas zu knabbern.« Libby nestelte an einem Faden ihrer Jeans herum. »Du solltest nicht vorschnell über andere urteilen, wenn du selbst Probleme hast.«

»Da liegt der Hase im Pfeffer, wir beide mit unseren Problemen, Ängsten und dem Ballast, den wir mit uns herumschleppen.« Mit aufgesetzter Piepsstimme quengelte er: »Sieht meine Frisur gut aus? Habe ich die richtigen Schuhe an? Habe ich schlechten Atem? Einen dicken Hintern?«

»Nicht alle Frauen haben solche Probleme.«

»Ich rede nicht über Frauen, sondern über mich. Oh Mann, das dürfte kaum ein guter Auftakt für eine Beziehung sein, wenn wir beide so ticken, oder?«

»Es muss ja nicht gleich eine Beziehung daraus werden, George. Es könnte ja auch schlicht und einfach ein bisschen Spaß dabei herausspringen, ein paar gemeinsame Abende mit einer Person, mit der du dich unterhalten kannst. Was soll denn schlimmstenfalls passieren?«

»Dass sie mich ansieht und die Beine in die Hand nimmt.«

»Sie hat dich doch schon gesehen und hat sich in deine wilden, farblosen Looks verguckt. Wenn sie davonrennt, dann ist sie selbst schuld und verpasst die Bekanntschaft mit einem unwahrscheinlich liebenswerten Menschen.«

Als er das hörte, kam George beinahe von der Straße ab, doch Libby hatte schon ihr Handy in der Hand und beantwortete eine SMS von Amy.

»Wann trefft ihr euch denn?«, fragte sie geistesabwesend und trank einen Schluck aus ihrer Wasserflasche.

»Um halb acht.«

»Ich kann mich um dein Outfit kümmern, wenn du möchtest.«

»Was?«

»Das haben wir als Jugendliche immer so gemacht. Wenn eine von uns eine Verabredung hatte, dann haben die anderen ihr Handtasche und Schuhe geliehen, sich um die Frisur und das Make-up gekümmert.«

»Kannst du mir die Haare föhnen, damit sie ein bisschen lockiger werden?«

»Klar, mache ich.«

»Kommst du zum Essen rüber? Ich wollte ein Curry kochen.«

Libby zögerte mit der Antwort. Es beunruhigte ihn, dass diese Übungsstunden langsam einen Keil zwischen sie trieben.

»Ehrlich gesagt muss ich mit der Arbeit ein bisschen vorankommen. Der Verlag macht mir schon die Hölle heiß, sie wollen die Rohfassung sehen. Ich weiß zwar nicht, warum sie die schon ein Jahr im Voraus haben wollen, aber ich muss das fertigkriegen, möglichst noch vor Weihnachten.«

»Okay, dann sehen wir uns morgen?«

Sie nickte vage und verschwand in ihrer Wohnung. Vielleicht würde das Date mit Cerys ja gar nicht so schlecht laufen. Wenn Libby in White Cliff Bay blieb, dann mussten sie wieder etwas Normalität in ihre Beziehung bringen. Und wenn er sich mit anderen Frauen traf, dann konnten sie beide zu ihrer Routine zurückkehren. Er musste nur einfach so tun, als spüre er den Schmerz nicht, wenn er die Dates mit Libby aufgab.

* * *

Als Libby am darauffolgenden Abend auf das vom Mond beschienene Meer hinaussah, seufzte sie schwermütig. Den ganzen Tag war sie George ausgewichen, hatte sich in der Stadt für einen Eisschnitzkurs angemeldet und kurz vor Torschluss ein paar Weihnachtseinkäufe getätigt. Das hatte sie absichtlich bis zum Einbruch der Dunkelheit ausgedehnt. War es nicht seltsam, dass George noch vor zwei Tagen im Skizentrum auf ihr gelegen und sie geküsst hatte, als wäre er verliebt in sie, und nun einer anderen Frau hinterherrannte? Sie konnte ihm nicht böse sein. Dafür hatten sie schließlich den ganzen Zirkus mit dem Üben veranstaltet. Nun, ursprünglich stand dahinter Libbys Idee, dass George sich mit Giselle verabreden sollte, und sie waren sich einig, dass die Übungsstunden bis Weihnachten laufen sollten. Aber langsam rückte das unabwendbare Ende näher. George ahnte nichts von ihren Gefühlen. Nur weil sie diese Gefühle für ihn entwickelt hatte, musste er ja nicht genauso empfinden. George war nicht daran schuld, dass sie sich sozusagen über Nacht mehr als Freundschaft erhoffte. Er dümpelte immer noch in der Rolle des lieben Freundes herum, nicht ahnend, dass Libby inzwischen anders gepolt war.

Sie sah auf ihre Armbanduhr. Zu dieser Stunde war George sicher in Erwartung des Dates schon am Durchdrehen, ihre Rolle verlangte von ihr eigentlich freundschaftlichen Beistand. Wenn es George Glück brachte, dann würde sie sich mit ihm freuen. Sie würde die innere Stimme überhören, die laut schrie, dass er mit ihr doch viel glücklicher wäre.

***

George lief wie ein Tiger im Käfig hin und her. Beim Blick auf das Bett, wo die für unpassend befundenen Hemden auf einem unordentlichen Haufen lagen, fragte er sich, ob das rote, das er als Erstes anprobiert hatte, vielleicht doch besser als das blaue wäre, das er jetzt anhatte.

»Hallo?«, fragte Libby und kam in die Wohnung. »Ich wollte dir ein bisschen frischen Wind um die Ohren blasen.«

Die Sache mit der Farbe des Hemdes war augenblicklich nicht mehr wichtig. Einen Augenblick lang stand er dumm da, dann stolperte er Libby entgegen und lachte, als er in ihrer Hand den Föhn sah.

»Mensch, George, du siehst aus wie aus dem Ei gepellt. Den Schlips würde ich vielleicht weglassen, der ist zu formell, besonders zu der Jeans. Du gehst schließlich nur Curry essen.«

Er lockerte den Knoten und zog den Schlips vom Hals.

»Hemd reinstecken oder drüber hängen lassen?«, wollte er wissen. Er zupfte unschlüssig daran herum.

»Was ist dir denn lieber?« Libby sprühte ein wenig Haarschaum in ihre Hand und verteilte ihn auf Georges Haar.

Die Intimität dieser Handlung brachte ihn in Verlegenheit. »Äh … drüber hängen lassen.«

»Das sehe ich auch so. Du wirkst so angespannt, geht es dir gut?«

»Mir ist schlecht, Lib, ich habe ein flaues Gefühl im Magen. Der Schweiß läuft mir in Strömen. Cerys wird vor meinem bloßen Anblick davonlaufen.«

»Okay, okay, setz dich mal hin, atme durch. Lass mich dich mal inspizieren.« Libby nahm sein Gesicht zwischen die Hände und sah ihm tief in die Augen. »Du hast schöne Augen, George. Ganz tiefgründige, gütige schokoladenbraune Tümpel. Dein Haar hat diesen Poldark-Look, so schön dunkel und lockig.«

George fand, sein Haar ähnelte eher dem des weniger schönen Jonathan Creek als dem des sexy Poldark. Aber er musste über den schmeichelhaften Vergleich schmunzeln.

»Und dein Lächeln ist unvergleichlich süß, sehr sexy.«

»Danke.«

»Geht es dir jetzt besser?«, fragte sie erwartungsvoll.

Er schüttelte den Kopf; in seinem Bauch rumpelte es fürchterlich. »Ich denke nur … an das Katastrophenszenario, weißt du – sie findet meinen Anblick widerlich und gibt beispielsweise vor, vergessen zu haben, das Gas auszuschalten, und dann dreht sie sich auf dem Absatz um und macht 'ne Fliege. Oder wir sind bei unserem Date, und sie entpuppt sich als so eine kaputte Type wie Kathy Bates in ›Misery‹ – andererseits dachte ich, es könnte ja auch alles super laufen. Wie soll es dann erst werden, wenn wir zu guter Letzt bei ihr oder bei mir landen …?«

»Ja, was dann?«, kaute Libby ihm vor.

»Ich habe seit Jahren mit keiner Frau geschlafen, Libby, und wie es aussieht, war ich auch damals keine Sexkanone. Es könnte doch sein, dass ich wirklich ein Versager bin.«

»Das lernst du wieder. Sag ihr doch, du bist etwas aus der Übung gekommen. Wenn sie keine blöde Kuh ist, hat sie sicher Verständnis. Wenn sie aber doch eine blöde Kuh ist, dann endet euer Date sowieso nicht in der Wohnung.«

Er stöhnte.

»Bleib ganz entspannt und ganz natürlich. Wenn sie in dir den George sieht, den ich kenne, dann keine Sorge.« Libby ging zur Tür. »Ich muss wieder rüber. Schreib mir eine SMS, wenn du es einrichten kannst, und lass mich wissen, wie es so läuft.«

George sah ihr matt lächelnd hinterher. Wie sehnte er sich danach, eine Nacht mit Libby statt mit der anderen Frau zu verbringen.

Kapitel 15

Libby saß an dem Tisch, an dem normalerweise George beim Pokern saß, und hatte vier Bier vor sich stehen. George hatte sie gebeten, seinen Kumpels ein Bier auszugeben und ihnen beizubringen, dass bei ihm etwas Dringendes dazwischengekommen sei. Sie ahnte bereits, dass die Jungs wegen seiner Absage sauer sein würden. Man hatte schon einmal, als Matt krank war, beschlossen, das Spiel ausfallen zu lassen, weil ein Spiel zu dritt nicht regelkonform war. Libby hoffte, sie könnte Georges Abwesenheit vielleicht wettmachen, indem sie für einsprang.

Nick und Matt kamen als Erste und blieben verblüfft stehen, als sie Libby an ihrem Stammtisch erblickten.

»Nick, ich habe dich neulich im Radio gehört, das war großartig.«

Nick errötete leicht und sagte: »Danke.«

»Und Matt, hast du das gemacht?« Sie zeigte auf das Seesternkettchen. Er nickte. »Es ist allerliebst. Du bist richtig begabt.«

Matt setzte sich, trank einen Schluck Bier und sah sie schräg von der Seite an.

»George schafft es heute Abend nicht, etwas ist ihm dazwischengekommen. Ihr wollt doch zu viert spielen, deshalb dachte ich, dass ich seinen Part übernehme.«

Nick holte vernehmlich Luft und ließ sich ebenfalls am Tisch nieder. »Keine Ehefrauen, Freundinnen oder nahestehende weibliche Personen, so ist die Regel. Pokern ist reine Männersache.«

»Das passt schon. Ich bin ja weder Ehefrau noch Freundin.«

»Aber eine nahestehende weibliche Person«, hielt Matt dagegen.

Libby überlegte kurz, ob ihr diese Bezeichnung gefiel.

»Big Dave findet das sicher nicht so gut«, fügte Nick hinzu und schüttelte missbilligend den Kopf.

Libby rollte genervt mit den Augen und stand auf. »Dann verschwinde ich jetzt, ich will euch Kumpels ja nicht ins Gehege kommen.« Damit drehte sie sich um und wollte schon davonmarschieren, als sie mit Big Dave zusammenstieß, dessen breite Brust sie am Weitergehen hinderte.

»Was ist denn hier los?«, wollte er wissen.

»Ach, nichts – George kann heute Abend nicht, da wollte ich aushilfsweise den vierten Mann machen, aber wie es aussieht, haben hier nur die Herren der Schöpfung Zutritt.« Sie erhaschte einen Blick von Kat, die hinter Dave stand und mit Libby fühlte.

Dave verengte die Augen zu Schlitzen. »Hast du uns das Bier spendiert?«

»Ja, aber das spielt keine Rolle, ich –«

Da platzte Dave die Hutschnur. »Sagt mal, ihr Heinis, habt ihr eure gute Kinderstube vergessen? Da gibt euch das Mädel ein Bier aus und will für einen von euch in die Bresche springen, und ihr verstoßt sie so mir nichts, dir nichts!«

»Dave, das ist wirklich nicht der Rede wert.« Libby war tatsächlich nicht allzu scharf darauf, zu pokern, nur sollte

George es sich nicht mit seinen Kumpels verderben. Wenn sie es recht bedachte, war sie sogar erleichtert, dass sie nicht mitzuspielen brauchte.

»Lib, so war's doch nicht gemeint, klar kannst du mitspielen«, wiegelte Nick ab und klopfte überschwänglich auf den unbesetzten Stuhl.

Auch Matt nickte. »Entschuldigung, Libby, das war wirklich nur Spaß, ich kann doch unmöglich eine Lady, die eine von meinen arschteuren Ketten trägt, in die Wüste schicken.«

»Deine Klunker sind wirklich überteuert«, redete Nick Matt ins Gewissen. Er nahm Libby bei der Hand und zog sie auf den Stuhl.

»Ich habe deine Sendung auch gehört, Nick, du klangst wie Micky Maus«, meinte Matt und mischte die Karten. Big Dave küsste Kat auf die Wange und setzte sich dazu.

»Ich finde, es war spitzenmäßig«, meinte Dave. »Es war wirklich unterhaltsam, und Matt, dein Schmuck ist wirklich etwas ganz Besonderes, ich finde, du solltest sogar noch mehr dafür verlangen.«

Nick und Matt sahen Dave argwöhnisch an.

»Wie kommt's, dass du heute so strahlst?«, fragte Nick. Er warf einen Blick in Kats Richtung. Sie stand am Tresen und lächelte weltentrückt.

»Ach, weiß auch nicht … ich bin eben glücklich«, sagte Dave mit einem leichten Achselzucken. Libby sah ihm förmlich an, dass er die Wahrheit sagte.

»Du Schweinigel hast mit ihr gevögelt, oder? Sie ist im neunten Monat!«

Dave zuckte wieder die Achseln. »Na, und? Und ich will dir sagen, es war der Wahnsinn.«

Als Matt ein paar Chips aus Libbys Tüte stibitzte, lächelte sie, weil sie nun in der kleinen Runde akzeptiert war. Ihrer Mum hätte das gefallen. Sie hatte Libby das Pokern beigebracht und sie immer zu ihren Pokerrunden mit den Freundinnen mitgeschleppt, der einzigen Gelegenheit in der Woche, bei der es ihr gestattet war, aus dem Haus zu gehen, die einzige Gelegenheit auch, bei der Libby sie fröhlich sah. Libbys Mum wollte so gern reisen und sich die Welt ansehen, aber das Einzige, was ihr tatsächlich Freude bereitete, waren ihre Freundschaften. Genau das hatte Libby all die Jahre versäumt. Sie sah sich im Pub nach den Menschen um, mit denen sie sich inzwischen verbunden fühlte. Keiner betrachtete sie als Außenseiterin, alle hatten sie anstandslos und selbstverständlich aufgenommen. Sie hatte richtige Freundschaften geschlossen: mit George, Amy und Kat und manch anderen, die sie alle so nahmen, wie sie war. Wie auch immer es mit George weiterging, sie hatte sich inzwischen dazu durchgerungen, hierzubleiben. Die Zeit war reif, den Marathon von einem Ort zum nächsten endgültig abzubrechen, und einen schöneren Flecken Erde als White Cliff Bay konnte sie sich nicht vorstellen.

***

Aufgelöst lief George im Wohnzimmer hin und her. Libby war schon eine ganze Weile weg, Cerys war überfällig, sodass die mit Libbys Hilfe ruhig gestellten Nerven allmählich wieder verrücktspielten. Lieber wäre es ihm gewesen, wenn Libby händchenhaltend an seiner Seite geblieben wäre, bis Cerys eintraf – oh Gott, wäre das nicht so unpassend gewesen, hätte er Libby am liebsten zum Date mitgenommen. Sie hätte ihm soufflieren können, wenn er nicht weiterwusste.

In dem Augenblick, als er noch hin und her überlegte, ob er mehr Aftershave bräuchte, trudelte Cerys ein. Sie sah unwiderstehlich aus in ihrem tief ausgeschnittenen roten Kleid.

»He.« Er lächelte zaghaft, als er sie zur Tür hereinließ. »Du siehst fantastisch aus.«

»Danke.« Sie musterte ihn von oben bis unten.

Er wartete darauf, dass sie sein Kompliment zurückgab, beispielsweise sein Hemd lobte, aber es kam nichts.

»Wohin gehen wir heute Abend?«, unterbrach Cerys das unbehaglich werdende Schweigen und lief an George vorbei in seine Wohnung.

»Oh – äh, in den *Kirschbaum* am anderen Ende von White Cliff Bay. Ein Inder, der vor ein paar Wochen neu eröffnet hat.«

Cerys nickte zwar, aber George entging nicht eine gewisse Enttäuschung. Sie lief ins Wohnzimmer und ließ angewidert den Blick über die Unmengen an weihnachtlichen Dekorationen und aufblasbaren Objekten schweifen. Zum ersten Mal in seinem Leben fühlte sich George wie an den Pranger gestellt wegen seiner Schwäche für alles, was mit Weihnachten zu tun hatte.

»Und, gehen wir?«, schlug er vor, sein Herz flatterte. Er nahm Schlüssel und Brieftasche und ging zur Tür.

»Ja, aber … ziehst du dir kein Sakko an? Und eine Krawatte?«

Verstört sah er an sich hinunter. Libby hatte gemeint, für den Inder wäre das Sakko zu formell, als ginge er zu einem Vorstellungsgespräch. Aber so war ihm tatsächlich auch zumute. Er musste einen guten ersten Eindruck hinterlassen.

»Klar, ich hole es schnell.«

Schnell ging er ins Schlafzimmer und zog ein Sakko aus dem Schrank, das zur Hose passte. Nun hätte er allerdings das Hemd hineinstecken müssen, und das, was Libby für ihn herausgesucht hatte, eins seiner Lieblingshemden, eignete sich nicht zum Hineinstecken. Und welchen Schlips sollte er nehmen? Am liebsten hätte er Libby angerufen und sie gefragt, aber das ging natürlich nicht.

George begann das blaue Hemd aufzuknöpfen und griff dann nach dem roten, als Cerys überfallartig neben ihm stand.

Schnell zog er das Hemd vor der Brust zusammen, weil er ihre Blicke auf seinem Körper spürte.

Sie sah auf das rote Hemd und trat an den Schrank, betastete die bunten Hemden und zog ein schwarzes hervor.

»Warum trägst du nicht dieses hier? Das passt viel besser zum Sakko. Und wo sind deine Krawatten?«

Er zeigte auf Candy, die Zuckerstange, und schämte sich plötzlich erbärmlich für die Aufblaspuppe in seinem Schlafzimmer.

Cerys zeigte sich nicht sonderlich davon beeindruckt und nahm Candy im Vorbeigehen nur aus dem Augenwinkel wahr. Sie sah rasch seine Kollektion von Schlipsen durch und zog einen seidenglänzenden schwarzen heraus.

»Hier, das ist das Tüpfelchen auf dem i.«

Sie blieb neben ihm stehen und wartete anscheinend darauf, dass er sich auszog, aber ihm war gar nicht wohl dabei, dass sie ihm schon jetzt so auf die Pelle rückte. Da er sich nicht rührte, ging ihr wohl ein Licht auf, und sie ging ins Wohnzimmer, leise die Tür hinter sich zuziehend.

In Windeseile zog er sich um und begutachtete sich im bodentiefen Spiegel.

Libby hatte recht. Er sah aus, als ginge er zu einem Begräbnis. Grau in Grau. Er seufzte.

Dann fiel ihm ein, was Libby ihm noch ans Herz gelegt hatte: dass Cerys den realen George mögen sollte. Einem boshaften Impuls folgend, zerrte er sich den schwarzen Schlips vom Hals und schnappte sich den mit Koyote Karl und Road Runner, den Libby ihm geschenkt hatte. Rasch legte er sich ihn um und schaute erneut in den Spiegel. Wenigstens ein Stückchen des wahren George würde ihn zum Date begleiten.

Er trat ins Wohnzimmer und war auf Cerys' Reaktion gespannt. Sie guckte etwas missmutig, als sie den Cartoon-Schlips sah, nahm aber kommentarlos ihre Handtasche und stand abmarschbereit an der Wohnungstür.

Er griff zu Brieftasche und Schlüssel und ging mit ihr hinaus. Wahrscheinlich würde sie noch missmutiger kucken, sobald sie mitbekäme, dass der Schlips »Miep, miep« machte, wenn man unten auf eine bestimmte Stelle drückte. Er grinste in sich hinein und stieg hinter Cerys die Stufen zur Straße hinunter. Er hatte das dumme Gefühl, dass es eine lange Nacht werden könnte.

* * *

Während Amy Bier für einen Gast zapfte, sah sie, wie Libby eine weitere Pokerpartie gewann. Die fünfte heute Abend, wenn sie richtig mitgezählt hatte, wie oft die Mitspieler aufstöhnten.

Der Abend war bislang wunderschön. Hatte Seb früher stets über sie hinweggesehen, wenn sie sich gemeinsam im Pub aufhielten, so war er heute die ganze Zeit über freundlich und redete mit ihr so wie mit Sally. Amy fand das paradiesisch, gern hätte sie Tag für Tag so neben ihm gearbeitet. Hätte sie ihn küssen und umarmen können, wann immer ihr danach war, dann wäre ihr Glück komplett gewesen. Im Moment wollte es Seb noch für sich behalten; als Erste sollte es Judith erfahren. Natürlich hatten die letzten Rathausbesucher gestern mitbekommen, wie sie sich im Hof küssten und tanzten, sodass der Buschfunk es bestimmt rasch weitertrug.

Amy hoffte so sehr auf eine freundliche und glückliche gemeinsame Zukunft. Aber noch verbot sie sich diese Hoffnung. Sie wollte es schwarz auf weiß haben.

Irgendetwas würde ihr wahrscheinlich dieses Glück missgönnen. Nach einer weiteren Liebesnacht würde Seb es sich anders überlegen, oder Judith würde ausflippen oder zumindest ein Voodoopüppchen basteln und es in Säure versenken. Ehe und Familie waren vorerst noch Hirngespinste.

* * *

Zu gern hätte George ein bisschen von der Magie des Vortags heraufbeschworen; während des Reifenwechsels hatten er und Cerys sich doch so angeregt unterhalten. Das bedeutete sicher nicht, dass ihnen der Gesprächsstoff schon ausgegangen war. Doch leider schien das der Fall zu sein, wie sich während der kurzen Fahrt zum Restaurant herausstellte. Welches Thema George auch anschnitt, Cerys reagierte wie versteinert und schwieg, sie schien grundsätzlich keinen Humor zu haben. Wie war es möglich, dass sie jetzt so ganz anders war als noch vor vierundzwanzig Stunden?

Nun gut, der Besuch im *Kirschbaum* konnte sie aufmuntern. Wenn Mani auf seiner Fiedel herumkratzte, musste man da nicht unweigerlich gute Laune bekommen?

Als sie eintraten, begrüßte Kamal ihn wie einen alten Freund. »Wie schön, dass Sie uns wieder beehren, offensichtlich waren Sie das letzte Mal mit unserem Essen zufrieden?«

»Ja, sehr.«

Kamal schaute an George vorbei und erschrak, als er Cerys sah. »Wo ist denn ihre schöne Begleiterin?«

George wäre am liebsten im Boden versunken. Mit so was hatte er nicht gerechnet.

Cerys blitzte ihn empört an. »Du schleppst also all deine Miezen hierher?«

»Natürlich nicht. Ich und Libby, meine Nachbarin von gegenüber, waren mal hier, wir wollten das Restaurant testen. Kamal dachte offenbar, wir wären ein Paar«, erklärte er. Schließlich hatten sie ihm entsprechend Auskunft gegeben. Was hatte Libby ihm gesagt? Dass sie seit einem halben Jahr befreundet seien? Und dass sie erstmals zusammen ausgingen? Kamal war entzückt gewesen, weil ihre Beziehung von solcher Zuneigung getragen war.

Cerys lächelte verkniffen. »Schon gut, George, das brauchst du mir nicht zu erläutern. Ist ja klar, dass du auch schon andere Frauen hattest.«

Kamal ließ sich nicht beirren. Falls er jemals irgendwelches Taktgefühl im Umgang mit Gästen oder ein Gespür für gesellschaftliche Etikette besessen hatte, dann war es damit völlig vorbei. »Ich dachte, Sie lieben sie, man sieht so was selten zwischen zwei Menschen. Ich habe meiner Frau gesagt, dass Sie beide ganz sicher zusammen alt und grau werden. Ihre Freundin liebte Sie doch auch. Das konnte man sehen! Warum kommen Sie nicht mit ihr zusammen? Haben Sie sich entzweit?«

Cerys zog die Stirn kraus, als sie sich ans Fenster setzten.

»Nein, Kamal, sie ist nur eine gute Bekannte«, beharrte George. Nur eine gute Bekannte, wie konnte er Libby nur so nennen? Sie war doch viel mehr als das, sie war der allerwichtigste Mensch für ihn. Aber sich derartige Gedanken über Libby zu machen, war ganz bestimmt an diesem Abend, der ohnehin unter keinem guten Stern stand, nicht angebracht.

Er musste Cerys einfach ein bisschen ausfragen, Libby meinte ja, Frauen würden gern über sich selbst sprechen.

»Also Cerys«, begann er, nachdem sie ihre Bestellung aufgegeben hatten. »Lebst du schon immer hier in der Gegend?« Dass es nicht so war, wusste er bereits, denn sie hatte einen leichten Akzent aus dem Norden. Er hoffte, damit eine Unterhaltung über ihr Leben vor White Cliff Bay in Gang zu bringen.

Und so war es auch. Sie plapperte ohne Punkt und Komma. Er hörte zu, aß und hörte weiter zu. Wenigstens blieb vorerst keine Zeit, um zu schweigen.

* * *

Zu Georges Pech war Mani diesen Abend nicht im Einsatz, wo er ihn doch so dringend gebraucht hätte, um die Atmosphäre etwas aufzulockern; sein Geigenspiel wäre genau das Richtige gewesen. Stattdessen musste er immer wieder endloses Schweigen über sich ergehen lassen. Er war mit seinem Latein am Ende – alle Fragen waren gestellt, die lustigen Anekdoten waren auf taube Ohren gestoßen. In den Gesprächspausen erzählte Cerys immer wieder von sich selbst. Nun war er darüber unterrichtet, dass der Arbeitskollege nie den Tee zu ihrer Zufriedenheit zubereitete, dass sie Mohnblumen liebte und dass der Hund, den sie als Kind hatte, Dreibein hieß, weil er nur drei Beine besaß. George spürte förmlich, wie einige seiner Gehirnzellen abstarben, als hätte seine Schaltzentrale beschlossen, er bräuchte die für intellektuelle oder humorvolle Konversation benötigten Zellen nicht mehr, und sich ihrer entledigt; so wurde Platz geschaffen für das dümmliche Geplapper, mit dem Cerys ihn folterte.

Zwischendurch hatte sie – wohl mehr aus Höflichkeit denn aus Neugierde – auch George Fragen gestellt. Er hatte von seiner Arbeit berichtet, die sie jedoch nur oberflächlich interessierte. Er hatte ihr in Kürze von seiner Exfrau erzählt und angedeutet, wie verunsichert er war, als sie ihn verlassen hatte. Cerys besaß die Unverfrorenheit, ihn in dem Augenblick, als er seine Seele bloßlegte, darauf aufmerksam zu machen, dass er mal zum Friseur müsste. Als sein Handy klingelte, empfand er es geradezu als Erlösung.

Blitzartig erinnerte er sich daran, dass Libby ihm geraten hatte, während eines Dates nicht ans Handy zu gehen. Folglich zog er es nur aus der Tasche, um es auszuschalten. Gerade wollte er den Anruf zum Anrufbeantworter umleiten, da sah er, dass es Libby war.

Er zögerte kurz mit angestrengter Miene. Sie wusste doch, dass er bei seinem Date mit Cerys war. Also musste ihr irgendetwas auf den Nägeln brennen.

»Äh … entschuldige einen Augenblick«, sagte er, stand auf und lief zum Sprechen vor die Tür.

»Lib, ist alles okay?«

Darauf erscholl ein eher männliches Lachen. »Du Arsch«, sagte eine ihm vertraute Stimme, die eindeutig nicht Libbys war.

Verwirrt sah er auf die Anzeige, auf der ganz klar Libbys Name und Nummer standen. Er hielt das Handy wieder ans Ohr.

»Hallo?«

»Ich bin's, Nick, ich wusste doch, dass du nicht abnimmst, wenn du meinen Namen siehst, deshalb benutze ich Libbys Handy. Die ist gerade auf dem Klo. Was zum Teufel soll das, alter Knabe, schickst eine Frau, die für dich die Drecksarbeit machen soll?«

George sah sich durch das Fenster Cerys, die ungehalten mit den Fingern auf den Tisch trommelte. »Was?«

»Du hattest Schiss, zu verlieren, also hast du wohl Libby vorgeschickt, damit sie für dich gewinnt? Wie feige von dir. Und wir haben uns gedacht: Die liebe, gute Libby, lassen wir sie mitspielen, was soll schlimmstenfalls passieren? Das verdammte Weibsbild hat uns alle untern Tisch gespielt! Jedes Streichholz von uns vieren liegt vor ihr. Sie ist knallhart. Beim nächsten Mal schick bloß eine Entschuldigung und nicht so'n verflixtes Poker-Ass als Vertretung. Halte die Frau zu Hause an der Leine, wo sie hingehört. Huch, aufgepasst, Jungs, da kommt sie!«

George stutzte. »Libby pokert mit euch?«

»Ja klar, tu nicht so, als ob du's nicht wüsstest. Nächstens verklickerst du mir noch, du hättest keine Ahnung, dass sie pokern kann, puh!«

Im Hintergrund hörte er Libbys Stimme. »Ist George dran? Warum rufst du ihn an, gib mir das Handy …« Er hörte ein scharrendes Geräusch, dann war Libby dran. »George, es tut mir leid, ich hatte doch keine Ahnung, dass dieser Idiot bei dir anruft …«

»Libby, warum spielst du Poker?«

»Ach … ich wollte dir nur den Ärger mit den Jungs vom Leibe halten …«

Er lächelte zärtlich.

»… Wie läuft es denn bei dir?«, wollte sie wissen.

»Gut …« Er schaute zu Cerys hinüber. »Na ja, so einigermaßen.«

»Pass auf, ich gehe jetzt nach Hause und ins Bett. Die Jungs sind schlechte Verlierer, und ich bin müde. Schau doch bei mir rein, wenn dein Date vorbei ist. Dann können wir darüber reden, falls ich noch wach bin.«

»Ich muss wieder.« George sah zu Cerys hinüber und wünschte sich, er könnte weiter mit seiner Freundin am Handy plaudern, statt ins Restaurant zurückkehren zu müssen.

»Ja, geh mal, viel Spaß, George. Selbst wenn sie nicht die ist, mit der du zusammen alt werden möchtest, dann betrachte es als praktische Übung für dein großes Date mit Giselle.«

Libby hatte recht; wie er auch ausgehen mochte, der heutige Abend war eine gute Sache.

»Bis dann, Lib.«

Er schaltete das Handy aus und ging zurück. Kamal sah ihn an und schüttelte anteilnehmend den Kopf.

»Es tut mir leid … eine Familienangelegenheit«, erklärte George und setzte sich hin. Enttäuscht stellte er fest, dass in seiner Abwesenheit sein Teller abgeräumt worden war.

»Ist schon gut«, sagte sie mit einem eisigen Lächeln. »Nehmen wir noch eine Nachspeise?«

Er nickte müde. Dieser Abend wurde wahrscheinlich der längste seines Lebens.

* * *

Libby steckte das Handy ein und fixierte Nick zornig. »Wozu hast du ihn angerufen? Er hat eine Verabredung, und dass er mittendrin ans Telefon musste, macht nicht gerade einen guten Eindruck.«

»Er hat eine Verabredung … puh, Scheiße«, stammelte Nick erschrocken. »Da hätte der Blödmann eben nicht drangehen sollen.«

»Wie schön für ihn«, freute sich Big Dave, der immer noch selig vor sich hin lächelte.

»Krass, dass er wegen einer Verabredung das Pokern absagt«, wunderte sich Nick und schnappte sich klammheimlich ein paar Streichhölzer von Libbys Häufchen. Sie gab ihm einen Klaps auf die Hand. »Mit … einem Mädchen, oder? Ich will mir ja kein Urteil anmaßen, es juckt mich auch nicht, wenn er schwul ist, aber … er hat sich schon lange nicht mehr mit einem Mädel blicken lassen, da habe ich mir so Gedanken gemacht …«

»Eine Frau ist es, eine hübsche rothaarige, sie hat etwas Venusartiges an sich. Cerys Soundso heißt sie«, erklärte Libby, trank ihr Glas aus und erhob sich.

»Cerys Andrews etwa?« Nick riss entsetzt die Augen auf.

»Ich glaube, ja.«

»Oh je, das arme Schwein. Mit der haben wir uns doch alle schon rumgeschlagen, was, Jungs?«

Matt und Big Dave nickten feierlich.

»Die ist eine Nixe, sehr appetitlich, wie ein Geschenk der Götter, aber sie lockt die Männer nur an, dann schlägt sie zu.«

Libby ließ sich langsam wieder auf ihrem Stuhl nieder. »Wie meinst du das?«

»Ich hatte den ersten Abend mit Cerys kaum mal zur Hälfte hinter mir, da wollte ich nur noch abhauen. Eher hätte ich mir die Ohren abgeschnitten, als ihr Geplapper noch weiter anhören zu müssen, oder ich hätte mir die Pulsadern aufgeschnitten, um langsam zu verbluten. Das ist die langweiligste Träne, der ich je begegnet bin. Als sie sich noch einmal mit mir treffen wollte, habe ich eine eklige Krankheit vorgetäuscht, da hat sie mich wie eine heiße Kartoffel fallen lassen«, hatte Matt zu berichten.

»Da bist du ja noch mit einem blauen Auge davongekommen; bei mir waren es drei ganze Dates, die ich erleiden musste, ehe ich ihr entkam«, gab Big Dave seinen Senf dazu. Es schüttelte ihn noch jetzt bei dem bloßen Gedanken daran. »Nicht zu vergessen ihr Mister-Perfect-Komplex. Nach dem ersten gemeinsamen Mittagessen bin ich brav zum Friseur gedackelt, Haare schneiden und rasieren. Dann ging es in einen Schönheitssalon, wo ich mir den Rücken und die Brust habe enthaaren lassen. Dazu habe ich fünfhundert Pfund für neue Klamotten zum Fenster rausgeschmissen. Ich arbeite schließlich auf einem Bauernhof, was will ich da mit den neuesten Hemden von Ralph Lauren. Aber ich war ihr rettungslos verfallen. Ach, der arme George, er hat gar keine Chance gegen sie.«

»Fünf Dates«, holte Nick düster aus. »Ich habe mit ihr geschlafen, das war die grauenvollste Erfahrung meines Lebens. ›Tu deine Hände hierhin, mach dies nicht, mach jenes nicht, mach es so und so, das darfst du nicht machen, und etwas stürmischer, Nick, aber bitte nicht so stürmisch, ganz sanft, fass mich hier an, hör damit auf, heftiger, Nick, verfickt noch mal heftiger! Das ist ja lausig, was soll denn das, um Himmels willen, hör auf, Scheiße zu bauen …‹ Am Ende hatte ich einen Sprung in der Schüssel.«

»Oje«, stöhnte Libby sorgenvoll. Da hatte sich George endlich mal aus seinem Schneckenhaus gewagt, und schon würde er sich wieder dorthin verkriechen.

»Ich müsste ihn warnen.«

Big Dave lächelte nachsichtig. »Libby, jeder muss seine eigenen Fehler machen. Dadurch weiß er es umso mehr zu würdigen, wenn eines Tages die Richtige seinen Weg kreuzt. Ich denke, er ist am besten beraten, wenn er seine Angelegenheiten selbst auf die Reihe kriegt.«

Libby seufzte. Dave hatte ins Schwarze getroffen. George war ein erwachsener Mann und musste letztendlich auf eigenen Füßen stehen.

»Also meine Herren, es war mir eine Freude, mit euch zu spielen«, sagte sie, stand auf und sah süffisant auf das Streichholzhäufchen hinunter. »Aber ich werde jetzt schlafen gehen.«

Nick knurrte ein bisschen und Matt schüttelte den Kopf, gleichermaßen bewundernd wie sauer.

Sie wandte sich zum Gehen um und sah, wie Judith hereinkam und geradewegs auf den Tresen zu marschierte. Da war definitiv ein Sturm im Anzug. Seb und Amy erstarrten wie auf frischer Tat ertappte Verbrecher. Das sah gar nicht gut aus.

* * *

Endlich wurde die Rechnung gebracht, und an Libbys Rat denkend, legte George gleich die Kreditkarte darauf, um die Bezahlung zu übernehmen.

Cerys quittierte wortlos diese Geste und lächelte nur.

Als Kamal mit dem Beleg zurückkam, reichte er ihnen auch auf einem kleinen Tablett die Schokoladenstückchen, zwei weiße und ein dunkles, wie es hier üblich war.

»Weiße Schokolade esse ich für mein Leben gern«, gestand George.

»Ich finde sie auch ziemlich lecker«, sagte sie, steckte sich eines der Stücke in den Mund und hielt ihm das andere hin. Er nahm es. Eigentlich missgönnte er ihr die Schokolade. Sie fand es ziemlich lecker – *ziemlich lecker*? Gerade hatte er ihr doch gesagt, dass es seine allerliebste Lieblingsschokolade war, und da griff sie danach, weil sie es ziemlich lecker fand. Aber es war ja nur Schokolade. Er würde sich doch nicht den Abend von einem Stückchen Schokolade verderben lassen.

Als sie sich zum Gehen erhoben, lächelte sie, als wäre sie von irgendetwas amüsiert, was George als ermutigendes Zeichen deutete.

Sie kicherte. »Mir war gar nicht klar, wie klein du bist.«

Mit gerunzelter Stirn senkte er den Blick auf ihre Schuhe. »Cerys, du stehst auf fünfzehn Zentimeter hohen Absätzen.«

»High Heels trage ich aber immer, George. Es wirkt einfach komisch, dass du kleiner bist als ich.«

»Es schaut komisch aus für wen?«

»Für andere Leute.«

»Ich glaube, andere Leute haben Besseres zu tun, als sich den Kopf darüber zu zerbrechen, ob ich kleiner bin als du. Im Übrigen bin ich nicht kleiner als du, ich bin eins achtzig, und du?«

»Genauso groß, aber mit High Heels etwas größer. Du könntest ja auch Absätze tragen.«

»Was, Stilettoabsätze?« Er lachte laut.

»Nein, Stiefel oder Schuhe mit Absätzen. Viele Schauspieler tragen Stiefel mit Absätzen. Das sieht gut aus bei einem Mann.«

»Oder du könntest flache Schuhe tragen«, hielt er dagegen.

»George, ich ziehe keine flachen Schuhe an. Ich sehe doch gut aus mit hochhackigen, oder etwa nicht?«

Er schaute auf ihre Beine. Sie sahen mit High Heels fabelhaft aus. Libby trug nie Absätze, jedenfalls nicht solche hohen. Er musste zugeben, dass Cerys sehr sexy damit aussah.

»Ja, unbedingt.«

»Na also«, war ihr abschließender Kommentar.

»Cerys, ich werde keine Absatzschuhe tragen.«

Sie seufzte genervt. »Wie wäre es denn, wenn ich dir ein Paar kaufe, ganz modische, würdest du die anziehen?«

»Nein.«

»George, denkst du wenigstens mal darüber nach? Ich finde einfach, wir geben zusammen ein komisches Bild ab, das ist alles. Ich möchte nicht, dass man über uns lacht. Du etwa?«

Beim besten Willen konnte er sich nicht vorstellen, dass irgendwelche Leute stehen blieben und hämisch grinsten, weil er ein paar Zentimeter kleiner als sie war. Und wenn schon, er würde darauf pfeifen. »Nein, aber …«

»Überleg es dir einfach.« Ganz übergangslos gab sie ihm einen Kuss und ließ ihre Hände um seinen Hals gleiten. Mit einem Schlag verflüchtigten sich alle Gedanken an Absatzschuhe sowie sämtliche Argumente dafür oder dagegen. Er stand in einem Restaurant und wurde von einer scharfen Braut geküsst. Schlagartig mauserte sich dieses Date zu einem Erfolg.

Sie trat ein Stück von ihm zurück. »Du küsst richtig gut. Also überlegst du es dir?«

Er hatte bereits den Mund geöffnet, um Widerspruch einzulegen, doch da entfuhr ihm schon ein »Ich überleg's mir«.

Sie lächelte selbstgefällig.

»Gehen wir zu dir«, flüsterte sie ihm ins Ohr, und daran blieb nichts zu deuteln. Hegte George eben noch irgendeinen Zweifel daran, was sie damit meinte, war der schnell ausgeräumt, als sie ihm in den Schritt griff und ihre Zunge tief in seinen Mund schob.

Das behagte ihm gar nicht, er hatte ja nicht mal Zeit gehabt, sich in Libbys Magazinen kundig zu machen. Das alles lag ihm auch fern. Aber je länger er sich darum drückte, desto schlimmer würde es ihn treffen. Wenn er heute nicht mit Cerys schlief, wenn er stattdessen seinem Bedürfnis folgte und sich unter dem Bett verkroch, dann würde er bei der nächsten Frau noch ärgere Höllenqualen durchleiden.

Er nickte also widerstrebend, und angsterfüllt trat er mit ihr vor die Tür, wo der Wind um die Klippen pfiff.

* * *

Seb trat ins Büro und sah sich Judith gegenüber. Einen Augenblick lang schwiegen beide. Aber das war jetzt die Gelegenheit, auf die er gewartet hatte, um ihr zu beichten, dass er sich verliebt hatte. Nur die angemessenen Worte hatte er sich noch nicht zurechtgelegt. Satzfetzen schwirrten ihm durch den Kopf, die er auf die Schnelle zu ordnen versuchte.

Schließlich half Judith selbst ihm aus der Klemme.

»Liebst du sie?«

Er trat einen Schritt auf sie zu und ergriff ihre Hand. »Ja. Das ist nicht nur eine Affäre. Ich liebe sie.«

Judith riss sich von ihm los. »Dann hast du mich angelogen. Als ich dich fragte, ob du sie liebst, hast du Nein gesagt.«

»Ich weiß. Ich wollte dir nicht wehtun. Ich hatte dir ja mein Wort gegeben, dass es nach Marie keine andere Frau geben würde …«

Sie zog die Augenbrauen zusammen. »Wann hast du mir dein Wort gegeben?«

»Zehn Minuten nach Maries Tod. Du hast mit das Versprechen abverlangt, dass ich nie eine andere liebe.«

»Gütiger Himmel, Seb, klammerst du dich etwa immer noch an dieses törichte Versprechen, das ich dir kurz nach dem Tod meiner Tochter abgepresst habe?«

»Nun ja, es gab etliche Gründe, die mich zurückgehalten haben: die Angst, mich wieder zu binden, die Angst, Amy zu verlieren, die Angst, dich zu verletzen. Mir stand auch immer dein Herzinfarkt vor Augen. Wenn so etwas noch einmal vorkommt, würde ich das nicht ertragen ...« Er verstummte. Womöglich würde Judith jetzt wieder einen Infarkt erleiden. Er hatte sich nicht nur wieder verliebt, sondern ausgerechnet in Amy. Judith sah aber ganz gesund aus – zornig vielleicht, aber nicht, als ob sie gleich in Ohnmacht fallen würde.

»Das hatte nichts mit dir zu tun, das sagte ich dir doch – dass ich ein paar Tage krank war und die Ärzte meinten, es liegt am hohen Blutdruck, dass ich Diät halten soll und mich mehr bewegen muss. Es hatte nichts damit zu tun, dass du dich verabredet hast.«

»Aber du hast dich doch so schrecklich aufgeregt.«

»Selbstverständlich. Ich habe noch getrauert, und wahrscheinlich trauere ich immer weiter um Marie, sie fehlt mir. Aber das kann ich doch von dir nicht erwarten.«

Seb geriet nun auch in Wallung. Er musste sich beherrschen, um seinen Unmut nicht zu äußern. Noch einmal ließe er sich nicht in einen Streit mit Judith verwickeln. »Das ist ungerecht von dir. Ich werde Marie immer lieben, diese Liebe vergeht niemals. Aber glaubst du nicht auch, dass man zwei Menschen gleichzeitig lieben kann? Ich werde Marie nicht von heute auf morgen vergessen, nur weil ich einen anderen Menschen gefunden habe.«

Judith zog tief die Luft ein, müde lehnte sie sich an den Schreibtisch. Beunruhigt davon, dass sie plötzlich so gealtert aussah, trat er vor sie und nahm wieder ihre Hand, die sie ihm dieses Mal willig überließ.

»Ich weiß doch, dass du Marie geliebt hast«, sagte sie versöhnlich. »Und dass du sie immer noch liebst, aber ... wahrscheinlich wird es mir schwerfallen, dir dabei zuzusehen, wie du dein Leben fortführst, während sie es nicht mehr kann.«

Seb wandte den Blick ab. Das war nicht fair, gewiss nicht. Er holte eine Flasche Whisky aus dem Schrank und goss sich ein Glas davon voll.

»Mir kannst du auch einen geben«, sagte sie. Er war überrascht, tat aber, worum sie ihn gebeten hatte, und reichte ihr ein Glas. Sie nahm hastig einen großen Schluck.

»Marie hätte es sich gewünscht, dass du wieder glücklich wirst, und mir geht es genauso.«

Nun war er es, der sich einen großen Schluck genehmigte. »Du sagst, dass es für dich in Ordnung ist, aber du hasst Amy doch.«

»Ich habe auch dich gehasst, als Marie dich zum ersten Mal mitbrachte. Ich hatte etwas dagegen, dass sie sich mit dir herumtreibt, aber dann habe ich meine Meinung geändert. Jetzt liebe ich dich wie einen Sohn. Ob ich Amy je ins Herz schließe, weiß ich nicht, aber … ich hasse sie nicht. Nicht mehr.«

Seb begriff die Welt nicht mehr. »Und wenn es um Heiraten geht und um Kinder, was, wenn … wenn es so weit käme?«

»Dann kaufe ich mir einen großen Hut.« Judith lächelte traurig. »Ich möchte, dass du glücklich wirst, Seb. Das Leben bleibt nicht stehen, egal, was geschehen ist. Marie wollte so gern auf Reisen gehen und sich in der Welt umschauen. Nachdem ihr Vater gestorben war, haben wir darüber gesprochen, dass wir das gemeinsam tun könnten, aber so weit ist es nicht gekommen. Das Leben ist kurz und kostbar, und ich möchte das, was wir damals beschlossen haben, jetzt tun, jeden Winkel der Erde sehen und werde dann zu eurer Hochzeit sowieso nicht da sein. Es hat sicher sein Gutes, wenn ich dir nicht dauernd auf die Finger gucke.«

»Du brauchst nicht wegzugehen; zwischen uns ändert sich doch nichts.«

Sie strich ihm lächelnd über die Wange. »Das ist klar. Unser beider Leben bleiben weiter verbunden, aber jetzt brauchst du etwas Raum für dich und Zeit, deine neue Beziehung zu genießen. Sie liebt dich, das weißt du.«

»Ja.«

»Warum stehst du da noch herum mit mir alter Schachtel und gehst nicht, um sie in den Arm zu nehmen und zu küssen?«

Seb lächelte, rührte sich aber nicht. Da hatte er nun endlich Judith seine Liebe zu Amy offenbart, was er bisher immer auf die lange Bank geschoben hatte. Und jetzt sollte er es im Pub auch noch allen anderen verkünden.

»Komm.« Judith stellte ihr Glas ab und ging zur Tür. Er folgte ihr mit klopfendem Herzen.

Sie ließ ihm den Vortritt. Nachdem er die Tür geöffnet hatte, entdeckte er Amy sofort. Sie räumte gerade Gläser von den Tischen, und als die Bürotür aufging, schaute sie mit ängstlichem Blick zu ihm. Judith knuffte Seb in den Rücken. Er lächelte Amy zu, und der ganze Pub hielt den Atem an. Die geliebte Frau stand nur wenige Meter von Seb entfernt. Es gab keinen Grund mehr, sich zu verstecken, er konnte jetzt frei heraus allen zurufen, dass er sie liebte, es war ihm vollkommen gleichgültig, wer davon erfuhr.

Er ging mit zwei großen Schritten auf Amy zu, nahm ihr Gesicht in die Hände und küsste sie. Sie ließ das Tablett scheppernd zu Boden fallen und schlang ihm die Arme um den Hals. Die Pubgäste blieben weiter stumm, bis auf einen, der vor Aufregung keuchend um Luft rang. Seb ließ sich nicht davon stören.

Amy war ganz aufgelöst, als Seb sie küsste, sie wollte ihn überall streicheln, ihn an sich drücken und nie mehr loslassen. Sollte es tatsächlich so werden, dass sie zusammenblieben? Durften sie das wirklich? Das Herz schlug ihr bis zum Hals. Sie wich ein Stück zurück, und Seb lächelte sie liebevoll an.

Jemand fing an zu klatschen, wahrscheinlich Nick. Dann fiel ein anderer ein, und mit einem Mal applaudierte das ganze Lokal. Seb gab Amy einen zärtlichen Kuss auf den Kopf, sie entzog sich sanft seiner Umarmung und versuchte, zwischen all den jubelnden Gesichtern das von Judith ausfindig zu machen.

Doch Amy konnte sie nicht entdecken – war sie wieder weg? Hatte Seb ihr gesagt, dass er fortan mit Amy leben wollte, und sich nicht darum geschert, was sie dabei empfand? Hatte sie unter Protest das Lokal verlassen? Mit einem Mal erfasste sie große Sorge, denn sie hatte nicht beabsichtigt, Judith zu verärgern.

Aber da erspähte sie sie, und Judith lächelte ihr zu.

»Danke«, sagte Amy.

»Pass auf ihn auf«, mahnte Judith sie. Amy lächelte und gab Seb einen Kuss.

* * *

George fuhr vor dem Haus vor, nachdem er die Rückfahrt mit Cerys stumm hinter sich gebracht hatte. Das angespannte Schweigen war mit Händen zu greifen. Ihm wirbelten alle möglichen Gedanken durch den Kopf, sein Herz schlug laut, sein Magen wollte sich umdrehen. Nun aber, kaum waren sie in seine Wohnung getreten, fiel Cerys über ihn her, schob ihm die Zunge tief in den Hals und rieb sich an ihm wie eine läufige Hündin. Sie zerrte ihn in Richtung Schlafzimmer. Nun war es also so weit, es gab kein Entkommen mehr.

Aber vor der offenen Schlafzimmertür stockte sein Herzschlag, als er über Cerys' Schulter sah und Libby auf dem Bett erblickte. Sie lag im Pyjama, zusammengerollt, und schlief tief.

Kapitel 16

»Oje!«, rief er entgeistert und schob Cerys von der Tür weg.

»Was ist denn los?«

»Ich äh … bin etwas nervös. Es ist eine Weile her, dass ich zuletzt mit einer Frau zusammen war – macht es dir was aus, wenn wir … erst mal einen Film ansehen? Vielleicht … komme ich dabei ein bisschen runter.«

»George, ich werde ganz zärtlich sein«, hauchte sie und knabberte zart an seinem Ohrläppchen, während sie sich zentimeterweise auf das Schlafzimmer zu bewegte. George hatte aber das dumme Gefühl, dass Cerys' Art zu vögeln alles andere als zärtlich war.

Er lachte verzweifelt auf und widersetzte sich ihrem Versuch, ihn mit sich ins Schlafzimmer zu ziehen. Inzwischen war er völlig mit den Nerven am Ende und meinte, sein dröhnender Herzschlag könnte Libby aus dem Schlaf reißen.

»Komm, ich habe ein paar tolle Filme. Was ist dein Lieblingsfilm? Wetten, dass ich den habe.« Seine Körperkraft war ihrer letztlich überlegen, sodass er sie gegen ihren Willen ins Wohnzimmer bugsierte.

»Hast du denn auch Pornofilme?«, fragte sie und warf sich schmollend aufs Sofa.

Er sah sie verdutzt an. Pornofilme waren eigentlich nicht sein Ding. Er und Josie hatten sich manchmal einen reingezogen, aber danach fühlte er sich immer unzulänglich im Vergleich zu den prachtvollen Exemplaren, die sich in diesen Streifen in all ihrer Männlichkeit präsentierten. Daran hatte er momentan absolut keinen Bedarf. Auch deshalb war ihm hundeelend zumute.

»Wie wär's mit einer Komödie? ›Sein Mädchen für besondere Fälle‹ hätte ich anzubieten, ein Klassiker.« Damit griff er nach der DVD, steckte sie ins Gerät und drückte auf den Wiedergabeknopf. »Fang schon mal an zu gucken, ich hole uns Wein.«

Er lief in die Küche, unterwegs legte er einen Zwischenstopp vor dem Schlafzimmer ein, von wo aus er die friedlich schlafende Libby sehen konnte. Cerys fände es sicher nicht so prickelnd, eine andere Frau in seinem Bett vorzufinden. Mit einem Blick ins Wohnzimmer konnte er sich davon überzeugen, dass Cerys schon äußerst gelangweilt wirkte, aber sie hatte noch nicht mitbekommen, dass etwas faul war.

Unschlüssig, wie er die Sache mit Libby regeln sollte, machte George erst einmal die Schlafzimmertür zu. Er beschloss, nach dem Vogel-Strauß-Prinzip den Kopf in den Sand zu stecken, vielleicht würde sich das Problem ja von selbst in Luft auflösen. Vielleicht fand Cerys ja doch noch Gefallen an dem Film, wenn er erst einmal angefangen hatte. Oder sie würde gähnen und darüber einschlafen. Beide Varianten brächten ihm eine Atempause, in der sich vielleicht eine Lösung des Libby-Problems ergab.

»George? Ist alles okay bei dir?«, tönte es von Cerys herüber, die ihn an die Schlafzimmertür gelehnt sehen konnte.

»Ja … ja, alles okay … Rotwein oder Weißwein?«

»Weiß.« Sie heftete den Blick wieder auf den Fernseher.

Er öffnete eine Flasche Wein und kippte sich ein Glas hinter die Binde. Normalerweise trank er keinen Wein. Davon wurde er immer betrunken, und zwar recht schnell. Er schaute auf die Flasche, dachte an Libby, die in seinem Bett schlummerte, und füllte sich noch einmal das Glas, dann nahm er Flasche und Gläser und ging damit ins Wohnzimmer.

Er leerte sein Glas erneut, schenkte sich nach und setzte sich. Cerys kuschelte sich sofort an ihn, was ihn wieder an Libby denken ließ, die sich an ihn schmiegte, wenn sie einen Gruselfilm ansahen. Im Gedanken an Libby nahm er wieder einen großen Schluck Wein.

Cerys rutschte noch näher an ihn heran und fuhr mit der Hand über seinen Bauch.

»George, gehst du ins Fitnessstudio?«

Zerstreut betrachtete er seinen Bauch und schüttelte den Kopf.

»Das solltest du aber, es macht doch auch Spaß. Ich fühle mich danach immer viel besser und voller Energie, und nach ein paar Wochen schon siehst du den Effekt. Du müsstest wirklich Fitness machen. Ich wette, dass dir das gefällt.«

Er nickte und wandte den Kopf in Richtung Schlafzimmer, irgendetwas hatte sich dort gerührt, da war er ziemlich sicher, aber die Tür blieb zu.

Der Film lief weiter, aber er konnte sich nicht darauf konzentrieren. Jede Minute, die verging, brachte Libbys Erwachen und ihr Erscheinen hier im Wohnzimmer näher. Sie würden kaum den Film bis zum Ende sehen können, ohne dass sie zwischendurch aufwachte. So viel Glück hatte er nie. Und selbst wenn – was sollte er dann tun? Er stürzte das dritte Glas Wein hinunter und schenkte sich das vierte ein.

Tatsächlich hörte er nach einer Weile ein lautes Gähnen von drüben. Das war's. Er trank das Glas aus und wappnete sich für ein gewaltiges Donnerwetter. Cerys hatte das Gähnen nicht mitbekommen, aber es war nur eine Frage von Minuten, ehe Libby verschlafen und allerliebst zerzaust hier auftauchte. Er trommelte mit den Fingern auf die Sessellehne, während sich die Minuten quälend hinzogen.

Als sich die Schlafzimmertür schließlich öffnete, schloss George die Augen. Er hörte einen leisen Schreckensschrei, woraufhin die Tür wieder zufiel.

»Was war denn das?«, fragte Cerys.

Er zuckte mit den Achseln, als hätte er nichts gehört.

»Die Tür vom Schlafzimmer ging auf und wieder zu.«

»Wirklich? Tja, das Fenster steht offen, da zieht es vielleicht.« Er gab sich Mühe, lässig zu wirken.

Cerys setzte sich auf und starrte erst zur Schlafzimmertür, dann in Georges Gesicht.

»George, ist da jemand drin?«

»Nein, ganz sicher nicht«, antwortete er mit leicht zitternder Stimme.

Sie bemerkte sein Unbehagen, stand auf und lief zum Schlafzimmer. Er folgte ihr auf dem Fuß. Was sollte er ihr nur sagen, wie sollte er ihr das erklären? Vielleicht dass er eine Mitbewohnerin habe, eine Hausangestellte, die hier bei ihm wohnte, oder eine … Mit nichts ließe sich die Anwesenheit einer Frau im Schlafanzug in seinem Schlafzimmer rechtfertigen.

Cerys öffnete die Tür, und ein leeres Schlafzimmer starrte ihnen entgegen. Das Fenster war offen, die Vorhänge blähten sich im Wind.

»Siehst du, hier hält sich keine Frau versteckt. Wolltest du auch noch im Kleiderschrank nachsehen?«

»Nein, entschuldige, George, ich … ich dachte nur, ich hätte ein Keuchen gehört.«

Er lachte. »Ich mache mal das Fenster zu, es hat angefangen zu regnen.«

Er trat ans Fenster und entdeckte davor Libby im Schlafanzug, durchgeweicht bis auf die Knochen. Er musste kichern, und sie hielt sich die Hand vor den Mund, um nicht loszuprusten. Mit einer Handbewegung deutete sie an, dass sie um das Haus herum zum Vordereingang gehen werde. Er nickte leicht, schloss das Fenster und drehte sich zu Cerys um, mit einem ziemlich blöden Grinsen im Gesicht, wie er annahm.

Dann ließ er sich wieder mit ihr aufs Sofa sinken, sie nahm ihren Platz in seinen Armen ein. Als er undeutlich die Klingel von Giselles Wohnung über ihnen hörte, biss er sich auf die Unterlippe. Libby wollte irgendwie in das Gebäude gelangen. Er wusste jedoch, dass Giselle nicht zu Hause war, denn in ihrer Wohnung brannte kein Licht, als sie nach Hause gekommen waren. George ahnte, dass Libby es als Nächstes bei Rosie und Alex versuchen würde, aber auch die waren übers Wochenende weggefahren. In sich hinein lachend, füllte er sein Glas erneut. Er würde Libby ins Haus lassen müssen, aber wie machte er Cerys verständlich, dass er zur Tür gehen musste, um mit dem Summer jemanden ins Haus zu lassen, der gar nicht bei ihm geklingelt hatte?

Cerys sah George verdattert an, weil er grinste. Nun brach das Lachen erst richtig aus ihm hervor.

Er ließ sich einen Vorwand einfallen, warum er kurz rausgehen musste, und klopfte auf seine Hosentaschen.

»Ich glaube, ich habe meine Brieftasche im Auto liegen lassen, ich geh schnell und hole sie.«

»Hol sie doch später.«

Nervös trommelte er mit den Fingern.

»George, stimmt bei dir alles? Du wirkst plötzlich so ... angespannt.«

»Alles in Ordnung, alles bestens, ich muss bloß die Brieftasche holen, es gab letztens eine ganze Serie Autoeinbrüche in der Gegend hier«, schwindelte er.

»Wirklich?« Sie schoss in die Höhe. »Dann komme ich mit und schließe für alle Fälle in meinem Wagen das Lenkradschloss an.«

»Nein, ich mache das für dich, es regnet, wozu sollen wir beide nass werden.«

Sie fügte sich und reichte ihm den Autoschlüssel.

Kaum hatte er die Wohnung verlassen, stieß er die Haustür auf, packte Libby bei der Hand und zog sie rasch herein.

Sie trottete lachend hinter ihm her in ihre Wohnung, pitschnass.

Dort betrachtete er sie eingehender. Sie klapperte vor Kälte und Nässe, trotzdem war sie vergnügt. Er musste nun auch lachen.

»Libby Joseph, du bringst mich noch in Teufels Küche.«

Sie hörte gar nicht auf zu lachen, noch immer bibbernd. »Ich bin wohl wieder schlafgewandelt. Es tut mir so leid, George.«

»Ja, das glaube ich dir.«

»Sag mal, hast du einen in der Krone?«

»Ja, ich bin abgefüllt bis zur Halskrause.« Er kicherte. »Ich weiß gar nicht, wann ich das letzte Mal so besoffen war, da muss ich noch sehr jung gewesen sein.«

»Hast du Wein getrunken?«

Er nickte dümmlich.

»Du weißt aber, dass du keinen Wein trinken darfst – wie viele Gläser waren es denn?«

»Fünf, sechs, keine Ahnung, ich stand unter Strom.«

Libby lachte zähneklappernd.

George schob sie ins Schlafzimmer und zog ihr das T-Shirt über den Kopf. Erst danach ging ihm auf, wie unangebracht das war, aber nach fünf Gläsern Wein fand er es nur lustig, deshalb prustete er wieder los.

Flugs griff er nach einem anderen T-Shirt und zog es Libby über den Kopf. Es hatte einen tiefen Ausschnitt.

»Ziehst du mir auch die Schlafanzughose aus?«

Verlegen nahm er die Bettdecke und wickelte sie um Libby. Nun hielt er sie in den Armen.

Sie kicherte. »Au weia, das ist, als hätten wir eine heimliche Affäre und würden hinter dem Rücken deiner Frau rummachen.«

»In dem Fall wäre ein Quickie angebracht, bevor ich mich wieder verdrücke.« Und ehe sie sich's versah, hatte er ihr Gesicht zwischen den Händen und gab ihr einen Kuss. Dieser flüchtige kleine Kuss, als ihr Mund seinen berührte, sorgte für Aufruhr in Georges Herz.

Er trat zurück und kicherte über das, was er soeben getan hatte. Mannomann, war er blau. Das Adrenalin, das durch seine Adern rauschte, machte die Situation nicht besser.

Libby war erst verdutzt, musste dann aber auch kichern. »Dafür übernehme ich keine Verantwortung. Ich halte den Kopf dafür hin, dass ich während deines Dates in dein Schlafzimmer eingedrungen bin, aber für den Kuss übernehme ich keine Verantwortung.«

»Oh doch, Libby Joseph, du treibst mich in den Wahnsinn.« Damit drückte er ihr wieder einen Kuss auf den Mund, nahm sie an den Schultern und presste sie an sich.

Gleich nach dieser Überrumpelung aber, die sie steif über sich ergehen ließ, begann sie unerwartet, seinen Kuss zu erwidern. Sie bewegte die Lippen, schob ihre Zunge sachte in seinen Mund und fuhr mit den Händen durch sein Haar.

Nun war es George, der verdattert innehielt. »Oh Gott, was machst du mit mir?« Er lachte. »Ich gehe jetzt. Zieh dich bloß um, damit du dir in deiner klatschnassen Pyjamahose nicht den Tod holst. Ich dampfe ab, mir steht Sex mit einer schönen Lady bevor, drück mir die Daumen.«

Die Enttäuschung, die flüchtig über Libbys Gesicht huschte, irritierte ihn etwas. »Und schau unterm Bett nach, da liegt dein nächstes Geschenk.« Er trällerte »Drei Tage vor Weihnachten …« und huschte hinüber in seine eigene Wohnung, wo er sich auf das Sofa warf. Mit einem lässigen »Hi« begrüßte er Cerys.

Sie sah ihn düster an. »Alles okay? Du strahlst, als hättest du gerade das große Los gewonnen.«

»Nein, alles okay, ich … bin nur so geflitzt, damit ich draußen nicht allzu nass werde.«

Sie musterte ihn prüfend. »Sehr nass bist du nicht gerade.«

Oh, welch verworrnes Netz wir weben, wenn wir nach Trug und Täuschung streben!

»Wie gesagt, ich bin geflitzt.« George wandte das Gesicht ab, damit sie ihn nicht grinsen sah. Er schnappte sich sein Weinglas und trank. Sein Herz schlug wild. Aber nach dem, was gerade zwischen ihm und Libby passiert war, gesellte sich zu seinem Lampenfieber vor dem bevorstehenden Sex und der Angst, dass Cerys Libby entdecken könnte, noch eine weitere Regung: das Begehren nach Libby.

* * *

Libby ließ fassungslos die Arme hängen. Was hatte sich gerade zwischen ihnen beiden ereignet? Sie sollte nicht allzu viel in Georges Kuss hineininterpretieren, schließlich war er ziemlich beschwipst, aber sie fand es tatsächlich wundervoll. Der Kuss hatte nicht zum Training gehört, sondern die pure Lust und Freude hatten George dazu getrieben.

Aber warum? Hatte er am Ende doch Gefühle für sie? Aber warum vertrieb er sich die Zeit mit Cerys, wenn ihm eigentlich an ihr, Libby, gelegen war? Gern hätte Libby mit ihm darüber gesprochen, aber nun war er bei Cerys. Gerade in diesem Augenblick schliefen sie vielleicht miteinander, da konnte sie unmöglich hineinschneien mit einem »Entschuldige, George, aber dieser Kuss vorhin …«.

Libby fragte sich, wie er reagieren würde, wenn sie einfach hinüberginge und ihn aufforderte, diesen Kuss bis zur Neige mit ihr auszukosten und sich statt für Cerys für sie zu entscheiden. Würde er diesem Wunsch Folge leisten? Würde er Cerys höflich die Tür weisen, sodann sie, Libby, ins Schlafzimmer führen und mit ihr schlafen, so märchenhaft, wie er sie auch geküsst hatte? Oder würde er lachen und so etwas sagen wie: »Libby, das ist ja alles gut und schön, aber ich gehöre jetzt zu Cerys, ich brauche dich nicht mehr«? Das könnte sie wahrscheinlich nicht ertragen. Und die Vorstellung, dass George und Cerys Sex miteinander hatten, war ebenso unerträglich für sie.

Irgendwie lag ihr ja daran, dass es für George bei seinem heutigen Date gut lief, dass er am Ende damit zufrieden war. Aber weit größer war ihr egoistischer Wunsch, dass er da drüben Schiffbruch erlitte und dass, wenn er an sie dachte, sie im Vergleich mit Cerys besser abschnitte.

Sie kniete sich hin und langte unter das Bett, unter dem sie eine große Papiertüte hervorholte. Darin befanden sich zwei grüne Elfenpantoffeln in Übergröße, mit eingerollten Spitzen und Glöckchen daran. Libby lächelte verliebt.

Sie zog ihr nasses Zeug aus und etwas Trockenes an und schaltete den Laptop ein; sie brauchte jetzt ein bisschen Zerstreuung. Sie wanderte durchs Zimmer, bis der Laptop hochgefahren war.

Diesen Kuss wollte sie zu Ende führen, so viel stand für sie fest, sie sehnte sich nach Georges Händen, die sie festhielten, so wie er sie bei diesem Kuss gehalten hatte, so … fordernd.

Der Laptop flimmerte jetzt und holte sie mit seinem wohlbekannten Klingelton aus dem wilden Chaos ihrer Gefühle ins Hier und Jetzt zurück. Sie setzte sich vor das Gerät.

Dann öffnete sie die Datei mit der Geschichte, die sie kürzlich angefangen hatte, und schon sprudelten die Einfälle. Sie schloss die Augen und dachte daran, wie wohl sie sich in Georges Umarmung gefühlt hatte, sie dachte an den Kuss. Dann machte sie die Augen wieder auf und begann zu schreiben.

* * *

George und Cerys schauten schweigend den Film zu Ende. »Anschauen« war eigentlich das falsche Wort, besonders, was George betraf. Er stierte auf den Bildschirm und saß dabei in einer Achterbahn der Gefühle. Einerseits wäre er gern noch einmal unter irgendeinem Vorwand entwischt, um nebenan mit Libby rumzuknutschen. Andererseits ritten ihn Schuldgefühle: Hatte er Cerys betrogen? War das eigentlich auch beim ersten Date schon als Betrug zu bezeichnen? Wie er es auch drehte und wendete, er kam sich wie ein Schwein vor.

Nun schlich sich auch das akute Problem mit dem Sex wieder in seine Gedanken. Da Libby von der Bildfläche verschwunden war, rückte der Sex unaufhaltsam näher. Er machte die erste Flasche Wein, von der Cerys fast nichts getrunken hatte, ganz leer und entkorkte die zweite.

Dann war der Film, viel zu früh für seinen Geschmack, zu Ende. Er schaltete das Gerät aus. Um das Unvermeidbare hinauszögern, hantierte er mit der DVD herum, bevor er sie in ihre Hülle steckte. »Und wie fandest du den Film?«

Sie zuckte die Schultern. »Na ja, es geht so.«

Ihre Antwort verdross ihn. Wie konnte der Film sie kalt lassen? »Sein Mädchen für besondere Fälle« gehörte zu Georges Favoriten. Cerys hätte sich doch weiß Gott zu etwas mehr als einem »Na ja, es geht so« aufraffen können.

Verloren stand George im Zimmer. Es herrschte Funkstille, nur seinen eigenen Herzschlag hörte er dröhnen. Cerys starrte ihn an, sie erwartete von ihm den nächsten Schritt. Sie würde sich allerdings ein Weilchen gedulden müssen, denn George rührte sich nicht von der Stelle, er war gelähmt vor Angst.

»Äh, Cerys, ich muss dir sagen, ich äh … bin nicht sehr kompetent auf diesem Gebiet.«

»Lass dir keine grauen Haare wachsen, George, was dir an Erfahrung fehlt, das mache ich für uns beide wett. Ich war schon mit vielen Männern zusammen.«

Damit klopfte sie auf den Platz neben sich, aber er war immer noch wie erstarrt. Ihre Worte hallten in ihm nach. Sollte es ihn etwa aufbauen, dass sie schon hordenweise Männer vernascht hatte? Das gab ihm eher noch den Rest. Hatte Josie vielleicht recht gehabt, wenn sie lästerte, er sei eine Null im Bett? Cerys würde ihn womöglich wegen seiner Untauglichkeit auslachen. Und vielleicht überall herumtrompeten, was für ein Schlappschwanz er war. Er hörte sie schon lachen, wenn sie ihn in ihrer Stammkneipe vor den Ohren williger Zuhörer mit Hohn und Spott überschüttete.

Da sprang Cerys auf und warf sich wie tollwütig auf ihn.

Da war es also, das dicke Ende; nichts würde ihre Leidenschaft bremsen. Er redete sich ein, dass das Liebesspiel mit Cerys eigentlich eine gute Sache war. Er konnte nun unter seine lange sexuelle Abstinenz einen Schlussstrich ziehen.

Cerys knutschte ihn voller Inbrunst und stieß mit der Zunge in seinen Mund; offensichtlich hatte sie ihren Spaß daran, nicht aber George. Er wusste nicht, wohin mit seinen Händen, ihr Hintern schien ihm zu gewöhnlich und ihre Taille zu artig für das, worauf sie aus war. Mit der Zunge war sie so weit in Georges Rachen vorgedrungen, dass er zu ersticken drohte. Sollte er die Augen schließen oder geöffnet halten oder lieber ein Auge geöffnet, das andere zu – obwohl das etwas sonderbar gewesen wäre? Cerys zog ihn an den Haaren und schleckte ihm wie ein Hund das Gesicht ab. War das unappetitlich! Was war nur los mit ihm? Er hätte es doch eigentlich in vollen Zügen genießen müssen. Sie schleifte ihn zum Sofa, schleckend und küssend.

Er griff nach ihren Brüsten und überlegte, ob er sie kneten, streicheln oder reiben sollte. Er knetete die linke und streichelte die rechte, aber das löste keine Reaktion bei ihr aus, sie war viel zu beschäftigt damit, sein Kinn abzuschlecken.

Dann verlegte sie sich darauf, sein Ohr abzulecken und an ihm zu knabbern. Dabei raunte sie ihm zu: »Ich habe keine Unterwäsche an.«

Sie fuhr mit den Händen unter sein Hemd, streichelte seine Brust und den Bauch und tätschelte ihn amüsiert. »George, du musst wirklich ins Fitnessstudio, bei dir schwabbelt's ein bisschen.« Daraufhin küsste sie ihn wieder ab.

Er wandte sich gereizt von ihr ab, aber Cerys ließ sich nicht beirren. Sie bedeckte seinen Hals mit Küssen und drehte rabiat seinen Kopf wieder herum, damit sie ihm einen Kuss auf den Mund verpassen konnte.

So stellte sich George das Küssen nicht vor. Es sollte schön sein, gefühlvoll, zärtlich. So wie mit Libby, das war ein Kuss gewesen, bei dem alles stimmte. Das haute aber nur dann hin, wenn man in den anderen verliebt war. In Cerys war er ganz bestimmt nicht verliebt. Wie konnte er mit ihr herumknutschen, obwohl er nichts für sie empfand? Und mit ihr ins Bett gehen? Es hatte doch seinen Grund, warum es »Liebe machen« hieß: weil man es mit jemandem tun sollte, den man liebte.

Langsam dämmerte es ihm, und er versuchte, sich auf diesen Zweifel zu konzentrieren, der an ihm nagte. Die Sache hier stank zum Himmel.

»Zieh dein Hemd aus«, befahl sie ihm.

Er verzog spöttisch die Mundwinkel. »Cerys, gerade hast du mir verklickert, dass ich zu fett bin, also gib dich bitte damit zufrieden, dass ich mich vor dir nicht gleich entblöße.«

»›Fett‹ habe ich ja nicht gesagt, nur … nicht straff. Deshalb müsstest du eben Sport treiben, da wärest du auch selbstbewusster in Liebesdingen. Wenn du so gehemmt bist, lass doch einfach das Hemd an, da sehe ich nichts.«

Ihm schoss der Gedanke durch den Kopf, dass es seinem Selbstvertrauen weitaus besser bekommen wäre, hätte ihm Cerys nicht als Erstes so taktlos ins Gesicht gesagt, dass er fett sei oder sich gefälligst bedecken solle, um sie mit seinem Anblick zu verschonen.

Libby hatte gemeint, dass er ein gut aussehender Typ sei und dass Cerys ihn entweder so nehmen müsse, wie er war, oder sie sollte die Finger ganz von ihm lassen.

Und schlagartig ging ihm auf, dass er keine Lust hatte, mit Cerys zu vögeln. Er begehrte Libby, und mit Cerys zu schlafen hätte geheißen, Verrat an ihm selbst oder an Libby. Auch wenn Libby nicht dasselbe Verlangen hatte, würde er sich nicht mit mittelmäßigem Ersatz zufriedengeben, mit einer Person, die ihn nicht zu schätzen wusste.

»Es funktioniert nicht mit uns«, sagte er leise.

Cerys machte ein entsetztes Gesicht, sodass George von Schuldgefühlen gepackt wurde. »Ich bin betrunken, und ich …« Er zeigte schulterzuckend auf sein Geschlecht.

»Liegt es an mir, George? Findest du mich nicht attraktiv?«, hauchte sie unglücklich.

»Cerys, an dir liegt es nicht, es liegt nur an mir. Lampenfieber. Mit einer schönen Frau zusammen zu sein, das … schüchtert mich irgendwie ein.«

Sie schmollte und machte sich daran, ihre Schuhe anzuziehen, auf aufreizende Weise, wie sie hoffte. An Reaktionen wie die von George war sie offenbar nicht gewöhnt.

Er ließ sich auf das Sofa sinken.

»Kann ich dich morgen wiedersehen?«, fragte sie.

Sollte das ein Witz sein? Die Chemie zwischen ihnen stimmte doch rein gar nicht, und trotzdem ließ sie nicht locker.

»Äh …« George wusste nicht, wie er ihr eine deutliche Abfuhr erteilen sollte. Sie legte sein Schweigen als Zustimmung aus.

»Ich … bringe dir etwas mit, das dir bei deinem kleinen Problem hilft«, sagte Cerys mit einem wissenden Lächeln. »Du könntest etwas kochen, und ich möchte nicht, dass du morgen so viel trinkst; das war heute Abend keinesfalls förderlich.«

Dann gab sie ihm ein Küsschen auf die Stirn und ging.

Er stand auf und holte tief Luft. Morgen würde er sie anrufen und sich eine Ausrede einfallen lassen.

Seine Gedanken wanderten zu Libby. Auch damit hatte er sich zum Narren gemacht, dass er seine beste Freundin mit einem Kuss bedrängt hatte. Gleichzeitig hatte er damit die erste Frau, mit der er endlich mal ein Date hatte, betrogen.

Ein Arschloch war er. Er hatte nicht das Recht, sich mit Cerys einzulassen, solange er auf Libby fixiert war. Das war nicht in Ordnung. Wiederum durfte er hinter ihrem Rücken nicht Libby küssen. Er war nicht dafür geschaffen, auf zwei Hochzeiten zu tanzen. Müde lehnte er die Stirn an die angenehm kühle Tür. Seine Gedanken waren kontrovers. Zu wissen, dass er Libby nicht hätte küssen dürfen, steigerte sein Verlangen nach ihr, er war drauf und dran, zu ihr hinüberzustürmen und sie wieder zu küssen, sie in dieser Nacht in den Armen zu halten und zu küssen. Oh, daran konnte er sich aber die Finger verbrennen. Er drehte sich von der Tür weg, und sein Blick fiel auf die zweite Weinflasche, die geöffnet dastand. Ein weiteres Gläschen würde ihm auf die Sprünge helfen. Und wenn nicht, dann driftete er wenigstens ins selige Vergessen, was ganz gewiss die ungefährlichere Option war.

* * *

Nachdem Libby mehrere Seiten mit ergreifenden, detailreichen Liebesszenen zwischen Eliza und Charles gefüllt hatte, scrollte sie den Text noch einmal rauf und runter, um ihre Ergüsse durchzulesen. Beim Schreiben war ihr ständig George durch den Kopf gegeistert, mit dem Erfolg, dass ihr die besten erotischen Szenen überhaupt gelungen waren. Jetzt wollte sie nichts mehr, als dass diese Zeilen Wirklichkeit würden, aber damit war demnächst wohl nicht zu rechnen. Gerade amüsierte er sich mit der schönen Cerys – »ein Geschenk der Götter«, so hatte Nick sie beschrieben. Wie hatte Libby tatenlos dabei zusehen können? George gehörte doch zu ihr. Zu lange hatte sie geschwankt, ob sie sich das wünschte oder nicht, und jetzt war der Zug abgefahren. Sie stand auf und trat traurig ans Fenster. Der Mond war nur eine schmale Sichel zwischen den Wolken.

Da hörte sie Georges Wohnungstür gehen. Im nächsten Augenblick rannte eine äußerst attraktive Frau die Stufen vor dem Haus hinunter, die langen Haare flatterten wie scharlachrote Bänder hinter ihr her.

Das also war Cerys. Nun kapierte Libby den ganzen Rummel um sie – sie war einfach bildschön. Sie beobachtete, wie Cerys um das Haus herum ging und etwas aus dem Kofferraum des Autos holte. Dabei überlegte Libby, ob die Kürze des Kleides und die lächerlich hohen High Heels ihre Eleganz nicht irgendwie schmälerten. Und die Brüste schienen aus dem tiefen Dekolleté herauszufallen. Nicht so sehr Venus als vielmehr das Mädchen aus einem Pin-up-Magazin. George hatte sich aber wahrscheinlich nicht daran gestört.

Als Cerys den Autoschlüssel fallen ließ und sich danach bücken musste, wurde Libby ein Anblick gewährt, auf den sie nicht allzu scharf war. Sollte der fehlende Slip signalisieren, dass sie schnell zu haben war? Libby schüttelte sich. Cerys sah überhaupt ein bisschen … mitgenommen aus. Ob die beiden wohl Sex miteinander gehabt hatten?

Libby schüttelte verständnislos den Kopf, trat vom Fenster weg und ging ins Bett.

Doch der Schlaf wollte sich nicht einstellen, dauernd ging ihr Georges Kuss durch den Kopf, und sie wusste, dass sie mit ihm sprechen musste. Aber heute Nacht würde sie kaum eine befriedigende Antwort von ihm bekommen. Vielleicht war das auch gar nicht notwendig, vielleicht reichte es, hinüberzugehen und ihn zu küssen, dann wäre seine Antwort deutlich genug. Nein, das wäre vielleicht fatal; es hatte keinen Zweck, wenn er alkoholisiert war und dazu sicher aufgegeilt. Wer weiß, in welche Bedrängnis sie das führen würde. Sie drehte sich auf die andere Seite, machte die Augen zu und beschloss, endlich zu schlafen.

* * *

Als George im Bett lag, drehte sich alles um ihn herum. Er konnte es selbst kaum fassen, wie betrunken er war.

Libby, der Frau seiner Träume, galt seine ganze Sehnsucht, sie erfüllte ihn ganz. Seinen Kuss hatte sie erwidert, daran gab es keinen Zweifel. Er war besessen davon, zu ihr hinüberzugehen und sich noch einmal richtig in diesen Kuss hineinzuknien.

Er setzte sich auf, zu allem entschlossen. Auf der Stelle würde er rübergehen. Vielleicht ließe Libby ihn gar nicht an sich heran, diese Entscheidung musste er ihr überlassen. Oder er küsste sie zuerst und stellte erst dann seine Fragen. Auf unsicheren Beinen tapste er durch den Hausflur und schlich sich in ihre Wohnung.

Er ging schnurstracks auf ihr Schlafzimmer zu, öffnete die Tür und sah Libby im Bett liegen, sie war wach, so viel war klar.

»George? Alles in Ordnung?« Libby richtete sich auf und schlug ihre Decke für ihn zurück, was er als gutes Omen deutete. Hauptsache, ihm gelang überhaupt der Weg zum Bett, denn seine Beine gehorchten ihm nicht ganz, sie strebten in Richtung Wand statt zum Bett.

»Bist du etwa noch besoffener als vorhin?«, kicherte Libby.

»Ich bin hackevoll, total besoffen.« George schaffte es schließlich zum Bett und ließ sich darauf fallen. Plump strampelte er sich aus der Jeans und streckte sich der Länge nach neben Libby aus, auf den Ellbogen gestützt, damit er Libby ansehen konnte, das heißt beide Libbys. Sie schien ganz nah, doch gleichzeitig kam es ihm vor, als gähnte zwischen ihnen die ganze Breite des Betts. In Wirklichkeit hatte er ihr nur einen schmalen Streifen überlassen.

»Daran bist du selbst schuld.«

»Nein, du allein bist schuld. Hättest du nicht mitten in meinem Date mein Bett okkupiert, dann hätte ich keinen Stressschock gekriegt und mich nicht ins Koma gesoffen.«

»Du übernimmst also kein bisschen Verantwortung dafür und schiebst alles mir in die Schuhe?«

»Jawohl«, bestätigte George, nahm Libbys Hand und drückte ihr einen Kuss auf den Handrücken. »Ich habe die Krise gekriegt, als ich dich bei mir sah, als ich mit Cerys reinkam. Ich dachte schon, sie schreit mich an, darauf hatte ich keine Lust, und dann dachte ich, vielleicht schreit sie *dich* an, das wollte ich schon gar nicht – wie Sinead, als sie dich damals sah, da wollte sie dich windelweich prügeln, und ich durfte nicht zulassen, dass Cerys so was tut.« George ahnte, dass er Unsinn redete, aber sein Mund hatte sich mittlerweile vollständig vom Gehirn abgekoppelt. »Als wir uns dann küssten, überkamen mich Schuldgefühle, weil ich Cerys hinterging und damit nicht besser war als Josie, also habe ich das schlechte Gewissen mit Wein runtergespült. Dann wurde ich nervös, weil mir der Sex mit Cerys bevorstand, später wieder dachte ich an dich und unsere Küsse. Dann wollten wir zusammen ins Bett steigen, aber das ging in die Hose, und nachdem sie verschwunden war, sind meine Gedanken nur noch um dich gekreist, zu gern wäre ich dir auf die Pelle gerückt, hätte dich geküsst und mit dir geschlafen, aber eigentlich wollte ich das ja vermeiden, darum habe ich mir noch ein bisschen Wein gegönnt, denn schon immer will ich –«

»Pst«, besänftigte ihn Libby, nahm seinen Kopf in die Hände und gab ihm einen Kuss auf die Stirn.

Oh Gott, er musste die Augen zukneifen, denn absichtlich oder nicht hielt sie seinen Kopf an ihre Brüste gedrückt und hatte obendrein ein tief ausgeschnittenes T-Shirt an, sein Mund berührte fast den Brustansatz. Er musste die Augen zukneifen, damit er nicht versucht wäre, die Hände über ihren Körper gleiten zu lassen und ihre Brüste zu berühren oder zu küssen. Er machte ein Auge auf und entdeckte eine Sommersprosse über dem linken Nippel. Wie gern hätte er sie geküsst.

Er seufzte frustriert, was aber eher wie ein ärgerliches Knurren klang und Libby zusammenzucken ließ.

»Ich muss weg, ich hätte nicht kommen sollen«, stöhnte George voller Groll und Verlangen.

»Warum bist du überhaupt hier?«

»Weil ich so schreckliche Sehnsucht nach dir hatte.«

Verflixt, er führte sich auf wie ein Elefant im Porzellanladen.

Er hob den Blick zu ihr, gefasst auf einen Ausdruck des Widerwillens beziehungsweise darauf, dass sie jetzt zu einer »Ich will eigentlich nur gut Freund mit dir sein«-Ansprache ansetzte, doch sie hielt immer noch sein Gesicht in den Händen und sah ihn liebevoll an.

»Darf ich dich noch einmal küssen?« Ihm war schrecklich zumute – hatte er kein Schamgefühl mehr?

»Kommt ganz drauf an.«

George küsste sie sanft auf das Kinn. Morgen würde er ihr kaum ins Gesicht sehen können, aber in diesem Moment scherte er sich nicht darum. »Worauf denn?«

»Also wenn du mich nur deshalb küsst, weil du stockbesoffen bist und es dann morgen bereust, dann lieber nicht. Aber wenn du es willst, also tatsächlich willst, nicht nur zum Üben, dann … ja.«

Sein Denkmechanismus war von diesen Bedingungen überfordert, er kapierte eigentlich nichts, nur, dass er den Kuss tatsächlich wollte, und er war sich ziemlich sicher, dass sie es in diesem Fall genehmigte. Um das zu überprüfen gab es nur einen einzigen Weg.

Und schon widmete er sich diesem Kuss. Er wappnete sich, eine Ohrfeige zu bekommen oder weggestoßen zu werden, aber stattdessen ging sie auf diesen Kuss ein und umarmte ihn.

Ganz schnell, ehe sie es sich anders überlegte, zog er den Kopf von ihr weg und beugte sich hinunter zu der Sommersprosse über ihrem Nippel und küsste ihn. Libby stöhnte leise. Inzwischen hatte er bereits eine zweite Sommersprosse an ihrem Hals entdeckt, auf die er ebenfalls einen Kuss drückte. Sie schob ihre Hüfte an ihn heran.

Ihre Münder verschmolzen miteinander. Er spürte weich und heiß ihre Lippen. In seinem Kopf, im Herzen, im ganzen Körper entzündete sich ein Feuerwerk. So musste es beim Küssen sein, herrlich, mit nichts vergleichbar.

Seine Lippen hatten sprichwörtlich Feuer gefangen, das Herz schlug ihm bis zum Hals, all seine Sinne waren auf Libby gerichtet. Sie schmeckte so süß, wie Starburst-Toffees, sie duftete wie Kokosnuss. Ihre Haut war zart, weich und warm, als er ihr das Gesicht streichelte. Oh Gott, jetzt erkundete er mit der Zunge ihren Mund und wie sie schmeckte. Was dachte sie von ihm? Ein leises Stöhnen entkam ihr, er spürte es in ihrem Mund. Er schlang seinen Arm um sie und zog sie fest an sich heran, während sie mit der Hand in seinen Nacken fuhr und ihm über das Haar strich.

Immer leidenschaftlicher wurden ihre Liebkosungen, George wälzte sich auf Libby, die ihn an sich zog und gierig küsste.

Seine Hände wanderten zu ihren Hüften hinunter, glitten unter ihr T-Shirt, befühlten ihre warme, seidenweiche Haut an der Taille, am Rücken, am Bauch. Dann begann er behutsam, ihr die Schlafanzughose abzustreifen.

Kapitel 17

Doch sie hielt ihn davon ab und zog die Hose wieder hoch.

Er unterbrach seinen Kuss. »Verzeih mir.«

»Ist schon okay, aber … wenn du morgen aufwachst und deine Liebkosungen bereust, dann bereust du umso mehr, wenn du mit mir geschlafen hast. Ich möchte nicht der Fehler sein, den du im Rausch gemacht hast.«

»Nie würde es mir leidtun, mit dir zusammen gewesen zu sein, Lib. Ich … himmle dich an.«

Sie gab ihm einen Kuss auf die Stirn. »Küss mich, wenn du nüchtern bist, und ich verspreche dir, dass ich dich dann nicht davon abhalte.«

Grinsend meinte er: »Dann werde ich schleunigst ausnüchtern.«

»Schwarzer Kaffee hilft dir sicher auf die Sprünge.«

Er drehte sich lachend neben ihr auf den Rücken, und sie legte den Kopf auf seine Brust.

* * *

Libby hörte George schwer atmen. Verträumt fuhr sie mit den Fingern durch sein Haar, während er sie im Schlaf an sich drückte.

Ach, dieser Kuss. So etwas hatte sie noch nicht gekannt. Ihr Herz zersprang fast vor Glück. Seine Berührungen waren so elektrisierend und so sanft zugleich, so …

Jetzt gab es keinen Weg zurück. Sie war dabei, sich endgültig in ihn zu verlieben, daran zweifelte sie nicht, und das musste sie ihm auch sagen. Vielleicht nicht jetzt in seinem betrunkenen Zustand. Sie würde bis zum Morgen damit warten und ihm dann beichten, dass sie glaubte, sich in ihn verliebt zu haben. Dass der Kuss so einen tiefen Eindruck hinterlassen hatte und dass sie deshalb so erfolgreich bei ihren Dates auf Probe gewesen waren, weil es zwischen ihnen einfach gefunkt hatte, und dass sie es miteinander versuchen sollten.

Das wollte sie ihm morgen früh als Allerersten sagen, ehe er losging, ehe er sich herauswinden konnte. Was er auch dazu meinte, was auch dabei herauskäme, er musste wissen, was sie für ihn empfand. Schließlich war er ihr bester Freund, dem sie alles anvertraute.

* * *

George erwachte anderntags mit einem dicken Kopf. Er war ganz erstaunt, in Libbys Armen zu liegen, mehr noch, in ihrem Bett. Wie er da hingeraten war, war ihm ein Rätsel. Seine Erinnerungen an den Vorabend bestanden aus sich ungeordnet übereinander schiebenden undeutlichen Bildern. Er wusste gerade noch, wie er mit Cerys nach Hause kam und dass Libby in seinem Bett lag, aber was folgte, verschwamm im Ungewissen. Dass er und Libby sich dann drüben bei ihr küssten und sie herumkicherten wie unartige Gören, dass sie sich im Bett umarmten und dass er sie geliebt hatte, und der Sex einfach himmlisch gewesen war. Doch da er seine Boxershorts anhatte, kam ihm das jetzt etwas unwahrscheinlich vor. Folglich hatten die Küsse im Bett wohl auch nicht stattgefunden, war das auch nur ein Traum gewesen?

Er strengte sich enorm an, sich zu erinnern. Dass sie sich geliebt hatten, stand ihm so real vor Augen, so lebendig, dass er sich fragte, was daran stimmte und was nicht.

Rasch schielte er unter die Bettdecke, um sich zu vergewissern, ob Libby etwas anhatte. Sie trug ihre Schlafanzughose und das tief ausgeschnittene T-Shirt. Also war da doch nichts zwischen ihnen gewesen; nur eine winzige Sommersprosse an ihrer Brust weckte sein Erinnerungsvermögen: Auf diese Stelle hatte er sie geküsst.

George deckte Libby wieder ordentlich zu.

Er musste den Abend im Gedächtnis zusammenstückeln, das war wichtig, so viel stand für ihn fest.

Da war doch noch etwas. Etwas, was er vorhatte, sobald er wieder nüchtern wäre, was sie ihm zugestanden hatte, sobald er seinen Rausch los war.

Er seufzte. Keine weiteren Erinnerungssplitter waren greifbar.

Plötzlich klingelte sein Handy, und schmerzhaft drang der schrille Ton in seinen Kopf vor. Libby regte sich, das Geräusch holte auch sie aus dem Schlaf. George rührte sich nicht, er hielt sie umschlungen und schloss gepeinigt die Augen.

»George«, murmelte Libby. »Dein Handy.«

»Ich kann nicht ran, Libby, die Birne tut so weh«, brummte er.

»Geh ran, dann hört das Klingeln endlich auf.«

Aber er drückte sich darum, bis das Klingeln endlich von selbst aufhörte. Libby kuschelte sich an ihn.

Nach ein paar Minuten ging das Geklingel wieder los.

»Tu du doch mal was, Libby, damit es aufhört«, murrte er.

Sie wälzte sich auf ihn, reckte sich vor und kramte das Handy aus der Tasche seiner Jeans, die nachlässig hingeworfen neben dem Bett lag, und wollte es gerade abschalten, da fiel ihr der Name des Anrufers auf dem Display ins Auge.

»Es ist Cerys«, sagte sie leise und hielt George das Handy vor die Nase.

Er nahm es ihr ab, und sie wollte sich davonstehlen, aber er hielt sie fest, zog sie wieder neben sich und legte einen Arm um sie. Er unterdrückte den Anruf und leitete ihn direkt zum Anrufbeantworter weiter. Dann schaltete er das Gerät aus.

Stille senkte sich über sie, er machte die Augen zu und sehnte sich nach Schlaf, denn er glaubte, wenn sich der Kater verzog, wäre er zu klarerem Denken fähig.

»George, was machst du?«

»Ich schlafe, Lib.«

»Ich meine, du unterdrückst den Anruf von deiner Freundin und umarmst mich – müsste es nicht andersherum sein?«

Er hielt die Augen zu. »Sie ist nicht meine Freundin, sie ist eine Person, mit der ich ein Date hatte, das ist was ganz anderes.«

»Und wer bin ich dann?«

»Der wichtigste Mensch in meinem Leben.«

Wieder herrschte Stille.

»George?«

»Pst, Mädchen, lass mich schlafen.«

Er zog sie fest an sich und glitt wieder in den Schlaf.

* * *

Später wurde er wach, als Libby sich bewegte. Er öffnete ein Auge. Sie saß neben ihm und streckte die Arme hoch über den Kopf. Dann drehte sie sich zu ihm und schmunzelte, als sie ihn wieder von den Toten auferweckt sah.

»Na, du.«

»He«, sagte er lächelnd, streckte die Hand aus und legte sie ihr aufs Knie.

»Was macht die dicke Birne?«

»Schon besser.«

»Und erinnerst du dich noch an irgendetwas von gestern Abend?«

Er schüttelte den Kopf und stöhnte, weil er ihm wehtat. »Eigentlich nicht so richtig, nur bruchstückweise. Ich kann nicht auseinanderhalten, was wirklich passiert ist und was ich mir nur einbilde. Mir ist so, als hätten wir miteinander geschlafen, aber das stimmt nicht, oder?«

Sie riss die Augen auf. »Das hast du geträumt?«

»Na ja, wenn es nicht wirklich passiert ist, muss ich es wohl geträumt haben.«

Libby lachte. »Du hattest also einen erotischen Traum von mir?«

Er nickte nur.

»Mannomann, ist das komisch. War es denn ein schöner Traum?«

»Zum Niederknien.«

»Sagenhaft!«, lachte sie. Aber gleich wurde sie verlegen. »Willst du etwas frühstücken?«

Er nickte.

»Englisch?«

Er strahlte. »Ja, gern.«

Sie wälzte sich vom Bett und trabte in die Küche, eine Minute später erschien sie wieder mit einem Glas Wasser und Schmerztabletten. Er gab ihr einen Kuss, und sie verschwand erneut.

Er verschränkte die Hände im Nacken und schloss lächelnd die Augen. Der Abend war wirklich total abgedreht gewesen. Er wusste noch, dass er einen jämmerlichen Anlauf genommen hatte, mit Cerys ins Bett zu steigen. Und dass er Libby geküsst hatte, was wiederum wunderbar gewesen war. Sie hatte seinen Kuss erwidert, daran erinnerte er sich definitiv. Was ging mit ihm vor? Da hatte er nun seine allererste Verabredung seit Jahren und knutschte gleich im Anschluss in der gegenüberliegenden Wohnung mit seiner besten Freundin herum.

Libby kehrte mit zwei Frühstückstellern zurück. Er setzte sich im Bett auf und nahm seinen Teller entgegen, Libby nahm neben ihm Platz.

Er küsste sie auf die Wange. »Danke.«

Sie lächelte und ließ es sich schmecken.

Als sie fertig waren, stellte George seinen Teller ab und legte ihr den Arm um die Schulter.

»Nein, nein, du wirst jetzt nicht weiterschlafen, sondern dich duschen und wirklich mal mit deiner Arbeit vorankommen. Du kannst später vorbeischauen, dann gehen wir ein bisschen spazieren, und du kannst deinen Kopf auslüften.«

»Okay, okay, bin schon weg. Ich dusche gleich, Ehrenwort«, sagte George und straffte den Rücken. Er zog die Jeans an, gab ihr einen Kuss auf die Stirn und verdrückte sich.

Kaum war er in seiner Wohnung, fiel er auf sein Bett.

Er hatte immer noch einen dicken Kopf, sein Hirn war vernebelt. Schließlich hatte er einen Grund, warum er sonst kaum trank; so ein Kater legte ihn einen ganzen Tag lang lahm.

Er schloss die Augen und fiel in den Schlaf.

* * *

Irgendwann, erst viel später, fühlte er sich in der Lage aufzustehen, er duschte, zog sich an und ging zu Libby hinüber. Aber als er ihr Wohnzimmer betrat, fuhr er erschrocken zusammen: Ein kopfloser Körper wandelte mit vorgestreckten Armen durchs Zimmer, von seinem Lieblingssweatshirt umhüllt.

»George, bist du das?«, hörte er es aus dem Inneren des Sweatshirts murmeln.

Ebenso erschrocken wie amüsiert schaute er Libby an.

»Also wenn Sie nicht George sind, sondern ein Einbrecher, helfen Sie mir bitte hier heraus, ehe Sie mit meinen kostbaren Juwelen durchbrennen?«

Er eilte ihr mit offenen Armen entgegen, um sie vor einem Zusammenstoß mit der Wand abzuhalten. Sie legte instinktiv die Hände an seine Seiten, um die Balance zu finden.

»Du hast wohl eine ganze Menge Juwelen, Lib?«

»Tonnenweise, das lagert alles hinten im Safe. George, hilfst du mir mal?«

»Was ist denn das Problem?«, fragte er die kopflose Gestalt vor ihm.

»Meine Haare haben sich im Reißverschluss verfangen, und der lässt sich weder auf-noch zumachen. Ich kriege das blöde Teil nicht mehr über den Kopf und stolpere nur blind herum.«

»Warum bist du nicht zu mir gekommen?« George versuchte vorsichtig, den Reißverschluss aufzuziehen.

»Warum hast du mich nicht geholt?«

»Du hättest mich vielleicht ausgelacht, und außerdem habe ich die Wohnungstür nicht gefunden.«

»Ach du, amüsiert hätte ich mich schon, aber dafür hätte ich dir aus der Patsche geholfen.«

Libby lachte, aber im nächsten Augenblick kreischte sie, als er mit dem Reißverschluss an einem Haarbüschel riss.

»Entschuldige, Lib, ich versuche es jetzt mal anders … das Sweatshirt kommt mir übrigens sehr vertraut vor.«

Nach kurzem Schweigen sagte sie: »Ach, wirklich?« Sie kicherte. »Tja, warum bloß? Du hast mich sicher schon öfter darin gesehen, es gehört zu meinen Lieblingsstücken.«

Er feixte, während er sich bemühte, Libbys Haar strähnchenweise aus den Zähnen des Reißverschlusses zu befreien. »Und woher hast du es?«

»Äh …«

Sie drehte sich unter ihrer Umhüllung, um das Wäscheetikett zu lesen.

»Es ist aus Prag«, murmelte er.

»Prag«, sagte sie triumphierend.

»Ach, wirklich? Wann warst du denn in Prag?«

Sie kicherte. »Ich selbst nicht, aber ein Freund war dort und hat es mir mitgebracht.«

»Tatsächlich? Weißt du genau, dass er es für dich gekauft hat? Es kommt mir ein bisschen groß vor.«

»Ich mag sie gern in Übergröße.«

Auf diese Bemerkung hin zog er amüsiert die Brauen hoch.

»Außerdem riecht es unvergleichlich gut, darum ist es mein Lieblingskleidungsstück.«

Er schnupperte daran. »Wonach riecht es denn?«

»Nach dir«, antwortete Libby und umfasste ihn fester. Er lächelte.

»Lib, ich schaffe es nicht, ich muss das Haar am Reißverschluss abschneiden. Es klemmt zu fest.«

»Neiiiin!«, jammerte sie. »Nicht meine edlen Locken! Ich bin doch Samson, in meinem Haar steckt meine Kraft!«

Er pflanzte Libby auf die Bettkante und griff nach einer Schere. »Na, dann bin ich wohl Delilah.«

»Neiiin!«, heulte Libby melodramatisch auf.

»Pst, Alte, ich muss mich konzentrieren.«

Mit größter Vorsicht schnitt George die eingeklemmte Haarsträhne ab. Als Libby befreit war, öffnete er den Reißverschluss mit einer schnellen Bewegung, sodass Libby endlich ihrem Gefängnis entkam.

Sie zog das Sweatshirt zurecht und schaute George an, sie sah verstrubbelt und ganz zauberhaft aus. »Ist der angerichtete Schaden schlimm?«

Er verzog belustigt das Gesicht. »Man sieht kaum was, Lib.«

Schicksalsergeben zuckte sie mit den Schultern.

»Drehen wir draußen eine Runde?«

Er nickte, und sie zog sich die Sportschuhe an.

»Und … was denkst du nun über gestern Abend?«, erkundigte sie sich vorsichtig.

George stöhnte. »Es war eine totale Pleite, eine Riesendummheit. Kennst du das, wenn du gewisse Episoden zurückspulen und noch einmal anders ablaufen lassen möchtest? Wenn ich das könnte, hätte ich das Ganze tunlichst bleiben lassen.« Er schüttelte sich zum Zeichen seines Unwohlseins, merkte aber auf, als er Libbys enttäuschtes Gesicht sah. »Was ist denn?«

»Nichts.« Sie presste die Kiefer aufeinander und sah ihn an. »Dann bin ich ja heilfroh, dass wir nicht zusammen ins Bett gegangen sind.«

Das kränkte ihn nun wieder.

»Guck mich bloß nicht so an, als hätte ich dich beleidigt«, blaffte sie ihn an. »Der Todesstoß kam doch von dir selbst. Also das war's wohl heute Nacht: alkoholseliges Grapschen, eine Riesendummheit im Suff, auf die du dich – Gott bewahre – nie wieder einlassen würdest?«

Er war perplex. »Wovon redest du, was ist denn heute Nacht gewesen?«

»Na toll, ich freue mich über den tiefen Eindruck, den es bei dir hinterlassen hat!«

Damit stürmte sie an ihm vorbei, knallte die Tür zu und rannte zum Strand. George stand da wie ein Schluck Wasser und sah durch das Fenster, wie sie wütend einen Stein aus dem Weg kickte.

Er folgte ihr im Laufschritt an den Strand.

»Libby, bleib stehen!«

Sie drehte sich um, das Haar flatterte ihr theatralisch um den Kopf.

»Hör mal … ich weiß nicht mehr, was in der Nacht vorgefallen ist. Ich war so stockbesoffen. Verzeih mir bitte, wenn ich irgendwie gemein zu dir war. Das wollte ich nicht.«

»Nicht das, was heute Nacht passiert ist, ist eine Gemeinheit, sondern das, was du heute davon hältst.« Sie wandte sich brüsk von ihm ab.

* * *

Dann lief sie weiter in Richtung Meer. Dort blieb sie kurz mit unbewegtem Blick stehen, zog die Schuhe aus und tat ein paar Schritte in die eisigen Fluten. Die Jeans hatte sie ein Stück hochgekrempelt, und so watete sie ins Wasser hinein, bis es ihr zu den Knien reichte.

Sie schaute nach unten und beobachtete, wie das kalte Nass ihre Beine umspülte, wie die schaumbekrönten Wellen heranrollten und sich brachen, ehe sie das Ufer erreichten. Das Meer war wie ein Wunder, selbst an einem grauen, unfreundlichen Tag wie heute.

Dass George sie erst in der Nacht zärtlich geküsst hatte und das nun im Nachhinein als riesige Dummheit im Suff darstellte, demütigte sie. Denn für sie waren diese Zärtlichkeiten einfach wunderbar und einzigartig gewesen. Sie hatten ihre Zuneigung zu ihm noch verstärkt, aber für ihn war es nichts als die geschmacklose Entgleisung eines Betrunkenen. Vielleicht hatte er es ja auch nur so abgetan, weil es ihm peinlich war, sie körperlich bedrängt zu haben. Aber selbst dann kam ihr sein heutiges Verhalten seltsam vor. Als sie am Morgen in seinen Armen aufwachte, war ihr der Gedanke durch den Kopf geschossen, wie herrlich es wäre, jeden Morgen so aufzuwachen. Aber heute Abend würde sich George bestimmt wieder Cerys zuwenden und morgen früh womöglich in ihren Armen aufwachen.

Libby krallte die Zehen in den Sand und holte tief Luft.

Aber was war in ihm vorgegangen, als er sie küsste? Nicht nur bei diesem wunderbaren, einzigartigen letzten Kuss, nein, auch die beiden Male zuvor in ihrer Wohnung, als doch sein Date nicht weit entfernt im selben Haus wartete? Man konnte die Küsse als Übungsstunden abhaken, aber das traf nicht den Kern. Wenn George sie gernhatte, warum traf er sich dann mit Cerys? Warum machte er nicht den Mund auf und sagte ihr, dass er sie gernhatte?

»Puh, verdammt, ist das eisig«, rief George hinter ihr. Sie drehte sich um und sah ihn durch das flache Wasser am Ufersaum waten. Er hasste nichts mehr als Kälte. Deshalb musste Libby lächeln, als er sich jetzt durch das bitterkalte Wasser kämpfte.

»Ich bin froh, dass wir heute Nacht nicht miteinander geschlafen haben«, erklärte er fröstelnd. »Denn dann würde ich mich jetzt so aufführen.« Damit kniete er sich unversehens vor Libby, ungeachtet des Wassers, das seine Beine umspülte, er umfasste ihre Oberschenkel und drückte den Kopf an ihre Hüfte. »Bitte schlaf noch mal mit mir, bitte, bitte, nur noch einmal, bitte. Ich bezahl es dir auch. BITTE!«

Libby musste gegen ihren Willen lachen, als er wie ein Kätzchen den Kopf an ihr rieb.

»BITTE, LIBBY, BITTE!«

Nichts gleicht der stillen Verzweiflung, an der eigentlich gar nichts Stilles ist.

Er schaute zu ihr auf. »Errege ich nicht dein Mitleid? Bin ich nicht ein Bild des Jammers?«

»Doch, sehr.«

Er stand wieder auf. »Du bist meine allerbeste Freundin, Lib. Mir liegt an unserer Freundschaft, wir würden doch beide alles stehen und liegen lassen, um einander beizustehen. Ich finde es schön, dass du beim Schlafwandeln zu mir kommst, als ahntest du im Unterbewusstsein, dass du bei mir gut aufgehoben bist. Ich finde es so schön, dass unsere Freundschaft so eng geworden ist, dass wir miteinander im Bett kuscheln. Ja, und das Küssen, es … hat ein bisschen die Grenzen verletzt, aber es hat mir auch gefallen … wie siehst du das?«

»Aber eben hast du behauptet, es wäre eine Riesendummheit im Suff gewesen.«

George blieb die Spucke weg. »Aber ich bitte dich, doch nicht, dass ich dich geküsst habe, das würde ich doch niemals bereuen! Es bezog sich auf Cerys. Sie wollte mich ins Bett kriegen, und das war ein komplettes Desaster.«

»Ach … so«, stotterte Libby, betroffen von ihrem Irrtum. »Und dann?«

»Sie hat mich abgeknutscht und wollte mich weichklopfen, aber … na ja, ich wollte nichts von ihr. Ehrlich gesagt, war mir das schon klar, noch ehe das Date losging. Ich hätte vorher schon die Finger davon lassen sollen.«

Sie fühlte nun total mit ihm, auch weil er dem Abend so entgegengefiebert hatte. »Ach, George, das tut mir ja so leid. Wie ging es denn weiter?«

»Nun ja, sie hat solche Sachen gesagt wie, dass ich fett bin. Das hat mich natürlich erst recht aufgebaut.«

»Du bist gar nicht fett, George, davon kann gar keine Rede sein«, legte Libby sich für ihn ins Zeug.

»Ich bin nun mal nicht Peter André mit seinen Sixpackmuskeln.«

»Jedenfalls bist du nicht fett«, bekräftigte Libby. So eine Zimtziege. Sie hätte ihn aufbauen sollen. »Sixpacks werden überschätzt, die Frauen stehen auf so was gar nicht mehr, das lässt nur erkennen, dass man es vor lauter Selbstbesessenheit übertreibt. Mir gefällt deine Figur, so bist du eben. Du siehst richtig gut aus, lass dir nie was anderes einreden. Außerdem bist du der allerbeste Umarmer. Ich umarme dich so gern, du drückst mich richtig.«

Er lächelte. »Auf jeden Fall geisterten mir immer deine Worte im Kopf herum, dass Cerys mich nehmen muss, wie ich bin, und da war mir klar, dass sie nicht die Richtige für mich ist.«

»Oh Gott, was hat sie denn gesagt?«

»Tja, sie war etwas verstimmt, aber heute Abend will sie es noch mal mit mir versuchen. Etwas Gruseligeres kann ich mir gar nicht vorstellen. Sie will sogar Viagra mitbringen. Ich rufe sie nachher an und blase alles ab.«

Libby verstummte und betrachtete die Wellen, die an ihnen vorbeischwappten. »Und … das, was zwischen uns beiden war?«

»Unsere Küsse?«

Sie biss sich auf die Unterlippe. »Du hast mich geküsst und ich dich auch, das gebe ich zu, aber die treibende Kraft warst eindeutig du.«

»War das bei dir zu Hause?«

»In meinem Bett.«

Ihm wurde heiß und kalt.

»Du erinnerst dich doch noch daran.«

»Ich erinnere mich auch daran, dass wir uns geliebt haben, aber da das nicht stimmt, war ich mir mit dem Kuss auch nicht mehr sicher.«

»Es war mehr als ein Kuss, George.«

Er wurde knallrot.

»Also war es … nicht nur ein Kuss im Suff, war es mehr?«

George guckte sie wortlos an, er hatte einen Kloß im Hals.

»Hast du mich so geküsst, weil … wir mehr als Freunde sind?«

Er öffnete den Mund, um zu antworten, wandte den Blick aber wieder ab.

Er empfand anders als sie, aber wie sollte er ihr das nur beibringen. Und sie kämpfte um Fassung, weil er sie wieder abwies. »Triffst du dich noch einmal mit ihr?«

»Nein. Der Abend gestern war wirklich nicht das Gelbe vom Ei. Es gab so viel peinliches Schweigen, sie hat auch keinen Funken Humor, und an mir hatte sie alles Mögliche auszusetzen. Die Chemie stimmte einfach nicht. Wenn ich mit dir zusammen bin, dem mir vertrautesten Menschen – kein Vergleich! Die wenigen Minuten mit dir heute Nacht waren bei weitem erfreulicher als der ganze Abend mit Cerys.«

Libby schluckte. In ihrem Herzen keimte Hoffnung auf. »Was schließt du daraus?«

»Ich äh … keine Ahnung … wenn du Oliven isst, schmecken sie beim ersten Mal scheußlich, aber wenn du sie wieder und wieder isst, dann magst du sie allmählich. Schokolade dagegen kann ich von früh bis spät essen, tagtäglich, die habe ich nie über.«

George war von diesem bildlichen Vergleich selbst in Verwirrung geraten, und für Libby blieb seine Seelenlage immer noch ein Buch mit sieben Siegeln.

»Du solltest dich mit einer Frau zusammentun, die dich zum Lachen bringt und die alles an dir mag und dich glücklich machen will.« *Mit einer wie mir.*

»Stimmt.«

Sie berührte sein Gesicht. »Ich wünsche dir, dass du glücklich wirst, George. Das wünsche ich dir so sehr. Und wenn du die Frau findest, die dich glücklich macht, dann halte sie fest, damit sie dir nicht durch die Lappen geht. Gib dich nicht mit weniger zufrieden. Sie muss hundertprozentig zu dir passen. Sie muss ihre Lebensaufgabe darin sehen, dich so glücklich zu machen wie du sie. Das ist das Mindeste, was du verlangen kannst.«

George nickte und sah sie an, und einen wunderbaren Augenblick lang glaubte sie, er werde sie gleich wieder küssen.

Kapitel 18

Doch ob sich ihre Erwartung erfüllen würde oder nicht, ließ sich nicht prüfen, denn gerade in diesem Moment, als ihre Hand noch an seiner Wange lag und sie seinen Mund dicht vor sich hatte, drängte sich Jack zwischen sie, offenbar neugierig, was sie da am Meer miteinander trieben. Er schnüffelte zwischen Libbys Beinen und stieß sein nasses Hinterteil an Georges Beine, dann stob er aus dem Wasser zum Ufer, um ihnen seinen Ball zu apportieren, damit sie ihn wieder für ihn fortwarfen.

Libby tat einen Schritt von George zurück, und der schicksalhafte Moment von soeben – vielleicht der einzige – war damit verstrichen. Libby nahm den Ball und warf ihn in einige Entfernung über den Strand. Jack jagte ihm hinterher.

Libby ließ den Blick in Richtung des Pubs schweifen und entdeckte Amy und Seb, die Händchen haltend auf sie zu schlenderten. Libby war von diesem Bild gerührt.

George watete aus dem Wasser und schaute sich nach Libby um. Er streckte ihr die Hand entgegen wie ein Friedensangebot. Libby ließ sich von ihm auf den Strand ziehen, wo er sie aber gleich wieder losließ.

Sie liefen Amy und Seb entgegen.

»Entschuldigt sein Benehmen«, bat Seb und zeigte auf Jack, der den Strand entlangtrottete. »Er ist recht indiskret.«

»Ja, hoffentlich hat er euch nicht aufgescheucht«, sagte Amy mit vielsagendem Augenaufschlag zu Libby.

Die schüttelte den Kopf und schaute Amy ebenso bedeutsam in die Augen. »Ach wo, gar nicht, wir haben nur Georges Abend mit Cerys durchgehechelt.«

Die Enttäuschung in Libbys Miene war nicht zu übersehen, Amy musterte sie und versuchte es wortlos mit Gedankenübertragung. Libby begriff, was sich Amy im Stillen fragte: *Warum in drei Teufels Namen schmeißt er sich an Cerys ran und nicht an dich?*

»Cerys Andrews etwa, George? Die hat aber knallharte Standards«, gab Seb zu bedenken.

»Ach ja?«, fuhr ihm Libby giftig in die Parade. »Willst du damit sagen, George genügt ihrem Standard nicht? Jede Tusse soll sich freuen, wenn er sie ausführt und –«

»Immer sachte, Libby, das meine ich doch gar nicht. Ich wollte durch die Blume ausdrücken, dass sie eine dumme Schnepfe ist. Ich muss schon sagen, George, du findest weiß Gott was Besseres als diese Cerys.« Seb warf Libby einen verständnisvollen Blick zu, dessen Bedeutung George nicht erkannte, und ging kopfschüttelnd davon.

Amy eilte ihm nach und nahm seine Hand. Beim Weggehen schaute sie sich noch einmal betrübt zu ihrer Freundin um.

Libby sah ihnen nach, bis sie eine Stelle erreicht hatten, wo der Strand sanft in die Höhe hinauf zu einem Felsvorsprung über dem Meer führte. Dann wandte sie sich wieder George zu.

»Ich werde sie anrufen und mit ihr Schluss machen.«

Libby konnte ihr Glück kaum fassen.

George holte sein Handy aus der Hosentasche. »Sie ist nichts für mich. Ich suche mir was Besseres, etwas viel Besseres.«

Er wählte Cerys' Nummer. Libby drückte ihm ermutigend die Hand.

Er hatte auf Lautsprecher gedrückt.

»Hallo?«, meldete sich Cerys.

»Hi, ich bin's, George.«

»Hallo.«

Ob sie wollte oder nicht, Libby fand Cerys' Stimme unterkühlt.

»Hör mal … das mit heute Abend … ich glaube, das ist keine gute Idee.«

»Du willst mich also abservieren?«, entrüstete sie sich.

»Ich meine bloß, wir … sind kein gutes Gespann«, beschwor George sie und strich sich nervös das Haar aus dem Gesicht.

»Nun ja, vielleicht wären wir ein gutes Gespann gewesen, wenn du ihn hochgekriegt hättest«, knurrte Cerys beleidigt.

Libby wollte sich empört einschalten, doch George presste ihr die Hand auf den Mund.

»Es geht nicht nur um Sex, Cerys, es haut insgesamt nicht hin. Ich möchte mit einem Menschen zusammen sein, mit dem ich lachen kann und bei dem ich so sein kann, wie ich wirklich bin, jemand, der mich einfach gernhat.« Er schaute schmunzelnd zu Libby.

Er sprach jetzt von ihr, von Libby, vom Zusammensein mit ihr. Damit George ihren lauten Herzschlag nicht hörte, züngelte sie zwischen seinen Fingern. Er sah sie an und verzog irritiert den Mund, doch sie schnaufte nur, weil sie eigentlich lachen musste. Auch er musste sich zusammenreißen, um nicht loszukichern.

»Ich habe dich doch gern«, bekannte Cerys mit leiser Stimme, woraufhin George das Lachen, das eben noch aus ihm hervorbrechen wollte, im Hals stecken blieb. Libby betete, dass er jetzt nicht in die Knie ging.

»Cerys, ich habe lange gebraucht, bis ich begriffen habe, dass ich auch wer bin. Dass es an meiner Person nichts zu beanstanden gibt. Du konzentrierst dich auf Kleinigkeiten: mein Haar, meine Klamotten, meine Schuhe, mein Gewicht. Wenn du mich gernhast, dann müsstest du darüber hinwegsehen können und den Menschen in mir erkennen.«

»Ja, aber George, ich mag dich wirklich.«

»Nun ja, wenn ich aber daran nichts verändern möchte – wenn ich meine langen Haare behalte und die Sachen anziehe, die mir gefallen, hättest du mich dann trotzdem gern?«

Cerys zögerte ein wenig; für Libby war es lang genug, um die Wahrheit hinter ihren Worten herauszuhören. »Ja, natürlich.«

»Cerys, ich hoffe, du findest deinen Mister Perfect. Ich bin es wahrscheinlich nicht.«

Damit beendete George das Gespräch.

Libby lächelte voller Bewunderung. Wenn man bedachte, dass es eine Zurückweisung war, hatte George sich äußerst rücksichtsvoll ausgedrückt. Er hatte es geschafft, Cerys den Laufpass zu geben, ohne sie zu verletzen.

Er steckte das Handy in die Tasche und nahm endlich die andere Hand von Libbys Mund und wischte sie sich an der Hose trocken.

»Du bist mein Mister Perfect«, entfuhr es Libby, noch ehe sie überlegen konnte, was sie sagte. Aber nun war es einmal in der Welt, sie konnte es nicht ungesagt machen.

Allerdings hatte er es gar nicht gehört, denn sein Blick blieb an einem Laster hängen, der soeben vor ihrem Haus vorgefahren war.

Unversehens breitete sich ein Grinsen über seinem Gesicht aus, er griff nach Libbys Hand und rannte mit ihr zu dem LKW. Dabei schmetterte er fröhlich »Zwei Tage vor Weihnachten gab mein Schätzchen mir …«

Sie war bei diesem Sprint ganz aus der Puste geraten. Von dem Laster wurde gerade eine blitzende rote Ducati über die Rampe hinuntergerollt.

»Ein Mietmotorrad«, erklärte er hastig. »Wir haben es eine Woche lang. Ich dachte, da du mich so unterstützt hast, wieder in den Sattel zu kommen, kann ich dir auch mal einen Sattel unter den Hintern schieben.«

»Ach, Wahnsinn, George! Das ist fantastisch ... es macht mir ein bisschen Angst, aber es ist einfach fantastisch.« Sie streichelte ehrfürchtig das Motorrad.

»Es ist eine Wucht, oder?«

»Oh ja.«

Minutenlang bestaunte Libby, völlig gebannt, die Maschine. Sie konnte vor Rührung nicht sprechen. Dann richtete sie den Blick auf George und wurde in diesem Augenblick von der Gewissheit getroffen, dass sie unwiderruflich über beide Ohren in ihn verliebt war. Hatte sie bislang immer nur in sich hineingehorcht, um ihre Gefühle zu ergründen, so war es nun um sie geschehen, daran gab es nichts mehr zu rütteln. Was für ein nie da gewesenes Glück, dass sie diesen wunderbaren, lieben, bezaubernden Mann kennengelernt hatte. Wie konnte sie nur so blind gewesen sein, warum hatte es ein ganzes halbes Jahr und diese Verabredungen in den letzten Tagen, diesen Kuss und diese unglaubliche Geste der Zuneigung gebraucht, damit es endlich bei ihr funkte? Sie liebte ihn. Diese ungeheuerliche Erkenntnis raubte ihr buchstäblich den Atem.

»Na los doch, schließlich habe ich das Maschinchen nicht gemietet, damit du davorstehst und mich anstarrst. Dampfst du nun damit ab, oder wie sieht's aus?« George reichte ihr den Helm.

»Ja, klar, aber ...« Libby legte ihm die Arme um den Hals und schloss selig die Augen, als er sie auch umarmte. »Danke, das ist so lieb von dir. Aber hör mal, ich will dir etwas sagen ...«

»Nichts zu danken.« Er löste sich von ihr. »Du hast mir in der letzten Zeit so viel Selbstvertrauen eingeflößt, und – ja, du hast recht, dass ich mich nicht mit dem Billigsten zufriedengeben darf, man muss sich hohe Ziele stecken, oder? Das habe ich vor, Libby, ich will die Frau meiner Träume fragen, ob sie mit mir ausgeht.«

Libby war schon auf Wolke sieben. Die Frau, die er heute Nacht so leidenschaftlich im Bett geküsst hatte? Das Mädchen, mit dem er lachen konnte und wegen dem er Cerys in die Wüste geschickt hatte?

Er ließ seinen Blick auf ihr ruhen, doch plötzlich lenkte ihn etwas ab und machte ihn nervös. »Entschuldige mal.« Damit ließ er Libby stehen und lief die Stufen zum Haus hinauf, um Giselle abzufangen.

Es traf Libby ins Mark. Was ging hier vor? Kaum hatte sie begriffen, dass sie George abgöttisch liebte, und wollte sich ihm erklären, da rannte er zu der Frau seiner Träume, und diese Frau war nicht sie. Libby versuchte, die Sprache wiederzufinden und ihm hinterherzurufen, doch da stand er schon vor Giselle und strich sich mit den Händen gedankenverloren durchs Haar.

Egoistisch setzte Libby darauf, dass Giselle ihm einen Korb gab, auch wenn sie eigentlich nicht ertragen konnte, wenn jemand George verletzte oder abwies. Der kleine Teufel in ihr gewann jedoch die Oberhand und stachelte sie an, hinzumarschieren, um George Giselles Fängen entreißen.

Sag nein, sag bloß nein, murmelte Libby gebetsmühlenartig vor sich hin.

Doch Giselle strahlte mit einem Mal, nickte und legte die Hand auf Georges Arm. Sie winkte ihm hinterher, als er sich wieder entfernte, das Lächeln wich nicht aus ihrem Gesicht, als hätte sie soeben das allerschönste Weihnachtsgeschenk bekommen.

Nachdem Giselle sich entfernt hatte, brauchte Libby gar nicht erst Georges breites Grinsen zu sehen, um ihre Schlüsse zu ziehen. Als ihr die Tränen in die Augen stiegen, setzte sie rasch den Helm auf, stieg auf das Motorrad und fuhr die Straße hinunter. Bevor sie um die Ecke bog, erspähte sie im Rückspiegel gerade noch George, der ihr verwirrt nachstarrte und dann den Blick auf den zweiten Helm senkte, den er in der Hand hielt.

***

Nervös lief George im Wohnzimmer hin und her. Es wurde langsam spät, und er musste noch mit Libby über das morgige Date sprechen. Der Weihnachtsball, die Musik, die Feenlichterketten, die Dekorationen. Alles würde perfekt zusammenpassen. Den ganzen Nachmittag war er oben bei Giselle gewesen und hatte sich mit ihr unterhalten; auch sie war schon ganz aus dem Häuschen. Von Libby hatte er nichts mehr gesehen und gehört, seit sie auf der Straße davongebraust war. Offenbar war sie ganz erpicht darauf, die Ducati zu testen, aber seitdem war sie verschwunden. Mittlerweile war seine Aufregung vor dem Date in regelrechte Angst und Sorge um Libby umgeschlagen.

Er hatte über den Reinfall mit Cerys nachgedacht und bekam allmählich Muffensausen. Die vorangegangenen Stunden hatte er sich in die Hausaufgaben vertieft, die Libby ihm gegeben hatte: Artikel für Artikel hatte er durchgeackert, um sich darüber zu informieren, wie man eine Frau befriedigt, auch Artikel über Oralsex oder Schritt-für-Schritt-Instruktionen für diverse Stellungen hatte er gelesen. Aber im Endeffekt lief er jetzt wie Falschgeld herum; Sex hatte sich seit den Zeiten mit Josie völlig verändert, er war heute kompliziert, vertrackt und viel gewagter als damals. Dann erinnerte er sich wieder daran, wie Libby ihm gesagt hatte, körperliche Liebe mit ihm müsse sehr schön sein. Das hatte ihn zuversichtlich gemacht. Er brauchte nur lockerzulassen und alles dem natürlichen Lauf der Dinge überlassen. Doch je mehr er über Sex nachdachte, desto unruhiger wurde er.

Er ging davon aus, dass das Date mit Sex enden würde. Vielleicht ja auch nicht?

Genau in diesem Moment fuhr Libby auf dem Motorrad vor. Sie nahm den Helm ab und schüttelte das Haar, was sogleich unanständige Fantasien bei ihm auslöste.

Mit dem Kuss hatten sich Georges Gefühle für Libby verändert. Er liebte sie noch immer, aber nun war diese Liebe gepaart mit einem überwältigenden Begehren, einem Verlangen, sie ganz für sich zu haben. Hatte er sich zuvor immer eingeredet, dass es nie zum Küssen und zum Sex kommen werde, wurde sein Verlangen nach mehr, nachdem es – zumindest fast – passiert war, immer stärker. Er konnte an nichts anderes mehr denken als an diese Zärtlichkeiten und daran, wie sehr er sich danach sehnte, sie noch einmal so zu küssen. Seine Erinnerung an die Nacht war immer noch verschwommen. Er wusste noch, dass er all seinen Mut zusammengenommen hatte, um ihr zu beichten, dass er sie haben, sie lieben wollte, und dass er sie tatsächlich in den Armen hielt, sie herzte und küsste und streichelte und ihr begreiflich zu machen versuchte, wie viel sie ihm bedeutete. Und er wusste auch noch, dass sie ihm vor dem allerletzten Schritt Einhalt geboten hatte. Warum, wusste er nicht mehr, aber ganz bestimmt war nicht er es gewesen, der die Sache stoppte. Am Strand wollte er ihr eigentlich eröffnen, was er für sie empfand, aber dass sie ihn davon abgehalten hatte, mit ihr zu schlafen, ließ ihn an allem zweifeln. Es musste ja einen Grund dafür geben. Womöglich lag es daran, dass sie ganz einfach seine Gefühle nicht erwiderte?

Er lief zur Tür. Er musste mit ihr reden. Er und Giselle hatten diese unschlagbare Idee für sein Date, und nun wollte er sichergehen, dass auch Libby davon begeistert war. Es war eigentlich vorgesehen, dass er mit Libby zum Weihnachtsball ging, aber mal schauen, ob sie mit einer Planänderung in letzter Minute einverstanden war.

»He …« George zögerte ein wenig, denn er meinte, Libbys Gesicht sehe irgendwie fleckig aus, als hätte sie geweint. Er trat auf sie zu. »Wo warst du bloß?«

»Ich bin mit dem Motorrad unterwegs gewesen, das wolltest du doch. Ich hatte keine Ahnung, dass du über meinen Aufenthalt detailgetreu informiert sein wolltest«, sagte sie schnippisch. George war wie vor den Kopf geschlagen.

»Ich habe dich angerufen, du bist nicht rangegangen.«

»Ich habe das Handy zu Hause gelassen.« Damit drehte sie sich zu ihrer Wohnungstür um.

»Ist alles in Ordnung bei dir?«

Sie wirbelte auf dem Absatz herum und giftete ihn an: »Mann, du bist wirklich unberechenbar! Erst küsst du mich, dann versuchst du's mit Cerys, und wenn das nicht klappt, dann mit mir. Jetzt hängst du dich an Giselle, und wenn ich die Zeitschrift mit den Top-ten-Sextipps sehe, die du in der Hand hältst, dann willst du es wohl auch noch mit ihr treiben. Bei Polly könntest du es ja auch mal versuchen, falls das mit Giselle ein Schuss in den Ofen wird. In Sally warst du ja auch vor ein paar Monaten verknallt, aber du bist ja ein Kerl, euch ist jedes Loch recht, oder?«

Libby fegte davon, er starrte ihr fassungslos nach, besann sich aber schnell und rannte ihr hinterher.

»Warte, warte doch. Ich verstehe dich nicht. Was ist denn eigentlich das Problem?«

»Ich habe ein Problem damit, dass du mich küsst, als ob … als ob ich dir etwas bedeute, und am nächsten Tag mit einer anderen rummachst.« Sie trat direkt auf ihn zu und spießte ihm einen Finger in die Brust. »Und ich mag es nicht, dass du mich nur zum Üben benutzt und mit mir an Feinheiten feilst, für was Besseres.«

»Libby, ich …«

Aber sie stürmte schon in ihre Wohnung, schmiss die Tür zu und schloss sie zum ersten Mal seit einem halben Jahr tatsächlich ab.

* * *

George hatte eine sonderbare Nacht hinter sich, ganz anders als er erwartet hatte, nachdem er am Morgen zuvor neben Libby aufgewacht war. Libby war nicht an die Tür gegangen, und als er am Abend mit Giselle im Pub war, hatten ihm etliche Leute finstere Blicke zugeworfen. Zu guter Letzt waren sie dort vorzeitig aufgebrochen und hatten sich entschieden, zu Hause bei einer heißen Schokolade weiterzureden.

Er sah Giselle von der Seite an, als sie heimwärts liefen. Es war anregend, sich mit ihr zu unterhalten. Ihm war es unbegreiflich, warum er sich anfangs gescheut hatte, das Gespräch mit ihr zu suchen, denn sie war unkompliziert, freundlich und sehr umgänglich.

Er hielt ihr die Tür zu seiner Wohnung auf. »Ich setz mal Wasser auf und mache Feuer.«

Giselle ging schon voraus ins Zimmer. »Oh!«

Obwohl er nicht sehen konnte, worüber Giselle erschrak, wusste er doch gleich, dass es Libby war. Er drängte sich an Giselle vorbei und sah auch wirklich Libby im Pyjama auf seinem Sofa schlafen. Wahrscheinlich war sie beim Schlafwandeln wieder bei ihm gelandet, wo sie in tiefem Schlaf versunken war: George war nicht da gewesen, der sie normalerweise in ihre eigenen vier Wände zurückbeförderte.

»George, warum schläft sie auf deinem Sofa?«, fragte Giselle.

»Sie schlafwandelt oft. Manchmal irrt sie nachts draußen herum, manchmal landet sie auch hier.«

»Ach, wirklich?« Giselle war fasziniert. »Dann rollt sie sich auf deinem Sofa zusammen und schläft weiter?«

»Nicht immer, manchmal starrt sie auch Löcher in die Wand, oder ich unterhalte mich sogar mit ihr.«

»Und worüber?«

»Nun, über nichts Tiefgründiges. Kürzlich hatte Clint Eastwood ihr das Auto abgekauft.«

Giselle schmunzelte. »Also im Schlaf ist sie geistig aktiv?«

»Es ist selten so, dass sie richtig schläft – dann ist sie schon jenseits der Schlafwandelphase ins Stadium des Tiefschlafs geraten.«

»Und wenn du sie so findest, was machst du dann? Ist es gefährlich, sie zu wecken?« Sie trat ein bisschen näher an Libby heran.

»Es heißt, man soll Schlafwandler nicht wecken, weil es sie total aus dem Lot bringen und ängstigen kann. Ich befördere sie ins Bett, normalerweise ist sie ganz folgsam. Wenn sie so daliegt, kann man sie gefahrlos wecken.« Er beugte sich zu Libby hinunter und rüttelte sie sanft.

»Lass sie doch, George, es wäre herzlos, wenn du sie weckst. Pass auf, wir lassen es erst einmal dabei bewenden, in ihrem Beisein können wir sowieso nicht reden. Komm doch morgen früh zu mir, dann besprechen wir alles Weitere.«

Giselle sah Libby an, nahm die Decke von der Rückenlehne und deckte Libby damit behutsam zu.

»Gute Nacht, George.«

Er drückte ihr einen Kuss auf die Wange. »Danke.«

Giselle lächelte. »War mir ein Vergnügen.«

Als sie weg war, richtete George seine Aufmerksamkeit auf Libby, die offensichtlich aufgewacht war, denn sie starrte ihn böse an. Hatte sie den Kuss mitbekommen? Woher stammte diese plötzliche Wut? Er hatte die Grenze zwischen sich und Libby verwischt, und mit seinen Zärtlichkeiten im Bett hatte er Libby gekränkt, was er ganz und gar nicht beabsichtigt hatte.

Libby stand auf und lief eilends zur Tür.

»Libby, warte doch, wir müssen miteinander reden.«

Erschöpft drehte sie sich um. »Worüber noch? Du bist doch jetzt mit Giselle zusammen, der Frau deiner Träume.«

Er zögerte kurz, ließ sich aber nicht entmutigen.

»Aber hör mal, du hast mich doch davon abgehalten, mit dir zu schlafen.«

»Und du meinst also, das hätte ich getan, weil ich dich nicht will? Ich habe dich davon abgehalten, weil unser erstes Mal etwas ganz Besonderes sein sollte, weil eine so enge Freundschaft wie unsere zu einem richtigen Höhepunkt führen sollte und nicht in die Niederungen einer schnellen Nummer, oberflächlich und von Alkohol benebelt. Ich habe dich auch abgewiesen, weil ... du mit mir schlafen sollst, weil du mich liebst und nicht, weil du besoffen und scharf bist.«

Sie wollte verschwinden, aber George war schneller und schlug die Tür zu. Dann trat er hinter sie und stemmte seine Arme rechts und links von ihr gegen den Türrahmen. Libby, das Gesicht zur Tür, schnaufte erregt, die Hände zu Fäusten geballt. Doch wo Georges warmer Atem ihren Hals streifte, bekam sie Gänsehaut.

»Willst du damit sagen ...« Er holte tief Luft. »Willst du damit sagen, du willst, dass ich mit dir schlafe?«

Libby drehte sich um und sah ihm tief in die Augen, was sie sofort bereute, da sie so dicht vor ihm stand. Auch er konnte nicht zurückweichen und stand wie festgenagelt, die Hände rechts und links von ihr. Libby presste sich gegen die Tür.

»Nein, du bist schließlich mit Giselle zusammen. Dein Aha-Erlebnis hattest du ja heute, als dir klar wurde, dass du etwas Besseres als Cerys herausschlagen könntest, dann hast du dir gesagt, ich frag mal meine Traumfrau. Und das ist Giselle, die so attraktiv ist. Erst eine Woche kennst du sie. Die Frau deiner Träume bin nicht ich, die gute alte Libby, deine beste Freundin in den letzten Monaten.«

»Moment mal … ich … ich dachte doch …«

»Was dachtest du denn, mein lieber George? Und was dachtest du, als du mich so leidenschaftlich im Bett geküsst hast? Und als du in mein Zimmer und unter meine Decke gekrochen kamst und mir gesagt hast, dass du mich willst und dass du mit mir schlafen willst? Da offensichtlich nicht ich deine Auserwählte bin, meintest du also damit nicht, dass du mich liebst, sondern du wolltest einfach vögeln nach dem Motto: Du bist zwar nur suboptimal, aber im Augenblick reicht mir irgendwas Lebendiges.«

Das traf ihn hart. Er fragte sich, wie es gekommen war, dass dieser anfangs so schöne gestrige Abend so unerfreulich geendet hatte. »So war es doch gar nicht.«

»Ich habe mein Ticket nach New York gebucht. Am fünfundzwanzigsten fliege ich. Da war es billiger als Anfang Januar, und da mich *rein gar nichts* hier hält, gibt es keinen Grund, länger hier herumzuhocken. Ich hoffe, du findest in deiner Beziehung mit Giselle das, was du dir ersehnst. Diesmal kannst du nicht damit rechnen, dass ich die Scherben aufsammle, wenn es schiefgeht.«

Wie gelähmt und zu sprachlos, um irgendetwas zu entgegnen, sah er zu, wie alles, was er sich erträumte, durch die Tür entschwand. Gleich darauf hörte er Libbys Wohnungstür ins Schloss fallen.

Kapitel 19

George kam die Treppe von Giselles Wohnung herunter und fühlte sich wie nach einem Marathon, obwohl es erst zehn Uhr am Vormittag war.

Unvermittelt blieb er stehen, als sein Blick aus dem Fenster auf die Welt da draußen fiel, die sich über Nacht in ein weißes Meer verwandelt hatte. Auch der Strand trug eine dicke weiße Decke. Warum bemerkte er das erst jetzt? Er hatte kaum ein Auge zugetan, weil ihn Libbys bevorstehende Abreise so beschäftigte. Heute früh war er mit dem festen Entschluss aufgewacht, etwas dagegen zu unternehmen. Er musste sich mit Giselle über den Ball austauschen und hatte deshalb kaum ein Auge für die Außenwelt gehabt. Richtiger Schnee war in White Cliff Bay fast gänzlich unbekannt. So spektakulär hatte es noch nie ausgesehen. Normalerweise hätte er sich maßlos darüber gefreut, er hätte Libby zum Strand geschleift und mit ihr Schneemänner gebaut, heute aber war das ausgeschlossen.

Da riss Libby ihre Wohnungstür auf und sprang zur Haustür. Hatte sie den Schnee entdeckt und wollte jetzt hinaus, um sich daran zu freuen? Aus ihrer überstürzten Eile schloss George jedoch sofort, dass etwas nicht stimmte.

»Lib?«

Sie blickte sich um und sah ihn erst jetzt.

»George, Mist … es geht um Kat.«

Sie eilte aus dem Haus. Ihr Tonfall hatte ihm verraten, dass die Zeichen auf Alarm standen. Er lief Libby nach, die mit einem Mal auf der Außentreppe stehen blieb, um den Blick über die verschneite Pracht ringsum schweifen zu lassen.

»Oh Gott, mit dem Auto schaffe ich es nie zur Two Hill Farm.«

George schaute zum Pub hinüber, wo ein Land Rover stand, in den gerade Stühle geladen wurden.

»Vielleicht kann er dort helfen.« George zeigte zu dem Mann, der ihm entfernt bekannt vorkam.

Ohne lange nachzudenken, rannte Libby zu dem Auto. Noch bevor George sie einholen konnte, hatte Libby dem Mann bereits das Problem geschildert, und er hatte angeboten, behilflich zu sein. Als er sich umdrehte, erkannte George in ihm den schrecklich gut aussehenden Typen, dem Libby vor ein paar Tagen in die Arme gelaufen war.

»George, das ist Henry, er will uns hinfahren.«

Henry gab George die Hand und stieg ins Auto, Libby setzte sich auf den Beifahrersitz und überließ George die Rückbank, von der aus er Henry finster von hinten betrachtete.

»Ich werde leider nicht dort auf Sie warten können, die Vorbereitungen für den Weihnachtsball sind total über den Haufen geworfen, ich helfe meiner Freundin Penny beim Erstellen eines Krisenplans.«

Georges Gesicht hellte sich auf. Henry hatte also eine Freundin. Das war dieser Mann, der neulich Penny hinterherspringen wollte, als sie den Jungen aus dem Meer retten wollte. Aber Georges Miene verfinsterte sich gleich wieder: Henry hatte recht, der Schnee konnte alles zunichtemachen. Seine großartigen Pläne für den Weihnachtsball würden eventuell hinfällig werden. Auch er würde sich einen Plan B zurechtlegen müssen.

* * *

Henry nahm zügig die Kurven auf der schmalen Straße zur Two Hill Farm, Libby war beeindruckt, wie gut er mit Eis und Schnee zurechtkam. Aber ihr Herz raste, und ihr war schlecht.

»Was ist eigentlich passiert?«, erkundigte sich George, und beugte sich zwischen den vorderen Sitzen vor.

»Sie blutet«, sagte Libby und sah bei einem flüchtigen Blick zu ihm, dass er käsebleich war.

»Das ist nicht so gut, oder?«

Libby schüttelte den Kopf.

»Wo ist Big Dave?«

»Sie hatte ihn losgeschickt, dass er Schokomilchshake besorgt, sie hatte so große Gelüste auf Milchprodukte. Und jetzt erreicht sie ihn nicht am Handy.«

»Ist ein Krankenwagen unterwegs?«

»Ja, schon, aber sie hat schreckliche Schmerzen und klang richtig verängstigt, sie hat am Telefon geschluchzt.«

»Na, dann nichts wie hin«, stachelte George Henry an, und zu Libbys Überraschung trat Henry tatsächlich das Pedal noch weiter durch.

* * *

Als sie auf dem Gehöft anhielten, sprang George als Erster hinaus und lief zur Tür. Libby tauschte noch ein paar Worte mit Henry, der versprach, er wolle dem Krankenwagen entgegenfahren und den Sanitätern gegebenenfalls zeigen, wie es zu dem Bauernhof ging. Dann preschte Libby George hinterher. Sie stürmten ins Haus und die Treppe nach oben.

Oh Gott, wenn Kat oder dem Baby etwas zustoßen sollte, wäre Big Dave untröstlich. Ob George und Libby etwas ausrichten konnten, stand auf einem anderen Blatt, aber George war froh, dass er wenigstens für Big Dave zur Stelle war.

»Kat?«, rief er. Libby war schon zu einer Tür am Ende des Treppenabsatzes gelangt. Er folgte ihr.

Kat lag auf dem Bett, verwirrt und mit hochrotem Gesicht, sie wimmerte und krümmte sich vor Schmerzen.

Du liebe Zeit, hier war er völlig überfordert. Was er über Erste Hilfe wusste, beschränkte sich auf die Grundkenntnisse, die er vor zwanzig Jahren bei den Pfadfindern gelernt hatte.

Libby kauerte sich neben das Bett und hielt Kats Hand. George besann sich auf sein spärliches Wissen über Geburtshilfe, das er sich aus dem Fernsehen und aus Filmen angeeignet hatte, er eilte ins Bad und holte einen feuchten Waschlappen, um Kat die Stirn damit abzuwischen.

Er kam zurück und reichte ihn an Libby weiter, die einen Blick darauf warf und kurz stutzte, aber sogleich Kats Gesicht abwischte, wie George es von ihr erwartet hatte.

»Libby, das Baby kommt, aber irgendetwas stimmt nicht, das spüre ich«, keuchte Kat. »Wir hatten kürzlich noch Sex, vielleicht … haben wir das Baby verletzt?«

»Schon gut, Kat, versuch ganz ruhig zu bleiben, die Rettungssanitäter sind unterwegs, und Dave ist auch bald wieder da«, beruhigte Libby sie.

»Wo ist er denn nur in drei Teufels Namen, ich bring ihn um, wenn ich das Kind zur Welt bringe und er nicht da ist, ich mach ihn verdammt noch mal einen Kopf kürzer«, fluchte Kat. George trat tunlichst seinen Rückzug in den Treppenflur an – wer wusste denn, ob Kat ihm nicht gleich den Garaus machte, bloß weil er auch ein Kerl war.

Er fischte sein Handy aus der Hosentasche und wählte Daves Nummer, nun schon zum dritten Mal, und wie zuvor wurde er sofort zum Anrufbeantworter geleitet.

»Dave, alter Sack, beweg bloß deinen Arsch nach Hause«, knurrte er. Dann holte er tief Luft und ging wieder ins Schlafzimmer.

Kat schrie und krallte sich so fest in Libbys Hand, dass diese gequält das Gesicht verzog, aber sich nicht aus dem Zangengriff befreite.

»Gut, gut, du musst nur tief atmen, das machst du gut, du wirst eine prima Mutter, Kat, dein Baby wird bestimmt ganz süß. Immer atmen«, redete Libby ihr zu.

Sie war völlig ruhig, ganz bei sich, während George vor Angst die Knie schlotterten. Was nur, wenn das Baby kam, und nur er und Libby waren hier? Er war nicht in der Lage, dem Kind auf die Welt zu helfen, er hatte nicht die leiseste Ahnung von solchen Sachen, ganz anders als die Leute im Film, da gab es auch immer eine Menge Geschrei und Gestöhn. Wenn etwas schiefginge, wenn er einen Fehler machte – was dann?

Nein, das schaffte er nicht. Er war hier total überflüssig, am besten wartete er unten im Haus. Aber als sich Libby nach ihm umsah, erkannte er auch in ihren Augen Angst, zum Greifen nah, und begriff, dass er sie nicht allein lassen konnte.

Plötzlich wurde geräuschvoll die Haustür aufgestoßen. Die schweren Schritte, die die Stufen heraufgepoltert kamen, waren eindeutig Big Daves. Er hatte also die Nachrichten von Libby und ihm abgehört.

Big Dave stürmte ins Zimmer, auf Kat zu.

»Mein Gott, Dave, ich liebe dich, ich liebe dich so sehr«, schluchzte Kat und streckte die Hand nach ihm aus.

»Ich liebe dich auch! Und jetzt wollen wir mal unser Baby zur Welt bringen.«

Kat strahlte glücklich, doch schon wurde sie von einer neuen Wehe gepackt, sie schrie auf und zerquetschte Dave ebenso wie Libby die Hand.

»Hallo?«, rief es da von unten.

George rannte zum Treppenabsatz und vergoss vor Erleichterung ein paar Tränen, als er zwei Sanitäter in grünen Uniformen erblickte, die am Fuß der Treppe standen.

»Hier hoch, schnell!«

Die beiden eilten herauf und folgten George den Flur entlang ins Zimmer.

»Okay«, erklärte der eine völlig unaufgeregt. »Wir brauchen ein bisschen Platz hier, bitte alle mal raus, die nicht zur Familie gehören.«

George beobachtete von draußen, wie Libby Kat einen Kuss auf die Stirn drückte, ihre Hand aus Kats Umklammerung befreite und sich von einem der Sanitäter aus dem Zimmer schicken ließ.

Als die Tür zu war, sah George, dass Libby mit den Nerven am Ende war.

»Soll ich einen Tee machen?«

Sie nickte matt. Er nahm sie bei der Hand und stieg mit ihr zusammen die Stufen hinunter. In der angenehm warmen Küche kochte er Tee und drückte Libby eine Tasse in die Hand.

Die Stimmen und Geräusche von oben waren, wenn auch nur undeutlich zu hören, so doch nicht gerade beruhigend. Man hörte Schreie und Gebrüll, und hin und wieder krachte es ganz gewaltig.

Libby stand auf und schritt rastlos auf und ab. George sah ihr stumm dabei zu.

»Es wird alles gut, Lib, mit ihr und auch mit dem Baby. Die Sanitäter sind da, und Big Dave hat schon öfter Tierbabys auf die Welt befördert, als ich in meinem Leben warm zu Abend gegessen habe.«

»Zwischen Tierbabys und Menschenbabys dürfte es wohl einen Unterschied geben«, hielt sie grummelnd dagegen, den Blick zur Decke gerichtet.

Mit einem Mal erstarben die Geräusche über ihnen. Grabesstille kehrte ein.

Libby lief aus der Küche, und von George gefolgt, eilte sie die Treppe hinauf.

Die Stille hielt an, bis sich ein markerschütternder Schrei Bahn brach, der Schrei eines Babys mit gewaltigen Lungen.

Big Dave öffnete die Tür.

»Es ist ein Junge!«, brüllte er ins Treppenhaus und übertraf damit an Lautstärke noch die Stimme seines Erstgeborenen. »Ein Wahnsinnsriesenbaby, ein gesunder Junge!«

George lachte befreit, und Libby brach in Tränen aus, was ihn überraschte – aber er umarmte sie fest, und sie weinte still an seiner Brust, bis sein Hemd ganz nass war.

* * *

Erst einmal war Libby zu erleichtert über den glücklichen Ausgang der Geschichte von Kat und ihrem Baby, als dass sie merkte, was mit ihr geschah. Ein paar Augenblicke nach der Verkündung der glücklichen Geburt fand sie sich in den Armen von George wieder, der ihr den Rücken streichelte, um sie zu beruhigen. Zu gern hätte sie einfach nur weiter geweint, nur damit er sie weiter umarmte.

Sie schaute zu ihm auf, er lächelte sie an und nahm ihr Gesicht in die Hände. Sie schloss die Augen, als er ihre Tränen fortwischte; bei dieser zärtlichen Berührung zersprang ihr Herz vor Glück.

Plötzlich wurde ihr bewusst, wie nah er vor ihr stand und dass er womöglich ihr Herzklopfen spürte. Verlegen machte sie einen Schritt zurück.

»Na kommt schon, ihr zwei, begrüßt unseren Sohn«, rief ihnen Big Dave von oben zu. Libby seufzte erleichtert.

* * *

Nach ausführlichen Küssen und innigen Umarmungen hielten George und Libby abwechselnd das Baby und knuddelten es, dann ließen sie Big Dave und Kat allein, damit sie sich mit ihrem Kind vertraut machen konnten. Die Sanitäter nahmen sie dann in ihrem Fahrzeug ein Stück mit, den Rest gingen sie zu Fuß durch den immer noch dichten Schnee.

George ging in sein Wohnzimmer und Libby folgte ihm.

»Ich bin total erledigt«, erklärte Libby. »Die anstrengende Arbeit hatte zwar Kat, aber ich bin gerädert.«

Er nickte und warf sich auf das Sofa. »Es ist klar, was du meinst. Wer hätte gedacht, dass Herumstehen und Sich-Sorgen-Machen so an den Kräften zehren.«

Zu seiner größten Überraschung kletterte Libby spontan zu ihm aufs Sofa und legte, wie er es schon kannte, den Kopf auf seine Brust.

Sie tat es automatisch, folgte ihrem Instinkt. Sie hatte nicht darüber nachgedacht und ihn nicht gefragt. Sie folgte ihrem Bedürfnis, sich an ihn zu schmiegen. Die Befürchtungen der letzten Tage waren wie weggeblasen. Zumindest fürs Erste.

Er legte den Arm um ihre Schultern, und sie rutschte noch dichter an ihn heran, um es sich richtig gemütlich zu machen.

Ihre Hand wanderte in seinen Nacken und zwirbelte seine Locken.

»Deine Haare wuchern richtig«, murmelte sie schläfrig an seinem Hals.

»Ja, ich weiß, ich muss zum Friseur«, gab er zu. Ach, das war auch so eine Sache, die Cerys bemängelt hatte, dass seine Haare ungepflegt aussahen.

»Mir gefällt's, es ist schön wild, kräftig und sexy.«

In diesem Moment schwor er sich, sich nie mehr das Haar schneiden zu lassen. Dann strich er Libby über das Haar, das sich wie Seide anfühlte.

Er machte die Augen zu und spürte ihre immer ruhiger werdenden Atemzüge, während er selbst langsam einschlief.

* * *

Beim Aufwachen war er richtig euphorisch, dass Libby noch immer in seinen Armen lag, wo sie schließlich auch hingehörte. Er durfte sie nicht gehen lassen.

Libby regte sich, schmiegte sich an ihn und schaute ihn verschlafen an. Sie stieß an seinem Hals einen Seufzer wunschlosen Glücks aus.

»Verzeih mir bitte … alles. Das mit Giselle und … alles, was ich so dahergesagt habe.« Ungeschickt entschuldigte sich Libby, obwohl sie sich doch für nichts zu entschuldigen hatte. »Ich wünsche mir, dass du glücklich bist und –«

»Komm mit mir zum Weihnachtsball heute Abend«, platzte es aus ihm heraus.

Sie schüttelte den Kopf. »Du musst mit Giselle gehen, es wäre unfair ihr gegenüber, wenn du mit mir gehst.«

»Du fliegst morgen. Das ist unser letzter gemeinsamer Abend.«

Libby schwieg, weil sie hin und her überlegte.

»Ich tanze nur mit dir, das ist doch fair, oder?"

Libby lächelte schwach und nickte schließlich. »Okay.«

George hatte also noch einen ganzen Abend mit ihr und musste dafür sorgen, dass dieser Abend der alles entscheidende wurde.

Kapitel 20

George klopfte an Libbys Wohnungstür, aufgekratzter als je zuvor. Heute Abend kam es darauf an, alle vorherigen Verabredungen zählten dagegen kaum. Libby machte auf, in einen langen schwarzen Mantel aus Wolle gehüllt, an den Füßen Gummistiefel. Das Haar hatte sie zum Zopf geflochten und wie einen Heiligenschein rund um den Kopf drapiert. Über ihren unglaublich grünen Augen trug sie smaragdgrün glitzernden Lidschatten. Sie begutachtete fachgerecht seinen Smoking und verzog das Gesicht zu einem breiten Lächeln.

»Du siehst toll aus, George.«

Dann sah sie beschämt an sich selbst hinunter. »Und ich habe einen Mantel und Gummistiefel an.«

»In meinen Augen bist du immer schön.«

Sie lächelte treuherzig und trat auf ihn zu, um ihm einen Kuss auf die Wange zu geben. »Giselle kann sich sehr glücklich schätzen.«

George bot ihr den Arm und begleitete sie hinaus. Es war nicht weit bis zum Veranstaltungsort, an einem normalen Tag brauchte man fünf Minuten, heute aufgrund des Schnees vielleicht ein bisschen länger, aber für einen Teil des Wegs hatte er Vorsorge getroffen.

Der Strand von Silver Cove funkelte unter seiner glitzernden Decke, als sie auf der verlassenen Straße zur Landzunge wanderten, wo das Festzelt im Dunkeln leuchtete. Es stand auf halber Höhe unter den schützenden Felsvorsprüngen, mitten in der Schwärze der Nacht. Die Häuser lagen im Dunkeln, selbst der Pub hatte an diesem Abend geschlossen. Das Zelt hieß sie mit dem einzigen Lichtstrahl weit und breit willkommen.

»Bist du sicher, dass du nicht lieber Giselle dabeihaben willst? Noch ist Zeit, deine Meinung zu ändern.«

»Mit Giselle auszugehen hatte ich nie vor.«

Libby schaute ihn verdattert an. »Äh … aber …?«

George schwieg, während sie den Pfad entlangliefen, der hinauf zum Festzelt führte und von dem der Schnee größtenteils geräumt worden war.

Libby fragte hartnäckig nach. »Aber dafür üben wir doch dauernd!«

»Wir üben, damit ich wieder lerne, mich auf Verabredungen einzulassen, aber eigentlich, damit ich mich wieder in meiner Haut wohlfühle. Das haben wir geschafft. Du hast es geschafft. Ich fühle mich nicht nur mutig genug, mich mit einer Frau zu treffen, ich bin sogar bereit, wieder zu heiraten.«

»Dann verstehe ich nicht, warum du sie nicht aufforderst, mit dir auszugehen, sie war doch der Traum deiner schlaflosen Nächte.«

Libby guckte ihn verwundert an, und George lachte sich ins Fäustchen, weil ihr deshalb vorerst entging, was vor ihnen zu sehen war.

Er machte eine Kopfbewegung in Richtung zweier Rentiere und eines Schlittens, der für sie bereitstand.

Sie folgte seinem Blick und bekam vor Staunen den Mund nicht mehr zu. Augenblicklich war Giselle aus den Augen, aus dem Sinn. »Ist das für uns?«

George nickte und half ihr beim Aufsteigen, dann legte er ihnen beiden eine warme Decke über die Knie. Eine Flasche Champagner und zwei Gläser lagerten in einem Kübel. Er beugte sich vor und goss die Gläser voll, dann reichte er eines Libby, während der Schlitten sich schon sanft in Bewegung setzte und elegant dem Festzelt entgegenglitt.

Sie betrachtete George mit großen Augen von der Seite. Er zog die Decke zurecht. Libby hatte den Champagner noch nicht angerührt.

»Ich hätte es dir gestern am Strand sagen sollen, aber ich hatte mir in den Kopf gesetzt, dass es etwas ganz Besonderes werden soll. Ich wollte dir alles Drum und Dran bescheren, was du dir wünschst, stattdessen habe ich dich nur gekränkt. Ich wollte, dass unsere Dates ein perfektes Ende finden, Lib.« Er nippte vom Champagner, um sich zu sammeln, und spürte die Bläschen auf der Zunge kribbeln. »Giselle ist nicht die Frau meiner schlaflosen Nächte. Du bist es. Immer schon warst du es, seit dem Moment, als ich dich traf. Libby Joseph, ich liebe dich.«

* * *

Libby blieb die Sprache weg. Der Nachthimmel gab eine grandiose Kulisse ab, von der die Sterne auf sie beide herabfunkelten. Der Schnee sah wie von Zauberhand geschaffen aus, und sie saß in einem von zwei Rentieren gezogenen Schlitten. Noch idyllischer ging es nicht. Und ihr allerbester Freund erklärte ihr, dass er sie liebte. Das war die Erfüllung all ihrer Wünsche. Aber einen Sinn ergab das Ganze für sie immer noch nicht.

»Aber … du hast nie einen Ton gesagt.«

»Ich dachte, du teilst diese Gefühle keineswegs – du wolltest ja abreisen, wozu also?«

»Aber das mit Cerys, warum wolltest du sie bezirzen, wenn du doch in *mich* verliebt warst?«

»Du hast mir zugeredet, das Date mit Cerys wäre eine gute Sache, und selbst wenn sie nicht die Frau fürs Leben wäre, wäre es gut, wenn ich endlich mal ein echtes Date hätte. Das hat mich ganz durcheinandergebracht. Du konntest doch wahrlich nichts für mich empfinden, wenn du mich in die Arme einer anderen treibst. Aber dann dieser Kuss …«

»Das war nicht so gemeint. Ich war in dich verliebt, aber ich wollte dich unterstützen. Dann hast du mit ihr rumgemacht und wolltest mit ihr schlafen. Nur die Unmengen von Alkohol haben das verhindert.«

Libby war eingeschnappt und wusste nicht, warum. Oder doch, sie wusste es sehr wohl. Sie hatten sechs Monate damit vergeudet, um den heißen Brei herumzuschleichen, wo sie doch längst ein Paar hätten sein können. Er hatte ihr wehgetan, weil er mit anderen Frauen loszog, während er in Wirklichkeit die ganze Zeit in sie verknallt war.

»Nein, am Alkohol lag es nicht. Ich habe Cerys davon abgebracht, weil ich mit dir zusammen sein wollte, weil ich, wenn ich dich nicht habe, auch niemand anderen brauche. Verstehst du nicht, ich konnte dich doch nicht fragen, ob du mit mir ausgehst, wo du doch die Einzige bist, um die es eigentlich geht?«

»Ich bin also leichter zu haben – die Notlösung sozusagen? Kommt gar nicht infrage, dass du dir wegen mir ein Bein ausreißt. Ich bin zwar die süße Schokolade, aber ich biete keine Überraschung mehr, das hast du ja selbst gesagt.«

Der Kutscher erinnerte sie mit einem Hüsteln daran, dass sie nicht allein waren.

»Weiße Schokolade, die esse ich am allerliebsten«, präzisierte George ihre Aussage.

Libby schwieg.

»Ich möchte mit dir zusammen sein, nicht, weil du die Notlösung bist, sondern weil ich dich mehr liebe, als ich je einen Menschen geliebt habe. Mir gefällt, wie du dich anziehst, dein schräger Stil. Und dass du beim Nachdenken auf der Unterlippe herumkaust. Dass du so temperamentvoll bist, dass du in vollen Zügen lebst und alles ausprobierst. Dass du dir jedes Mal beim Inder ein anderes Gericht aussuchst. Dass dir Regen genauso lieb ist wie Sonnenschein. Dass du Motorrad fährst und dass du mit meiner Mum gut auskommst. Dass du genau die richtige Größe für mich hast, damit ich dich umarmen kann, und dass dein Mund, wenn du mich umarmst, meinen Hals streift, denn deinen Atem zu spüren ist ein unvergleichliches Gefühl. Wenn ich dich küsse, geht ein Feuerwerk in mir los, dann strömt die Wärme durch alle meine Glieder. Ich liebe die Berührung deiner samtweichen Haut und deinen Duft. Ich liebe dich.«

Libby sah ihn mit großen Augen an. »Aber du hast doch Giselle eingeladen. Ihr seid gestern Abend zusammen in den Pub gegangen. Ich habe gesehen, wie ihr euch einen Kuss gegeben habt.«

»Nein, ich habe sie gebeten, mir heute Abend zu helfen. Sie stellt doch selbst Süßigkeiten her. Ich habe sie gebeten, dass sie ein paar Toffees macht, weil du die doch so gern magst. Ich habe ihr erzählt, was ich heute vorhabe, und sie hat eigene Ideen beigesteuert. Eigentlich wollte sie dich zum Ball begleiten, wir hatten etwas Tolles ausgeheckt – aber der Schnee hat alles zunichtegemacht.«

Er reichte ihr eine kleine goldene Schachtel, die sie verwirrt anstarrte. In seiner Verzweiflung machte er sie für sie auf, und darin entdeckte Libby mehrere Toffees.

»Es sind welche mit Rum und Rosinen dabei, die du ja besonders gern isst, auch welche mit Kirschgeschmack als Erinnerung an den Abend im *Kirschbaum* und mit Champagnerfüllung als Erinnerung an unser Picknick auf der Insel, ein paar schmecken nach Mince Pie wegen unseres dritten Dates, bei dem wir die Törtchen gebacken haben … Die hier haben Eisgeschmack, etwas Besseres fiel mir nicht ein, um dich an die Schlittenfahrt zu erinnern.«

Plötzlich explodierten am nächtlichen Himmel Feuerwerkskörper.

»Das ist für dich«, murmelte George, inzwischen ganz mutlos.

Libby hob den Blick zu den goldenen, grellroten und grünen Blitzen, die über den Himmel zuckten.

In diesem Augenblick sprangen vier Männer in rot-weiß gestreiften Jacketts und mit Strohhüten hinter einem Gebüsch hervor und fingen an, eine seltsam verfremdete, fast schon komische Version von »My Heart Will Go On« von Céline Dion zu singen, des Lieds, das George aus voller Kehle krakeelte, wenn »Titanic« über den Bildschirm flimmerte. Darüber hatten sie sich oft lustig gemacht, wenn Libby meinte, sie wünsche sich eine Liebe, bei der man immer aus dem Vollen schöpfte.

»Mensch, George, du hast dir so viel Mühe gemacht!«

Die vier vom Barbershop-Quartett liefen neben dem Schlitten her, wippten dabei auf und ab und schnipsten mit den Fingern. Libby wusste nicht, ob sie lachen oder weinen sollte, so verrückt war das Ganze. Nach dem furiosen Schluss ihrer Darbietung überreichten die vier Libby einen Blumenstrauß.

Sie wollte sich vor Rührung angesichts dieser wundervollen Liebeserklärung George an den Hals werfen, doch noch hatte sie damit zu tun, ihre Gedanken zu sortieren. Da hatten sie also gemeinsam ein Flirttraining abgehalten, das für Giselle gedacht war, aber in Wirklichkeit war George längst in sie, Libby, verliebt.

George ließ inzwischen den Kopf hängen, weil alles umsonst war.

Der Schlitten hielt hinter dem Festzelt, direkt neben der großen Eisskulptur eines Diamantrings.

»Ich wollte dich eigentlich fragen, ob du mich heiratest, aber lassen wir das lieber«, sagte George, stieg vom Schlitten und trottete zum Eingang des Zeltes.

Mist, Mist, verdammter Mist.

Das war nicht das große Date, nein, der perfekte Heiratsantrag sollte es werden, und sie hatte alles nach Strich und Faden versaut.

Der Kutscher drehte sich bedrückt zu ihr um.

»Wenn einer Himmel und Hölle in Bewegung setzt, damit ich ihn heirate, dann würde ich ihm doch im Sturm entgegenfliegen und Ja sagen, um dann glücklich verheiratet zu sein.«

»Der Kerl ist aber ein Idiot«, grummelte Libby und warf achtlos Blumen und Toffeeschachtel neben sich. Sie strampelte sich von der Decke frei, drückte dem Kutscher ihr Champagnerglas, von dem sie keinen Schluck getrunken hatte, in die Hand und rannte George hinterher, um ihm die Meinung zu sagen.

Der Ball entsprach nicht ganz ihren Erwartungen. George hatte immer wieder beteuert, wie mondän es dort zuginge; die Veranstaltung wartete hingegen mit einem rührenden Sammelsurium bunt zusammengewürfelter Stühle und Tische auf, die seltsam dekoriert waren, und einem Büfett mit Sandwiches und Kuchen. Dazu gab es Musik vom iPod. Libby hatte allerdings keine Nerven, sich damit zu befassen, erst einmal musste sie George ausfindig machen.

Sie schaute sich im Zelt um und entdeckte Amy, die von Seb im Tanz herumgewirbelt wurde. Er schaute sie voller

Bewunderung an, als gäbe es keine andere Frau auf Erden. Dann erspähte Libby auch Matt, der in einem schummrigen Winkel Polly küsste, Judith, die ausgerechnet mit Georges Onkel Ben das Tanzbein schwang, und Sally, die mit Nick plauderte. Jeder schien glücklich und zufrieden. Dann fiel ihr Blick auf George. Er stand verloren an der Bar und wirkte völlig erledigt.

»Du bist ein Idiot, das weißt du.«

George nickte und hielt den Blick ins Unbestimmte gerichtet. Libby drehte unerbittlich sein Gesicht zu sich, damit er sie ansah.

»Trotzdem liebe ich dich, und das schon lang. Ich habe keine Ahnung, warum ich diese ganzen Dates gebraucht habe, um das zu kapieren. Wahrscheinlich habe ich meine Gefühle erfolgreich unterdrücken können, weil du nicht so empfunden hast wie ich, weil ich fortwollte und um keinen Preis an einem Ort festgenagelt sein wollte, aber du hast das alles auf den Kopf gestellt. Du bist der fröhlichste, liebste und beste Mensch überhaupt, ich liebe dich aus ganzem Herzen.«

Er starrte sie ungläubig an, dann zog er sie an sich und schloss sie ganz fest in seine Arme.

Sie hatte nicht in White Cliff Bay ihr Zuhause gefunden, sie hatte ihr Zuhause bei ihm gefunden und war schließlich dort, wo ihr Platz war.

Dann schob er sie ein Stückchen von sich. »Aber du reist trotzdem ab?«

Libby schüttelte den Kopf. »Das gilt nicht mehr. Es war blöd von mir, wegen dir abhauen zu wollen, obwohl mir eigentlich schon klar war, dass ich hierbleiben will. Ich liebe diesen Ort, aber noch mehr liebe ich dich.«

Er beugte sich zu ihr hinunter, um ihr einen Kuss zu geben. Sie hielt ihn fest und wollte ihn nie mehr loslassen.

Seine Wärme und sein herrlich herber Duft umgaben sie. Bruchstückhafte Erinnerungen an die Nacht, als sie sich küssten, tauchten in ihr auf und weckten ein glühendes, überbordendes Verlangen nach diesen Zärtlichkeiten.

Sie wich ein Stück zurück und schaute sich um. Diese Menschen und das Städtchen waren ihr lieb und teuer, aber mehr noch liebte sie George.

»Gehen wir nach Hause.«

George zog erstaunt die Augenbrauen hoch. »Aber wir sind doch gerade erst gekommen. Ich habe dir einen Tanz versprochen.«

»Ich brauche das alles nicht, Feuerwerk, Rentierschlitten, Champagner. Ich will nur dich.«

Er zog erstaunt die Augenbrauen hoch.

»Keine Ausflüchte mehr, keine Schwindeleien, kein Wirrwarr. Das ist das erste Mal, dass wir richtig zusammen sind, und die ganze Stadt schart sich um uns. Lass uns gehen.«

Sein Stirnrunzeln verschwand, er ergriff entschlossen ihre Hand und marschierte hinaus, die kichernde Libby mit sich ziehend.

Wieder an der frischen Luft, legte George wegen der Kälte einen Schritt zu. Er eilte am Schlitten vorbei, denn damit wären sie viel zu langsam vorangekommen; dann schlug er den Pfad ein, der über den Hügel hinunter zum Strand von Silver Cove führte. Unterwegs blieb er stehen, zog Libby an sich und küsste sie voller Verlangen. Darin lag alles, was sie brauchte: sein Geschmack, sein Geruch, seine forschende Zunge, die ihr Begehren weiter schürte. Herrgott, wie sie diesen Mann liebte. Alles an ihm. Sie würde ihn heiraten, ja. Ein kleines glucksendes Lachen entwich ihr.

Erschrocken fuhr er zurück. »Was ist denn los?«

»Mir ging gerade durch den Kopf, wie verrückt ich nach dir bin.«

»Das ist gut.« Schon zog er sie mit sich fort in Richtung ihres Zuhauses.

»Wenn wir heiraten, George, wohnen wir dann bei dir oder bei mir?«

»Bei mir. Es wäre zu umständlich, meine Riesenkollektion von Weihnachtsdekos zu dir rüberzuräumen.«

»Stimmt.«

Sie stürmten in Georges Wohnung und zerrten sich die Kleider vom Leib. Georges Smoking rutschte zu Boden, dann war Libbys Mantel dran, aus dem er sie pellte, während er sie mit leidenschaftlichen Küssen bedeckte.

»Was für ein reizender Fummel«, lobte er beim Anblick ihres grünen Samtkleids mit Nackenträger.

»Hinten ist es noch besser.«

Das wollte ihm nicht gleich einleuchten. »Wieso hast du ein Kleid an, das von hinten besser aussieht als von vorn?«

Libby lachte, schüttelte den Mantel von den Schultern und drehte sich zur Wand. George stöhnte leise, als er ihren nackten Rücken sah.

»Kapiere«, sagte er und drückte einen Kuss ganz unten auf den Rücken, dann arbeitete er sich mit winzigen Küssen bis nach oben, sodass Libby eine Gänsehaut bekam. Dann langte er nach dem Verschluss des Kleids und öffnete den Haken, der alles zusammenhielt.

Sie drehte sich um und ließ das Kleid zu Boden fallen, nun stand sie nur in Slip, Strumpfhose und Gummistiefeln da. Himmel, sexy war das nicht gerade. Hätte sie damit gerechnet, dass der Abend damit ausklingen könnte, dass sie mit ihrem Liebsten ins Bett ging, hätte sie ihre Unterwäsche sorgfältiger ausgewählt, vielleicht hätte sie sogar lange Strümpfe angezogen. Aber George schien das nicht anzufechten. Er trat auf sie zu, presste sie mit seinem ganzen

Gewicht an die Wand und küsste sie heißblütig, sie spürte, wie erregt er war.

Er hob sie hoch, und sie schlang die Beine um seine Hüften, während sie sich weiter küssten.

Libby war außer sich vor Glück über die Wende, die dieser Abend genommen hatte. »Wart mal«, kicherte sie. »Ich habe doch noch die Gummistiefel an den Füßen. Damit kann man sich schlecht lieben.«

»Da hast du wahrscheinlich recht«, stimmte er zu, trug sie zum Sofa und setzte sie dort auf der Lehne ab. Dann griff er beherzt nach einem Stiefel und zerrte ruckartig an ihm. Der wollte aber partout an Libbys Fuß bleiben. Nach mehreren Versuchen kam er George entgegengeschossen und traf den Kopf eines seiner lebensgroßen Rentiere. »Ups, Entschuldigung, Bambi«, ächzte George und machte sich an den zweiten Stiefel.

»Bambi nennst du das Vieh?«

Er nickte.

»Mensch, ich könnte dich vor Liebe auffressen.«

Er grinste und zog ihr den zweiten Stiefel behutsamer aus, und dann streifte er ihr langsam die Strumpfhose und den Slip ab. Nun war Libby ganz nackt, er dagegen war zu seinem Leidwesen noch vollständig angezogen.

Er stand auf und betrachtete sie. Mit zitternden Händen umfasste er ihre Taille.

»Wie machen wir das jetzt? Wir können ins Schlafzimmer gehen, da wird es erotischer. Ich könnte Kerzen anzünden und Musik anmachen. Wie willst du es haben? An der Wand oder …« Er hielt inne, weil sie die Hände an seine Wangen legte.

»Das ist alles egal. Ich liebe dich, und du brauchst nichts zu tun, um es noch schöner zu machen. Alles stimmt so, weil du es bist.«

Libby nahm ihm die Fliege ab und knöpfte sein Hemd auf. Er hielt sie kurz fest, doch sie schob seine Hand beiseite und machte sich weiter daran zu schaffen, nach jedem geöffneten Knopf drückte sie ihm einen Kuss auf die entblößte Brust. Dann streichelte sie ehrfürchtig seine Brust und seinen Bauch.

»Ich liebe jeden Zentimeter von dir, so wahr ich hier stehe.«

Er sah Libby einen Augenblick lang an, dann ergriff er ihre Beine und beförderte sie im Handumdrehen rücklings auf das Sofa. Sie fiel kichernd auf die weichen Kissen. Mit einem urplötzlich erworbenen Selbstbewusstsein legte er sich auf sie und küsste sie voller unzähmbarem Verlangen. Sie fuhr ihm mit den Händen durch sein Haar.

Seine Hand wanderte zwischen ihre Schenkel und fand die Stelle, an der sie für seine Berührung empfänglich war. Im Nu hatte sie den Höhepunkt erreicht und stöhnte seinen Namen. Er hörte nicht auf mit seinen Zärtlichkeiten, während sie in seinen Armen bebte.

Schließlich kniete er sich hin, wie sie vage mitbekam, fischte ein Kondom aus irgendeinem Schubfach und zog es sich über den Penis.

Mit einem großen Lächeln hob er sie ein wenig hoch und glitt in sie hinein. Libby stöhnte.

»Zehn«, sagte sie.

Er stutzte kurz, beugte sich über sie und küsste sie, während er sich auf ihr bewegte.

»Was?«

»Das ist das perfekte Date schlechthin, du kriegst zehn von zehn Punkten.«

Wieder lächelte er und liebkoste sie. Die Hand in ihrem Nacken, verlagerte er ein wenig seine Position und traf wieder jenen entscheidenden zarten Punkt in ihr. Aus Libbys Kehle stieg ein Schwall unartikulierter Laute.

»Mal sehen, ob wir elf schaffen«, raunte er ihr ins Ohr.

***

Als George anderntags aufwachte und seine schöne Libby an sich ziehen wollte, war sie überraschenderweise nicht mehr da.

»Libby?« Er fuhr hoch. Es herrschte Stille.

Verstört sah er sich um. Der Abend war so hinreißend gewesen. Nachdem sie sich geliebt hatten, hatte George Libby, die ihn weiter mit den Beinen umklammerte, ins Schlafzimmer getragen, wo sie stundenlang nebeneinanderlagen und sich umarmten und küssten. Statt dass Libby, wie er vermutet hätte, sich umdrehte und in den Schlaf fiel, wie er es von Josie kannte, hielten sie sich umschlungen und tauschten Zärtlichkeiten aus, bis der Mond verblasste und das erste dämmrige Morgenlicht ins Zimmer fiel. Und als er ihr die Arme und den Rücken streichelte, forderte sie ihn auf, sie noch einmal zu lieben. Diesmal ging er es bewusst ganz sanft und zärtlich an, ohne die Dringlichkeit des ersten Mals. Sie nahmen sich Zeit, einander in aller Gründlichkeit zu erkunden, jeden einzelnen Zentimeter ihres Körpers hatte George mit Küssen bedeckt. Als er danach mit ihr schlief, war das der überwältigendste Moment seines Lebens.

Und nach unzähligen weiteren Küssen und Liebkosungen versank Libby schließlich in tiefen Schlaf, von seinen Armen umschlungen, Mund an Mund.

Später, mitten im Schlaf, wälzte sie sich von ihm fort und entwand sich grummelnd seinem Griff, als er sie festhalten wollte. Er hatte gemeint, dass sie nur träumte und nicht merkte, dass er es war, der neben ihr lag. Aber nun, da er zu sich kam und sah, dass sie weg war, glaubte er, dass irgendetwas nicht stimmte.

Er stand auf, schlüpfte in seine Boxershorts und tapste zu Libbys Wohnung. Libby befand sich im Schlafzimmer, er hörte sie telefonieren.

»Ja, Amy, es war wunderbar, der beste Sex meines Lebens … ja, im Ernst. Pass auf, ich muss Schluss machen, später mehr. Ich muss hier wieder weg sein, ehe er aufwacht.«

George schaute durch den Türspalt und ertappte Libby dabei, wie sie eiligst Klamotten in einen Koffer feuerte. Nach dem Ende des Telefonats stopfte sie noch ein paar T-Shirts in eine bereits zum Platzen gefüllte Reisetasche.

Es traf ihn wie der Schlag, und dann erfasste ihn regelrecht die Wut. Er stieß die Tür auf, und Libby wirbelte herum, erschrocken, weil auf frischer Tat ertappt.

»Wohin des Wegs?«, fragte er forsch und erschrak selbst über die Kälte in seiner Stimme.

»Ach George, ich dachte, du schläfst noch stundenlang –«

»Ich fasse es nicht, du verlässt mich also trotzdem, nach dieser Nacht? Wenn du es immer noch nicht begriffen hast, dass wir füreinander bestimmt sind, dass es so eine Liebe nur einmal im Leben gibt, dann ist dir nicht zu helfen. Falls du jetzt gehst, dann werde ich nicht auf dich warten. Ich habe alles geliefert, was du dir gewünscht hast, Rentierschlitten, Champagner, Feuerwerk, Barbershop-Quartett. Menschenskinder, sogar einen Ring habe ich für dich besorgt, aber das reicht dir alles nicht, nein?«

»Du hast einen Ring gekauft?«, fragte sie mit brüchiger Stimme.

»Ja, das war dein Ein-Tag-vor-Weihnachten-Geschenk, das ich gestern vergessen habe, dir zu geben!« Er war so aufgebracht, dass er vorsichtshalber nicht zu nah an sie herantrat, sonst hätte er sie durchgeschüttelt.

»Hattest du vor, niederzuknien und mich zu bitten, dass ich dich heirate? Wenn das so wäre, dann passt das hier nicht in den Rahmen. Die Frau anzuschreien, die du heiraten willst, passt nicht gerade zu einer romantischen Verlobung.«

»Das würde dir so passen, dass ich mich dir zu Füßen werfe und um deine Hand bettle. Hau nur ab, ich werde nicht mehr zu Kreuze kriechen.«

Damit drehte er sich um und stürmte hinaus.

Aber Libby folgte ihm auf dem Fuße.

»Wo ist der Ring?«, wollte sie unbedingt wissen.

»Oho, den kriegst du nicht. Wenn du erst sehen willst, wie groß der Diamant ist, ehe du dich entscheidest, hast du dich mächtig getäuscht. Da ist auch kein Diamant dran.«

»Gib mir den Scheiß-Ring.«

Er griff nach seiner Hose, riss das Etui aus der Tasche und reichte es ihr. »Da, nimm ihn, verscheuer ihn von mir aus.«

»George, du bist doch ein richtiger Trottel. Glaubst du im Ernst, nach dieser unvergleichlichen Liebesnacht mit dir würde ich an irgendeinem anderen Flecken als hier leben wollen? Ich habe meine Sachen zusammengepackt, um bei dir einzuziehen. Du hast doch gesagt, wir wollen hier wohnen. Ich wollte das machen, während du schläfst. Wenn du aufwachst, sollten meine Sachen schon neben deinen im Schrank hängen. Also, da du nicht die Absicht hast, niederzuknien und um meine Hand anzuhalten, muss ich das wohl übernehmen.«

Libby fiel auf ein Knie, hielt ihm das Etui entgegen und öffnete es.

»George, ich liebe dich, ich werde dich immer lieben, egal, was für ein Blödmann du bist. Also … tust du mir die außerordentliche Ehre an, mich zu heiraten?«

Hastig kniete auch er sich nun hin. »Ich dachte doch …«

»Nun ja, da hast du eben falsch gedacht«, knurrte sie, nahm wild entschlossen den Ring aus dem Etui und schob ihn grob über Georges Ringfinger. »Da, nun sind wir verlobt, aber nicht lange, denn ich will spätestens am Ende des Jahres mit dir verheiratet sein.«

Er betrachtete den mehr schlecht als recht auf seinem Finger sitzenden goldenen Ring, in dessen wellenförmige Konturen farbige Steinchen in verschiedenen Grüntönen eingelegt waren.

»Ich glaube, er würde an dir besser aussehen, Lib. Darf ich?«

Sie nickte widerstrebend. Er zog den Ring von seinem Finger, nahm ihre Hand und ließ ihn sanft auf ihren Ringfinger gleiten.

»Wenn wir Freunden und Verwandten erzählen, wie sich unsere Verlobung angebahnt hat, könnten wir vielleicht den Teil weglassen, in dem ich mich zum Affen gemacht habe.«

»Vielleicht«, schnaubte Libby. Sie musste jetzt lächeln. »Beispielsweise, als wir gestern vom Weihnachtsball nach Hause kamen, bist du zwischen Kerzen und Blumen niedergefallen und hast mir einen Heiratsantrag gemacht, dem ich natürlich zugestimmt habe.«

George gab ihr einen Kuss auf die Stirn. »Das klingt schon tausendmal besser.«

Er erhob sich und half auch ihr auf die Beine, obwohl sie noch in den Anblick des Rings versunken war; er deutete das als gutes Zeichen.

»Er ist wunderschön, George«, sagte sie leise.

»Grün mit zwanzig Zwischentönen«, murmelte er.

»Auch Rosenkohlgrün?”

Er lächelte. »Verzeihst du mir?«

Sie schüttelte unentschlossen den Kopf. »Noch nicht. Ich könnte dich bestrafen, einen Monat lang keinen Sex.«

Er grinste. »Na dann frohe Weihnachten, Baby.«

Sie sah auf das Etui und zog plötzlich die Brauen zusammen. Er frohlockte, dass sie den Zettel entdeckt hatte, der im Deckel klemmte. Sie klaubte ihn heraus.

Immer noch in tausend Ängsten schwebend, da ihre Verlobung auf so wackligen Füßen stand, wollte er ihr das Zettelchen entreißen.

»Ach, das ist gar nichts, vergiss es.«

Sie hielt es jedoch aus seiner Reichweite entfernt. »Was hat es denn damit auf sich?«

»Es ist kindisch … na ja, ich habe ein paar Regeln aufgestellt für die perfekte Ehe. Lies es jetzt bitte nicht.«

Doch Libby, dickköpfig, wie sie nun einmal war, faltete neugierig den Zettel auseinander. Er bedeckte ihn mit der Hand. »Wir können alles aushandeln, bei dem einen oder anderen Punkt Kompromisse schließen und uns auf die Regeln einigen, die zwischen uns gelten sollen. Allerdings sind Nummer eins, vier und zehn nicht verhandelbar.«

Sie zog die Stirn in Falten, nahm seine Hand von dem Papier und las, was er geschrieben hatte. Er stellte sich hinter sie, legte ihr die Arme um den Hals und las über ihre Schulter schauend mit.

> *1. Mr Donaldson übernimmt VOLLSTÄNDIG das Kochen.*

Sie grinste.

> *2. Ehemann und Ehefrau beteiligen sich täglich an heißem, leidenschaftlichem Sex.*
> *3. Jede Position des Kamasutra wird ausprobiert und auf Herz und Nieren getestet, auch die mit dem Flaschenzug.*
> *4. Allzeit uneingeschränkte Aufrichtigkeit.*
> *5. Ehemann und Ehefrau wohnen in einem großen Haus im oberen Teil von White Cliff Bay mit Blick auf das Meer.*

Bei diesem Punkt hielt Libby inne. »Kommt nicht infrage, ich ziehe nicht von Silver Cove und dem Strand weg. Wenn du ein großes Haus willst, dann müssen wir dort eins kaufen.«

»Das Problem ist, hier unten wird selten eins zum Kauf angeboten. Im Hauptort kriegen wir wahrscheinlich eher etwas.«

»Dann warten wir eben, bis es klappt, daran ist nicht zu rütteln.«

Er lächelte. »Okay, lies weiter.«

Sie richtete den Blick wieder auf die Liste.

6. Ehemann und Ehefrau werden drei Kinder haben, zwei Jungen und ein Mädchen, dazu haben sie einen Hund namens Wurstel und eine Katze namens Zwiebelchen.

»Würstchen und Kartoffelbrei fände ich noch besser.«

»Gut, über die Feinheiten brauchen wir nicht zu diskutieren, aber Wurstel müsste ein Bernhardiner oder ein Neufundländer sein.«

»Einverstanden«, stimmte sie zu, kurz und bündig. Beim Weiterlesen lehnte sie sich an George.

7. Jedes Jahr kommt in unseren Pass ein neuer Stempel.
8. In die Ehe gehören Albernheiten, dumme Streiche, törichtes Geschwätz und alles, was für gute Stimmung sorgt.

»Gib mir mal was zu schreiben«, forderte Libby George auf. Er hielt sie mit einem Arm umschlungen und streckte die andere Hand nach hinten aus, um einen Stift aus dem Regal fischen. Er gab ihn ihr und beobachtete, wie sie mit krakeliger Handschrift bei Nummer 8 an den Rand kritzelte: *Dumme Streiche, die den anderen zu Tode erschrecken, sind streng untersagt.*

»Das ist ein wichtiger Punkt.«

> *9. Ich tanze mit dir am Hochzeitstag.*

Libby schluckte.

> *10. Ich gelobe, dass ich deinen Schlaf behüte und jedes Unheil von dir fernhalte. Wenn du dich im Traum oder im Wachzustand auf die Beine machen musst, dann gehe ich mit dir. Ich gelobe, dir jeden Tag zu erklären, dass ich dich liebe, dich jeden Morgen mit Küssen vom Scheitel bis zur Sohle aus dem Schlaf zu holen. Ich unterstütze dich, mache dir Mut und lache mit dir. Und mein Lebenswerk wird darin bestehen, dich vollkommen und lückenlos glücklich zu machen, so wie du mich glücklich machst.*

Libby faltete mit zitternden Händen den Zettel zusammen. Mit Tränen in den Augen drehte sie sich zu George um. »Ich liebe dich.«

»Ich weiß. Und ich habe dich von Anfang an geliebt, Lib, so soll es immer bleiben.«

Sie strahlte ihn an und hob ihm den Kopf ein wenig entgegen, um ihn zu küssen. Eine ganze Weile lösten sich ihre Münder nicht voneinander, und Libby fuhr mit den Händen um Georges Hals, durch sein Haar und über seinen nackten Rücken. Doch dann fühlte er, wie sie ihm die Boxershorts abstreifte.

Er tat überrascht. »Und was ist mit deiner Bestrafung – einen Monat lang keinen Sex?«

»Ich habe meine Meinung geändert – mein Privileg als Frau.«

»Klar doch.« Er zog ihr flugs das Oberteil über den Kopf und machte auch mit der übrigen Kleidung kurzen Prozess. Sie lachte über seine Ungeduld. Er meinte nur: »Falls du es dir wieder anders überlegst.«

Sie nahm ihn bei der Hand und führte ihn ins Schlafzimmer.

»Sag mal, war das heute Nacht wirklich der beste Sex deines Lebens?«

Sie kicherte verlegen. »Du hast mich wohl belauscht?«

Er nickte.

»Ja, George, es war sagenhaft.«

»Beim ersten oder beim zweiten Mal?«

»Beide Male.«

Er lächelte selig, aber nach kurzem Nachdenken umwölkte sich seine Stirn. »Oje, das ist ganz schön heikel, da muss ich ja fortan diesem Ruf gerecht werden.«

Neben dem Bett blieb sie stehen und legte den Kopf an seine Brust. Als er sie an sich zog, schaute sie zu ihm auf. »Ach was, es kann sich nur noch steigern.«

»Vielleicht sollte ich meine Kamasutra-Kenntnisse auffrischen, bevor wir den nächsten Schritt tun.«

»Wenn du meinst, dafür ist noch Zeit«, sagte sie schulterzuckend, »Aber wir sind schon ausgezogen, was soll ich denn mit mir anstellen, während du deine Hausaufgaben machst?«

Er nahm ihr Gesicht zwischen die Hände und küsste sie. »Dann hebe ich mir das auf für das nächste Mal.«

»Das könnte tückisch sein – ist dir klar, dass ich dich die kommenden drei Tage nicht aus dem Bett lasse?«

»Ausgezeichnet«, kicherte er.

»Übrigens …« Sie legte sich aufs Bett. »Meine bevorzugte Position kennst du ja schon.«

Er kniete sich neben sie und drückte einen Kuss auf ihren Hals und zerbrach sich dabei fürchterlich den Kopf. War das die Kobra? Der Elefant? Oder das Ding mit dem Flaschenzug? »Und das wäre?«

Libby lächelte und zog ihn zu sich hinunter. »Die gute, alte Missionarsstellung.«

Er grinste. »Gott sei Dank.«

Danksagung

Für meine Familie und meine Mum, die mein größter Fan ist und alles, was ich schreibe, hundert Mal liest, und der es jedes Mal wieder gefällt. Für meinen Dad, meinen Bruder Lee und meine Schwägerin Julie – danke für eure Unterstützung, Liebe, Ermutigung und eure Begeisterung für meine Geschichten.

Für die bezaubernde Aven Ellis, weil sie eine wunderbare Freundin ist; danke für deine unendliche Unterstützung, den Ansporn und dafür, dass du mich mit wunderbaren Geschichten und Fotos von heißen Männern bespaßt. Obwohl wir uns bisher nie getroffen haben, bist du meine beste Freundin, und ich habe dich sehr, sehr gern.

Ein riesiges Dankeschön geht an meine tollen Freundinnen Kirsty Maclennan, Megan Milliken und Victoria Stone für ihre Unterstützung und Liebe. Ihr seid toll.

Für meine Freunde Gareth und Mandie: Danke für eure Unterstützung, Geduld und für eure Begeisterung. Außerdem möchte ich mich bei meinen Freunden Jac, Verity und Jodie bedanken, die den endlosen Berichten über meine Bücher lauschen und sich jedes Mal mit mir darüber freuen können.

Für Sharon Sant: Danke, dass du immer da und eine wunderbare Freundin bist.

Großer Dank gilt auch meiner fantastischen Agentin Madeleine Milburn, weil sie sich für mich einsetzt und meine vielen Fragen mit unendlicher Geduld beantwortet.

Bei meiner Lektorin Claire möchte ich mich dafür bedanken, dass sie mir dabei geholfen hat, dieses Buch zu verbessern, und dabei mein exzentrisches Verhalten aushält, mir auf jede einzelne E-Mail antwortet und mit viel Geduld meine Panikanfälle erträgt. Mein Dank geht auch an Kim Nash, weil sie unablässig meine Bücher bewirbt, darüber twittert und mich immer anspornt. Danke auch an all die anderen wunderbaren Menschen bei Bookouture; Oliver Rhodes, das Lektorenteam und die wunderbaren Designer, die dieses absolut herrliche Cover für die englische Originalausgabe geschaffen haben.

Danke an Oliver Mallinson und die RNLI für die Hilfe bei den Einzelheiten zu Rettungsbooten.

Ein dickes Dankeschön geht an die CASG, die beste Schreibgruppe der Welt, eine fantastische Autorentruppe mit viel Talent, die großartige Unterstützung leistet. Ich fühle mich sehr geehrt, euch zu kennen; ihr seid die Besten.

Danke an die wunderbaren Autoren bei Bookouture für eure Unterstützung und eure Ermutigung.

Darüber hinaus möchte ich mich auch bei allen anderen bedanken, die mich ermutigt, unterstützt, gefördert, sich für mich gefreut oder mir einfach zugehört haben: Rebecca Pugh, Lisa Dickenson, Sharon Wilden, Kelly Rufus, Simona Elena, Erin McEwan, Katey Beeden, Maryline, Jo Hughes, Dawn Crooks, Laura Delve, Jill Stratton, Tay Pickering, Emma Poulloura, Aga Klar, Catriona Merryweather, Lynsey James, Lindsay Hill, Ana, Alba Forcadell, Dawn Brierley, Sophie Hedley, Cesca Major, Rachael Lucas, Kat Black, Helen Redfern, Katy Gough, Emily Kerr, Jaimie Admans, Kate Gordon, Pernille Hughes, Louise Wykes, Paris Baker, Silke Auwers, The Blossom

Twins, Daniel Riding, Pat Elliott, Shaun, Mark Rumsey, James Brown, Arron Davenport.

Danke an alle, die an der Blogtour beteiligt waren, und an alle Leser, die sich die Zeit genommen haben, mir zu sagen, wie es ihnen gefallen hat, oder die eine Rezension geschrieben haben. Vielen Dank.

Ich danke euch allen von Herzen und hoffe, dass euch die Lektüre so viel Spaß gemacht hat wie mir das Schreiben dieser Geschichte.